黃　晳　暎

황석영 희곡전집

1977년 서울 자택에서 ⓒ 강운구

장산곶매

황석영 희곡전집

창비

황석영 희곡전집
장산곶매

초판 1쇄 발행 / 2000년 10월 10일
초판 2쇄 발행 / 2009년 10월 24일

지은이 / 황석영
펴낸이 / 고세현
편집 / 김성은 염종선 김명재
펴낸곳 / (주)창비
등록 / 1986년 8월 5일 제85호
주소 / 413-756 경기도 파주시 교하읍 문발리 513-11
전화 / 031-955-3333
팩시밀리 / 영업 031-955-3399 · 편집 031-955-3400
홈페이지 / www.changbi.com
전자우편 / literat@changbi.com

ⓒ 황석영 2000
ISBN 978-89-364-6019-8 03810

황석영 희곡전집

장산곶매

작가의 말

전집을 낸다고 해서 원고를 살피다보니 마음에 걸리는 것이 한두 가지가 아니었다. 여기 수록되는 작품 대부분이 기세차고 열정에 넘치던 내 젊은날의 작품들이며, 그동안 『장길산』이며 『무기의 그늘』 등 장편소설을 쓰느라고 사실은 정작 한해에 몇편씩 쓸 수도 있었던 중·단편을 거의 쓰지 못했다.

지금 생각하면 문예창작에 기울일 힘을 다소 엉뚱한 곳에 쏟았다. 스스로 위로삼아 하는 말이지만 '사회봉사'에 바쳤다고 생각하고 있다. 그렇지만 또 어떠랴, 글쓰는 자는 자신의 문학을 살아내야 된다고들 하니까.

십여년 만에 세상으로 돌아와 어느 창고에 맡겨두었던 살림살이를 찾아내고 먼지를 쓰고 쌓였던 서재의 책들을 골라내던 재작년 일이 생각난다. 옷들이 좀먹고 다 졸아들고 걸레처럼 되어버렸듯이 내 책들은 초라했다. 그리고 그것은 욕망의 찌꺼기들처럼 보였다. 나는 과감하게 손수레에 실어다 고물상에 버렸다.

여기에 희곡집을 보탠다. 기왕에 예전에 나왔던 희곡집 『장산곶매』 에다 이리저리 흩어져 있던 내 젊은날 현장문화운동의 흔적들인 '현장대본'들을 그러모아보았지만 누락되어 사라져버린 것이 더욱 많다.

지하방송의 노래극 대본 중에서 「님을 위한 행진곡」의 원래 악보를 찾아낸 것도 한 수확이었다.

르뽀나 기행문 등은 잡문인 것처럼 생각되어 함께 엮지 않았다. 그러나 그것 또한 내가 동시대에 바치는 사랑의 말들이었다고 생각한다. 이담에 더 늙어서 회고록과 함께 다시 엮어내게 될지도 모른다.

나는 내 소유물이었던 책을 버리듯이 과거의 나를 간추려서 세상에 흘려보낸다.

잘 가거라, 반생이여. 그리고 당시의 너처럼 숨가쁘게 세상을 돌아칠 모든 젊은것들의 짝이 되어라.

오늘은 어제 죽은 자들의 내일이려니.

나는 다시 출발한다.

2000년 9월 德山에서

황 석 영

일러두기

1. 수록된 작품은 최초 발표본과 작품집 간행본을 기준으로 작가의 최종 수정을 거쳤다.
2. 권별 작품의 배열은 발표 순서에 따르는 것을 원칙으로 하였다.
3. 표기는 현행 맞춤법통일안을 따르는 것을 원칙으로 하되 발표본을 참조하였다.

차 례

산국
山菊

때 1907년 10월 하순의 어느날 밤에서 새벽까지 **곳** 충남 제천 부근의 야산
나오는 사람들 여자 1(할머니) 여자 2(며느리, 유생의 아내) 여자 3(몸종) 여
자 4(농부) 여자 5(그 딸) 소년

무대, 고사목 몇그루가 서 있는 헐벗은 야산. 뒹굴어 있는 돌덩이 몇개. 장면이 바뀔 때마다 나무와 돌의 위치가 적당히 바뀐다. 마지막 장면에 가서 봉화 지점의 높다란 바위가 무대 오른쪽 끝에 배치된다.

제1장

(땅거미질 무렵의 박달재 고갯길이다. 가득 찬 저녁 노을에서 극의 진행에 따라 차츰 어두워진다. 간간이 부엉이나 밤새의 울음소리. 여자1은 바위에 앉아 다리를 주무르고 어깨를 두드리는데, 여자2는 무대 왼쪽 나무 옆에 서 있다.)

여자1 아이구, 이젠 더이상 못 걷겠다. 차라리 여기서 죽어버리는 게 낫겠어.

여자2 (여전히 무대 왼쪽 밖을 살피며 노파의 말은 듣지 않는다.)

여자1 에미야…… 애! 우리 죽더라두 집으루 돌아가자. 애야, 넌 뭘 그러구 섰느냐?

여자2 네? (그 자리에 무너지듯 주저앉는다.) 어머니, 조금만 참으셔요. 이제 겨우 삼십리 왔잖아요. 애가 왜 이리 늦을까?

여자1 작은년 말이냐? 그년이 아마 달아난 모양이다. 우리만 죽으라구 달아나버렸어.

여자2 그애가 그럴 리가 있나요? 제가 친정에서부터 데려온 아인데요.

여자1 모르는 소리 말아라. 종년들이란 그저 주인이 어쩌다가 곤경에 처하기만 하면 저 혼자 살려구 달아나는 법이다.

여자2 다른 노복들이 없어진 것은 모두 활빈당을 따라 나갔으니 그렇지만, 작은애는 달라요. 서방님 종적을 찾아보겠다구 갔잖아요.

여자1 애비가 덕출령에서 공연히 박달재 쪽으로 앞서갔기 때문에 우리가 이렇게 헤매다닌 게 아니냐. 왜병들이 총 놓는 소리에 놀라서 온 식구가 뿔뿔이 흩어졌구나.

여자2 그분이야 염려 없지만 아이들이 걱정이에요. 하나두 아니구 둘씩이나 이끌구 산속을 헤매실 텐데. 어찌됐든 충주 숙부님 댁에 간다구 그랬으니 내처서 길만 가면 무사하겠건만…… 공연히 당신두 우리를 찾느라구 헤매시는지 모르겠네.

여자1 우린 이제 꼼짝없이 죽게 되었다. 얘야, 네게두 장도가 있지? 여차하면 그걸루 목을 찌르구 깨끗하게 죽어야지.

여자2 원, 어머님두 끔찍스런 생각을 다 하시네요. 식구들을 찾아야지요.

여자1 아니다. 욕을 볼 듯싶으면 죽어야 하느니라. 양반의 부녀자가 몸을 지키는 길은 그것뿐이다.

여자2 충주로 가려면 다시 덕출령으루 나가야 할 텐데 길이 끊기지 않았나 모르겠네.

여자1 이제 금방 날이 저물 텐데 충주까지 육십리 길을 어찌 간단 말이냐.

여자2 쉬어 가면서 밤길을 가는 게 낫지요. 가다가 날이 새면 산속에 숨어 눈을 붙이는 한이 있더라두 말예요. 숙부님 댁에까지만 가면 식구들을 모두 만나겠지요.

여자1 그랬으면 오죽이나 좋겠냐. 지난 십년 동안 세월이 얼마나 수선스러운지 나는 하루도 제대로 발을 뻗구 잔 날이 없었다. 머리를 자른다구 해서 초립동이었던 네 서방 숨기느라구 혼이 났지, 상놈들은 모두들 제 세상 만났다구 고갯짓하며 떠들지, 이건 소작료를 제대루 내나…… 그 동학당인지 뭔지 하는 귀신 믿는 놈들 때문에 시골 인심을 다 버렸구, 상풍도 이만저만이 아니었다. 이젠 아무도 길 아래 비켜서거나 허리를 굽히는 자들이 없는 세상이다. 임금도 모르고 반상의 구별도 못하는 세상이 되어버렸어.

여자2 나라가 망했다구 온 세상이 이 지경이잖아요.

여자1　상감이 계신데…… 나라가 왜 망하느냐?

여자2　몰라요. 일본에서 우리 병대를 모두 해산시켜버렸대요. 그래서 지난 여름부터 포수들이 작당을 지어서 싸우고 다니지요.

여자1　애, 지긋지긋하다. 벌써 이 난리가 십년이 되는 모양이다. 그놈의 의병인지 화적패인지 툭하면 찾아와서 곳간을 털어가지 않든?

여자2　의병으루 나간 사람들두 많아요.

여자1　글쎄 말이다. 돌아가신 우리 진사님두 의암 유인석 선생을 따라나섰던 때가 있느니라. 그분네들이야 이담에 높은 벼슬을 한자리씩 하실 분이니까, 나라에 충성하는 도리도 알구 기강도 엄정하건만…… 요즈음 의병 나섰다는 상놈들이야 어디 화적패와 다름 있겠냐.

여자2　(어디론가 눈을 팔며 일어난다.) 아니! 저…… 저게 무슨 연기야? 저기두…… 그리구 또 저기두.

여자1　뭐라구, 연기? (따라서 일어나 멀리 바라본다.) 에구머니…… 사방에서 불이 붙었구나. 저게 제천 읍내 쪽이 아니냐?

여자2　그리구 저쪽은 주포구요, 또 저쪽은 높다릿내 쪽이에요.

여자1　왜놈들이 온통 불을 싸질렀구나!

여자2　어머니, 이러구 있을 게 아니라 덕출령으로 내려가요.

여자1　에그, 싫다. 말 타구 총 멘 왜병들이 득실거리던데 거길 어찌 지난단 말이냐.

여자2　일본 군대는 지금 제천으루 쳐들어갔어요. 그러니까 저기서 불이 났겠지요.

여자1　꼼짝두 못하겠다. 힘이 쪽 빠져버렸어. 목두 마르구 시장하구나.

여자2　작은애가 봇짐을 가져가서…… 아직 요깃거리가 없네요. 쉬었다가 어두워지면 고개를 넘어요.

여자1 그년은 분명히 달아났다니까.

여자2 산길 몇군데를 찾아보구 돌아온다구 그랬어요.

여자1 이년 오기만 했단 봐라! 얘 에미야, 그년이 오더라두 절대 반가운 내색은 보이지 말아라. 아랫것들이란 추켜줄수록 양양하는 법이니까. 내 버릇을 고쳐줘야지.

여자2 어머니, 제가 잘 타이르지요.

여자1 아이구 허리야. 얘 아가, 요기 좀 두들겨다우.

여자2 통 출입을 않으시다가 갑자기 산길을 행보하시니 힘드시죠?

여자1 괜찮다.

여자2 서방님께서 되짚어 찾아오실 거예요. 아니…… 작은애가 오면 들것을 만들어서 어머님 모시구 갈게요.

여자1 아니다. 집이나 지키구 앉았을 걸 공연히 나왔나보다. 그나저나 느이 서방이 위패를 모시구 나왔겠지.

여자2 예, 사당을 모두 비웠어요.

여자1 (한숨) 난리가 터지니 하인들은 모두 흩어지구, 우리집두 불에 타겠구나. 그렇지만 제깐 놈들이 땅이야 떠가겠느냐.

여자2 그러믄요. 홍수가 지구 사태가 내려앉아두 사람이 죽어나가두 우리 땅이야 누가 손끝 하나 대겠어요.

여자1 진사님 살아 계실 적에 마름만 남겨놓구 그렇게나 한양으루 올라가자구 보챘건만……

여자2 가만…… 무슨 소리가 들렸어요. 어머님, 못 들으셨어요?

여자1 못 들었는데?

여자2 (귀를 기울였다가 나직하게) 저 봐요! 누가 산등성이루 올라오구 있어요.

여자1 무슨 소리가 났다구 그러니. 새 우는 소리뿐인데.

여자2 분명히 낙엽을 밟는 소리가 들렸어요. 나뭇가지를 헤치는 소리두요. (왼쪽으로 달려가 살피고 나서) 어머님, 숨어요. 빨리요. 누가 이쪽으루 올라오구 있어요.

여자1 누굴까…… 애비인지두 모르잖아. 한번 불러봐라.

여자2 왜병은 아닌가봐요. 흰 옷을 봤어요.

여자1 그럼 작은년이나 네 서방일 게다. 여기 있다구 소리쳐보렴.

여자2 아녜요. 왜놈들 앞잡이면 큰일나요. 정탐꾼이 얼마나 많이 풀
렸는데요. 어서요! (할머니를 일으켜 바위 뒤에 납작 엎드리게 하고 자
기도 그 위에 덮치듯 숨는다.)

(노랫소리 흥얼흥얼, 바지저고리에 봇짐을 메고 머리에는 두건을 질끈 동
인 십오륙세의 소년 등장)

소년 동국(東國) 춘산(春山)의 방초녹음(芳草綠陰)도 서풍(西風) 추
천(秋天)에 하염없고나. 제군은 청춘 소년 자랑 마시오. 어언에 백
년 백발 가석하도다. (어깨에는 총을 메고 있다. 돌 위에 털썩 주저앉는
다.) 아이구, 미투리가 다 해졌네. 신 좀 고치구 갈까. (꾸부정하고서
신들메를 조인다. 흥얼흥얼) 제군은 청춘 소년 자랑 마시오. 어언에
백년 백발 가석하도다. 귀함도 귀하다 가는 광음은 일분 일각이 천
금이로다. 인제 제천두 사십리지. 다 왔구면그려. (뒤로 손을 넣어
봇짐 속에서 뭔가 털어내어 한줌을 꺼내든다. 우물우물 먹는다.) 동국 춘
산의 방초녹음도…… (이때 인기척을 느끼고 놀라 벌떡 일어서며 총을
들어 겨눈다.) 누구야? (주춤거리며 뒤로 물러서려다가 여자2가 겁에 질
린 채 얼굴을 들자, 역시 경계하며) 누구시유, 여기서 뭐한대요? (여자
1도 고개를 든다.) 얼레, 이 아줌니들이 산속에서 뭘 한댜. 싸게 나오
슈. 보면 알잖유. 쪽바리가 아니란 말유. 참, 나…… 간 떨어지겠
구면. (여자1·2 꼼짝도 않는다. 소년, 그제야 제가 치켜든 총을 내린다.)
이것 땜에 그러는구면유. 염려 마세유. 다 같은 대한 동포니께……
아 어서 편히 편히들 기슈.

여자1 총각두 포순가?

소년 허, 총 가진 사람보구 포수냐구 물으시니…… 밥상 받은 놈버

러 배고프냐구 물으시우.

여자1 이놈!

소년 헤헤이! 어쩨 욕이슈. 내가 뭐 못헐 말 했남유?

여자1 너는 뉘 집 자식이길래 그따위 말버릇이냐. 느이 집에서는 부
녀자에게 그리 말하라 시키더냐. 곁말은 느이 또래끼리나 쓰는 법
이지. 반상은 고사하고 남녀가 유별한데…… 조그만 아이 녀석
이……

소년 쪼끄매요? 나이 십육세 남아 대장부헌테 무슨 말씀을 그리 섭
섭허게 허세유. 이래봬두 민긍호 부대의 의병이어유. 이 총으루 왜
놈들을 결딴낸단 말여유.

여자2 총각, 어른이 타이르시는 것이니 너무 서운하게 생각하지 마
세요.

소년 아따, 할무니가 워넌히 까다롭네유. 근데 얼루 가시길래 이 산
속에서 이러구들 기세유.

여자2 충주로 가는 길이라우.

소년 추, 충주? (고개를 흔든다.)

여자2 왜…… 충주가 어떻게 되었나요?

소년 아이구, 충주에 가신다면 큰 낭패 보셨네유. 시방 왜병들이 충
주를 점령하구 불을 싸질러대구 난린데유. 우리 부대는 마구 싸우
다가 모두들 달래강을 건너서 금곡산으루 피했슈.

여자2 아이, 저를 어쩨……

여자1 충주가 그 지경이 되었다니 어쩌면 좋으냐.

소년 아예 제천으루 돌아가시는 게 나을 거예유.

여자1 제천은 버얼써 쑥밭이 되었네. 우리가 거기서 피난을 나오는
길이 아닌가.

소년 제천에두 왜놈들이 들어왔단 말씀이쥬?

여자1 온 읍내가 타구 있다네. 저쪽을 보아.

소년 이거 큰탈났구먼유. 내가 연락을 해줘야 하는디. 이강년 부대
는 그럼 청풍 쪽으루 빠졌겠구먼.

여자2 어느 길루 왔어요, 총각?

소년 달래강을 건너서 쭉 들판을 지나 둔지내를 따라서 오다가 박달
재루 올라왔쥬.

여자1 혹시, 아이들을 데리구 내려가는 선비 한분 못 봤어요?

소년 그…… 글쎄유. 고갯마루로 오를 때는 해가 꼽박 기울어서 워
디가 워딘지 통 보이지도 않드먼유. 달래나루에서 제천으루 뻗친
길가엔 사람의 씨알머리가 없데유. 어째 누굴 찾으시유.

여자2 주인 어른과 황망한 중에 헤어졌다오.

소년 (턱에다 주먹을 괴고 곰곰이 생각한다.) 도포 입고…… 방갓을 쓴
양반이던가……

여자1 무어? 자네가 봤단 말이지?

여자2 길에서 뵈었어요?

소년 누구를 말유?

여자1 방금 중얼거렸잖나.

여자2 도포 입은 분을 보았다구……

소년 도포 안 입은 양반 나리두 기시대유? 그냥 혼자서 생각해봤시
유.

여자2 그렇지만 방갓을 썼다구 말했잖우. 아침에 집에서 나오실 때
갓테가 망가졌다구 그러시길래……

여자1 그래 의관 없이 안되겠어서 대나무 방갓을 내주었다.

소년 에이, 모르겠시유. (시무룩하게) 어두워서 뭐가 보여야쥬. 자아,
제천이 저 꼴이 되었으면 나는 워쩌지? 아줌니는 인제 워쩐대유?

여자1 말버릇 고치지 못할까. 아씨라구 부르게.

소년 내가 뭐 그 댁에 하인 구종배두 아닌 터에 뭇한다구 아씨라구
부른대유. 할무니두 참 딱하시오, 잉.

16

여자1 내더러는 마님이라구 하라니까. 우리는 유생의 아녀자들일세. 그런 법도두 다 지켜야 대장부 소릴 듣는 게야.

소년 시방이 어느 세상이라고 양반 상놈을 구분하슈. 내 우리 할무니 생각하구 형수씨 생각혀서 각별히 모셔드릴 테니 너무 까다롭게 허지 마셔유. (여자2에게) 헌디 아! 아줌니는……

여자1 말버릇 고치래두.

소년 아따, 그럽시다유. 아씨하구…… 마, 마님은 인제 워디루들 가실 거유. 나는 청풍으루 가얄 참인디.

여자2 글쎄! 충주에두 갈 수 없구, 서방님은…… (울먹울먹) 어디루 가셨는지. 장호령 쪽이라두 내려가봐야겠네.

여자1 애, 우리두 청풍으루 가자꾸나. 며칠 있으면 왜놈들이 물러가겠지. 청풍에는 내 오촌뻘 되는 이가 있다. 거기서 한 사날 지내다보면 잠잠하겠지. 애비두 길이 막힌 걸 알구 청풍으루 발길을 돌렸는지 누가 알겠냐. 틀림없을 게다.

여자2 예! 어머니 그 생각을 못했군요. 아니 그런데 정말 애는 왜 이리 늦어. 곧 돌아온다더니.

여자1 물이라두 좀 마셨으면 기운이 날 텐데, 아주 지쳐버렸다.

소년 마, 마님, 내 볶은 콩이 있는데 한줌 자셔볼래유? (콩 한줌을 꺼낸다.)

여자1 싫어.

여자2 총각이나 많이 들어요.

소년 싫으면 관둬유. (입속에 털어넣는다.) 동국 춘산의 방초녹음도 서풍 추천에 하염없고나. 제군은 청춘 소년……

여자1 시끄럽네.

소년 엥?

여자1 무슨 놈의 소리가 그래.

소년 에이, 마님두, 이건 소리가 아니구 창가란 말예유.

여자1 뭐라구?

소년 우리 성님이 가르쳐준 창가란 말여유.

여자2 총각은 충주 살우?

소년 아녀유. 원래는 공주 살았는디…… 내가 네살 때에 집안이 폭삭 구몰해서 성님이랑 누이랑 강원도 원주루 이사를 했어유.

여자1 부모 없이 자랐구먼.

소년 우금치서 동학군들이 몰사 죽음을 할 적에 불속에서 우리만 살아났쥬. 우리 아부지는 동학당이라구 네거리서 왜놈들이 불에 태워 죽였어유. 형님이 군병으루 나가서 원주 기시고 누이하구 나는 남의 집을 살았어유.

여자2 그저 난리가 끊일 새 없으니 근심 없는 집안이 드물 거예요.

여자1 동학이다, 개화 바람이다, 의병이다, 망해가는 세상이라니까.

소년 자, 일어들 납시다유. 청풍으루 간다면서유?

여자2 우린 누굴 기다리구 있다우.

여자1 우리집 노비가 애 애비를 찾아보러 갔다네.

소년 노비유? 아니 벌써 원제 적 얘기래유. 시방두 노비가 있남유. 나라에서두 갑오년에 문서를 모두 태우구 속량을 해주라구 그랬는디유.

여자1 그러니 나라가 망해가지.

소년 망쳐놓은 건 댁네들 양반들이라구 우리 성님이 늘 그러셨슈. 왜놈하구두 싸우구 나쁜 양반들하구두 싸워야 한대유.

여자2 그 포를 쏘면 정말 사람이 죽나요?

소년 뭣을 말유…… 아, 이건 무라다 소총이어유. 원주서 군병들이 일어날 제 병기창에서 총이 엄청 많이 나왔쥬. 하여간 바지만 입었다면 모두 한자루씩 차지했으니까유.

여자2 우리를 청풍까지만 데려다줘요. 내 사례는 드릴 테니.

소년 에이, 별말씀 다 하슈, 맘놓으세유. 내 두 분 무사허게 모셔드

릴튜. 나는 청풍 박여성 부대에다 연락을 해주고, 금수산 기시는 이강년 부대의 우리 형님을 만나야 해유. 자, 가십시다유.

여자2 조금만 더 있어봐요.

소년 밤새에 삼방산을 어찌 넘을려구 이렇게 지체하신대유. 우리는 싸우다가 동무가 죽으면 풀이나 나뭇가지루 덮어주구 금방 떠나쥬. 인연이 끊긴 걸 그럼 워쩐대유. 죽은 사람은 싸게싸게 잊어먹는 것이 낫어유.

여자1 저 녀석이 무슨 방정맞은 소릴 하구 있는 게야.

소년 아아, 일테면 그렇단 말여유. 새벽까진 청풍에 연락을 해줘얄 텐디.

여자2 총각, 말해줘요…… 혹시……

소년 뭣을 말유?

여자2 그 방갓을 쓰신 양반을 보지 못했수?

소년 못 봤어유. (단호하게) 암것두 못 봤어유. 글쎄 충주서 둔지내까지 사람의 씨알머리가 없더라니께요.

(이때 먼곳에서 "아씨! 아씨!" 부르는 소리)

여자2 (달려가 두 손을 입에 대고) 그래 여기다, 여기야.

(소년, 본능적으로 총을 겨누고 나무 뒤에 섰고, 여자1 달려가 여자2 곁에 선다.)

여자1 그애가 오는구나. 애비두 옆에 보이냐?

여자2 아직 아무것두 안 보여요.

여자1 얘야! 얘야!

(잠시 후에 봇짐을 든 여자3 등장, 몽당치마 차림. 그 뒤로 여자4·5 등장한다. 여자4는 억세 보이는 중년, 환자인 듯한 여자5를 부축하고 있다.)

여자3 아이구 아씨, 늦어서 걱정했쥬?

여자2 그래 이것아, 얼마나 걱정했다구. 나으리는 찾아봤느냐?

여자3 종적이 없으시네유. 하마터면 아씨두 못 찾을 뻔했슈.

여자1 이년, 이리루 오너라.

여자3 아유 마님, 시장하시쥬? 제가 봇짐을 갖구 가서 암것두 못 자셨을 테니께.

여자1 가서 회초리 한가지 꺾어와. 좀 맞아야겠다.

여자3 마님, 한번만 용서하세유. 밤눈이 어두워서 사뭇 제천 쪽으루 도루 내려가다가 올라왔슈. (소년이 나무 뒤에서 슬그머니 나오자 여자3 기겁을 한다.) 아이고머니나, 이게 누구래?

소년 저분들은 누구유?

여자4 피난 나온 사람이유.

소년 거 보퉁이 좀 봅시다.

여자4 왜 남의 보퉁이는 보재?

소년 (달려들어 두 여자가 든 보퉁이를 주물러보고 나서 비켜선다.)

여자4 꼴에 총포를 가졌다구 기세가 대단하구먼.

소년 하는 수 없슈. 왜놈들 앞잡이가 워낙에 많어노니께. 근데 어디까지들 가슈?

여자4 건 총각이 알아 뭐해여?

소년 내는 민긍호 부대의 의병이어유.

여자4 총각이……? 의병이라구……? 참 내 별일이 다 많애.

소년 어디까지 가슈?

여자4 우리 주인두 의병 나갔어. 시방 금수산에 있다는디 거길 가는 길여. 야는 우리 딸이고.

(여자1·2·3이 풀어놓은 보퉁이를 헤치고 떡을 먹다가 소년에게 내민다.)

여자2 총각, 이것 좀 자셔보게. 좀 굳었지만 요기는 될 거요.

소년 많이들 드슈. 아 그러고 빨랑 갑시다유. 내가 이렇게 빈둥거릴 몸이 아니어유.

여자3 아니! 저게 제천 아니래유? 웜메, 저것이 다 뭔 불빛이여. 아주 불밭이 되어부렀네유.

여자4 게서 나온 사람도 있을라구.

여자5 엄니! (쓰러진다.)

여자4 오냐, 오냐. 이것아, 인자는 아무 걱정두 없다. 사람이 살았으면 제일이지 또 무엇을 바라겠냐.

소년 그 애기씨 워디 아픈가유?

여자4 아녀, 암것두 아녀.

여자1 (대강 요기를 끝내고 나서 위엄 있게) 얘 작은년아, 가서 나뭇가지 몇개 꺾어오너라.

여자2 어머님……

여자1 아니다, 넌 가만있거라. 종년들은 잘못한 즉시루 다루어야 범절을 아는 법이다.

여자3 마님, 어째 그러셔유. 지가 뭐 잘못했남유.

여자1 네가 세 가지 잘못을 저질렀느니라. 첫째는 장호령서 왜병을 피해 식구들이 뿔뿔이 흩어질 때 아이들을 돌보지 않았다. 그래서 애비가 아이들 때문에 뒤처진 게야. 둘째는 위험할 때에 네 상전을 버렸다. 그리고 셋째는 상전이 기다리는 줄 뻔히 알면서도 늦게 돌아와 심한 걱정을 끼쳤다. 냉큼 가서 매를 꺾어오지 못하겠느냐.

소년 헤헤이, 이 난리통에 반상의 범절을 찾아 뭘 한대유. 마, 마님 고정하셔유. 참 내……

여자1 총각은 가만있게. 우리네 집안일이니까. (여자3에게) 얼른…… (여자3 울상이 되어 잠깐 퇴장)

여자4 (소년에게) 잘못 섞였구면. 이밥 먹구 사는 이와 시래기죽 먹구 사는 이가 워디 같은감. 언년들은 뭐 태어날 때부터 상것이다냐.

여자1 뭐라구. 방금 자네 무슨 말을 했나.

여자4 암것두 아녀유.

여자1 자네 제천 산다구 했지. 어느 동넨가.

여자4 저, 마님 알아유. 즈이는 삼대째 진사님네 소작 붙이거든유.

새달골이어유.

여자1 새달골이라면……

여자4 예, 댓 마지기 농사지유.

여자1 자네네 농지를 떨구었을 텐데.

여자4 (한숨을 쉰다) 쯧…… 그렇게 되었지유. 즈 애비가 의병 바람이 단단히 들어서 작년에 집에서 온다 간다 소리 없이 나갔는디 여태 통 기별이 없네유. 누가 청풍서 박대장이 연설할 즉에 봤다구 그러더만유. 자식새끼덜 걱정은 않구 그 무슨 철딱서니 읎는 짓이래유. 병정잽기두 아니구…… 미친 역마살이 뻗쳐서 큰일이지유.

여자1 이년, 매 하러 가서 또 늦는 거 봐라.

소년 아줌니, 큰애기가 워디 아픈가유.

여자4 암것두 아니라니께 자꾸 물어쌌네. 총각은 워느 부대루 가유.

소년 민긍호 부대에 우리 성님 만나러 가유.

여자4 총각두 바람들었구먼.

소년 바람이라구유? 우리가 아줌니들 땜에 산속으루 이러구 댕기는 거 아니래유.

여자1 쓸데없는 소리야. 느이 같은 자들 때문에 온 나라에 난리가 난 게야.

소년 아이구, 답답해 죽겠네, 잉.

여자3 (나뭇가지 몇개를 꺾어들고 등장) 마님…… 여깄어유.

여자1 이리 가까이 오너라.

여자2 어머님, 제가 때리지요. 몸소 그러실 것 없어요.

여자1 아니다, 마당쇠라두 있다면 그 녀석을 시키겠다만 내가 다스려야겠다. 종아리를 걷어라.

여자3 마님, 한번만 용서해주세유.

여자1 이리 가까이 오지 못해.

소년 참말루 딱두 하시네유. 지금 세상에 사람은 모두 하늘이 내렸

으니 누구나 같다구 하는디, 갑오년 이래루 아직두 남의 종이 있남
유. 거 때리지 마시유. 그렇다면 우리끼리만 장호령을 넘을 테유.

여자1 마음대루 하게.

여자3 마님, 때리셔유. (두 손으로 얼굴을 감싸고 돌아선다.)

여자1 오냐, 맞아라. (회초리로 내려치는 동안 여자3, 이를 악물고 참으
며 버티고 섰다.)

여자5 (신음 섞인 소리로) 엄니, 왜 안 말린대유.

여자4 남의 집 일인디.

여자5 (나약하지만 결연히) 거 때리지 마셔유. 다 늦을 이유가 있었시
유. 맨손으루 땅을 팠는디 고생이 좀 심했겠시유.

여자3 암말 말어유. 괜찮으니께.

여자5 왜 사람을 때린댜.

여자1 자네 여식인가?

여자4 예.

여자1 참견 말라게.

여자4 서이서 뭘 같이 하느라구 늦었거든유. 그래서 저애가……

여자5 엄니, 저 사람들께 뭣허러 굽신댄대유? 쥐어뜯어두 시언치
않을 텐데. 저니들이 언제 인정이나 있었시유?

여자2 처녀는 무슨 말을 그렇게 하지. 우리에게 억하심정이라두 있
나.

여자5 우리 수돌이가 당신네들 땜에 죽었단 말여유.

여자1 이년, 너희 식구가 우리 땅을 매어 삼대째나 먹고 살아왔다는
데 은혜는 모른다 치더라두 누가 누구 때문에 죽었단 말이냐.

여자5 그까짓 댓 마지기에 쌀이 몇섬이나 난다구, 그래 소작미를 그
리 많이 빼앗아갔어유? 일년내 뼈빠지게 농사를 지어놓으면 해마
다 굶다 못해 얻어온 장리쌀 갚느라구 허리가 부러지쥬. 마름이란
피도 눈물도 없는 놈들이지유. 우리 동생 수돌이는 굶어서 죽었단

말여유.

여자 1 우리가 그나마도 땅을 붙여주지 않고 다른 사람들께 내주었다면 네년두 태어나지 못했을 게다.

여자 5 맞어유. 꼭 맞는 말이쥬. 일년 이년두 아니구 할아버지 적부터 삼대째나 해마다 굶어죽을 둥 말 둥 살아온 밥통 같은 집안에 태어난 게 잘못이지유.

여자 4 애 말이 맞긴 맞는 얘기유. 그저 우리집 멍텅구리가 가엾어유. 총 들고 싸질러댕기다 죽으면 저만 서럽지유. 누가 알아나 준대유. 왜놈들이 쫓겨간다 해두 댁네들은 벼슬이나 살 것이고, 우린 다시 부황이 들고 굶주려 지내겠쥬.

여자 5 매나 맞으면서, 욕이나 먹으면서, 굽신거리면서 살아야쥬. 엄니, 나는 드러워두 좋아. 왜놈들이 몇번을 덤벼두 좋아. 인자는 죽기 아니면 살기여. 그렇지만 저니들하구 같이 댕기진 않을 테유. 우리 먼저 가유.

여자 1 그래, 어서 냉큼 없어지지 못하겠어. 아이구, 분해라. 아랫것들에게 이런 수모를 당하니…… 도대체 느이 서방은 어딜 갔단 말이냐.

소년 그 양반은 찾아서 뭣한대유. 산 사람들이나 잘 보신해야지.

여자 2 그게…… 무, 무슨 소리요, 총각?

소년 엥이, 자꾸 묻지 말아유.

여자 5 날마다 거드름 피우구 다니며 소작인들에게 욕질하던 양반 나리 말씀예유. 나두 봤지유.

여자 1·2 (동시에) 뭐라구?

여자 1 어디서 봤어?

여자 2 방갓을 쓴 분인데……

소년 (여자 4에게) 아줌니, 우린 먼저 갑시다유. 거북스러워 같이 못 있겠네.

여자2 총각, 나 좀 봐요. 여봐요.

소년 왜 불러싸유. 우린 갈 길이 바쁜디.

여자2 뭘 봤는지 말해주고 가요.

소년 보긴 뭘 봐유. 암것두 못 봤시유.

여자1 이놈아, 그럼 어째서 느이들 셋이 작당하여 그따위 악담을 하느냐.

소년 (드디어 화가 나서) 이러지들 마십시다유, 잉. 어린 사람이라구 너무 그러시지 말란 말여유. 나두 죽을 고비를 숱하게 넘긴 사람이 유. 시방 온 나라 안에서 남녀노소들이 왜병하구 싸우다 죽고 있단 말여유. 우리 아버지두 옛날에 우금치 고개에서 잡혀 타죽었시유. 당신네 배부르고 편한 나으리들이 망친 세상을 건지겠다고 이래 되도 않는 싸움을 하며 죽는단 말여유. 옘병할 양반인지 개다리 소 반인지, 방포소리만 나두 제 식구나 살겠다구 도망치다가 뒈어진 들 우리가 알 바 없지유. 왜놈덜 오거들랑 버릇 갈친다구 발 아래 꿇어앉혀서 훈계나 좀 해보시쥬. 아마 담부터 조심하겠노라구 눈 물을 흘려가며 빌 게유. 빼앗은 땅은 모두 돌려주구 불태운 집덜 모두 세워주구 죽은 사람은 살려내구요, 잉. 겁탈한 큰애기덜 모두 깨끗해질 테니께. 암은유. 큰기침이나 하면 왜놈이고 양귀들두 모 두 물러갈 거예유. (무대 차츰 암전된다.)

제2장

(무대는 1장과 같으나 나무와 돌의 위치만 바뀌어 있다. 밤, 여자4·5 헐 떡이며 등장)

여자5 엄니, 더이상 못 걷겠시유. 좀 쉬다 가유.

여자4 그려, 아무래두 여기서 총각을 기다려야지. 몸은 좀 나섰냐.

여자5 맥이 하나두 읊네유.

여자4 나는 니가 그때 죽어버린 줄 알았어, 이것아.

여자5 엄니, 난 안 죽어유. 내가 왜 죽는대유.

여자4 그려, 그려. 나는 널 땡볕에 밭고랑에다 떨구었어. 그 질루 니 애비가 살덩이를 똘캉물에다 푹 담거서 씻었는디, 아유, 똑 도야지 새끼 같었다니께. (사이) 이것아, 이상한 맘일랑 아예 먹들 말어.

여자5 나두 아부지 만나먼 그 자리서 병대에 입당할튜.

여자4 니가 뭘 한대. 아부지 만나면 멱살을 잡아 끌어내야 해여. 인자는 즈이 처자식 생각두 좀 혀야지.

여자5 아녀유. 인자 생각허니 아부지가 잘하신 것 같어유.

여자4 바로 저 아래가 덕출령이여. 저 행길만 질러가면 삼방산으루 해서 청풍에 닿을 게다. 아침이 되면 니 애비를 만날 수 있겠지. 그런데 니 아부지한테 새달골서 있은 일 얘기하면 안되여.

소년 (여자1을 부축하고서 등장. 여자3은 여자2를 부축하고 있다.) 여기들 잠깐만 앉어 기슈. 내가 고갯마루를 살펴보구 올 테니께. (소년, 봇짐을 벗어던지고 총을 겨눈 채 오른편으로 퇴장한다.)

여자2 지금 고개에 누가 있을라구. 그냥 내려가지.

여자4 모르시는 말씀 마슈. 우리가 불속을 헤치구 나왔는디유. 왜놈덜 하는 짓을 몰라서 그러쥬.

여자1 밝을 무렵에는 삼방산으로 해서 내려갈 수가 있겠지. 청풍 아즈버니 댁에 가면 한 보름은 앓겠다.

여자3 (무대 중앙 뒤편에 바싹 다가갔다가) 아씨! 저게 무슨 불빛이래유. 불빛이 아래에 쌔구 쌨어유.

여자4 왜놈들이 분명히여. 산을 뒤지는갑네.

여자2 에그, 어쩌나.

여자5 엄니……

여자4 괜찮애. 여기까지야 올라오겠냐. 기왕지사 죽었던 목숨여.

소년 (총을 겨눈 채 뒷걸음질로 다시 등장) 모두 엎드리슈. (그대로 바깥

26

을 살피면서) 제천서 몰려들 나오는 모양이유. 들키지 말아야지.

여자5 엄니, 이번엔 나두 싸울텨. 싸우다 죽을텨.

여자1 방정떨지들 말구 잠자쿠 있어.

여자2 우릴 깨끗이 내버려두진 않을 거예요.

소년 쉿…… (모두 엎드려서 숨을 죽인다. 사이) 지나갔시유. 멀긴 하지만서두 여기서 소리치면 똑똑히 들을 수 있는 거리예유.

여자4 날이 밝기 전에 무선 여울을 건너야 텐디.

소년 좀 기다려야쥬.

여자1 설마 우릴 죽이기야 할라구. 총각 그 포를 버리게. 거 위험스러워서 같이 다닐 수가 있어야지.

소년 총을 버려유? 시방은 나보다두 총이 더 중해유.

여자1 왜놈들이 그 포를 보면 우리네두 의병 패거리인 줄 알구 몰아서 죽이려구 할 게야.

소년 우리 성님은 늘 말했시유. 아부지는 돌아가신 게 아니래유. 우리 성님이 알지도 못허는 산속이나 개천에서 썩어져두 죽지 않은 거래유. 나두 마찬가지구유. 이런 싸움이 몇십년이 갈지두 모른대유.

여자4 마님이 못 봐서 그렇지유. 소문을 못 들으셨쥬. 방금 우리네가 제천 새달골서 겪구 나왔다니께유. 지난 밤새껏 싸움이 있어서 즈이 모녀는 이불을 쓰구 방구석에 처박혀 있었지유. 갑자기 동네 사람들이 맨몸으로 쫓겨가며 일본 군대가 마을루 들어오구 있다더만유. 기름을 뿌리구 집집마다 불을 놓았대유. 온 읍내두 불바다가 되었시유. 그놈들은 사람의 씨알머리를 남기지 않을 모양인개벼유. 우리두 서산에 올라 우리집이 타는 걸 봤쥬.

소년 일렬로 세워놓고 총검으로 마구 찔러 죽인 마을두 있어유.

여자4 사람들의 목을 쳐서 길에다 죽 깔아놓은 장터두 있더래유.

여자5 아아…… 고만들 해유. 뭐 좋은 얘기라구 그런 얘길 그리도 자세히 헌댜. 다 그만둬유. 엄니…… 그때 나는 기절해서 아무것두 몰라유.

여자4 나는 논두락 아래 숨어 있었어. 내가 뭐 워쩌냐. 힘이 있냐 아니면 저 총각처럼 포가 있겠냐. 그냥 살려구 숨두 크게 못 쉬고 숨어 있었단 말여.

여자1 왜놈들이 저 아이를 어찌했나?

여자4 뭐, 그냥 우리끼리 목숨 살린 얘기 하는디유.

여자1 아닐세, 혹시 겁간을 당한 게 아닌가?

여자4 아녀유, 왜놈들께 들켰지만 곧 달아났쥬.

여자5 내 얼굴에 뭐가 묻었남유? 왜놈들이 덤벼들자마자 깜박 정신을 잃었지유. 눈을 떠보니까 하늘에 구름이 보이데유.

여자1 더러운 것 같으니……

여자4 무어라구유, 더럽다구유.

소년 아, 그만들 해두슈. 시방 원제 왜놈들이 들이닥칠지 모르는디 쌈박질만 하면 뭇한대여?

여자5 엄니, 나는 청풍에 안 갈텨. 여기서 죽어뻔질텨, 엄니.

여자4 에이, 마님이고 자시고 헐 것도 읎다. 이년, 니가 원제 적부텀 내 상전이여. 땅뙈기 내주고 부려먹던 남지기여. 다 같은 사람여, 이년아.

여자3 아니, 이것이 정신이 돌았나베.

여자4 너두 평생 종노릇 면하지 못헐 게여.

여자2 총각, 저 여자 좀 데려가줘요.

소년 (뭔가 주의 깊게 듣더니 무대 왼쪽을 살핀다.) 쉿, 잠자쿠들 있으슈. (사이) 어라…… 이쪽으루 오는 것 같네.

여자4 그려, 산등성이를 타구 곧장 오는개벼. 곧 당도하겠구먼.

여자3 달아납시다유.

소년 꿈쩍 말구들 있으슈. 다행히 그냥 지나가면 몰라도…… 들키면 싸워야쥬. 섣불리 움직이다간 모두 죽어유.

(단정히 앉은 여자1, 품에서 은장도를 꺼내어 부들부들 떨며 제 목을 겨누고 있다. 여자2, 여자3과 서로 껴안고 엎드려 있으며, 여자4는 돌을 끌어모은다. 여자5도 돕는다.)

여자4 싸우지 머. 그러다 정 못 견디면 죽는 거여.

여자5 엄니, 급해지면 나부텀 죽여줘유.

여자4 같이 뛰어내려. 총각은 나중에 우리 멍청이께 소식이나 전해줘, 잉.

소년 어! 이쪽으루 오네유. 덕출령 고갯길루 내려가두 막혀 있을 테고…… 에이, 모르겠다. 아줌니들 잘들 가유. (벌떡 일어선다.)

여자4 아니 왜 이런댜? 응, 인자 보니께 총 든 포수가 아니라 겁쟁이구먼그려. 혼자만 살려구 도망질여. 니가 무슨 의병이여.

소년 그려유, 나는 겁쟁이여유. 누구든지 삼방산 쪽으루 내빼면 왜병들이 그쪽으루 잡으러 모여들겠쥬. 내 한참 소란을 피울 테니 그 틈을 타서 부암 마루턱으루들 달아나유. (적당한 방향을 살핀다.)

여자2 총각까지 가버리면 우린 꼼짝없이 산 귀신이 되겠어요.

여자3 아씨, 너무 염려 말아유. 아씨는 내 친부모보다두 더해유. 모시느라곤 했지만 속 썩여드린 일두 많았쥬. 청풍까지 제발 무사히 가셔유. 난리가 끝나면 친정 가실 제…… 제 동생두 좀 찾아보셔유. (잡으려는 여자2를 뿌리치고 일어선다.)

여자2 애, 작은애야, 어디 가니?

여자3 아씨, 서방님 걱정은 이제 마셔유.

소년 붙잡아유.

(여자3, 무대 오른편으로 뛰쳐나간다. 모두의 행동 정지된 채 무대 위에 붙박여 있다. 잠시 후에 멀리서 사내들의 요란한 웃음소리, 여자의 날카로운 비명, 다시 웃음소리. 대금과 북소리 낮게 깔리며…… 차츰 멀어져간다.)

여자2 작은애가…… 가엾은 것!

여자4 상전보다 낫구먼.

여자1　내 작은년의 노적을 빼어주고 제천 사거리에다 충복비를 세워줘야겠다. 애비두 얘길 들으면 쾌히 허락할 게다.

소년　충복비유? 그냥 썩어져서 달래강 맑은 물에 섞일 게유.

여자4　그 젊은 양반은 기왕에 죽은 사람인디 찾아서 뭣한데유. 공연히 착한 처녀만 곤욕을 당했지.

여자2　죽다니…… 누가요?

여자5　댁네 양반 나리 말이쥬. 누구긴 누구여.

소년　참 딱두 하슈. 왜…… 자꾸만 타시락거린대유. 산 사람들은 어찌됐든 살구 봐야쥬. 나는 박여성 대장께 연락을 해주고 금수산으로 가야 혀유.

여자2　(애원조로) 제발 좀 말해줘. 그게 무슨 뜻이지?

여자4　우리 모녀간하구 댁네 종 아이랑 함께 그쪽 골짜기를 따라 올라왔슈. 저 총각두 그리루 지나왔을 테니께 물어보슈……

여자1　이놈! 악담만 하지 말구 바른 대루 말해라. 너희들이 그런다구 내 기가 꺾일 줄 아느냐.

소년　내가 마님 기를 꺾어 뭣하겠시유. 마님두 나 겉은 손자가 있다면 좀 마음을 눅게 잡숴유. 다 같은 사람 사는 세상인디 워째 그렇게 따지기만 혀유. 마음을 눅게 잡숫구 기시면 우리 젊은것들이 다 알아 할 거 아녀유.

여자5　내가 가르쳐드리지유, 나리 마님. 똑똑히 새겨들어유. 쩌어기…… 우리가 지나온 박달재 아랫골짜기에 시체가 있는디…… 셋입디다. 하나는 댁네 서방님이고 둘은…… 아이고오, 잉. 참말 모지네유. 이 소리를 똑 허게 맨들고야 마세유? 댁네 지지바가 하도 불쌍혀서 허는 소리유. 인자 시원한가유? 엄니…… 나 좀 붙잡아줘유. 빨리 날이 샜으면 좋겠시유. 새벽 닭이 원제나 운대유.

（여자2는 이미 실신해 있고, 소년이 흔들어대고 있다. 여자4, 여자5를 안고 있으며 여자1, 앙상한 고사목 옆에 고독하게 서 있다.）

여자1 분명히…… 분명히 봤단 말이지. 내 눈으루 확인을 해야겠다. 사실이라면 시신이라두 수습을 해야지.

여자4 (조용하게) 마님, 가지 마셔유. (사이) 그 작은애가 잘 모셨시유.

여자1 작은년이……?

여자4 그래서 늦었지유. 맨손으루 황토흙을 파고 있었슈. 나무말뚝으루 표지를 해놨시유. 작은애가 우리보러 암말 말라구 다짐을 혀서 꾹 참았는디…… 그만 이 어리석은 년이 결김에 참지 못허구 말해버렸구면유.

여자1 모두…… 모두…… 파묻었단 말이지.

여자4 이년은 시방 제정신이 읎어유. 얼이 쏙 빠져부렀지유. 왜놈들 너이서 겁간을 해버렸지유. 참말루 길구 끔찍한 세월이어유.

소년 어서들 일어나슈. 날이 새고 사람들을 만나면 또 달라질 게유.

여자1 내 기가 꺾일 거 같으냐. 어림없다, 어림없어. 내 땅, 우리 가문, 아무두 손대지 못해.

(실신해 있던 여자2, 미끄러지듯 빠르고 끊는 듯한 동작으로 무대를 나간다. 여자1을 제외한 세 사람, 손을 뻗친 듯한 자세로 굳어 있는 채)

여자1 가거라! 모두 가거라! 나 혼자 잿더미의 집터루 돌아가지. 잡초를 뽑고 땅을 일구고 사당을 세울 테다. 우리 집안이 대가 끊길 줄 알구, 대가 끊길 거 같으냐.

(세 사람의 실루엣 붙박인 채로 암전)

제3장

(나무와 돌은 같으나 무대 오른편에 높다란 바위가 서 있고 봉화대가 있다. 부암 봉수대이다. 이곳에서 청풍 의치 봉수대로 신호를 보내게 되어 있고 의치는 금수산으로 연결된다. 무대 밝아오면 여자1 단정하게 무대 중앙에 앉았고 여자4·5 삼각형의 끝에 위치쯤 무대 왼편 가까이 앉았다. 여자5

는 여자4를 감싸고 있다.)

여자4 헐 수 없지, 워떡하냐. 아씨가 벼랑에서 떨어진 것이 니 탓만은 아녀. 서방님도 아기들도 모두 잃으셨으니 오죽하셨겄냐.

여자1 (속삭임으로 제 자신에게 말하듯) 그게 다 제 팔자지.

여자4 우리에게 무슨 나라가 있었겄냐. 남 좋은 나라였지. 니가 수돌이 얘기를 자꾸 해쌌지만 이것아, 니는 워쨌는 중 알어? 땡볕에 김매다가 밭고랑에다 떨구고 보니께 아 지지바 아녀. 나두 모르게 너를 엎어버린 거여. 숨이 맥혀 뒈어지라구 말여. 잘 죽도 않더만. 니 애비가 빼앗아다 시냇가루 데려갔지. 시방 그런 목숨이니께 넌 죽들 않을 거여.

여자5 뭣 때미 여자들은 천대를 받는댜? 뭣 때미 날 낳아 엎어부렀대유.

여자4 나두 팔남매의 꼬래비서 셋째여. 먹을 건 읎고, 잉. 할 일은 많지. 차라리 지지바로 태어날 바엔 마루 밑에 삽사리 팔자가 나슨 거여. 내가 겪어 아는디 그 고생을 왜 네게 다시 시키고 싶겄냐.

여자5 엄니……

여자4 애보기, 물긷기, 쓰레질, 빨래, 밭매기, 새보기! 두 발루 걸을 수만 있게 되면 밤낮으루 일이지. 내 열 손가락을 만져봐아. 끝이 돌덩이 같어. 손톱이 벗겨지구 피를 흘려가며 길쌈을 하지 않았겄냐. 흉년이나 들어봐라. 못된 부모를 만났단 면데루 팔려간단 말여.

여자5 흉년의 붉은 해는 지겨워유. 수돌이를 지가 거적에 말아다가 나무에 엎어뒀쥬.

여자1 서방 없는 년의 허벅지는 성한 날이 없지. 적막한 날마다 뒤꽂이루 찔러대어 상처투성이었어. 그 아픔이 나를…… 말라죽은 나무처럼 만들었다. 웬만한 아픔에 나는 놀라지 않아. 눈물도 말라버렸어. 마음을 눅게 먹으라구……? 세찬 바람에 이파리도 가지도 다 떨구고 섰는 이 죽은 등걸에…… 무슨 살아 있는 표시가 나

32

겠나. 나두 울구 싶다. 실컷 큰 소리루 악을 쓰면서 방성통곡을 하고 싶어. 웃지두 울지두 못하구 살아왔지.

여자5 무선 여울을 건너면 아부지를 만나겄쥬. 아부지를 만나, 나두 금수산에 들어가 의병이 될튜.

여자4 느이 애비에게 행역질하지 않을란다. 멍청이라구 허지두 않구 말여. 아, 첨에 두레 품앗이서 만났는디 모는 안 심그고 내가 섰는 냇갈에만 정신 팔다가 모판을 죄다 망쳤지.

소년 (오른쪽에서 등장한다.) 아무래두 심상치 않어유. 여울 가까이 가보니께 창천내 쪽에 왜병들이 숙영하구 있네유.

여자4 여울을 건늘려구 하던가?

소년 아뉴, 아직은 몰라유. 놈들이 달내를 따라서 뗏목을 타구 금수산을 들이칠지, 아니면 여울을 건너 청풍을 둘러쌀지 모르겄슈.

여자5 그럼 의병들은 왜놈이 숨어 있는 걸 모르구 있겄네유.

소년 방비는 하겄지만서두 이렇게 가까이 온 줄은 모를 게유. 알려줄 방도가 있기는 꼭 한가지 있겄구먼유.

여자5 우리 걱정일랑 말구 싸게 달려가셔유.

여자4 그려, 우린 왜놈들이 멀리 갈 때까지 여기 꼼짝두 않구 있을 텨.

소년 그런 게 아니라유, 나는 금수산으루 곧장 가야 해유. 사정이 급해졌단 말여유. 시방은 어두워서 보이덜 않지만 여그서 똑바로 섰는 게 의치 봉우리예유. 부대가 거기 있을 텐디 바루 이 자리가 부암 봉수대거든유. 봉홧불만 올리면 저쪽에서 알아차리구 금수산이나 소백산 쪽으루 내뺄 게유. 소백산에는 우리 성님이 젤 좋아허는 신돌석 대장님이 계시쥬.

여자1 가게! 어서 가라니까.

소년 아줌니, 허지만서두 봉화를 올리구 빨리 피하지 못허믄 죽어유. 왜놈들이 벌떼같이 올라올 테니께.

여자5　염려 마시구 싸게 가시라니께유.

소년　아마 틀림없이 금수산을 들이칠 게유. 원주 제천 충주서 쫓겨 온 의병들이 모두 그쪽으루 모이구 있거든유. 뭐 여울을 건너 청풍을 들이치면 헐 수 없쥬. 박대장이 알아서 허시겠쥬.

여자4　왜놈들이 여울을 건너는 기색만 보이면 불을 올려라 그 얘기구먼.

소년　그러실 거 없네유. 부녀자들이 워떡헌대유. 그저 날이 새도 여기서 죽은 듯 기시다가 왜놈 부대가 지나간 다음에 제천으루 돌아들 가셔유.

여자1　어서 가게나.

여자4　몸조심허게. 자네 겉은 젊은 장정들이 어서들 난리를 끄치게 해야 혀.

여자5　집이 워디래유? 나중에 안부나 전하게유.

소년　공주가 고향인디 인자는 모두 남의 나라가 되어부렀쥬. 모두들 몸조심들 하셔유. (퇴장)

여자5　엄니, 제천 새달골 돌아갈 생각 해유?

여자4　새달골이 워딨대. 제천 읍내가 읗어져부렀는디. 거그는 시방 잿더미뿐여.

여자5　아부지가 저 맞은편 의치 봉우리에 기시단 말여유?

여자4　그렇대여.

여자5　캄캄혀서 암것두 안 보이는디.

여자4　느이 아부지께 신호를 한단 말여. 허면 보일 테지.

여자5　나 봉수대 위에 올라갈텨.

여자4　거근 왜 올라간다냐?

여자5　아 그 총각이 부탁했잖유. 왜놈들이 여울을 건너면 불을 올려 안다구유.

여자4　불을 올리면 우리는 죽어, 이것아. 천상 불도 못 올릴 터인디 올라가긴 뭇허러 올라가아.

여자5 의치봉이 보이나 하구 말유. (봉수대 바위로 올라간다.)

여자1 자네들두 가게. 전부 가라니까.

여자4 마님, 정신 차리셔유. 날이 새면 왔던 길루 되돌아서 제천으루 가셔유. 왜놈들이 지나간 데는 상관없다누만유.

여자1 응? 나 정신 똑똑하다네. 아무래두 자네 여식이 밤을 그냥 넘길 것 같진 않구먼.

여자4 예?

여자1 봉화를 올린다며.

여자4 즈 애비를 보구 싶어 저러지유. 우리가 예까지 가까스로 살아왔는디 뭣 때미 난을 불러들이겠슈. 마님, 죽을 죄루 잘못했구먼유.

여자1 뭘 말인가?

여자4 여러가지루유.

여자1 (말없이 고개만 흔든다.)

여자4 마님, 제천 가시면 작은서방님 식구나 외가 쪽 식구들을 불러다 대가를 이루구 사세유.

여자1 그럴 작정이네.

(이때 봉수대 위에서 여자5 외친다.)

여자5 엄니, 큰탈났슈. 왜놈들이 무선 여울을 건너가는 모양유.

여자4 여울을 건너가네?

여자5 여울 위에 뭐가 많이 떴시유.

여자4 뗏목일 거여. 아이구, 야단이네. 박여성 부대는 이것을 모를 것인디.

여자5 엄니, 봉화를 올려유.

여자4 봉화를……

여자5 그려유. 불을 높이 붙여 올리먼 의치봉서 알 거 아녀유.

여자4 니 애비를 만나서 산에 들어가 화전이라두 갈자구 그랬잖여.

여자5 의치봉에 아부지가 기신대유?

여자4 그니가…… 아직 살아 기시겄지.

여자5 엄니, 싸릿대를 꺾어오슈. 여기 화토두 있구먼유.

여자4 꼭 봉화를 올려야 쓰겄냐.

여자5 저쪽의 불을 보구 싶어 죽겠어유.

여자4 (사이) 오냐, 까짓 거 봉화를 올리구 달아나자. 내 싸릿가지를
모아올텨.

여자1 봉화를 올린다구?

여자4 예, 마님. 즈이들이 불을 붙이기 전에 어서 피하셔유. 즈이는
걸음이 빠르니께 나중에 피해두 괜찮어유. (여자4, 주위를 우왕좌왕
하며 싸릿단을 여러 뭇 모아서 봉수대 바위 위로 오른다. 여자4·5 모녀가
함께 불을 피운다.)

여자5 자, 싸릿단을 더 얹어놔유.

여자4 불 한번 오지게 타는구나.

(여자4·5 발화에 열중한 동안에 여자1 허리춤에서 은장도를 꺼낸다. 날
카로운 날을 손끝으로 어루만져본다.)

여자1 우리 땅에는 누가 와서 살꼬. 우리 땅에는 인제 잡초만 무성
하겠구나. 임자 없는 땅이 되었어.

여자5 의치봉서 아무 회답이 없네유.

여자4 느이 애비가 불을 붙일 게여.

(총소리 들리면서 가까워지기 시작한다.)

여자5 엄니, 나두 병대에 들어갈튜.

여자4 불이 안 보이네.

(총소리 가까워지자 여자1, 갑자기 생각났다는 듯 칼을 배에 대고 앞으로
넘어진다.)

여자4 애, 저…… 저것 봐라. 불빛이다.

여자5 의치봉서 보았네유.

여자4　불 좀 더 크게 피워.

여자5　봉화가 참 곱네요, 엄니.

여자4　그려. 꽃 같구먼, 꽃 같어.

여자5　나두 병대에 들어갈 거여.

　(여자5, 두 손을 벌리며 몸을 일으키고, 여자4는 입김을 분다. 연달은 총소리. 두 사람 쓰러진다.)

〔한국문학 1975. 7; 장산곶매, 심설당 1980〕

장산곶매

(시골 동네의 빈터나 도회지의 운동장 또는 야산에서 놀 수 있도록 마당극의 형식을 취하는 것이 좋겠다. 군중장면에는 관객이 마을사람들이 되어 소리와 동작으로 자연스럽게 참여할 수도 있다.)

한 거리

(서도 민요 「몽금포 타령」이 낭랑하게 들려오며, 당골네. 흰 무명 치마저고리를 입고 머리에는 붉은 끈을 질끈 동이고 손에 방울을 쥐었다. 세상의 온갖 풍상을 겪은 원한과 지혜와 집념이 서린 팔순 가까운 노파, 그는 극의 해설자이며 진행자이기도 하다. 방울을 흔들며 혼자 사설조로 음산하게 엮어간다. 잠시 살풀이를 한바퀴 돌아보다가 앞으로 넘어져서 흐느낀다.)

(음악은 물론, 자연음을 묘사하는 효과도 북 · 장구 · 꽹과리 · 징의 사물로 처리한다.)

잽이 (여기서 잽이라 함은 사물 맡은 사람들로, 번갈아 묻고 말한다.) 할멈, 왜 우나?

당골네 응? 하도 원통하고 기가 맥혀서 우네.

잽이 무엇이 그리 원통한가?

당골네 내 말 좀 들어보소. 이 고장에 관아라는 관아는 온갖 잡색이 다 둘려 있는데 부역이 어디 한두 가지라야지. 우리 영감은 이리저리 걸린 부역에 시달리다 중병이 들어 시름시름 앓다가 황천 가고, 하나뿐인 우리 아들 재작년 그러께 배고파서 일어난 민란에 참네하야 여지껏 종무소식일세.

잽이 그 서러운 내력 좀 들어보세.

당골네 군노, 그 위에 사령, 그 위에 장교, 그 위에 만호, 그 위에 첨사, 그 위에 현감, 그 위에 감사, 그 위에 위에 모두 늑대처럼 물어뜯고 빼앗고…… 바다 밖에서는 온갖 나라의 황당선이 연년시시로 드나들어 죽이고 불지르니, 우리가 누굴 믿고 어이 살꼬. 난리

40

에 떠나간 우리 아들, 바다에 빠졌는지 산에 가 묻혔는지 논두렁에 썩었는지, 백골이라두 수습하려고 온 세상을 이리 찾고 저리 찾아 보아도 만날 수가 없네.

잽이 그런 이가 어디 꼭 할멈 아들뿐이던가.

당골네 가엾은 백성으로 하늘 같은 뜻을 위해 죽은 이가, 흐르는 물처럼 연면한 산맥처럼 앞뒤로 끊임이 없건마는 뒷보가 허약하야 원통하고 절통하구나. (방울 흔들며 사설조로 들어간다.) 고개 들고 눈 부릅떠 꾸짖으며 쓰러질 제 망하리라 망하리라 망할 것을 알고 가네. 애달프다 권세 영욕, 너희 죄가 누대에 미치리라. 추상 같은 저 호통과 철석 같은 저 주먹을 함부로 내두르니, 사람 목숨 쉬이 여겨 하늘 뜻을 우롱한다. 뜬 세상 부귀영화 눈이야 멀었거늘 하늘조차 잊을손가. 후대에 오는 벌을 무엇으로 막을손가. 아깝도다 사모관대, 백성이 주는 배라. 저런 악행 다한 뒤에 일락서산 황혼이고 캄캄한 밤 다가오니 비고 찬 것 구별할까. 눈을 감고 귀를 막고 소리쳐 하는 말이, 백성은 무조건 매우 치고 옥에 가두라!

잽이 매우 치고 옥에 가두라네. (당골네 춤추고 돌아간다. 가망청배의 공수라도 받은 듯이 넋두리로)

당골네 어허, 금수강산 조선 팔도가 단군 성조님의 땅이 아니시리. 그 가운데 허구두 황해도를 살필 적에 동으로 함경도와 강원도에 인접하야 남으로 예성강에 지경하고, 북에는 대동강을 건너 평안도가 나오는데, 서쪽은 바다로 솟아나가 청국허구두 산동을 마주 본다. 산은 아득하게 높아 저 위에 찌를 듯하고 골짜기는 요 아래 깊숙한데 예로부터 백성의 설움이 많아 도적떼가 속고의에 이 끓듯 하였겄다. 팔대명산으로 구월산이 솟았는데 여기가 태곳적 단군님 터전이 아니신가. 구월산의 줄기가 남서쪽에 우회하야 추산을 따라서 불타산에 이르렀고, 막바지로 그친 데가 장산곶이라. 어허, 바위 봉우리가 삐죽삐죽 솟아올라 구름 사이를 이어서 바닷속에 처박힌 그곳이다. 장산곶 연봉이 백여리나 되는데 조수 따라 들쑥날쑥 바위벽은 병풍 같고, 물길 거슬러 휘돌고 부딪치고 깨어져서 배는 감돌아들지 못하는구나. 세찬 물살과 풍랑으로 풀뿌리 나뭇잎은 뽑혀지고 날아가서, 거칠고 우람한 낙락장송만 살아남아 이 터전 수백년에 우거져왔느니라. 사납고 욕심 많은 관리와 싸운 억센 사내들은 장수매처럼 새벽을 기다린다. 바람찬 장산곶 절벽 한가운데 눈알을 번쩍이며 앉아 있는 저기 저 장수매!

(전투적인 사물소리 계속되며, 군중들의 고함소리. 북소리만 남아 점차로 박자가 늦어지며 그친다. 황량한 바람, 성난 파도)

두 거리

(당골네 두 손으로 빌며 굽신거리고 있으며, 바우가 부상당한 억보를 어깨에 둘러메고 등장한다.)

바우 이제 다 왔다. 조금만 참아라.

억보 아, 아이구 다리야.

바우 젠장할 땅 끝까지 오긴 왔군.

억보 북쪽으로 올라갈 걸 잘못 왔나봐.

바우 설마 우리가 이런 데로 왔을 줄은 저들도 모를 게야. 길마다 고개마다 지킬 테지. 산으로 가봤자 풀뿌리를 캐기가 고작일걸. (뒤를 이리저리 살펴본다.) 비장이 지쳐서 돌아갔나?

억보 돌아갈 놈이 아냐.

바우 저 봐…… 서낭당이다. 내가 뭐랬어. 틀림없이 인가가 있을 거라구 그랬잖어. 가만있자…… 누가 있는데.

억보 (움츠리며) 누…… 누구야?

바우 기도드리는가봐.

억보 죽여버릴까?

바우　여보슈…… 말 좀 물읍시다.

당골네　(놀라지 않고) 물어보슈. (하고는 그제야 돌아본다.)

바우　이 근처에 마을이 있나요?

당골네　바로 요 너머가 마을이야. 내가 거기 살아.

억보　오늘은 지붕 밑에서 자겠군. 수수밥이나 한그릇……

당골네　수수밥이 어디 있어. 지금 때가 어느 땐데, 황사 날릴 철인데. 누구 아는 이를 찾아오나, 우리 동네에?

바우　일해주고 좀 얻어먹을 집이 없을까요?

당골네　온 동네가 조기떼만 기다리는데 먹을 게 어딨어.

억보　이장의 집두 없어요?

당골네　우리 동네엔 그런 이가 없어. 어서 저 몹쓸 오랑캐의 황사바람이 걷혀야 해. 저 바람이 지나가야 조기떼가 오지.

바우　혹시 관리는 없나요?

당골네　뭐든지 못된 것들은 다 있어. 다 빼앗아가.

바우　관리가 있다는데.

억보　그러게 몸 붙일 데가 없다니까. 이제는 집에두 못 돌아가구 세상 천지에 갈 곳이 없다구.

당골네　무슨 일을 저질렀길래 갈 곳이 없다누?

억보　저지르긴 뭘 저, 저질러요. 쳇, 흉년 만나 식구 잃고 집 잃고…… 했다는 말이지.

당골네　내가 다 아네.

억보　알긴 뭘 안다구 그러슈.

당골네　관에 쫓기는 몸인 줄 다 알어.

억보　허허 참……

바우　그래, 우릴 고발할 거요?

당골네　고발? 아주 옛날에 우리 아이두 작당하여 관가를 치러 갔다가 종적이 없는데…… 꼭 그만이나 했겠구먼.

바우 관가를 쳐요?

당골네 치다뿐인가, 사또구 이방이구 모두 달아났는걸.

억보 그래봤자 무슨 소용이여.

바우 혼이 나봐야 백성이 무서운 줄을 알지.

당골네 자네가 관차고, 우리가 백성이고, 어찌하던가?

(다음 놀이의 역할은 서로 돌아가며 나누어 주고받는다. 과거의 재현이며 이것은 현재의 삶이기도 하다.)

바우 작년에 타간 환곡을 어찌 갚지 않는가. 그리고 올봄에도 그간에 축낸 모곡을 제하고 준다.

억보 지난 가을에도 열 섬을 넘지 못하는 수확에 갚을 환곡은 수십 섬이올시다.

바우 그렇다면 이번 춘궁에 다시 모곡을 제한 곡식을 나누어줄 테니 가을에는 꼭 두 배로 갚으라.

당골네 저런, 저런……

억보 이거 큰일났구먼. 이자는 연년해해로 늘어나 땅도 모조리 빼앗겼으니…… 어머니, 환자 타왔수.

당골네 에그, 이젠 살았다, 살았어. 세금이고 이자고 가릴 게 있느냐. 우선 살구 봐야지. 아니…… 그것뿐이냐. 더 안 준다든?

억보 한말밖에 안 준대요.

당골네 애, 또 환자 타는 기간이 있다더냐?

억보 그런 소리 없습디다.

당골네 헌데 왜 한말을 내주고 그만일까? 한말 가지고 이 긴긴 봄을 어찌 넘기누. 우리 식구 농량으루 어림두 없다.

억보 하는 수 없지요. 송기도 벗기고 쑥도 캐어다가 죽을 쑤어 먹어야지요.

당골네 (쌀을 골라보는 시늉) 세상에 이런 법이 어딨어. 이따위를 얻으려고 이십여리 길을 허기진 몸으로 오락가락하였구나. 싸라기,

44

겨, 모래가 반나마 되겠다. 그리구 명년에는 다시 허리가 부러지게
농사지은 기름진 곡식을 내놓으라구 하겠지.

바우 이러고도 가만있으면 우리는 사람이 아니라 흙벌레요. 사람을
모아오시오. 자, 나를 따르시오.

억보 혼자 가서 떠드느니 작당이 이로울 게여.

당골네 쌀은 간데없고 사령들이 몰려나와 무조건 오라에 얽어가는
구나.

억보 이놈들, 지난해의 환곡도 채 갚지 못한 놈들이 감히 환곡에 까
탈을 잡아 작당을 해? 명을 어기고 떠드는 놈들은 역적이나 다를
바 없다. 너희놈들 환곡을 모두 갚기 전에는 풀려나가지 못할 줄
알아라.

바우 어리석은 놈들…… 배가 불러서 벌이는 짓들이니 여름에 어찌
되는가 두고 보자. 삼문 앞으로 죽 한그릇 얻어먹으러 왔단 봐라.

당골네 나으리, 그저 배가 고파 실성한 것들이니 한번만 용서하시구
놓아주십시오. 뼈가 부러지게 농사지어 가을에 다 갚겠습니다.

바우 어이구, 허리야.

억보 아이구, 아이구 어머니, 나 죽소. 궁둥이에 살점이 아직 붙어
있는지 모르겠소.

당골네 오냐, 뒷간에서 분탕 건져왔다. 마시구 앓고 나면 다 낫는다.

바우 이놈의 세상.

억보 죽지 못해 사는 세상.

잽이 속아서 사는 세상. 이봐, 뭘 하구 있는 거야?

억보 엎어버려?

바우 뒤집어버려?

잽이 죽거나 살거나 한번 해봐야 할 거 아냐?

당골네 느이 애비두 할아버지두 모두 그랬다. 이러구러 살다보니 두
눈만 딱 부릅뜬 산송장이 되었어.

바우 어…… 호구조사를 나왔는데, 이 집에 장정이 몇명인가?

당골네 우리 호적이 안에 오른 지가 한두 해가 아닌데 무엇 때문에 호적을 다시 정리하고 그럽니까?

바우 그냥 별게 아니라네. 사또께서 갈려 가시구 새로 오신다네.

당골네 갈려 가실 적마다 호적이 정리되는가요?

억보 신관 쇄마비가 나올 것이라네.

당골네 우리는 문자속이 캄캄해서…… 쇠도깨비라니, 그게 또 뭐요?

억보 허허, 이 사람 송곳 항렬인가, 왜 자꾸 파고들어. 우리 고을을 위해서 부임하시느라구 자비를 축내어 노자로 쓰셨으니 마땅히 자네들이 물어야지.

당골네 그게 다 벼슬 산 빚돈 갚자는 수작이지.

바우 맘대루 호적을 뜯었다 고쳤다 하면서 잡부금이나 걷어? 어찌 양물 없는 장정이 있으며, 갓난애가 세를 내느냐. 저놈 죽여라! (셋이서 달려들어 쓰러뜨리고 밟는 시늉)

잽이 잘 죽었다. 잘 죽었어.

억보 본관 사또가 아직 검시하지 않았으나, 그가 돌아와 시체를 가져가면 우리는 모두 목이 잘려 죽네.

당골네 마을은 부곡으로 떨어져 영영 천대를 받게 될 거야.

바우 삶은 콩에 싹이 나우? 나중 일은 모두 우리에게 미루시우. 이것들을 끌구 강변에 가서 태워버립시다.

당골네 사람 사는 근거를 빼앗긴 무리보다 더 무서운 것은 세상에 없는 법이니라.

억보 이대로 관가로 짓쳐 들어가 사또께 따집시다.

바우 어이, 어느 마을이오?

잽이 (제각기) 나는 동촌, 나는 서촌, 어디요, 어디?

바우 여기요, 여기. 그래 자네두 잘 왔네.

잽이 나두 끼워주게.

바우 아저씨두 빨리 오슈. 같이 갑시다.

억보 우리들 무리에 끼이슈. 작대기가 됐건 돌멩이가 됐건 아무거나 손에 잡으시우.

잽이 작당하여 관문을 어지럽히는 죄는 참형에 해당된다는 것을 알고 있는가. (다시 받아서) 더구나 관리를 타살하였다니 수모되는 자는 살아남지 못하리라.

바우 관리로서 나라에는 해를 끼치고 백성을 못살게 구는 데서 나아가, 이제는 강상의 도의를 어지럽히고 환부역조하고 귀신을 살려놓고 갓난 늙은이를 만들어 쇄마비까지 걷어주면, 그런 짓으로 부임한 수령이 어느 정신에 선치를 하겠소. 지난번에는 아무 죄 없이 맞고 감옥에 갇혔으나, 이제는 관가를 우리 손으로 없애버려야겠소.

억보 자아, 돌팔매를 날리자.

바우 자아, 횃불을 들어라. (사물 어지러이 난타) 천지는 캄캄칠흑이다. 그대로 땅바닥을 더듬어 돌멩이건 흙덩이건 집어들어 어림짐작 관군을 바라고 던지니, 돌은 강풍에 우박 떨어지듯 하는구나.

억보 창검이 무슨 소용이랴. 비록 털벙거지 썼으되, 정수리 돌릴 틈이 없이 쏟아지는 돌팔매를 당하지 못하고서, 나졸 사령들은 어깨를 치켜올리고 궁둥이 뒤로 빼고 물러나기 시작한다.

바우 야, 달아난다. 아예 삼문을 부수구 들어가자.

당골네 어허, 백성이 사람답게 살고자 하여도 저자바닥 새새틈틈 처처골골마다 하늘을 가리우는 철벽이 막아서 있으니 어찌 한 고을의 난민뿐이겠느냐. 갈 데 없는 백성들이 가슴으로 떠밀고 주먹으로 두드리고 머리로 치받아서 팔도가 온통 들끓는구나.

바우 원래가 폭민이 따로 없소이다. 우리는 날씨와도 같지요. 화창한 볕이 들어 잠잠하게 고여 있다가도 바람이 불고 천둥 번개가 치기 시작하면 천군만마, 철옹성을 가지고도 막아낼 수가 없수.

억보 저지른 짓이 있고 보니 어찌할거나. 산으로 올라가세.

바우 산에 숨어서 끝까지 싸우자.

당골네 자네들이 싸우는 동안 가족들은 옥에 떨어지고 난장에 맞아 숨졌느니라. (사설조로 넋두리. 두 사람의 손을 번갈아 잡으며 읊조리는 동안에 그들은 소매를 들어 연방 눈을 씻는다.) 우졸한 규중 처는 흩은 머리 헌 치마에 한손에 미음 들고 잡수시오 권할 적에 그 정상 가궁하다. 이내 병 어이하리, 반가운 님의 소식 행여 올까 바라더니, 시문에 개 짖으니 풍설에 행인이라. 산을 보되 생각이요 물을 보되 생각이라. 세월이 모질어라 생각사록 무익이라. 초경에 이십 팔숙 오경에 삼십 삼천, 크나큰 나무뭉치 종성을 치는 듯이 꽝꽝 치는 이내 간장 철석인들 온전하리. 우리 님 귀향시에 주야로 바라보게 이내 몸 죽은 후에 선산에도 묻지 말고 동구밖 언덕에다 높직이 묻어주오.

세 거리

(바람소리와 파도소리 드세다. 마을남녀 줄을 잡고 해안으로 배를 끌어들이는 시늉)

마을남녀 어—하어하 어기야어—하
　　　　　어—하 어하
　　　　　어하어이하 어기야어하
　　　　　어하어이하 어기야어하
　　　　　어하어이하 어하어하 어기야
　　　　　배고파서 죽은 놈에
　　　　　어하어이하 어기야어하
　　　　　명이 짧아 죽은 놈에
　　　　　어하어이하 어기야어하

죽은 놈은 땅에 묻어
어하어이하 어기야어하
산 놈들만 근심이라
어하어이하 어기야어하
우리 같은 고깃밥은
어하어이하 어기야어하
바다 밑이 갈 곳일세
어하어이하 어기야어하
선주놈 삼켜라 어하어하
진장놈 도적놈 어하어하
어—하어하 어이하
어—하어하 어이하.

(노래 계속되며 남녀들 줄을 어깨에 메고 좌우로 뒤뚱거리며 돈다. 거센
바람에 쓰러질 듯 일어나고 부축하고. 그때 집사 등장한다. 의관이 번듯하
다. 그의 등장과 동시에 노래와 동작, 얼어붙은 듯 멈춘다.)

집사 (등장하면서부터 길게 목청을 뽑아 외치는데) 듣거라아, 듣거라.
선주님 말씀이다. 너희들은 지난 석달 동안 고기를 한마리도 잡지
못하였으니, 이번 철에 잡히는 고기는 모두 뱃삯으로 내야 한다.

돌이 아범 모두 말인가요?

집사 그래, 모두. 만일 이번 철을 놓치면 배를 빼앗아버릴 테니 그리
알아.

돌이 아범 우리가 살아야 선주님도 사시죠.

집사 듣기 싫어. 언제 바다로 나갈 셈인가?

돌이 아범 오늘밤이 심상치 않을 것 같아서 배를 끌어들이는 중인뎁
쇼.

집사 배가 조금이라도 부서졌다간 한목숨 가지고는 안될 줄 알아.
(집사 바삐 사라진다.)

(노래와 동작 다시 계속된다. 장교 등장하면 어부들 역시 얼어붙는다.)

장교   (구군복에 털벙거지 한 손에 등채 들고 있다.) 듣거라아, 듣거라. 진장님 엄명이시다. 얼마 전에 민란을 일으켜 관가를 습격하고 관헌을 여럿 죽인 적당의 수괴 되는 놈이 달아났다고 한다. 혹시 이 마을에 나타날지 모르니 수상한 놈은 빠짐없이 발고하라.

돌이 아범   수상한 놈이오?

장교   그래, 난리를 일으킨 놈, 흉악무도한 놈이니 해를 입기 전에 잡아야 한다.

돌이 아범   해를 입힌다구요?

장교   특히 그 목을 베어오면 관가에서 상금 오백냥을 내린다. (바삐 퇴장)

마을남녀   오백냥? 오백냥. 오백냥. (파문이 번져가듯 수군수군)

돌이 아범   차라리 내 목을 베어 팔지.

마을남녀   모가지 하나에 오백냥.

돌이 아범   시끄러. 다섯냥짜리 모가지도 못되면서.

(모두 조용해진다. 다시 노동과 노래 계속된다.)

네 거리

(돌이네 집. 돌이 아범은 마당에 앉아 그물을 깁는 시늉, 돌이 어멈은 부엌쯤에서 절구를 찧고, 바우는 멀리서 지게를 지고 와 뒤꼍에 내려놓고 장작을 패는 시늉. 그들의 노동의 각개 동작은 실제 생활에서 나올 듯한 여러가지 변형으로 이어진다. 그물을 턴다든가 접는다든가, 티를 골라낸다든가, 키질을 하거나, 죽을 끓이거나, 통나무를 고르고, 도끼질을 하고, 장작을 날라다 쌓는다든가, 이 거리가 끝날 때까지 대화중에도 그들은 일손을 멈추지 않는다. 일하지 않는 한 아무도 살 수가 없음을 보여주어야 한다.)

바우   바람이 걷히려나? (아무도 대답이 없다. 그는 자꾸만 눈을 비벼댄다.)

돌이 아범 (일손을 멈추고 먼곳에다 귀를 기울인다.) 들었어?

돌이 어멈 (함께 손을 멈추고 들어본다. 고개를 흔든다.)

돌이 아범 아닌가……?

돌이 어멈 아니에요.

바우 무슨 소리요?

돌이 아범 그런 건 묻는 게 아니오.

돌이 어멈 부정타요.

바우 (일이 끝난 듯 손을 턴다.) 언제 땅을 갈아엎나. 이 골은 파종이
늦는 모양이죠.

돌이 아범 고기떼가 먼저요. 바다에서 돌아오면 곧 밭으로 달려나가
야 해.

바우 (그의 앞에 자기도 주저앉아 그물을 함께 깁는다.) 배가 언제 오나
요?

돌이 아범 무슨 배……

돌이 어멈 아, 대처로 나가는 장삿배 말이지요.

돌이 아범 대처로 나가시게?

바우 나가야죠. 억보를 데리구요.

돌이 어멈 아까 갯가에 나와 있던데.

바우 그 녀석은 마음잡고 일은 않구 매일 갯가에만 나가는 모양이
군.

돌이 어멈 배를 탈려구 그러는 거 아니에요.

돌이 아범 당분간 여기 있으시오.

바우 저는…… 여기 있으면 안돼요.

돌이 아범 왜 안돼. (사이. 바우를 흘낏 바라보고는) 대번에 오백냥을
쥐게 해줄까?

바우 오백냥이오?

돌이 아범 그것두 사람 모가지 하나에 오백냥.

돌이 어멈 에그, 그 끔찍한 소리…… 어제 진의 장교가 내려와서 말했다우. 글쎄 난을 일으킨 사람이 달아났는데, 목을 베어오라지 뭐예요.

바우 장교가 왔다구요?

돌이 아범 (그물을 접어 거는 시늉) 봄만 넘기면 우리 동네두 살기 좋아져.

바우 장교가 날마다 오나요?

돌이 어멈 별일 없으면 안 나타나요. 황당선이나 오면 모를까.

바우 황당선이라뇨?

돌이 어멈 우린들 알겠수. 바다 건너서 오는 배들인데.

바우 그것들이 무엇하러 오지요?

돌이 어멈 지나가다 물을 구하러 오기두 하구, 식량을 구하기두 하구, 그리구 어떤 때엔 젊은 색시두 잡아간다우. 몇해 전에는 저어 장터까지 쳐들어와서 불을 지르구 사람을 죽였어요.

바우 아니, 그것들을 왜 그냥 둡니까. 쳐부숴버리구 말지.

돌이 어멈 아이구, 화포를 막 쏘아대는데, 한번 겪어봐요. 무시무시하지. 사또구 진장이구 모조리 달아나구 뭐 지켜줄 사람 하나나 있나. 키가 장승만이나 하구 눈이 파랗고 코가 주먹만한 도깨비 같은 것들두 있구, 머리털 노란 것, 빨간 것, 그리구 키가 작구 벌거벗은 왜놈들, 또 변발을 늘어뜨리고 흑포를 입은 오랑캐들, 벼라별 흉한 것들이 다 있어요.

바우 재물 많고 번화한 대처로 갈 것이지, 이런 데는 뭣하러 올까.

돌이 아범 범도 사람을 잡아먹으려면 한입에 머리를 삼키는 것이 아니라, 앞발로 툭툭 쳐서 얼을 뺀단 말이오. 어떤 황당선은 한양 근처까지 가서 임금을 만나자구 했다지?

바우 나타나기만 했단 봐라.

돌이 어멈 그런 것들한테는 쩔쩔매면서…… 그저 우리들만 꿈쩍 못
하게 못살게 굴고.

돌이 아범 쓸데없는 소리 그만 해.

돌이 어멈 아이구, 내 정신 좀 봐. 죽이 끓었을 텐데. (황급하게 달려가
열어보고 들여다보는 시늉) 시장하죠. 헌데 어쩌나, 노상 죽밖에는
없으니.

바우 흉년에는 흙두 먹는데요 뭐.

돌이 아범 그래두 여긴 갯가니까 비린 것이라두 주워다 먹지.

바우 그러믄요. (눈을 비빈다.)

돌이 어멈 왜 짓물렀수?

바우 따겁구 짐짐한데요.

돌이 어멈 여기선 봄내 눈병이 돈다우.

돌이 아범 저 바다 건너 오랑캐 땅에서 건너오는 게야. 이 동네 애들
눈 성한 놈이 있나 보시오.

바우 바다 바람이 짜서 그런가. 우리는 원래가 산골 토박이라.

돌이 아범 황사 때문이오. 온갖 병이 다 건너와. 호구별성이 오면 해
마다 아이들의 종자가 남질 않는단 말이야.

(돌이 어멈 죽그릇을 돌린다. 하나씩 받아들어 먹는 시늉. 바우는 한꺼번
에 주루룩 마셔버리다가 그들의 눈치를 본다. 다시 천천히 떠먹지만 이미 바
닥이 났다. 아쉬운 듯이 둘러보는데, 그들은 알면서도 모른 척한다. 한동안
굶주림이 채워지지 않는 식사의 한장면)

돌이 어멈 애는 어디루 갔나……

돌이 아범 그 자식 밤낮 싸돌아다니기나 하구. 이제 조금 더 있으면
바다에 데리구 나갈 때가 되었는데.

돌이 어멈 바다에요? 돌이만큼은 안돼요. 그애는 장사를 시켜야 해
요.

돌이 아범 장사하는 놈치고 사람다운 녀석이 있는 줄 알아. 남 속여

먹기나 하고, 제 배부른 것만 알고. 장산곶에서 태어난 놈은 갈 곳
이 바다뿐이야.

돌이 어멈 큰애는 수부 귀신이 되어 바다 밑을 떠돌겠지요. (치맛자락
으로 눈을 씻는다.)

돌이 아범 (피하듯이) 장정이 그 멀건 죽을 먹구 기운이 날까.

바우 맛있어요.

돌이 아범 암, 아무거나 먹어야지. 서속이라두 있으니까 다행이야.

돌이 어멈 이제 풍어굿만 벌이면 쌀밥을 자시게 될 거유.

돌이 아범 허허, 부정탄다니까.

　　(멀리서 아버지이, 아버지, 하면서 돌이 뛰어든다. 십여세의 소년. 긴 작
대기를 들었다.)

돌이 어멈 아니 왜 이렇게 호들갑이야. 또 장군놀이했구나.

돌이 저기 저 몽구미 앞에 황당선이 올라왔어요.

돌이 아범 뭐라구?

바우 황당선?

돌이 어멈 큰일났네, 큰일났어. 너 정말 봤니?

돌이 내가 똑똑히 봤는걸. 돛을 수없이 달구 꼭 커다란 새처럼 생겼
던데, 관가에서 사람들이 나왔어요.

바우 장교가 또 왔더냐?

돌이 배에 올라갔다는데, 갓 쓴 사람두 여러 명이 배에 탔대.

돌이 아범 간밤의 폭풍우를 피해서 온 게로군. 또 우릴 들볶겠지.

바우 동네 사람들이 나서서 몰아내지요.

돌이 어멈 에그, 큰일날 소리. 관에서 지시가 있기 전에는 우리가 함
부로 건드렸다간 큰코 다쳐요.

돌이 우물에서 물도 길어가고, 닭이랑 오리도 가져갔대요. 장교는 배
에 가서 술도 얻어마셨구요. 이상한 물건들을 나누어주었대나요.

돌이 아범 황당선이 떠날 때까지 다시는 갯가에 나가지 마라.

돌이 어멈 저희들끼리 주고받고 고이 떠나기나 했으면 오죽 좋아.

(돌이, 스스로 죽을 찾아 허겁지겁 먹기 시작한다.)

돌이 아이구, 근지러워. (눈을 비빈다)

돌이 어멈 눈이 아프냐. 된장 발라줄까. 놀러만 다니지 말고 산에 가서 나무나 해와.

돌이 아범 전번에 왔던 왜놈들처럼 행패나 부렸단 봐라. 아예 배를 이 앞바다에 가라앉혀버릴 테다. (당골네 등장한다. 처음과 같은 모습)

돌이 어멈 어서 오슈.

돌이 아범 그렇잖아두…… 무슨 소리 못 들었수?

당골네 쉬이……

돌이 당골 할머니, 어째서 배가 이렇게 늦지요?

돌이 어멈 저런, 저런 방정맞게……

당골네 (돌이의 머리를 쓰다듬으며) 가만있거라. 내가 오늘 새벽부터 온몸이 쑤시고 결리는 것이 이상해여. 몸주께서 오긴 오실 모양인데. (바우를 바라보고는) 내가 신장님께 물었더니, 자네 여기서 떠나면 안된다네. 꼼짝하지 말구 있어.

바우 황당선이 들어왔다는데 내가 여기서 뭘 해요. 관에서 나올 텐데.

당골네 쫓아버려야지. 암, 쫓아내야 하구말구. 가만…… 바람이……

돌이 아범 바람이…… 그래…… 바뀌었다! 높바람이다, 높바람이야!

(북소리 가늘게 큰 간격으로 들리기 시작하다가 고조됨에 따라 빨라지고 커진다. 매가 부리로 쪼는 듯한 느낌을 줄 것)

당골네 저 봐. 오시는구나. (속삭인다)

돌이 어멈 고을지기 오셔요.

돌이 우리 장수매가 날아온다.

돌이 아범 둥지를 부리로 쾅쾅 쪼아 부숴버리고 날아오신다.

당골네 몸주님이 오시는구나, 아아…… (몸서리친다) 아아, 바다에
빠져 죽은 수부님들도 저 뒤에 따라오시는구나. (넘어지면서) 아아,
해동청 보라매 장산곶 골지기님, 우리 몸주님, 당산나무에 앉으시
려고 내려오신다. (마을남녀들, 먼데서 떠드는 소리 들린다.) 고을지기
가 오신다. 장수매가 오신다.

잽이 북을 울려라, 쳐라! 춤어다, 조기떼다. 어이, 높바람이 분다.

다섯 거리

(당골네와 돌이. 돌이는 당골네의 무릎을 베고 쪼그려 누웠다. 할머니가
손자에게 구전 민담을 들려주는 전형적 장면)

당골네 그래서…… 그 나무꾼은 잘 살았단다.

돌이 벌써 다했어? 다른 얘기 해줘.

당골네 어서 자거라.

돌이 할머니, 장수매는 어디서 사나?

당골네 응, 장수매는 저 앞바다 대청도 소청도의 가파른 바위 벼랑
에서 살다가 봄이 되면 장산곶 절벽에 들른단다.

돌이 왜, 둥지를 부숴?

당골네 멀리 떠나가려구 부순다.

돌이 다시 돌아와서 살 텐데……

당골네 살지 죽을지, 돌아오겠는지 못 오겠는지, 저도 모르니까 그
렇겠지. 싸움터에 나가는 장수가 뒤에 두고 가는 집 걱정이나 하면
되겠냐. 그래서 제가 지은 집을 부리로 쪼아서 부숴버리는 게야.
장수매가 제 둥지를 부수기 시작하면 다른 매들도 따라서 부순단
다. 모두 떠나려구. 그래 그 소리가 싸움터의 큰 북소리처럼 들려.

돌이 장산곶으루 왔다가 어디루 가지.

당골네 저어기 흰 눈이 덮인 백두산을 넘어서 수천리를 날아가지.

돌이 거기는 어디야?

당골네 옛날에는 우리 땅이었는데, 지금은 오랑캐의 땅이란다. 그 막막한 벌판을 넘어서면, 다른 오랑캐 땅이 나오는데 얼음과 풀만 있는 나라야. 봄이 되면 겨울을 지난 새들이 모두 그리로 날아가거든. 그래서 먹이를 찾아서 가는 게야. 우리 장수매는 조그만 토끼나 꿩 따위는 쳐다보지두 않거든. 그 억센 발톱으루 곰의 얼굴을 날아가면서 한번 획, 할퀴면 눈알이나 콧잔등이 달아난단다. 그러고 나서 창날 같은 부리로 머리통을 콱, 쪼으면 그만 뚫어져버린다지. 내장 중에서두 싱싱한 간만 쪼아먹고는 모두 잡새들에게 주고 간다는구나.

돌이 호랑이보다두 무서워?

당골네 우리나라에서 제일 사납고 힘센 짐승은 땅에서는 호랑이요 하늘에서는 매거든. 너두 이담에 크면 그런 사내가 되어야 한다. 믿음직한 대장부가 되어서 못된 것들을 몰아내야 하구말구. 어서 자거라. 그리구 내일 일찍 일어나야지.

여섯 거리

(이 장면에서는 풍어제와 삶의 관계를 상징적으로 처리하면 된다. 이를테면 춤으로 표현한다. 춤과 분위기의 기승전결은 굿에서 그러하듯이 대략 네 단계로 처리될 수 있다.)

청신(請神)——마을남녀, 강풍과 파도와 삶의 고통에 짓눌려 있는 듯 모두 엎드려 있다. 팔을 조금씩 쳐들어 보이지만 너무도 미약해서 마치 나부끼는 풀잎 같다. 누군가가 조금 몸을 일으키려 하지만 타악기의 소리로 하여 무너져버린다. 손을 올리고 몸을 일으키려다 무너지고 하는 동작이 반복된다. 산발적인 타악기 소리에 따라 상체를 굽힌 자세로 손을 너울거리며 힘겹게 돌뿐이다. 마치 소리의 끈에 매달린 것과도 같다. 음울한 노랫소리. "배고파서 죽은 놈에/어하어이하 어기야어하/명이 짧아 죽은 놈에/어하어이하 어기야 어하/죽은 놈은 땅에 묻어/어하어이하 어기야어하/산 놈들만 근심이라/어하 어이하 어기야어하/우리 같은 고깃밥은/어하어이하 어기야어하/바다 끝이 갈 곳일세/어하어이하 어기야어하/선주놈 삼켜라 어하어하/진장놈 도적놈 어하어하/어—하어하 어이하/어—하어하 어이하" 노래를 부르면서 힘겹게 원을 그리고 돌다가, 누군가가 탁 하고 힘찬 목소리로 선소리를 어이—하! 메기면 여럿이서 어하, 하는 맥빠진 뒷소리로 받는다. 그러나 차츰 거세게 어어어하, 어하 어하 어하 하면서 거센 분위기가 퍼져가기 시작한다. 힘차게 바뀌기 시작하는 북소리.

접신(接神)——남빛 옷에 같은 색의 한삼을 떨쳐입고 매가 등장한다. 유유히 나는 듯한 동작으로 군중이 이루어놓은 넓은 동그라미의 바깥을 돈다. 안의 복판에는 당골네가 넘어져 있다. 매는 동그라미 안으로 들어간다. 그의 춤은 힘차고 유연하다. 당골네의 머리 위에서 춤을 추며 한동작씩 일으켜세운다. 이때에 춤과 동작은 차츰 위로, 힘이 들어가게 바뀐다. 당골네의 변하는 동작과 더불어 마을사람들도 차츰 힘차게 상체를 펴면서 풀렸던 손은 주먹으로 바뀐다. 매는 동그라미의 안쪽으로 군중들의 주위를 춤추며 돌아간다. 마을사람들 함께 돌아간다.

오신(娛神)——마을사람들의 힘차고 흥겨운 춤, 난타하는 사물. 매는 사람과 사람의 틈 사이를 여덟팔자를 그리며 한사람씩 돌아나가고, 그들의 앞에 서서 춤사위를 이끌고 나가기도 하며 하여튼 이들과 정겹게 노닌다.

송신(送神)——매는 당골네의 주위를 돌며 춤추다가 빠져나가고 당골네는 작별하는 동작. 군중들은 활기찬 출어의 동작을 취한다. 둥글게 늘어선 마을 남자들. 당골네의 주위에서 전송하는 동작의 여자들. 뱃전에서 그물을 끌어

올리는 동작을 취하면서 마을남자들, 노래한다.

> 에이야디야 에이야디야
> 이 고기를 많이 잡아
> 에이야디야 에이야디야
> 이밥 한번 먹어보세
> 에이야디야 에이야디야
> 한손으로 하늘 잡고
> 에이야디야 에이야디야
> 한손으로 고기를 잡네
> 에이야디야 에이야디야
> 만선일세 만선일세
> 에이야디야 에이야디야
> 땀이 나네 땀이 나네
> 에이야디야 에이야디야
> 그물 당기기 땀이 나네.

당골네 저 봐라, 떴다! 몸주님이 떴다. 우리 장산곶 장수매가 떴다. 그저 우리 고을 아무 탈 없이 아무 뉘 없이 모두 지켜주시고, 당솔나무에서 지켜주시고, 아이들의 동무 되시고, 고깃배의 길잡이 되시고, 마누라님네 비나리 받으시고, 그저 오래오래 자리잡으소서. 풍랑에 삼켜진 우리 불쌍한 수부님들 같이 노니소서.
　(집사와 장교, 그리고 침입자 등장한다. 침입자는 흑두건에 흑포를 입고 키가 크다. 팔짱을 끼고 유령처럼 걷는다. 집사와 장교, 마치 하인처럼 그에게 굽신거린다. 침입자는 말없이 손짓을 천천히 해 보이거나 글을 써 보이거나 여하튼 의사가 말로써는 통하지 않음을 나타낸다. 집사와 장교, 서로 끄덕거리기도 하고 웃기도 한다. 부녀자들 놀라서 달아나버리고, 마을남자들

은 동작을 그치고 전면을 향하여 선 채로 목석처럼 굳어져 있을 뿐이다.)

장교 도대체 뭐라고 그러는지 알 수가 있나?

집사 뭘 말요, 뭘? 우리 주인 나으리께서는 (손짓을 겸한다) 당신네 배에 싣고 온 기이한 물건과 우리 물건을 바꾸자 이거요.

침입자 (연방 고개를 끄덕이며 웃는 얼굴)

장교 우리 상관께서는 (역시 손짓을 해가면서) 당신네 배에 싣고 온 천리경이나 (종소리와 시계 가는 소리를 낸다.) 자명종이나 (꽝 소리를 내면서 총 쏘는 시늉) 총포나 이러한 물건과 당신이 원하는 우리 물건은 무엇이든 바꾸어준다는 말씀이오.

침입자 (그들의 등을 토닥여주며 웃는 얼굴이다.)

장교 뭘 원하시나? (소녀의 태를 내보이며) 이쁜 처자를 내줄까? (어깨와 팔 근육을 자랑해 보이며) 힘센 장정을 내줄까?

침입자 (그저 끄덕끄덕)

집사 아니면 (먹는 시늉) 쌀을 내줄까, (손으로 땅을 짚어 보이고 팔을 둥글게 그려 보이며) 배를 대일 땅을 내줄까?

침입자 (그저 끄덕끄덕)

집사 다 좋다네.

장교 도대체 무얼 원하는지 알아야지.

침입자 (허공을 바라보더니 서슴지 않고 가리킨다.)

(집사와 장교, 처음에는 무언지 몰라서 두리번거리기도 하고 그의 손끝을 함께 내다보다가 집사가 먼저)

집사 하하, 바로 저 나무 위에 있는 물건 말씀이구려?

장교 나무 위에 뭐가 있다구 그러는 게야?

집사 (침입자에게 날갯짓을 해 보이며) 매 말이오. 매를 달라, 이 말씀이렷다?

침입자 (끄덕이며 다시 가리킨다.)

장교 난 또 뭐라구. 우리 고을에 쌔구쌘 것이 매인데 뭘. 그러면 (손짓) 당신은 우리에게 무엇을 주겠소?

침입자   (손짓과 시늉)

집사   (그의 동작을 따라 읽듯이) 어제 높은 분들이…… 배에 와서, 마셨던 향기로운 술을, 열 통…… 화, 열 통…… 주겠다.

장교   그 빨간 술 말이로군.

집사   어렵지는 않지만 저것들이 말을 들을까 모르겠는데?

장교   감히 누구의 명이라구 듣질 않는단 말야.

집사   저놈들은 바다에 빠져 죽은 제 살붙이들의 혼백이 매에 씌웠다구 생각하는 모양이야.

장교   혼백보다야 맞는 것이 더 무섭지.

(둘이서 숙덕숙덕 의논한다. 서로 등을 치고 알았다는 듯 끄덕끄덕. 아까와는 전혀 다른 태도. 장교의 표정은 엄하고 당당하며, 집사는 거드름을 피우고 느릿느릿한 팔자걸음)

장교   듣거라아, 듣거라. 진장님 말씀이시다.

집사   듣거라아, 듣거라. 선주님 말씀이시다.

장교   온 마을이 책임을 지고 잡아들여라.

집사   당장 잡아 대령하라.

장교   오늘부터 대대적인 부역이다.

집사   남녀노소를 막론하고 소매 걷어붙이고 나서라.

장교   매라는 놈을 한마리도 남김 없이 잡아 바쳐야 한다.

집사   큼직한 놈부터 잡아들여라.

(집사와 장교, 의기양양하게 사람들의 동그라미 바깥쪽을 휘둘러본다. 안으로 들어가지 못하고 다시 돌변한 태도로 침입자에게 다가간다. 침입자, 그들의 등을 두들겨준다. 그들이 퇴장하면 남자들 이리저리 주저앉고, 여자들은 황급히 뛰어들어온다.)

돌이 어멈   뭐라구 그럽디까? 왜들 그래요?

당골네   무슨 부역이라두 떨어졌나?

마을남자 매를 잡아오래요.

당골네 장수매를?

마을남자 장수매가 됐건 고을지기가 됐건 모조리 잡아오래요.

돌이 아범 이젠 다 글렀어. 우리 동네는 망했어. 매를 빼앗기면 고기두 안 오구……

돌이 어멈 우리 죽은 큰애두 안 오구.

마을여자 우리 죽은 서방두 못 오구.

돌이 아범 고을지기님이 잡히기 전에 우리가 먼저 당집에다 숨겨놓고 아이들을 시켜 돌보도록 하지.

마을남자 그거 좋은 생각일세. 우리는 시치미를 떼고 찾아다니는 시늉을 하다가 바다로 나가버리는 게야.

돌이 어멈 하마터면 우리 혼백을 빼앗길 뻔하였네.

당골네 몸주님을 우리가 내줄 것 같은가. 다른 건 다 빼앗겨도 그건 안 내줄 게야.

일곱 거리

(마당의 안쪽은 바다, 바깥쪽은 마을이다. 앞에는 마을의 여자들이 무릎을 꿇고 앉아서 바다로 나간 가장들의 무사귀환을 빌고 있다. 뒤에는 거센 파도와 싸우는 마을남자들. 옆으로 하여 일렬로 늘어서서 힘겹게 노 젓는 시늉. 타악기의 파도소리. 그들은 노를 저으며 외치는데, 도중에 거센 징소리가 들리면 하나둘씩 열에서 빠져나와 두 팔을 쳐들고 뒷걸음질쳐서 나가며 파도에 휩쓸려가는 표현을 해낸다. 여자와 남자들, 서로 번갈아서 기원과 투쟁을 엮어나간다.)

돌이 어멈 (다른 여자들은 손만 따라서 비빈다. 넋두리조)

　　　　비나니다 비나니다

　　　　물에 가신 우리 서방

죽지 말고 살아오소

남자들 (죽을 힘을 다하여 파도와 싸운다. 앞소리는 돌이 아범이 외치고
뒷소리는 여럿이서 받는다.)

저 물레 파도는 뉘 파도

저 물레 파도는 왜 파도

돌이 어멈 노를 젓던 힘센 팔로

나를 한번 안아주오

남자들 저 물레 파도는 뉘 파도

저 물레 파도는 호 파도

돌이 어멈 강풍을 잡아다가

치마폭에 쏟아주오

남자들 저 물레 파도는 뉘 파도

저 물레 파도는 양 파도

돌이 어멈 비나니다 비나니다

이밥 저밥 다 싫으니

두 눈 뜨고 살아오소

남자들 저 물레 파도를 이겨라

저 물레 파도를 넘어라

저 물레 파도를 이겨라

저 물레 파도를 넘어라.

(남자들 노를 저으며 서서히 나간다.)

여덟 거리

(여자들, 마당의 이곳저곳에서 물 긷는 이, 물동이를 이고 걷는 이, 빨래
를 하는 이, 무엇인가 씻는 이, 열심히 갯것을 줍는 이 등등 가능한 한 여러
가지 양태의 생활의 동작으로 바뀐다. 당골네 등장하면서 만선의 사물소리

들려오기 시작한다.)

당골네 저기 봐, 배가 들어오네. 만선기가 올랐어. 고물에도 이물에
도 금빛 조기가 가득 찼겠지.

여자들 어디…… 배가 몇척인가. 아니 세 척이나 없네! 어느 배야,
어느 배.

(남자들, 여섯째 거리에서의 노동요, "에이야디야 에이야디야/이 고기를
많이 잡아/에이야디야 에이야디야/이밥 한번 먹어보세/에이야디야 에이야
디야/한손으로 하늘 잡고/에이야디야 에이야디야/한손으로 고기를 잡네/에
이야디야 에이야디야/만선일세 만선일세/에이야디야 에이야디야/땀이 나네
땀이 나네/에이야디야 에이야디야/그물 당기기 땀이 나네" 힘차게 노래를
부르면서 노 저어 들어온다. 남자들의 열이 다 들어오면 제각기 내려와 여자
와 또는 동료나 가족과 서로 얼싸안거나 반기거나, 익사한 사람의 아내는 주
저앉아 통곡의 시늉. 이 장면은 하나의 묵극으로 조용하게 그림처럼 전개된
다. 기쁨은 신생의 그것으로 하여 더욱 환희스럽고, 슬픔은 환희 속의 죽음
으로 해서 더욱 음울하다.)

당골네 (기쁨의 편에 서서)

　　　　만선이로구나 만선이로구나

　　　　연평 바다에 조기 사태가 났네

　　　　지화자 좋다

　　　　동해나 바다는 열 두나 바다

　　　　서해나 바다도 열 두나 바다

　　　　이 바다 저 바다 고기가

　　　　모두 용왕님 상덕이로구나

　　　　지화자 좋다

　　　　삼간 초당 집을 짓고

　　　　양친 부모 모셔다가

　　　　천년 만년 살아보자

아들 나면 효자 낳고
딸을 나면 열녀 낳고
개를 나면 삽살개요
말을 나면 용마 낳고
소를 나면 황소 낳고
닭을 나면 봉황 나라
(이번에는 슬픔의 편에 서서)
어허 가는고나
훌쩍 떠나를 가는고나
한도 많은 험한 세상
몸은 두고 넋만 간다
넋이야 넋이로다
쉬어 가오 쉬어 가오
먼지 같은 이 세상을
하직하고 떠나갈 제
일망대해에 스러지는 거품이며
장강천리에 흘러가는 잎이로다
어허 넋이야 넋이로다.

바우 (억보와 함께 뛰어들어오며) 황당선에서 내려온 놈들이 마을로 들어왔소. 우리가 쫓아내버립시다.

돌이 아범 그놈들이 당집을 건드리면 큰일이야. 어서 몰아내.

억보 자, 돌멩이를 모아오슈.

마을남자 모두 싸우자.

마을여자들 (치마폭에 돌을 담아오는 시늉) 저 바다 밖으로 쫓아버려요.

(침입자, 마당으로 들어와 총 놓는 시늉. 마을남녀, 돌을 주워다 던지는 시늉. 바우와 억보 앞장서서 맹렬하게 돌팔매를 던진다. 침입자, 두려운 듯이 머리를 감싸고 다시 마당을 지나 쫓겨나간다. 마을남녀 한숨을 돌렸고,

바우와 억보는 침입자의 뒤를 쫓아나간다.)

돌이 어멈 저기 봐요. 황당선이 떠나고 있어요.

돌이 아범 이제야 가는구나.

마을여자 저희 나라로 돌아가서 영영 오지 말았으면.

마을남자 이젠 당집에 감춘 매를 어떻게 하지?

돌이 아범 어떻게 하기는…… 빼앗아갈 놈들두 없으니까 당집에서 꺼내어 날려드려야지.

마을여자 또 누가 와서 잡아오라면 어쩌지요?

당골네 우리네 몸주님이시니 표시를 해드려야지.

마을남녀 (제각기) 그래요, 그게 좋겠어. 다시는 아무도 탐을 내지 못하게 해야 돼. 어디서든지 고을지기님을 알아볼 수가 있게 해야지.

당골네 (머리에 동여맸던 붉은 끈을 풀어서) 이것으로 발목에다 매듭을 묶어드려야지.

돌이 아범 매를 드넓은 하늘로 날려드리고 모두 잔치를 벌이세나.

아홉 거리

(돌이, 바닷가에서 매를 찾고 있다.)

돌이 후여어 후여어이, 매야 매야, 어디로 갔니. 영영 다른 곳으로 날아가버렸나? 우리 동네가 싫어져서 아예 가버렸나. 후여어, 후여어이.

(당골네, 하늘을 바라보며 등장한다. 돌이를 따라서)

당골네 후여어 후여어, 아직도 못 찾았니?

돌이 당솔나무에도 뒷산에도 앞산에도 없어요.

당골네 잔치를 벌이노라고 아무도 정신이 없었구나.

돌이 아이들이 그러는데 당집에서 놓아주던 그날, 먼바다를 향해서 훨훨 날아갔대요.

당골네 그러면 벌써 사흘이 지났는걸. 아직 떠나실 철이 아닌데.

돌이 오늘두 오시긴 글렀어요.

당골네 해가 지는구나. 저 노을 좀 봐라.

마을남자 또는 잽이 (목소리로만) 수리떼가 날아온다! 우리 조기를 채 가려고 수리떼가 온다. 먼바다에서 수리떼가 날아와.

당골네 바람이 거세게 부는구나.

돌이 뭐가 보여요, 저 바다 쪽에.

당골네 수리떼가 날아온다잖아. 오늘부터는 고기를 지켜야 해.

돌이 저 아득한 수평선 쪽에서 뭔가 움직여요.

당골네 온통 어두컴컴한데 뭐가 보인다구 그래.

돌이 저기요. 노을이 끈처럼 가느다랗게 열려 있는 곳에서 점이 들 락날락하잖아요.

당골네 옳지, 뭐가 움직이구 있구나.

돌이 점이 여러 개지요?

마을남자 (목소리) 싸운다. 하늘에서 싸운다!

마을여자 (목소리) 하나는 우리 매다!

당골네 저, 저런…… 저보다 몸집이 두 배나 되는 날것하구…… 저 봐, 붙었다가 이젠 떨어졌다.

돌이 빙빙 돌다가 다시 붙었어요.

당골네 땅으로 돌아오려고 애를 쓰는구나. 그렇지, 용케 피했다.

돌이 아앗, 떨어져요.

당골네 다시 올라간다.

마을남녀 (목소리) 우리 동네로 오신다. 편을 들어달라고 우리에게로 오시는구나.

  (돌이와 당골네는 연방 하늘을 올려다보며 어느 결에 마당을 비우고 잽이 나 마을사람들의 목소리에 합세한다. 장면은 하늘 위로 바뀌어졌다. 목소리 와 사물소리만 매의 싸움을 격려하느라고 들릴 뿐이다. 남빛 옷에 남빛 한

삼, 발목에 붉은 끈을 맨 매가 세 마리의 수리에 쫓겨 등장한다. 수리는 검은
옷에 검은 한삼 차림. 셋 다 나는 동작. 매는 마당 가운데까지 왔다가 다시
돌아서서 앞서 나오는 수리를 한삼으로 치면 수리는 맞아서 떨어져가는 동
작. 다른 수리가 그 뒤를 공격하면 매는 쓰러지는 동작. 처절하고 불리한 싸
움이라는 것을 춤으로 표현하면 된다. 매는 객석 가까이 돌면서 하소하는 듯
비틀거리며 날아 지나간다.)

목소리 우리 매가 피를 흘리는구나. 피가 소나기처럼 쏟아져. 우리
들의 하얀 옷이 흠뻑 젖었네. 우리 매 이겨라, 이겨라.

(사물소리 요란하고, 함성은 하늘을 찌를 듯하다. 매가 간신히 기운을 차
린 듯 수리를 향해 일격을 가하려고 달려갈 적에 소리들은 절정을 이룬다.)

목소리 에라잇 차, 에라잇 차.

(매가 수리를 친다. 떨어진다. 이때에 패한 쪽은 몇번 나는 듯하다가 한삼
을 뒤로 맥없이 늘어뜨리고 일직선으로 마당 바깥으로 빠져나간다. 하나 남
은 수리. 수리가 매와 서로 엇갈려 한삼을 엉클어지게 했다가 갈라지고 다시
엉클어진다. 매의 필사적인 공격)

목소리 에랏 차차, 에랏 차.

(매의 필사적인 공격에 견디지 못하여 수리는 몸을 낮게 숙이고 달아난
다. 매가 사람들의 고함소리에 힘을 얻은 듯이 수리의 뒤를 바싹 쫓아간다.
매는 온 힘을 다하여 수리를 내리친다. 수리는 견디지 못하고 그 자리에서
날개를 늘어뜨리고 떨어져가는 시늉. 매는 비틀거리며 간신히 날아오른다.
넘어지려는 듯 날갯짓을 멈추려는 듯 안간힘을 다하여 수리의 반대 방향으
로 빠져나간다.)

열 거리

(마당 오른편 구석 조금 높은 단 위에——나무의 형상도 좋고, 또는 그냥
말뚝도 좋다——당솔나무로 상징되는 말뚝 곁에 매가 앉아 있다. 매듭이 나

무에 걸렸다는 것을 누구나가 알 수 있도록 붉은 끈을 매어둔다. 마당 앞쪽에는 첫 장면과 마찬가지로 당골네가 살풀이 한바탕 돌고 나서 넘어져서 흐느낀다.)

잽이 할멈, 왜 우나?

당골네 응? 하도 원통하고 기가 맥혀서 우네.

잽이 무엇이 그리 원통한가?

당골네 내 말 좀 들어보소. 우리 몸주님 원한 맺힌 내력을 들어보소. 이 수리 저 수리 바다 밖의 떼 수리를 단숨에 무찌르고, 간신히 간신히 날아서 저 당솔나무에 앉으셨지. 자아, 쳐라. 그저 상덕 입히고 이 동네 지켜주시고 고기 몰아주시고 문안에 액이며 문밖에 꺼린 액을 다 물리치신 우리 몸주님 돌아오실 적 모두 춤이나 한번 추어보는데.

(굿거리장단의 춤 한바탕)

당골네 날이 캄캄해지는데 몸주님은 다시 날 줄을 모르시는구나. 모두 횃불을 밝혀들고 마을로 내려오기만 바라는데 어찌 움직일 줄을 모르시나.

(매는 묶인 채로 날갯짓을 한다. 몇번 퍼덕거려보았다가, 다리를 들어보았다가 주저앉기를 거듭한다. 구렁이 슬그머니 등장하여 단에 오르려 한다. 구렁이는 팔을 감추고 뒷자락이 땅에 끌리는 검은 포를 입었다. 구렁이 모양의 동작을 계속한다.)

당골네 어쩔거나 어쩔거나, 밖에는 떼 수리, 안에는 구렁이, 모두가 몸주님의 철천지 원수로구나. 몸주님, 훌쩍 날아서 떠나면 되건마는 움직일 줄을 모르시는고. 모두들 애가 달아 울며불며 부르는데 왜 날아가지 못하는고.

(구렁이 매에게 접근하면, 매는 날개를 퍼득여보다가는 한삼으로 치고 다시 주저앉고, 구렁이는 다시 기어오른다. 전후 좌우로 매와 구렁이의 싸움. 매는 날지 못하므로 불리하다.)

당골네 사방은 캄캄칠흑인데 빗방울이 뚝뚝 떨어지더니 폭풍우가
온 세상에 몰아쳐오는구나. 천둥 번개가 하늘 땅을 뒤집어 몸주님
날지 못해 퍼더덕거리는 소리가 누구 귓가엔들 들렸으랴.

(매와 구렁이의 싸움. 매는 가까스로 구렁이를 밀쳐 떨어뜨린다. 구렁이
는 축 늘어져서 걸친 채로 죽고, 매도 힘없이 쓰러져서 움직이지 않는다.)

당골네 첫닭이 힘차게 울고 동은 훤히 밝았는데 싸움은 끝났구나.
어찌하여 몸주님이 날지를 못하였는고.

잽이 할멈, 매의 발목이 잡혔네. 매듭이 나뭇가지에 걸렸네. 매듭이
걸렸네.

당골네 매듭이 걸려? 몸주님 표시를 하느라고 묶어드린 끈 매듭이
장수매를 죽게 하였고나. 모두들 장수매와 맺은 인연을 그저는 믿
지 못하여 매듭으로 표를 해두었는데 그 인연 때문에 장수매는 밤
새 바깥 원수, 안의 원수와 싸워 죽게 되었으니. 폭풍이 몰아치는
날 당솔나무는 둥치를 떨고 안에서는 구렁이가 꿈틀거리는데, 가
지에 걸린 매가 날지 못하여 날개를 퍼덕거리는 안타까운 여러 밤
이 끝도 없이 흘러가는고나.

열한 거리

(장교와 집사. 억보를 문초하고 있다.)

장교 네 이놈, 바른 대루 말하지 못할까. 네놈이 앞장서서 외래인에
게 돌을 던졌다면서?

집사 이놈이 아주 수상한 놈일세. 어디서 무엇하러 이 고장에 왔는
지 그 내력을 자세히 실토하도록 매우 치게.

억보 나는 외래인이 누구인지두 모르고 수상한 놈두 아니우. 저 아
래 동네에서 머슴 살아요.

집사 허, 이놈 봐라. 그게 어떤 동네라고 머슴이 다 무엇이냐. 이놈

아, 거기 어느 시러베아들놈이 저희 목구멍에 거미줄이 허연데 너를 불러다 머슴을 시켜주어.

장교 (달랜다) 이실직고를 하면 네 죄는 묻지 않을뿐더러 오히려 상금을 준다.

억보 참말이우, 오백냥을 줄 거요?

집사 · 장교 (서로 바라보며) 오백냐앙?

장교 오백냥이라니.

집사 가만있자, 오백냥이라…… 어디서 많이 듣던 소린데.

장교 혹시 네 이놈…… 그 달아났다는 난민의 우두머리 말이냐?

억보 그게 바루…… (망설인다) 내 짝패요. 자, 어서 오백냥 주시우. 이제는 여기서 숨어 살기두 아주 지긋지긋허우.

장교 그 흉악한 놈이 여기 있단 말이지?

집사 타관 놈이 하나 더 있긴 있더구면.

억보 나두 한밑천 마련하여 대처에 고래등 같은 기와집 지어놓고 일처 이첩 들어앉혀 세도 부리며 살아볼 테여.

장교 그놈이 힘이 세냐?

억보 우리 계에 장사났죠. 펄펄 날뛰면 관가 기둥뿌리두 뽑아던질 게요.

장교 그놈이 재빠르냐?

억보 성난 범보다두 날래지요.

집사 그놈이 꾀가 많으냐?

억보 꾀는 없수. 어수룩한 산골놈이우.

집사 그렇지 그렇지, 아무렴…… 그런 놈은 우직하기만 하고 불쑥 나서기나 했지 꾀가 없느니라. (집사, 장교에게 속닥속닥, 장교 끄덕끄덕. 둘이 크게 웃는다.) 너, 이리 좀 오너라.

장교 너두 이제 복 터졌다.

(집사, 억보에게 속닥속닥)

억보 (펄쩍 뛴다) 어, 그건 안되우. 고발하면 오백냥을 준다구 그랬잖우. 나는 고발을 했으면 했지 그 짓만은 못허우.

집사 그럼 할 수 없지.

장교 너두 같은 패로 잡아넣어야겠다.

억보 아이구, 그것만은…… 제발…… 틀림없이 오백냥을 주시는 거요?

집사·장교 암, 틀림없지.

열두 거리

(바우, 팔을 뒤로 하여 묶인 듯이 하고 정면을 향하여 앉아 있다. 바우와 같은 쪽으로 갔던 여러 인물들의 복합)

잽이 너에게 높은 벼슬을 내려주랴?

바우 너는 나의 적이요 나는 너의 적이다. 내가 너희를 쳐없애고 나라 일을 바로잡으려다가 도리어 너희 손에 잡혔으니 너희는 나를 죽일 뿐이지 다른 말은 묻지 말라.

잽이 이제는 살 길을 구함이 어떠한가?

바우 구구한 생명을 위하여 살 길을 구함은 내 본의가 아니다.

잽이 가족에게 할 말이 있으면 말하라.

바우 나는 다른 말은 없다. 나를 죽일진대 네거리에서 나의 목을 베어 오고 가는 사람들에게 내 피를 뿌려주는 것이 옳거늘, 어찌 컴컴한 적굴 속에서 암연히 죽이느냐? (북소리와 함께 그는 목을 떨군다.)

억보 (뛰어들어오며, 손에는 술병과 고기를 든 시늉이다.) 바우야, 이제는 우리가 갈 곳이 생겼다구. 내일 대처로 나가는 장삿배가 들어온다는구나.

바우 대처로 가는 배?

72

억보 그래, 거기만 가면 우리를 잡으려는 사람두 없구, 뜻이 맞는 사람들두 많이 만날 수 있겠지.

바우 뜻이 맞는 사람들은 어디에나 있단다.

억보 자, 술을 들자. 내가 뱃사람들에게 일해주고 얻었다.

바우 그렇게두 기쁘냐?

억보 우리가 무사히 떠나게 되었는데 기쁘지 않구. 나는 언제나 네 걱정뿐이라구.

바우 억보야, (그의 어깨를 잡는다.) 정말 고맙다. 나 때문에 괜히 고생만 하구.

　(둘이서 퀀커니잣거니 마신다.)

억보 어이 졸려, 삭신이 노곤한데. (눕는다.)

바우 마을 사람들은 모두 어디 갔나?

억보 아마 당집에 갔나봐. 어서 한숨 자자니까.

바우 아, 고향에서는 요새 땅을 갈아엎겠구나. (눕는다.)

　(잠시 후에 억보 혼자 슬그머니 일어난다. 마당 가녘으로 가서 내다보며 손짓한다. 장교와 집사 들어온다. 그들은 꼭 붙어서 서성댄다. 바우 돌아눕는다. 억보 놀라서 바삐 걸어가 뭔가 집어들어 바우에게 접근한다. 그러고는 위로 쳐들고 부들부들 떨다가 이윽고 작정이 된 듯 힘껏 내려찍는다.)

바우 아악, (가슴을 움켜쥐고 벌떡 일어난다.) 억보야, (손을 허공에 내밀며) 누가 내 가슴에 낫을 박았다.

　(억보 달아난다. 장교·집사, 일시에 달려들어 그를 이리저리 찌르고 벤다. 바우, 꿈틀거리며 넘어진다. 그의 죽음을 보고 세 사람은 차례로 뛰어나간다. 마을남녀, 달려들어온다. 모두 묵묵히 섰다가 바우를 어깨에 떠메고 나간다. 이때 앞장선 돌이의 청아한 노랫소리)

　　새야 새야 파랑새야
　　너 뭣하러 나왔느냐

솔잎 댓잎 푸릇푸릇
하절인 줄 알았더니
백설 펄펄 내려와서
엄동설한 되었구나
새야 새야 파랑새야
만수무연 풍년새야
너 뭣하러 나왔느냐
하절인가 나왔더니
온갖 풀이 날 속였네.

〔문예중앙 1979 겨울: 장산곶매, 심설당 1980〕

땅풀이

나오는 사람들 돈독 잽이 심방 재벌 왜인 어진아범 마을남자 1 마을남자 2
어진어멈 과부댁

길놀이: 전 배역이 놀이판 주위를 돌며 선을 보인다.

앞풀이: 상에 양초, 떡과 해물, 과일, 진설하고 초를 켰다.

(마당씻개 감으로 '돈독' 채신머리없이 호들갑을 떨며 나온다.)

돈독 에에, 구경꾼 한번 많이 모여싱게. 나도 본래 제주시 성안 칠성
골에서 늄의 어깨 너머로 치고 날아단이멍 놀던 사람이우다. 술 잘
먹고 돈 잘 쓰고 간 빼고 초 치고 계집 후리기에 이력이 나부렁, 저
어 영등할망도 모개기를 도리도리 흔드는 이 사람의 존함이 누군
고 ᄒᆞᆫ민, 모니 돈자, 극약 독자 돈 하고도 독이라는 종내기인디, 흔
번 떴다 허민 껍질을 홀라당, 알맹이를 꿀꺽, 오리발을 슬슬 내젓
는 천하 건달 오입쟁이로 이런 신나는 판이 벌어졌댄 햄신디 뭐 국
물이라도 어신가 허영 나왔다가, 섬놈들 봐주는 셈치고 한번 놀당
가커라.

잽이 또는 관중 물러가라. 애 애, 너는 섬놈 아니라?

돈독 내 본시 탐라국 태생이우다만 보통 칼에다 한발 담그고 지내는
어르신네라 반은 섬이고.

잽이 반은 육지 것이라? 칼이 뭐에 쓰는 물건이라?

돈독 공중에 칼이 있고, 서 있는 칼이 있져.

잽이 허, 그놈 이제 알앙보난 근본이 없는 놈잉 게, 사람이 점잖게
호미면 호미, 쟁기면 쟁기, 붓이면 붓이지 칼이 뭐라, 칼이. 무지막
지하게. 애 애, 다친다, 다쳐.

돈독 (비행기 나는 흉내를 내고 한바퀴) 이게 공중에 칼이고 (굽어 내려
다보는 흉내) 이게 서 있는 칼이라.

잽이 오라, 그러고 보니 네놈이 날마다 영감 참봉을 실어다 토해내
는 깡통새고, 무덤에 비석같이 우뚝 선 주막집을 말허는 거로구나.
허, 그놈 부정탄 놈잉게.

돈독 경해도 한번 놀당 가ᄁᆞ라.

잽이 놀당 가켄 헴쩌. (장단친다)

돈독 (장단과는 엉뚱하게 디스코 흉내)

잽이 (박자도 따라가다가) 거 참 요상한 박자구나. 북이 고장나신가?

돈독 (위를 쿡쿡 찔러대며) 이게, 이게, 바로 내 코라는 뻥뻥이주. (코를 찌른다.) 디스코 디스코. 섬놈이라서 참.

잽이 말코 쉬코도 아닌 것이 고약하게 왜 천상 천제님 궁둥이는 찔러댐시냐. 버르쟁머리없는 놈.

돈독 그래두 나는 사방을 찔러붑쥬. 에, 또 한번 놀다 가크라.

잽이 놀당 가켄 헴쩌. (장단친다)

돈독 (도중에서 장단과는 엉뚱하게 가부끼 춤 흉내. 박자도 따라가고 기타 소리 들린다.)

잽이 물러가라. 물러가라.

돈독 고만 시라. 이게 분명히 바당인가? 아, 자리 새끼들이구나. 허, 많이두 몰려왔쩌. 저 눈깔이 말똥말똥한 자리 새끼들을 좀 보라. 어디 횟감이 어싱가? 초장에 툭 찍어서 생으로 꿀꺽. (여자관객을 지목, 다가가 잡아 끌어내려 한다.) 한마리 잡았다.

잽이 이놈아, 사람이다, 사람.

돈독 사람이라아?

잽이 그래 이놈아, 지집바이다, 지집바이.

돈독 어, 그럼 이게 전부 사람이라아?

잽이 그래 맞았져. 어질고 착한 탐라국 백성들이쥬.

돈독 경허문 이 판이 놀이판인가? 응 그래, 놀이판이구나. 돈들 다 내영 와싱가? 안 낸 사람 이시민 당장 몰아내불크라잉. 지금이라도 내불민 점잖게 얌전하게 들어가크라.

잽이 이놈아, 다 표를 산 분들이라.

돈독 이 판이 흥하제민잉 돈을 내불고 망하젠 흥민잉 그냥 내불라게. 본인은 또 한번 놀다 가크라.

잽이 저놈의 돈독이란 놈 때문에 이 놀이판 부정타크냐? 몇푼 주엉 쫓아내부려야지. (잽이와 관중들, 동전을 던져준다.) 에야 아이 먹어 불라.

돈독 애개개, 겨우 쇠돈잉게? 내 호주머니에는 주로 지폐, 고액권, 수표, 어음, 크레디트 카드, 땅문서…… (하려다가 제 입을 막는다.)

잽이 땅문서?

돈독 아니라 아니라. 내 이름 본시 모니 돈자 극약 독자 돈독 오른 오입쟁이로 새 돈, 헌 돈, 지폐, 동전 가릴 게 이서? 송도 말년 불가 사리처럼 쇠라면 다 삼켜버리쥬. (부지런히 동전을 줍는다.) 개같이 벌으랬다. 돈만 벌어라. 아무거나 시키세요. 돈만 벌어라. 인정 찾고 양심 찾고 개소리를 하들 마라. 돈 벌어, 돈만 벌어, 돈만 벌어라.

(줍는 틈에 관중석에서 집어가려고 장난하면 막고 몰아내면 잽싸게 긁어 모은다. 이때에 치마저고리에 종이고깔 쓰고 붉은 띠를 맨 요령과 신칼을 든 심방이 등장한다.)

심방 (둥글게 춤추며 들어와 돈 줍는 돈독의 뒤통수를 건드린다.) 쉬이 쉬 이 쉿.

돈독 (싹싹 비는 흉내를 내면서 달아난다.)

(굿거리장단. 제상 앞을 빙빙 돌며, 때로는 얼마간의 거리까지 뒷걸음질 쳤다가 다시 앞으로 나아가고, 거뜬히 도약한 뒤에 절을 삼세번 드린다. 이때 모든 등장인물들 엎드려 절하고 앉아서 빈다. 다시 풍물소리. 심방은 한 바퀴 돌아가고 나서)

심방 어허, 비나이다, 비나이다. 영등할망께 비나이다. 성은 탐라, 이름은 고량부, 영등할망에게 비나이다. 오늘날은 어떠헌 기도냐 허고 보면, 밥을 줍서, 옷을 줍서, 요런 예가 아니우다. 옷광 밥은 사름이 살아시면 빌어도 밥이오 얻어서도 옷이우다마는 우리 바닥 섬바닥이 뭍에 놈들에게 먹히게 되어 어디 하소연할 데강 하나 없 고, 영주산이 송두리채 떠나가게 되어 탐라 백성 발 딛을 자리 없고 불쌍한 이 백성 만지신 할망에게나 고햄수다. 어허 원통허우다. (길게 끌며) 원——통——허——우다. (쇤된 소리로) 원——통——허——우다. (쇳소리와 도약 춤, 북소리 두세 번 후에 그치고 요령을 흔들며) 영등할망님, 치마폭 한자락 얹을 땅이 없어지민 산에도 놈이 산, 바당도 놈이 바당, 손바닥만한 내 땅 이서야 할망에게 치성을 드립쥬. 전능하신 할망님, 이 고운 탐라땅 되찾게 해줍서. 우리 고을 지키는 용맹한 돌하르방 크게 족게 뽀사정 뭍에 놈들 노리개로 이리저리 팔려가니 기어 돌하르방 사경에 당하야 살려보저 허영 주른 밭디 진밭디 주른드름하며 어딜 가민 우린 하르방 살려보린. 생기 열린 젊은것들 쪽으로 제청 서리흐고 마당 닦아 마당 서리흐여 신의 제주 '수눌음' 불러다가 이 한을 풀고저 합니다. 어허. (춤추며 돌아나가다가 퇴장)

첫째마당 영감놀이

(돈독이 비행기처럼 두 팔을 펼치고 그 뒤에 재벌과 왜인 뒤 허리를 잡고 마당으로 날아 들어오는 시늉)

재벌 (굽신거리는 돈독에게) 허, 참 코딱지만한 섬이군. (손으로 관중석을 가리키며) 그러니까 저기가 바로 고기떼 득실거리는 바다요, (마당 안을 한바퀴 빙 둘러 가리키고는) 여기가 육지란 말이지? 이건 여기서 골프채를 날리면 바로 바다로 떨어져버리겠는데. (골프채 휘두르는 시늉) 어이 돈독, 자네는 내가 스케일이 큰 사람이란 걸 잘 알겠지.

돈독 아다뿐이겠습니까. 재벌 영감님으로 말할 것 같으면 (연설조로) 일찍이 과거를 돌이켜보건대 (잠깐 사이) 뭐 그리 돌이켜볼 것도 없지만, 돼지 같은 욕심과 철판 같은 배짱, 그리고 무식한 권력을 배경으로……

재벌　뭐라고 이놈?

돈독　아, 아니올시다. 어떻게 듣고 하는 말이오까? 사자 같은 용기와 부처님 같은 자비와 그리고 근면 성실을 밑천으로 하였다고 그랬습니다.

재벌　암, 근면 성실이지.

왜인　(내려서부터 여태껏 여기저기 돌아다니며 카메라를 들이대고 찍는 시늉이다.)

돈독　탐라에는 뭍에서 볼 수 없는 천팔백 종류나 되는 생물들이 살고 있으며 화산으로 빚어진 구멍 많은 현무암의 기암괴석과 기화요초며 아름답지 않은 것이 없습니다. 바다에는 해삼, 전복, 성게, 옥돔 등의 온갖 해물들이 득실거리고 산에는 꿩이며 노루며 저어기 저런 원숭이들이 마음놓고 살고……

재벌　예끼 놈! 원숭이가 어디 있어? 여기가 무슨 아프리카나 적도 지방인 줄 아나?

돈독　토인도 있고 원숭이도 있지만…… 이건 좀 이상한데?

재벌　이놈아, 여긴 제주도야, 제주도.

돈독　그럼 저어기서 채신머리없이 오락가락하는 것은 무엇입니까?

재벌　(같이 손에 차양을 대고 바라보다가) 아, 난 또 뭐라구. 저건 내 형님뻘 되는 친구야. 사업차 나하구 같이 온 사람이지.

왜인　(여성관객들만 노리고 찾아다니며 프로포즈한다.) 우리 사람이노 기생 매우매우 좋아하무니다. 가야금이노 소리노 우리 일본 사람이노 좋아하무니다. 관광이 호텔이노 같이 가면 이쁜 조센진 색씨노 엥화 많이많이 주무니다. 아파트 사주무니다. 생활비 주무니다. 일본이노 구경시켜줍니다.

재벌　저게 바로 나 재벌 영감의 형님뻘 되는 마라데쓰상이야.

돈독　친애하는 탐라국 토인 여러분, 마라데쓰상 영감을 소개합니다. (왜인 채신머리없이 인사한다.)

잽이와 관객들 (우—우) 왜놈 꺼져라. 물러가라. (시끄럽다.)

왜인 마라, 마라, 그런 말이노 마라. (노래) 마라데쓰 마라데쓰 그런 말이노 마라데쓰. 사업이노 관광이노 조센 땅으로 들어올 때 와다구시가 골이 비어 맨손으로노 왔겠데쓰까. "딸라, 마르크, 프랑, 루불, 엥화, 어음, 수표"(돈독, 재벌) 온갖 술수 갖은 흉계 다 가지고노 들어올 때 국물 쪼끔이노 얻어먹고 가무사 가무사하무니다. "감사합니다"(돈독, 재벌) 하던 놈이 너희 말고 누구데쓰까. 배고픈 놈 먹여주고 죽을 놈을 살려주신 일본 사람 감사해라. 가무사해라. 조센진 빠가야로! 덴노헤이까 반자이! 마라데쓰 마라데쓰 그런 말이노 마라데쓰!

잽이와 관객들 앙코르, 앙코르.

왜인 안돼데쓰, 안돼데쓰, 앙코르노 안되—— 가무사하무니다—— 데쓰. (공연을 끝내고 돌아서서) 아, 매우매우 좋은 섬이노 하무니다. 가깝스무니다. 색시노 이쁘무니다. 사냥이노, 골프노, 낚시노 모두 좋스무니다. 나는 당신들만 믿겠스무니다. (퇴장)

돈독과 재벌 개같이 벌으랬다. 돈만 벌어라. 새 돈, 헌 돈 따로 있나. 돈만 벌어라. 아무거나 시키세요. 돈만 벌어라. 인정 찾고 양심 찾고 개소리를 하들 마라. 돈 벌어, 돈만 벌어라. (어깨동무하고 노래)

돈독 그런데 영감께선 어떻허연 여길 찾아왔소?

재벌 자네가 잘 알다시피 새 돈, 헌 돈 안 가리고 성실과 근면으로 돈을 산더미처럼 긁어모았겄다. 차관, 무역, 독점, 탈세, 매판 가릴 것 없이 긁어모아서 서울 한양을 군림하다가 삼각산 위에 떡 올라가 남방을 바라보니 저 끝에 한 삿갓 같은 섬이 떠올라 아롱아롱, 날틀을 잡아타고 손바닥만한 한반도를 훌쩍 날아서 제주 물 마루를 뛰어건너 사백리 주위를 빙 둘러 돈 될 만한 곳이 있는가 찾아보되, 한라 영주산 찾아가 산천영기 소렴당 어승생 골머리 앞, 백록담은 큰 장오리 작은 장오리 물 장오리 테역 장오리 잔솔밭 가문

머들 한머들은 천연으로 된 어귀마다 찾아보아도 못 찾아 산중 산 앞을 헤매다보니 어디서 돈냄새가 소리 솔솔 풍겨오길래, 한라 영 주산 어승생 아래로 노니다가 거믄오름 아래로 방살리, 남주봉 아 래로 용수동산, 높은 마루를 올라서서 동서남북을 바라보니 자네 가 이 판에서 부지런히 돈을 줍고 있길래 내가 찾아왔지.

돈독 하 수고 많이 허였소. 기영 아니 허여도 영감을 청흐젠 바래고 지드리는 중인디, 원대로 소원대로 잘도 아왔소. 영감은 어떠흔 곳을 좋아허여요?

재벌 산 좋고 바다 좋고 이렇게 좋은 곳을 이대로 방치해서야 될 말 인가. 꿀꺽 삼키고 싶은 곳이지만 말로는 개발이다, 발전이다, 섬 사람을 위해서다, 해야지. 쭉 뻗어진 초지에는 땅투기할 셈으로 목 장을 차려두고 자연경관 좋은 임야에는 술집, 사냥터, 골프장을 짓 고 저 넓은 해안에는 해수욕장 호텔을 짓고, 방갈로를 짓고 하고 나면 그냥 두어도 돈이요, 잊어버려도 돈, 돈, 돈이 천제연 폭포에 서 물 떨어지듯 촬촬촬 **쐐쐐쐐** 떨어지게 될 게 아닌가. 내가 가지 고 싶은 것은 산중으로 올라서서 작은 솔밭, 큰 솔밭, 천연굴, 남전 들, 가문머들, 한머들 가지고 싶고, 해안으로 내리면 난여, 든여, 숨은 여, 정살 여 가지고 싶고, 수천 어부, 수만 해녀 가지고 싶고, 항구, 부두, 비행장 가지고 싶고, 대초원, 모래밭, 주택가 가지고 싶고, 밀감밭, 유휴지, 방풍림 모두 가지고 싶다.

돈독 염려 마시우. 영감님께서 그렇게 다 가지고 나면 날 뭘루 시켜 주실라우?

재벌 백푼 벌면 한푼 주고 백평 사면 한평 주고 어쨌든 우리네야 한 통속이 아닌가.

돈독 아무렴 그렇지요. 저는 영감님만 믿겠습니다.

재벌 이 손바닥만한 섬의 임자가 몇명인가?

돈독 에, 한 사십만이 조금 넘습니다.

재벌 뭐 별게 아니로군. 가만있자, 여기서 저만큼을 차지하려면 어느 놈을 찾아가야 하는가?

돈독 여기 섬놈들은 멍텅구리라 땅에 임자가 없수다. 아무데서나 들어가서 말뚝을 박고 줄을 치면 되지요. 예로부터 탐라국 백성들은 네 것 내 것이 없이 거친 땅을 갈고 돌을 골라내어 바람막이로 돌을 세웠을 뿐입니다. 말, 소를 마구 풀어 먹이니 아무데로나 돌아다니지요. 그래서 동네마다 먹을 만큼 땅을 갈고 서로 나누어 가졌지요.

재벌 허허, 정말 바보들이로군. 평당 얼마인가?

돈독 백원도 못됩니다. 눈깔사탕 한개 값인 단돈 백원이 안됩니다. 그것두 적당히 불하를 받으면 되지요. 소만 기른다 하면 다 내어주게 되어 있지요.

재벌 그것 참 털도 안 뽑고 먹을 수 있겠구면.

돈독 저런 순 날강도 같은……

재벌 이놈, 뭐라구?

돈독 아, 아니올시다. 자, 이제부터 슬슬 시작을 할까요? (관중석을 손으로 금그어 보이며 뛰어) 자아, 국토개발이다.

재벌 오백만평, 꿀꺽. (한번씩 삼키면 배가 조금씩 나온다.)

돈독 지방자치 임시조치법이다. 무상 사용은 불허한다. 임대받을 사람 손들어…… (관중석 손들며) 이억이다. 오억이다. 십억이다. 임대받을 섬놈들 있능가? 없지, 없지? 자아, 부지 임대요.

재벌 삼백만평, 꿀꺽. (배가 좀더 나온다.)

돈독 이년 지나면 불하다. 자아, 불하지요.

재벌 한라산 유휴지 칠십퍼센트, 꿀꺽. (뒤로 넘어질 듯 어기적거린다. 뒤에서 돈독이 받쳐준다.)

돈독 그냥 두었는데도 땅값이 열 배나 올랐수다. 무주택자 불하 필지요.

재벌　육분의 일을 꿀꺽. (조금 더 뒤로 처진다. 돈독이 헐떡거리기 시작한다.)

돈독　자, 절대 농지, 상대 농지요. 논이오, 밭이오, 농작물이오.

재벌　관광개발구역이다, 방갈로다, 별장이다, 호텔이다, 꿀꺽.

돈독　자, 밀, 감, 밭……

재벌　청주시와 여수시를 합친 것보다 더 넓은 제주도 농장의 육십퍼센트, 꿀꺽. 아이구, (뒤로 넘어가고, 돈독은 밑에 깔린다.) 너무 과식했나?

돈독　(허우적거리며) 돈독 살류, 돈독 살류. (그들 헐떡거리고 앉았을 때 객석에서 일어나 보고서 읽는다.)

보고서1　이 나라의 많은 부자들이 땅투기에 빠져 있다는 것은 너무도 잘 알려진 사실입니다. 그들은 앞으로 개발이 될 만한 곳이면 그곳이 어디이거나 손을 뻗칩니다. 그러한 사람들이 아름답고 살기 좋은 제주도를 그냥 내버려둘 턱이 없지요. 그래서 이제 제주도의 주인은 사십삼만 제주도민에서 땅투기꾼들로 바뀌었습니다. 경제적 성장을 이겨낼 만한 정신적 기반의 가치관이 정립되지 않은 상태에서 바깥문화가 범람할 때 그것이 기존 가치관의 전도를 초래한다면, 이제는 우리들도 '우리의 제주'를 되찾아야 할 때가 된 것 같습니다. 우리들의 제주를 되찾자는 운동의 배경은 퇴색해가는 전통문화와 정신적인 가치관과 미풍양속이 파괴되어가는 것이라든가, 파괴된 자연의 상태를 되살리자는 것을 염두에 두고 있는 것입니다. 그러나 무엇보다도 우리가 꼭 되찾고자 하는 것은 우리 제주도의 땅덩어리입니다.

보고서2　그동안 관계기관이 추진해온 유휴지 개발계획의 실행과정에서 목돈이 없는 원주민에게 개발자금을 지원해주지 않은 것 같은 행정적인 뒷받침을 전혀 계산에 넣지 않은 결과입니다. 행정적인 배려란 대자본가의 유치를 지양하고 현지 주민들에 대한 개발자금의 적극적인 지원을 의미하는 것이어야 합니다.

보고서 3 땅은 모두 넘어가버리고 관광개발조차도 이 지역의 인문적
지역적 여건과 특성을 외면한 채로 위락시설 중심의 개발에 큰 비
중을 두고 있습니다. 실적 위주로 너무 서두르는 행정 주도형의 개
발에서 빚어지는 시행착오의 엄청난 피해는 제주도민에게 비참한
결과로 나타날지도 모릅니다. 특수지역의 여건을 외면한 획일적인
개발정책은 제주도민 스스로가 거부해야 하며 관광소득의 지역분
배에 가장 큰 관심을 두고 이의 배려를 위해 원주민도 관광개발사
업에 어떠한 형태로든 참여할 수 있는 길이 트여져야 합니다.

보고서 4 크고 작은 공사가 외부 자본이 들어와야 이루어지는 것처
럼 되어 있는 제주도의 현실은 농사짓던 원주민들을 기업 목장이
나 농장의 고용인, 소작인 그리고 날품팔이꾼으로 떨어뜨리고 있
습니다. 그밖에도 관광시설이나 위락시설의 막일꾼 신세로 변해가
고 있습니다. 그러나 여기에서 함께 생각할 일은 제주도 땅에 들어
간 돈의 책임이 반드시 뭍에 사는 재벌들의 무분별한 욕심에만 있
지는 않다는 사실입니다. 실제로 제주도의 관민들은 제주도 자체
가 경제력 한계 때문에 뭍의 돈이 들어와주기를 바랐고 또 거기에
큰 기대를 걸어왔기 때문입니다. 그러므로 우리가 벌이는 '제주를
되찾자'는 운동도 제주 사람들이 스스로 반성하는 운동을 아울러
야 함을 지적하지 않을 수 없습니다. (밖에서 도민들의 노랫소리 들리
자 재벌과 돈독, 슬슬 퇴장)

둘째마당 세경놀이

(마당 밖에서부터 배를 젓는 시늉을 하면서 도민들 들어온다.)

도민들 노래(해녀 노래)

들물 나건 동의 바당 썰물 나건 서의 바당

바당에도 머들이 있나 산전에도 머들이 있나

산 뛰는 건 웅매로다 여 뛰는 건 요배로구나

매──도 좋──고 배도 좋구나

이여사나 이여──사나 어 (이여사나) (이어도사나)

넓은 바당 앞을 재어 한 질 두 질 나아가곡

짚은 바당 절을 재어 흔 질 두 질 들어가민

저싱질이 왔다 갔다 이여사나 이어도사나

(마당을 한바퀴 돌고 나서 김매는 대형으로 바뀐다. 목청 합쳐서)

땅아, 땅아, 고운 땅아, 온갖 곡식 고운 땅아

(두 줄로 또는 한 줄로 가로세로 진형을 바꾸며 마당을 돈다. 김매는 노래)

어 긴 여 랑 사 디 로 다

검 질 짓 고 골 늦 은 밭 디

사 디 로 나 우 기 멍 가 게

요 런 날 에 요 런 일 흠 사

성 이 언 말 가 실 것 가

실 프 댕 들 내 말 앙 간 들

그 리 해 도 뉘 흐 여 주 리.

(땅이 사랑스럽고 고맙고 비록 노동은 고되어도 자유자재의 보람찬 삶이라는 표현이다.)

어진 아범 어어 일 많이 했쩌. 좀 쉬어가멍 허주.

마을남자2 술이나 흔잔씩 헙쭈.

마을남자1 그냥 놀젠 해도 경허난 우리 세경놀이나 헙쭈.

과부댁 경──허여, 내가 해볼카?

마을남자2 어진 어멍이 해얍쭈.

어진 아범 이 자식아, 느이 여편네를 시키지 무사 남의 마누라를 가정 경덜 햄시니.

마을남자1 흥기 실프민 그냥 내 불라게. 흥꼼 이시민 우리집 누렁이

86

를 잡앙 복날 개장 허영 시원한 탁배기를 가져올 건디, 이녁은 좀 꼼사리끼지 마라게.

어진 어멈 좋수다게, 좋아. 까짓 거 내가 해부러야지.

마을남녀 (목청을 합쳐서) 땅아, 땅아, 고운 땅아, 온갖 곡식 고운 땅아. (흐드러진 장단과 함께 환희작약하는 농무. 앞과는 다른 질탕한 가락과 춤이다. 재벌, 돈독의 안내로 춤판에 슬그머니 들어와서는 돈독이 찍어준 어진 어멈을 붙안고 돌다가 나간다. 이제부터는 극중극의 장면이 된다. 마을남자1과 어진 어멈, 마을여자 등이 등장인물이 되고 때에 따라서 나머지는 관객과 뒤섞인다.)

어진 아범 어러러 어럴럴럴러어…… (말 모는 시늉을 하며) 동경국으로 몰자, 서경국으로 몰자, 물 백수 몰자, 쇠 백수 몰자, 테우리야, 귀마구리야, 저 말 저 쇠 막으라, 어러러 어럴럴럴러어……

어진 어멈 (큰 병의 모가지를 묶어 치마 속으로 배에다 감아 불룩하게 하고는) 아이고 정갱이여, 아이고 어깨둑지여, 어떵허난. 전에 없이 뼈가 노긋노긋하고 온몸이 호릿흐는고, 이런 ㄱ꼽이 어디시니. (어진 아범 연방 혀를 차고 심통난 시늉. 다른 마을 사람들 낄낄거리며 추임새를 연방 넣는다.)

마을남자2 거 배가 꼭 맹꽁이 같은 게, 자네 애가 열두 남매이멍, 아직도 제 버르장머리 고치지 못허영 날마다 마누라를 넘보니 춤말 큰일이여, 큰일이라.

과부댁 (호들갑스럽게 웃으며) 아까 저쪽 밭이서 일을 흐고 이신디 물 건너온 영감이 슬그머니 돌려들엉 그만…… 아이구, 망측해라!

어진 아범 이놈들아, 늠의 마누라 가정 무신 행패냐. 어디 이년 집에 강 두고 보자.

마을남자1 야, 거 기냥 일이 아닝게, 아명해도 무신 숭시여.

어진 어멈 게멘 어떵흐코양? 어디 점이나 허여보카?

마을남자2 게메이, 어디 강 들어보라게.

어진 어멍　어디 아는 심방 이수꽈?

마을남자1　야 경말앙 요디 (관객들을 가리키며) 어떤 사룸이 잘 안댄 허영게 강 들어보라게.

　　(마을남녀 놀리는 추임새 제각각.)

어진 어멍　(마당을 빙빙 돌아다니다가, 그럴듯한 관객 앞에 가서 묻는다.) 게시우꽝? 나 몸이양 전에 없이 빼도 노긋노긋흥곡 속이 늬울늬울 흔 게 어떵 토하여 점직만 흥곡양, 아판 오라시메 손 꼭지나 흥쓸 지퍼봅서. 미신 탓이나 아닌가. (관객들 잠잠하거나 적당한 추임새) 야, 이거 모로기 줌쟁이로고나, 또시 어디 아는 디 어시카?

어진 아범　너 정말 집에 안 갈 거냐? 다리 몽갱이를 분질러놔불크라이. (쫓아가서 마누라의 손목을 잡아끌려 한다. 마을남녀, 관중들 항의)

마을남자2　아니 저 좋앙 눈 맞아신디 무사 경덜 햄서게.

과부댁　눈 맞은 것도 아닌디이, 번갯불에 콩 튀기듯이 훗설 잠깐 사이에 후다다닥…… 응해신디 무신 죄가 이시냐?

어진 아범　맞쭈마씨. 말광 쇠는 네 것 내 것 어서도 땅광 마누라는 임자가 이서얍쭈.

과부댁　경 안된덴 허민 나 고튼 잠수쟁이 과부는 안되크냐?

마을남자　어어, 자네가 나서 불민 우리 제주 바당 용왕님이 화내불거라. 이거 봐 이 땅 온 동네 사룸들이 모여서…… (손을 들어 한잔 하는 시늉)

어진 아범　빌어먹을. (입맛을 다시고는 슬그머니 주저앉는다.)

마을남자1　야, 거 아무 동네, 성은 아무개 (관객을 가리킨다.) 그디 잘 안댄 허염쩌. 그디나 찾아강 들어보라. 그 집의 몹씬 개가 싯쩬 허영게 맹심허영 가라이.

어진 어멍　어딜로 어떵어떵허영 가는 거꽈?

마을남자1　이도 일동으로 뱅뱅 돌앙 삼성혈 호꼼 가기 전에 높직헌 집이 이서. 칼인지 창인지 하는 주막집인디 거기 가민 흔드는 디가

88

있주.

어진 어멈 흔드는 디가 어디우꽈?

마을남자1 나이또 구라부라구 허영게.

어진 어멈 (마당을 빙빙 돌다가 적당한 관객을 지나면) 있수꽈? 나 몸이 어떵허연 전 광 답질 못허영 손 꽁지나 흔번 지퍼봅센 흐젠 왔수다게. (관객 반응에 따라) 점점 가는 디마다 벙어리 닮은 줌쟁이만 만나점쩌. 또 어디 어씨카?

마을남자2 야 경허지 마랑. 아무 동네 성은 아무개 신의 성방이 잘 안댄 허여라, 그디나 강봐.

어진 어멈 있수가?

과부댁 거 누게?

어진 어멈 나 몸이 요새 이상허연 들어보젠 오랐수다. 손 꼭지나 흐쓸 지퍼봅서.

과부댁 갑자 을축 뱅정 말축. (손가락을 짚어본다.) 야, 거 하니 북방이 왔다 가서?

어진 어멈 예, 가 오랐수다.

과부댁 야, 거 벼락 동티 닮아 베여.

마을남자2 야, 거 아는 심방이여! (무릎을 친다.)

과부댁 하니 북방에 가 왔젠 흐난 아명허여도 이 심난일 이실 거라. 잘 생각허여봐.

어진 어멈 그런 게 아니라, 하니 북방 우리 밭이신디 감저 파러강 허릴 굽언 감절 파노렌 흐난 어떤 놈이 달려들언 촛대 가튼 나 허릴 덥석 안아서 조름이 선뜩허여낸개, 그 일배긴 엇수다. 야, 이거 큰일 났구나, 어떵흐민 조오리.

과부댁 야 게건 모시 뿔리나 허여당 딸령 먹으민 엇어진댄 허여라, 경 허여봐.

어진 어멈 (발을 동동 구르며) 야, 것도 못홀 일이여.

과부댁 경말앙, 아무 둘 아무 날 느네 씨집의 큰굿 흔댄 허여라. 그
때 가서 잣잣이 알아보라. 흥기 실른 일이라도 엇인 물 질어 놓당
"아이고 허리야!" 흐명 주저앉아 뱅뱅 돌라게, 글암시민 느네 씨집
이서 어떵 흐는 방식이실 거여.

어진 어멈 게멘, 가정흐민 기냥 가지리야.

과부댁 (혀를 찬다.) 경말앙, 모믈 그루른 되나 허영 마을놈들 궁석이
나 허여 멕입셍 허영 강보라.

마을남자1 흔저 가보라게. (어진 어멈 채롱을 들고 가는 척 마당을 빙빙
돌다가, 극중극 관객인 마을사람들의 추임새에 따라서 동작한다.) 씨집
이엔 흔디 가난 장둙 그뜬 씨아방도 비룽이 브렌 첵 만 첵, 암둙 그
뜬 씨어멍도 보렌 첵 만 첵.

마을남자2 므지리 그뜬 씨누이도 브렌 첵 만 첵, 뭉게 그 뜬 서방도
브렌 첵 만 첵.

어진 아범 어라 뭉게라구? 내가 어떵허연 뭉게가? 필요서, 너 이
년 안 들어가?

과부댁 뭘 그래요, 내가 있잖아, 내가.

어진 아범 (화를 내고 일어서려다가)

마을남자1 (술 한잔 하는 시늉)

어진 아범 (같이 따라서 손을 쳐들다가) 빌어먹을.

과부댁 므믈 그루를 닷되 윗골방 씨어멍 안티 앗엉간.

어진 어멈 어머니, 나도 오랐수다. 요걸랑 마을놈들 중석이나 허영
줍서.

과부댁 허여도 받는 첵 마는 첵에 물허벅이나 지엉 물에나 가정. (어
진 어멈 장구를 지고 마당을 빙 돌아와 물허벅의 물을 붓는 시늉. 잽이, 북
을 둥둥 쳐서 물 붓는 소리를 낸다.)

어진 어멈 (발을 헛디뎌 넘어지는 시늉) 아이고, 허리여! 아이고, 허리
여!

90

마을남자1 애 떨어지켜.

마을남자2 저런 몹쓸 시집이 이신가.

과부댁 나가 경허시믄 벌써 고무신 꺼꾸로 신었주.

어진 어멈 (땅을 치며) 요놈의 씨집 못 살로구나, 본 숭 만 숭 흐는 씨
집을 어떵 살아. 나 못 살 씨집이로고나. 입단 입성 걷어 설러 친정
이나 가저. (걸어 돌다가 또 주저앉아) 아야 배야, 아야 배야!

마을사람들과 관객들 삼신할망 불르라.

과부댁 어이구 세월 빠르다, 벌써 해산인가. 흔맥 쓰라, 두맥 쓰라,
쉬맥 쓰라, 아기 머리 돌렸져. (어진 어멈의 허리에 감았던 병을 풀어
떨어뜨린다.) 야, 났저 났저. 야. (팔뚝을 내어 흔들며) 이기야, 이거.

마을남자2 그게 고추가, 몽둥이가.

어진 아범 (얼결에 자기도 좋아) 어허허, 아들이라네, 아들이여.

어진 어멈 아긴 난 보난 눈도 코도 어신 아기로고나. 요 애기 일름을
무시거옝 지우코? 아라라아 깨꿍?

마을남자1 허 그놈 길쭉허게 잘생겼져. 아라라라 깨꿍.

어진 어멈 꺼떡꺼떡, 좀메 좀메 좀메야, 마니 고개질 허염저야, 이거
아방을 촛아 바삭걸.

어진 아범 (저도 모르게 슬그머니 다가와) 얼럴러러 —— 깨꿍?

과부댁 (짓궂게) 에야야, 저리 갑서. 아방이나 흔번 촛아가라. (병 모
가지를 잡아 휙 돌리며) 느네 아방 촛아가라. 느네 아방 촛앙가라.
(병이 굴러가다가 재벌 앞에 멈추면 잡아족친다.) 흥, 요놈이 우리 어진
이 어멍을 못살게 군 자식이로고나. 생김만 생겨놓고 기저귀 감이
나 끊어줘서? 요런 날강도는 혼뿔을 내야지. (연방 쥐어박다가 돈독
이 말려서 간신히 돌아선다. 차림이 그럴싸한 관객을 골라서 골탕을 먹인
다.) 느네 외하르방 촛앙가라. 느네 외하르방 촛앙가라. (적당히 그
런 법이 있느냐고 골탕을 먹여서) 에에, 우리가 키워얍쭈.

어진 어멈 이놈을 이젠 공뷔를 시켜 살로고나. 서당에 노닌 선생님이

하늘 천 흥민 요놈이 하늘 천은 아니흥곡 밥 밥만 흔다. 따지 흥민 또시 밥 밥만 흥는구나. 아명 흥여도 이놈을 글공뷔 못흘 놈이여. 이거 어떤 일인고? 이거 밥이 아니고 밭이 아니카? 이놈 흔번 농사나 시켜보저.

마을남녀 땅아, 땅아, 고운 땅아, 온갖 곡식 고운 땅아. (흐드러진 장단, 말 몰아 밭가는 사람, 씨뿌리는 사람, 김매는 사람, 거두는 사람, 타작하는 사람, 동작이 물결치듯 차례로 이어진다. 이때 마당은 그들의 거침없는 농사의 현장이다. 넓은 마당을 이리저리 주름잡는다. 돈독과 재벌 등장.)

돈독 (막대에 매여 있는 줄을 이끌고 그들의 가운데로 잽싸게 뚫고 나간다. 재벌에게) 됐습니까?

재벌 (시큰둥하게 끄덕끄덕)

돈독 (임의로 줄 안에 들어온 사람들을 내쫓는다.) 어어 나가소. 나가.

(마을남녀 잠시 어리벙벙한다. 줄 안에 들어가 있던 마을남자1·2 서로 잠시 바라보고 나서)

마을남자1·2 우리말이우꽈?

돈독 (한번 재벌 쪽을 바라보며)

재벌 (시큰둥하게 끄덕끄덕)

돈독 (자신만만하게 벌레를 집어내는 시늉)

마을남자1·2 어디로?

돈독 (다시 재벌을 쳐다보고 같은 동작 주고받고 나서) 줄 밖으로! (마을남자1·2 아직도 잘 몰라서 고개를 갸웃거리고 뒤통수를 긁으며 줄 밖으로 나간다.) 가시죠. (두 팔로 안내를 하면 재벌 배를 내밀고 거만하게 걸어간다. 북장단. 돈독은 계속 두 손으로 안내를 하며 나아가고 재벌은 거만하게 배를 흔들며 갈짓자 걸음. 줄 안을 한번 왕복해본다. 마을남녀들 그 자리에 망부석처럼 서서 고갯짓으로 그들의 동작을 따른다.)

재벌 (안주머니에서 돈을 세어주는 시늉)

돈독 (부지런히 받아 챙긴다.)

재벌　어…… 그런데, 자넨 내가 어떤 사람인지 잘 알지?

돈독　부처님같이 너른 마음과……

재벌　(시큰둥하게 고개를 내젓는다. 사이) 너른 마음은 맞았어.

돈독　아, 스케일이 큰 분이시지요.

재벌　바로 그거야. 나는 스케일이 큰 사람이지.

돈독　잘 알겠습니다. (줄 안을 빙 둘러보고 나서) 그러니까…… 여기
　　가 아직은…… 약간 마음이 차시지 않는다, 그겁니까?

재벌　약간이 아니야. 아주아주 비좁아. 쩨쩨해.

돈독　하, 그런 일쯤이야 요리조리 조리요리 다 빠져나갈 방법이 있
　　습니다. (다시 줄을 잡고 이번에는 종으로 내리달린다. 먼저와 같은 식으
　　로 마을사람들을 줄 밖으로 내쫓는다. 두어 번 반복. 이제 마을사람들은
　　비좁은 줄 밖에서 비비적거리며 서 있다.) 어떻습니까?

재벌　제법 나아졌구만. (이마에 차양을 대고 관객석을 한번 휘둘러본다.
　　총에 탄약 재는 시늉)

돈독　사냥하시게요?

재벌　뭐 어디 좋은 사냥감이 없을까?

돈독　(관객을 가리키며) 저기 저 살찐 쥐달이는 어떻습니까?

재벌　아, 저기 저놈 말이지? (가차없이 쏜다.) 꽝. 꽝.

돈독　(자세를 낮추고 객석으로 뚫고 들어가 사방으로 냄새를 맡고 돌아다
　　니는 시늉. 잽싸게 물어다 댄다.) 저기 저 탐스러운 암노루는 어떻습
　　니까?

재벌　아, 조기 조년 말인가? 꽝. 꽈꽝. (마을남녀들 숫제 줄 밖에 비좁
　　게 앉아 있다. 마을남자1, 과부댁 슬그머니 줄 넘어 안으로 들어간다.)

마을남자2　어딜 감시냐?

마을남자1　밥 먹으러 가네.

과부댁　일을 해야 먹지.

돈독　(기다렸다는 듯이 재벌을 돌아본다.)

재벌 (고개를 끄덕거린다.)

돈독 어서들 오게, 어서 와. (그들의 어깨를 두드린다.) (과부댁 톡 간지럽게 건드리며) 자기 왔어? 자네는 산을 맡고…… 자기는 농장을, 응? 알았지. (마을남자1 삽으로 파는 시늉. 과부댁 밀감 따는 시늉)

(돈독 엎드리면 재벌 어기적거리며 달려들어 마당을 가로질러 타고 넘기를 한다. 타고 넘으면서 퇴장하면 마을남자1, 과부댁도 따라서 퇴장)

셋째마당 기러기놀이

(마을남녀, 돌하르방의 가면을 썼다. 한발 딛고 한발 드는 동작으로 입장하여 차례로 폴짝폴짝 뛰어 일렬로 선다. 일렬로 섰다가 하나는 중앙에 서고 넷은 동서남북을 맡아 오방을 노려보며 지켜선다. 재벌, 도깨비 가면을 쓰고 살금살금 걸음으로 힐끔힐끔 보면서 들어온다. 그쪽 방향의 돌하르방, 도깨비를 발견하고 막는 시늉을 한다. 서로 으르다가 도깨비가 쳐내면 뒤로 나가 떨어진다. 중앙 하르방을 중심으로 서로의 허리를 잡고 늘어서서 대적한다. 도깨비는 맨 뒤의 하르방부터 잡으려고 좌우로 옥신각신. 전투적인 사물소리. 맨 뒤의 하르방 잡는다. 잡힌 하르방은 그 자리에 주저앉는다. 차례로 잡힌 하르방 모두 주저앉은 뒤 도깨비, 으스대며 그들을 가볍게 넘어 보이고 장내를 돌다가 퇴장한다.)

넷째마당 전상놀이

어진 어멈 뭐니뭐니 해도 땅을 안 풀길 잘했주게. 저 감자밭, 유채밭, 보리밭 얼마나 고마우꽈.

어진 아범 이제 우리는 부자가 될 거여. 서울 영감 땅이 벌써 스무 배나 올랐댄 햄시난 우리는 그냥 앉아서 부자가 되었저. 까짓 농사는 지어 뭘 해. 적당한 때에 쓱싹 정리하고 우리도 해수욕장에 나가

장사나 해야지.

어진 어멈 에이구, 그런 속없는 소리 흐지도 맙써. 그 영감은 무슨 눈 뜬 장님이엔 헙디까. 땅에 좁쌀이 떨어져도 금싸라기인 줄 알고 눈이 번쩍 뜨일 사람인디 우리 땅이 스무 배나 함께 뛰길 바랄 줄 알 암수꽈.

어진 아범 염려 말아. 나두 고집이 있는 사람이여. 체…… 누가 더 버티나 두고 보라지. 설마 이 말뚝 같은 나를 꺾어버리진 못할걸.
(다른 편에 마을남자1 나타나 입에 손나발을 대고 외친다.)

마을남자1 어이, 감저 파고 콩 타작해야지. 내 소리 들렴사?

어진 아범 (영문을 몰라서) 아니 저 자식이 무사 즈이 집 앞에서 오락 가락허명 떠들엄시니? 다리가 부러진 것은 아닐 건디.

어진 어멈 게메 말이우다. 감저를 먹으러 오렌 허는 말이 아니카야?

어진 아범 게메 콩을 굴어서 떡을 허젠 햄신가?

마을남자1 (손짓 발짓) 자네네 밭 쪽에 있는 내 감저 파당 길에 내 줘?

어진 아범 (손짓 발짓) 우리 마당에 무슨 먹을 게 떨어졌으니……?

어진 어멈 아니라 아니라, 자기 집에 캐놓은 감저가 있으난 먹으러 오라?

어진 아범 아, 이제 알았저. 저 오름 끝에 있는 즈이 밭의 감저를 캐다가 달라는 게야. (동작을 되풀이해 보이자 마을남자1 고개를 끄덕인다.)

어진 어멈 원, 벨 미친놈 다 보키어. 우리두 밑에서 바람이 불 정도로 바쁜디…… 지는 그만히 앉아서 종놈 부리듯 할라구?

어진 아범 (손짓 발짓) 이 자식아, 니가 여기왕 캐어가든 공중에 팔매를 치고 가든 니 멋대로 처해봐라.

마을남자1 (손짓 발짓) 저런 멍텅구리 자식. 늠의 감저 캐다가 모두 던져버린다구? 이 말뚝장승 같은 바보야. 네따위는 요영 잡앙 무릎에 대엉 요영 꺾어서 발로 탕탕 불방 불쏘시개나 하겠다야.

어진 아범 (팔을 부르걷으며) 어라, 저놈이 정말 미쳐시냐. 내 당장 쫓
  아가서 나무에 매달아놓고 와불어야지.

어진 어멈 저런 게이름뱅이는 우리 동네에서 혼이 나사 헙니다. 가서
  아예 다시는 손짓 못하게 닭 모개기 비틀듯…… (남편의 손을 비튼
  다.)

어진 아범 아야야. (손을 뿌리치고 마을남자1에게 달려간다.) 너 어디
  흔 좀 나보라.

  (그가 마당을 건너지르려 할 때 가운데로 돈독이 뒷짐 지고 슬슬 나선다.)

돈독 어, 잠깐, 잠깐. 어딜 가는 거야?

어진 아범 어딜 가긴, 보면 몰라! 저쪽으로 가는 거지.

돈독 거기가 어딘가?

어진 아범 서쪽이우다.

돈독 분명히 서쪽은 서쪽인데. (노래로) 자기가 새라면 자기가 새라
  면 날아가리. 조 건너 보이는 조 건너 보이는……

어진 아범 병신 육갑허네. (그냥 가려고 한다.)

돈독 잠깐, 그쪽으로 가면 자넨 걸려.

어진 아범 걸리긴 젠장할 망망한 풀밭인데 무싱 거에 걸려.

돈독 풀에 걸리진 않지만…… 법에 걸리지.

어진 아범 법?

돈독 그 앞은 사유지라 그 말이지. 남의 땅을 무단히 침범하면 쓰나.

어진 아범 아이구, 그래서 저 녀석이 그 춤을 추었구나.

돈독 (먼지를 털듯이) 돌아가, 돌아가.

어진 아범 아니, 경허민 저 너머에 있는 내 밭엔 어떵흐영 가렌 말이
  꽈.

돈독 뭐 간단하지. 타타타타 타타…… 이게 있어야지.

어진 어멈 타타타, 그게 뭐요?

어진 아범 타타타타?

돈독 허 답답허군. 헬리콥타, 잠자리 비행기 말야. 헬리콥타를 사서 자네 마당에서 비융, 날아가지고 자네 밭에 사뿐 내려앉아 일을 하지 그래. 그리고는 다시 비융 날아오란 말이야. 그러기 싫으면 길값을 물어내란 말야.

어진 아범 너나 날아다녀라.

돈독 (먼지를 털듯이) 돌아가, 돌아가.

(어진 아범과 어진 어멈, 경계선을 나와 되돌아간다.)

어진 어멈 어떵흐민 좋고야. 길값을 터무니없이 부른덴 허영게 이제는 농사도 못 짓고 땅도 제값을 못 받을 거 아니꽈.

어진 아범 좋아. 두더쥐처럼 땅밑으로 길을 파더라도 나는 버틸 거야.

(과부댁, 마을남자2, 보따리 하나씩 들고 마을남자1과 마당의 가녁을 돌아 그들 앞에 이른다.)

과부댁 우리는 여기를 떠나기로 해수다.

마을남자2 아예 동네가 어서져부러신디 늠의 땅이나 파먹으민 무얼 헐끼라?

마을남자1 우리는 끝까지 안 팔고 버틸 거라.

어진 아범 나두 내 땅에 농작물이 자라는 한 아무데도 안 갈 거라.

돈독 (슬슬 나타나) 어, 이 고장의 발전을 위해서는 여러분의 땅을 팔아야만 됩니다.

마을남자1 땅을 팔고 안 팔고 하는 건 우리 마음대로라.

돈독 아무리 제 땅이라지만 이 고장 개발에 지장을 주게 되면 토지 수용령을 발동하게 할 수가 있다 그거라.

(마당 끝으로 가서 돈독과 재벌, 기차놀이할 때처럼 불도저를 꾸며 나온다. 밀어붙인다. 사람들 좌우로 흩어지며 넘어진다. 불도저는 거침없이 밀고 지나간다.)

과부댁 아이구, 이젠 어디강 발 붙영 살꼬.

어진 어멈 아이고, 우리 감저, 우리 콩, 조 모두 망해부렀저. (운다)

어진 아범 내 땅, 내 땅! (손으로 부지런히 더듬는다)

마을남자1 (털썩 주저앉는다) 우린 이제 망했저.

마을남자2 (과부댁에게) 경허난 나가 뭐랜 고라냐. 흔적들 떠나게.

과부댁 내 동네를 두고 어딜 갑니까? 난 안 가쿠다. (우는 어진 어멈을 달래준다)

마을남자1 도대체 이런 법이 어디 있수꽈. 나라에서도 이런 일을 모를 거우다. 우리 동네에서 돈 갖엉 땅놀음 흐는 놈들 몽땅 쫓아내부러야지.

어진 아범 맞아, 맞아. 쫓아내야 돼.

(그들, 일어나려 하지만 몸이 말을 듣지 않는다. 북소리 간간이 들리며 심방 등장한다.)

심방 자, 온 동네 어지러운 것들을 몽땅 쓸어내버리세.

(그의 주위로 몰려선다. 심방의 신 받는 동작 잠깐. 군무에 의하여 불도저를 무너뜨린다. 재벌, 달아나고 사람들, 넘어진 돈독을 일으켜서 받아들인다. 전상놀이의 쓸어내는 동작 같이 하고 적당한 제주도의 대표적 민요 부르며 흐트러진 춤으로 뒤풀이에 이어져 관객도 참가한다.)

〔장산곶매, 심설당 1980〕

돼지꿈

때 여름 **곳** 서울 변두리 **나오는 사람들** 강씨 왕 강씨처 삼촌 미순 덕배
덕배처 양아치 일수영감 반장 행상 칼갈이노인 근호 여공A 여공B 여공C

제1장

(무대를 삼등분하여 우측은 평상 하나로 실내를, 좌측은 실외 공간으로, 그리고 무대 전면은 노상으로 설정한다. 특별한 무대장치는 물론, 소도구도 전혀 쓰지 않는다. 모든 것은 무대 공간과 배우의 동작으로 처리된다. 왕과 양아치, 빈터에서 쓰레기를 분류하는 동작. 러닝셔츠 바람에 뚫어진 밀짚모 차림의 강씨, 리어카 끄는 시늉으로 등장한다.)

강씨   (왕에게) 어이, 뭣 좀 잡았나?

왕   이제 오슈?

양아치   잡기는 젠장…… 앗씨 가운뎃다리나 잡으까?

왕   니 애비한테 그래라, 인마. (강씨는 별 대꾸 없이 마른기침, 양아치 실실 웃는다. 예비군 모자에 소매 없는 러닝 차림의 왕, 땀을 씻으면서) 뚜룩이나 치면 모를까, 노상 주워오는 게 고작 이런 것들이우. (강씨의 느긋한 기색을 눈치채고) 그나저나 수입 잡은 모양인데 한잔 사슈.

강씨   흠, 어흠, 거 뭐 다리 품앗이 값두 못되네. (하고 나서 참지 못해 자랑조로) 오늘은 줄을 좀 잡았지.

양아치   줄? 몇관이나요?

왕   나두 재미 좀 봅시다.

강씨   뭐 두어 자 되는갑네. 하루벌이 고작해야 삼사백원 꼴인걸.

양아치   애녀석들이 꼰대들 몰래 들구 나오는 물건 있잖우? 하나만 잡아두 왔다죠.

왕   장물아비 대신으로 말요, 넉잽이 새끼들 뚜룩친 물건을 잡아채는 수도 있을 거 아뇨.

강씨   예끼, 이 사람들…… 정말 장물아비 같은 심볼세. 잘못 걸렸다 간 닭장으로 직행하게? 괜히…… 하긴 오늘은 웬 놈팡이가 전선을 싸구려루 넘겨주데.

양아치 거 봐요. 밑 구린 놈의 물건을 잡았지.

왕 내 어쩐지 앗씨 느긋한 눈치가 그럴 거 같더라니.

강씨 어허 으흠! 여러 말 말라구. 이 사람아! 요 리야카 속에 뭐가 들었나 좀 보라구. 엿목판 아래 말야.

왕 거 뭐 보물이라두 있나본데 어디…… (고개를 삐죽이 내밀고 들여다보다가) 이크…… 이게 뭐야. 네발짐승 아냐?

강씨 (의기양양하게) 왜 아냐. 송아지만한 놈인데.

양아치 (넘겨다보고 나서) 세파트군요. 야, 크긴 제법 큰데.

왕 어서 났수? 꼬여다 때려잡은 것두 아닐 테구.

강씨 말조심하라구. 때려잡긴 내가 무슨 개백정인 줄 알어? 참, 나…… 떳떳하게 임자한테서 얻었다 그 말야. (왕이 목판 아래 손을 넣어 꺼내려 하자 강씨는 슬그머니 그를 밀어내면서) 아하, 왜 이래? 어디 벼락맞은 참새고기가 떨어진 줄 아나. 우선 고기 먹을 자격이 있어야지.

양아치 털 끄슬리는 건 내게 맡기슈.

강씨 애들은 안 붙여.

왕 거 참 안성맞춤이네요. 지난 복날에두 허탕을 쳤는데.

강씨 빈손두 안 붙이네.

왕 아따, 그 양반! 술 받는 건 문제가 아니구, 잘못 먹구 골루 가는 건 아뇨?

강씨 쳇, 싫건 그만두게. (강씨는 말할 흥미조차 잃었다는 듯이 고개를 절레절레 흔들고서, 리어카를 밀어내는 시늉)

왕 (강씨의 소매를 붙들며) 아아, 알겠시다. 생명에 지장은 없는 거구…… 끄슬리는 건 내가 할 테니깐 꼭 부르쇼.

강씨 탁주 한 바께쓰 낼 텐가?

왕 글쎄, 염려 놓으시라니까.

강씨 조오치.

양아치 내 아까 앗씨 거동을 보구선 오늘 일진을 짐작했다니까.

왕 글쎄 말야. 어쩐지 리야카가 가뿐하게 끌려오더라니. 재수를 묻는 것두 그렇구.

강씨 오늘 내 기분이 솔직히…… 첫선본 큰애기처럼 염통이 한근 반 두근 반 한단 말야.

왕 어! 그놈 잡아먹기 아깝도록 잘생겼다.

양아치 살두 포실하게 쪘는데요.

왕 용케 구하셨어. 복철에 개 보기가 쉬운 일이 아닌데……

강씨 그게 궁금한가, 리야카를 끌구 학교 앞으루다 내려오는데 웬 아주머니가 날 부른단 말야. 뭐 고철이라두 있는가 해서 따라갔더니……

왕 뒈진 개를 줍디까?

강씨 가축병원이더란 말야. 개가 차에 갈린 모양이더군. 뒷다리가 부러진 게 살려봤자 병신이 될 거래. 그래서 주인이 편안히 죽으라구 주사를 놓아준 모양이데. 가축병원에선 자꾸 빨리 치워달래지, 워낙에 개새끼 덩치가 크니까 운반하기두 곤란하지. 개 임자가 양지 바른 데다 묻어줄 작정인가봐. 집의 화단에다 묻기두 멋하구, 또 그냥 쓰레기통에다 버릴 수 없더라 그 말이야. 요새 어디 개새끼 하나 묻을 빈터가 있던가? 딸은 징징 울지. 부인네는 그래서 마침 내가 가위를 치며 지나가니까 나를 불렀네. 숫제 사정조야. "개를 데려다 꼭 묻어주세요" 하더란 말야.

왕 호랑이에게 토끼를 맡기는 격이지.

강씨 이 사람아, 혀를 길게 빼구 널부러진 게 꼭 송아지더라 그 말야. 침이 연방 넘어가지만서두, 그쪽에선 아예 끔찍하구 쌍스런 생각은 않는 모양이데. 못 이기는 체하구 개를 리야카에 싣는데 아주머니가 수고비라면서 삼백원 돈이나 얹어주더란 말야.

왕 저런! 호박이 넝쿨에 뿌리채 굴러떨어졌구만.

강씨 하두 신이 나서 콧방귀가 벌름대는 걸 참느라구 어금니를 꽉
물구 있었다니까. 요새 기름기를 못 먹어서 버즘꽃이 핀단 말일세.
아침마다 살가루가 싸라기모냥 쏟아진다구. 그렇잖아두 집 잃은
똥개라두 한마리 때려잡아 보신하려던 참인데…… (껄껄 웃음)

왕 (찬탄의 빛으로 듣고 있다가 끄덕이며 함께 껄껄) 듣구 보니 앗씨가
아니라 그 운짱 양반께 인살 드려야겠네.

강씨 실은 그렇지. 쥐약을 먹은 것두 아니요, 지랄병두 아니구……
살이 뒤룩뒤룩 찐 멍멍일 생으로 때려잡았으니까 운전사 양반이
남 준 일 했지.

양아치 수입두 만만찮게 올렸겠다, 수고비두 받았겠다, 개고기 생겼
겠다, 좌우지간에 오늘 한턱 쓰셔야겠어.

강씨 그래 그냥 올 수 있는가. 눈에 걸리는 대루 어느 선술집에 들어
가서 쐬주 두어 잔 걸쳤지.

왕 감격을 달렜다 그겁니까.

강씨 자아, 이따 보세.

왕 보다뿐입니까.

(이때 동네 쪽에서 마주 오던 일수쟁이 영감, 더러운 파자마 바람인데 두
손을 고의춤에 파묻고 계걸음치며 어슬렁거리며 접근)

일수 영감 (빈정대듯 웃으며) 허허, 손자 보게 됐습니다.

강씨 뭐…… 뭐라구요, 그게 무신 얘기요?

일수 영감 손자요, 손자. (강씨와 왕, 서로 마주보며 표정으로 묻는다.)
미순이가 왔습디다.

왕 미순이가요……?

강씨 그년이……

일수 영감 몰라보겠두만(혀를 끌끌 차면서). 홀몸이 아니던데.

강씨 (한숨을 쉬고 낮게 중얼거린다.) 그게 어디 내 딸년인가……

일수 영감 이젠 내 일숫돈두 받아야지.

강씨　골치 아퍼서 원, 그년이 죽든지 살든지…… 돈일랑 제 에미한
　　　테 받으슈.

일수 영감　몰라보겠두만. 장본인이 왔으니까 이젠 수월히 되었소.

왕　그러문요, 돈이야 어찌 안되겠습니까만……

강씨　영감님 책임두 있습네다. 애들이 뭘 안다구 일숫돈을 놓아요.

일수 영감　거 무슨 소리! 구렁이알 같은 내 돈은 뭐…… 바람난 기집
　　　애 밑씻개랍디까? 본인 말을 들어보면 알겠지만, 틀림없는 일요.
　　　부모들 책임이지. 다 애들 잘 길러야지. 더군다나 딸자식은 잘 길
　　　러야다구. 어흠!

강씨　(야코가 죽어서 나약하게) 어쨌든지…… 난 모른다 그거요.

일수 영감　헹, 걔 배가 꼭 북통 같데, 배 꼴이 아들 쌍둥이는 될 게야.

강씨　망할년 같으니라구! (분연히 리어카를 밀어낼 때 암전)

제2장

(집 방안. 구석에 미순이 두 무릎 사이에 고개를 처박고 있으며, 삼촌은 등
을 돌려서 열심히 기도중이다. 강씨 처는 아예 벌렁 드러누워 고민중이다.)

강씨　(방에 들어서 허리에 두 팔을 얹고 씨근거리다가) 초저녁부터 무슨
　　　놈의 청승이야, 청승이…… 진종일 헤매다 돌아오는 사람 심정두
　　　쬐끔은 알아줘야 말이지.

강씨 처　듣기 싫어! 나한테 말시키지 말아요.

강씨　얼씨구! 지랄하구 자빠졌네. 애새끼들은 애비가 마당에 들어서
　　　기 무섭게 악을 쓰구 졸라대지, 계집년은 떡 드러누워서 암상이나
　　　떨구…… 상년의 자식들을 모두 죽여버려야 해.

강씨 처　잘헌다. 참말 부자지간에 육갑 떨구 있네. 그 팔푼이 같은
　　　새끼들이야 허구헌 날 맹꽁이처럼 처먹구선 울어대는 걸 난들 도
　　　리 있대?

강씨 그래, 네년의 새끼들은 다 잘났더라.

강씨 처 (발딱 일어나 앉으면서) 입이 천개라두 할말이 없을걸. 그래 미순이나 근호한테 언제는 애비노릇 해본 적이 있어? 아, 있느냐 구? 참 남 부끄러워 못살아. 안할 말이지마는 그 나이에 밝혀가지 구 날 요 꼴루…… 수절두 못하게 만든 게 누구야? 내가 애새끼를 몇살에 난 거냐구. 또 몇을 지웠어? 아, 말 좀 해봐.

강씨 정말 이 여편네가! 모녀간에 잘 논다. 네 딸년 꼬락서니 한번 볼까?

강씨 처 아이구 원통해. (방바닥을 두드린다.) 이년이 미친년이지. 내 가 어쩌다가 저런 도깨비 같은 두상한테 걸려서 팔자를 망쳤던고! 아이고!

강씨 에이, 망할 집구석! 불을 확 싸지르든지…… 니기미!

삼촌 (넥타이를 단정히 매고 있는 차림. 그제야 돌아앉으며) 매부, 안녕 하세요. 고정들 하십시오. 남들이 듣겠습니다.

강씨 아 왼 동네가 다 아는데 무슨…… 속을 썩여두 곱게 썩여야지. 나가는 년이 뭣 땜에 거짓말루 꾸며서 일숫돈을 빼갖구 나가느냐 이거야. 우리가 단련을 얼마나 받았다구. 그래, 그 꼴을 해갖구 왔 다길래, 한마디하는 게 그렇게 고깝단 말야? 나두 체면이 애비라 구, 애비!

강씨 처 어유, 그러셔? 대견하셔. 벌이두 못하는 애비, 우거지면 삶 아서 국이라두 끓여 먹지.

삼촌 누님두 그만두셔요. 성경에도 나와 있지만……

강씨 똥이 드러워 피한다구. 엥이, 이놈의 집에 내 다시 들어오나봐 라. (어둠속으로 퇴장)

강씨 처 어이구, 다시 기어들어올까 걱정이우. 문턱에 소금이나 뿌 려둘 테니 부정타지 말구 냉큼 꺼지라구.

삼촌 하나님께서도 가정은 언제나 화목해야 믿음이 쌓인다구 그랬습니다.

강씨 처 또 나오는구나. 에그, 지겨워. (다시 드러눕는다. 삼촌, 단정히 꿇어앉아 굵은 바리톤으로 기도를 시작한다.)

삼촌 전지전능하신 여호와 아버지, 기도하옵는 것은 이 가정에 깃들인 불안과 고통을 씻어주옵시며, 저희가 더이상 아버지 앞에 죄를 짓지 않도록 하심을 바라나이다. 이제 나갔던 미순이가 돌아오고 온 가족이 모이게 되었사오나 저들은 감사할 줄 모르고 오히려 불화하여 아버지 은혜를 잊고 있나이다. 하나님 아버지, 우리가 비록 지상에서는 가난과 괴로움 속에 허덕이며 천국을 잊고 있지마는 아버지께서는 우리에게 길을 인도하여주옵시고 심판의 날에는 주의 반열에 들게 하소서. 우리에게 천국이 임하게 될 때에 저희 죄인들은……

강씨 처 집어치워! 그 죄인, 죄인 하는 소리 기분 나쁘니까. 요즘 세상엔 옥황상제라두 귀찮아.

삼촌 (멈칫했다가 초지일관하여 더욱 강경히 계속) 저희 죄인들은…… 모두 회개하여 참사람이 되어서 주의 영광을 찬송할 것입니다. 우리가 불행함은 죄인이기 때문임을 잘 아나이다. 지금 공장에 나가 야근을 하고 있는 근호와, 이 집 가장에게 은총이 늘 함께하시고 미순이가 잉태한 생명에게도 복을 주셔서…… (강씨 처는 한숨, 미순이는 소리 없이 얼굴을 파묻은 채 어깨를 들먹이며 흐느낀다.) 모두 하나님 자녀 되게 해주옵소서. 거듭 바라옵건대 우리가 유황불이 타는 지옥에 들어가지 말게 하시고 주의 은혜로써 진리와 소망에 살기를 바라나이다. 부족한 죄인 아무 공로 없사오나 예수 그리스도의 이름으로 기도하옵나이다. 아멘…… (잠시 침묵, 삼촌 중얼대며 성경이라도 열심히 뒤적거리는 동작)

강씨 처 (은근한 목소리로) 얘, 삼촌. 모두 내 잘못이지?

삼촌 뭘 또 그러세요. 누님 성격은 예전부터 대장간 쇠토막 같아요.

잘 달구 쉽게 식거든.

강씨 처 근호와 미순이가 자라온 세월을 생각해보니까 잘못은 모두 에미한테 있지 뭐야.

삼촌 개가하시길 잘했지. 누님은 아직 젊어 뵈요.

강씨 처 저 영감태기를 그러니까 천안에서 만났구먼.

삼촌 대부섬에서 그리루 이사갔었군요.

강씨 처 근호 애비가 풍랑에 죽었지. 내 혼자 억척으로 사느라구 열차에서 개피떡 장사를 했단다. 저 영감두 아직 근력이 좋던 때라 역전 수화물부에 있었지. 공안원들 피하느라구 개구멍을 드나들다가…… 아 수화물 창고 인부하고 눈이 맞았지 뭐냐. 인부들 중에 착실한 사람들두 많았건만…… 다아 팔자지, 팔자야. (하고 나서 허리춤에서 꽁초를 집어내어 피워 연기를 한모금 푹 내뿜고 나서) 미순아, (대답이 없다.) 얘, 미순아…… 아니 저년이 귓구멍이 막혔나.

미순 (고개를 처박은 채 기어들어가는 목소리로) 니예……

강씨 처 이리 좀 앉아. 냉큼 못 오겠니?

미순 네. (머리를 가슴팍에 푹 처박고 가까이 와서 돌아앉는다.)

강씨 처 너 어쩔 작정이냐. 애를 그냥 낳을 거냐? (미순이 치마 끝을 쥐고 손가락을 꼼지락거릴 뿐 대답이 없다. 누가 보기에도 알 만큼 배가 불러 있다.) 대답해보라니까. (하면서 턱을 치켰지만 다시 고개를 떨어뜨린다.) 안되겠다. 이따 네 오빠가 오면 상의해서 내일 같이 병원에 가자. (혀를 차고 딸의 배를 만져보며 울먹인다.) 육개월이 채 못되었다니 손은 쓸 수 있을 거야.

미순 (고개를 번쩍 쳐들며) 싫어요!

강씨 처 애비두 없는 새낄 낳아서 어쩌겠다는 거야.

미순 (다시 조그맣게) ……있어요.

강씨 처 있으면…… 내 앞에 나타나야 할 거 아냐. 사실이 이러저러 됐으니 성혼을 시켜달라든가, 형편이 안되면 얼마를 기다리라든가, 무슨 기별이 있어야지. 벌써 그 꼴루 비루먹은 암캐모냥 기어 들어올 때부텀 싹이 노랗더라. 근호가 보면 널 죽이겠다구 길길이 뛸걸.

삼촌 누님, 하나님이 계신데 어떻게 멀쩡하게 산 애기를 죽입니까?

강씨 처 넌 참견 마! 그것두 나오면 입이라구…… 살기가 얼마나 힘 든지 아니.

삼촌 미순이가 찾아왔다길래 전 놀랐습니다. 그래서 아무리 물어봐 야 말을 해야죠. 울기만 하니 말예요. 아마 둘이서 살다가 헤어진 모양입니다.

강씨 처 잘 데려왔다. 그건 그렇구…… 그 녀석하구 헤어진 거냐? 어떻게 됐어?

미순 군대 갔어요. (사이) 운전기술 배워갖고 제대하면 결혼하재요.

강씨 처 너 그놈 아니면 안되겠냐?

미순 (엄마의 기분은 염두에도 없이 이젠 차츰 대담해져서) 잘 몰라요. ……성깔은 착하지만 건달이에요.

강씨 처 (딸의 머리를 가볍게 쥐어박으며) 에그 밥통아, 사내는 모조리 건달이라구. 하는 수 없다. 서둘러서 결판을 내야지. 애를 떼든가 아니면 그놈에게 편지를 해서 책임지도록 해야 한다.

미순 책임질 위인이 못돼요.

강씨 처 그럼, 어디 나이든 홀아비께라두 시집을 가야지. 우선 이 몸 으룬 안되구.

미순 애를 길러줄 사람한테 갈게요.

삼촌 (무릎을 치며) 잘됐습니다. 주여, 감사합니다.

강씨 처 아, 시끄러워요. 남은 지금 복창이 터져 죽겠는데.

미순 엄니 시키는 대루 할래요.

강씨 처 (턱을 주억이며) 으따, 으따, 으따, 어이구우 장하셔라. 미친 년! (하고 나서 손가락을 꼽으며 돈을 계산해본다.) 아무리 형식적으로

치른대두 삼사만원은 될 게구…… (미순을 노려보며) 더군다나 이
년이 도망갈 때 일수를 이만원이나 얻어갔으니 그 돈 갚구, 혼사
치를래면 오만원은 족히 들겠구나. 또 몸풀 때까지는 전에 나가던
가발공장에두 못 나갈 테니 공으루 먹여줘야지? 참 어쨌거나 누가
이걸 데려가지? 근심 가면 걱정이 오네. 일수 얻어다 뭐에 썼어?

미순 남았든 거…… 그이 군대 간 뒤 한달 동안 내가 먹어버렸구요.

강씨 처 차라리 뒈졌으면 내 속이 편하잖아.

삼촌 근호가 이번 달엔 얼마쯤이나 들여옵니까?

강씨 처 글쎄에…… 이번 달에는 야근이 많았으니까, 못 받아두 만
사천원쯤은 받겠지. 얘들 애비가 들구 들어오는 돈으로 먹는 건 이
럭저럭 밀가루하구 보리루 적당히 때우면 몫돈은 좀 모이겠지.

삼촌 뒷방에 자취 손님이라두 한사람 받으세요.

강씨 처 아 참! 그럼 되겠구나! (하다가) 그치만…… 살아가는 일들
이 그렇게 틀림없이 맞아떨어지리란 보장이 있겠냐? 얘, 이런 때
친정붙이라고 하나 있는 네가, 조카 혼사에 보태라며 돈 만원쯤 내
놓으면 얼마나 떳떳해. (삼촌의 코앞에 성경책을 흔들며) 먹구 나서
예수고 뭐고지, 허구헌 날 산속 기도원 속에나 백혀 있으문 세상이
뒤집어질 줄 알아? 이거 빨리 청산해야 너두 돈 좀 만질 거다.

삼촌 누님두 원…… 내가 뭐 못할 짓 하는 겁니까? 내 실성기가 나
은 게 모두 하나님 덕입니다. 내달부터는 기도원 운영을 내가 맡기
루 되어서 생활비가 월 삼만원씩 나오게 됩니다.

강씨 처 말은 좋다. 내 땅변이라두 낼 테니 너 이번 혼사에 만원 보
태줄래?

삼촌 전도사 어른께 미리 말씀드려보지요.

강씨 처 얘, 행여나 돈이 나오겠다. 거기 가서 엎드려 비는 이들이
전부 속 답답하거나 못살아서 죄진 사람들인데, 그 사람들 갖다바
치는 걸루 네게 줄 돈이 차례나 오겠다.

삼촌 아녜요, 요샌 오히려 그런 쪽이 경제가 낫습니다.

강씨 처 날마다 죽을 둥 살 둥 하면서, 그래두 온 가족이 뿔뿔이 흩어지지 않구 용케 살아왔지. 사람이 죽으란 법이 있겠냐? 어떻게든 되겠지.

삼촌 아이 문제가 큰일이군요.

강씨 처 애비 없는 자식이니 낳게 할 수는 없다. (한숨을 쉬고 나서) 언제는 돈 있어서 살았나, 속아서 살았지. (동작 그친 채 움직이지 않는다. 조명 잠시 그들을 비춘 다음 서서히 암전된다.)

제3장

(덕배네 포장마차, 행상 사내 조용히 술 마시고 있고 덕배 처가 앞치마에 손을 씻으며 분주히 오락가락한다. 멀리서 시끄러운 노랫소리)

덕배 (등장하며) 원, 기집애들이 더 시끄럽구만.

덕배 처 뭣허다가 인제 나타나는 거유?

덕배 (못 들은 체 혼자 투덜댄다.) 옘병할 병신 같은 년!

덕배 처 또 신경질이네.

덕배 오밤중에 모자라는 국수를 받아오라니 신경질이 안 나게 됐어? 무슨 여편네가 그렇게 준비성이 없냐 말야.

덕배 처 장사가 잘되니까 그렇지 뭐.

덕배 장사가 잘돼? 두 번 잘됐다간 쪽박 차기 꼭 알맞겠다. 해삼두 그냥 상해버릴 걸 함지루 가득 받아놨다가 손해만 봤지, 순대두 반나마 버렸잖아. 그런데 국수는 야근하는 애들이 부쩍 찾는 걸 알면서두 적게 준비했으니 장사가 규모가 있다구 하겠냐구.

덕배 처 지금부터 팔면 되지, 뭐가 걱정이람. 근데 큰놈 안 갔습디까?

덕배 못 봤어.

덕배 처 내 그럴 줄 알았다니까. 또 만화가게서 텔레비에 눈을 박구 있는가봐. 이놈 새끼 나타나기만 했다 봐라.

행상 오랜만이다. (잔을 들어 보이는 시늉)

덕배 아, 네 네, 오셨군. 마누라쟁이가 어찌 극성스러운지……

행상 먹구 사는 게 다 그렇지요.

덕배 암, 그 말이 맞소. 먹구 산다는 게 왜 이렇게 시끌법석한 지…… 오늘은 좀 늦으셨네.

행상 예, 정말 한 백리는 걸었을걸.

덕배 자, 싱싱한 꼴뚜기 맛 좀 보슈.

행상 아유 웬걸……

덕배 트랜지스터 월부는 좀 나갔수?

행상 (심드렁하게) 그저 그래요.

덕배 처 (덕배의 소매를 끌어 한쪽으로 데려가서) 우리 동네는 괜찮대요? 헐리지 않는대요?

덕배 어, 깜박 잊었구만. 반장이 괜찮대니까 아무 일 없겠지.

덕배 처 저 사람네 동네는 아까 낮에 모두 헐렸대요. 허허벌판이 됐더래요.

덕배 나두 봤어. 캄캄하더구만…… 아직 모르지?

덕배 처 (고개를 흔들고서) 아뭇소리 말아요. 공연히…… 술이나 얌전하게 마시다 가게……

덕배 (알았다고 끄덕이고 나서 헛기침) 약주 참 즐기시는구려.

행상 술을 안 마시면 다리가 저려서 잠이 안 오데요.

덕배 적당히 마셔야 몸에두 좋지.

행상 집에 지금 가봤자…… 지긋지긋하게 찔 텐데. 여기서 한잔 걸치구 둑에서 좀 쉬다 갈랍니다.

덕배 담배 한대 피슈. 요즈음 물난리 때문에 아침마다 물싸움을 할래니 우리두 언제나 한번 수돗물 먹어볼지. 날이 가물어서 큰일이오. 농사들은 잘 짓는지.

행상 우리 동네는 공동변소를 치지 못해서 밤에 한데 가서 일을 봅니다. 걱정 걱정 하지만 뒤 못 보는 걱정이 제일 클 거요.

덕배 처 암만해두 안되겠어. 내 요놈의 새끼를…… 가게 좀 봐요.

덕배 내비둬.

덕배 처 허라는 공분 않구, 맨날 텔레비에다, 만화에다…… 어이구, 어떻게나 빤질빤질한지. 어디 그뿐야. 툭하면 돈통에 손을 넣는단 말여요.

덕배 자식 가르치기가 무척 힘이 듭니다. 내 어떻게든 큰놈은 갈켜서 펜대 잡도록 만들려구 하오만…… 나두 중학교까지 나왔는데요 꼴이니.

행상 펜대요? 허허, 펜대 잡아봤자 사람이 문제지……

덕배 처 (앞치마를 벗어던지고 부리나케 나가면서) 공장애들 나오면 장부 펴보구 지난달치 떡값 받아봐요. 내 빨리 댕겨올게.

덕배 (당황해서) 어, 저 여편네가…… 어이, 야! 나 드러워서. (앞치마를 할 수 없이 둘러 찬다. 칼갈이 노인, 접은 의자와 도구가방을 메고 들어선다.)

노인 국수 하나 말아주오.

덕배 예, 어서 옵쇼.

노인 (주머니에서 동전을 꺼내어 한참을 헤아려본다. 다시 헤어보고 나서) 저 인절미 하나 얼마요?

덕배 십원인데요. 두어 개 잡수시면 밥 한그릇보다두 든든합죠. 끼니 때우긴 찹쌀이 젤이니까요.

노인 (다시 동전을 헤어보고 망설이다가) 꼭 하나만 주오. (더벅머리에 요란한 무늬의 셔츠를 입은 근호 등장, 왼손을 온통 붕대로 감고 팔걸이까지 목에 둘렀다.)

근호 죄송함다. 실례함다.

덕배 근호가 웬일야. 취했구만.

근호 네에, 그렇게 됐음다. 한잔 걸쳤음다. 나 술 좀 주슈.

덕배 (탐탁치 않게) 많이 걸친 것 같네. 집에 가 쉬라구.

근호 아아, 아니, 이찰 해야지.

덕배 손은 또 왜 그래? 싸웠나?

근호 네? 으응, 이거…… 한판 벌였수.

덕배 귀한 자식이 엄닐 생각해서락두 피해야지…… 자네 누이가 왔
는 모양이야.

근호 누가요? 앗씨, 누가 왔다구?

덕배 누구긴…… 미순이 말야. (근호 침묵. 찌푸린 얼굴을 들어 한참 허
공을 노려보다가 정신이 안 난다는 듯이 고개를 좌우로 거칠게 흔들어본
다. 가라앉은 태도로 술을 마신다. 덕배, 행상에게 묻는다.) 하루에 얼마
나 올리죠?

행상 뭐…… 돈 천원 나올까말까 하죠.

덕배 그 정도면 괜찮은데.

행상 괜찮은 날이 그렇지요. 요샌 장마가 낀데다 날씨가 더워서 어
디……

덕배 나두 왕년에 해봐서 잘 아는데 이런 때 양산이나 해보지 그러
쇼. 외상 주면 부인네들이 시샘해가며 사간단 말야.

행상 양산 같은 건 호랑이 담배 먹을 적 얘기요. 유행이 다르다구요.

덕배 세월이 그렇게 됐군. 내 한…… 이백을 올려봤수. 이백.

행상 한참 좋았구먼요.

덕배 (자기도 술을 한잔 따라 들이켜는 시늉) 참 씨팔 드러워서. 누가
요 꼴이 될 줄 알았나. 나 허풍이 아니라구. 이백…… 돈 벌리기
시작하니깐 정말…… 정신이 없더구만.

행상 (단순히 맞장구치려는 기분으로) 찬스지, 찬스! 그것만 잡았다 하
면 돈 버는 거야 무섭죠.

노인 (이제야 한마디 끼겠다고 솔깃해져서) 햐, 현금으루 이백이란 말이우?

덕배 암, 빠다라시 은행권이죠. (또 한잔 벌컥 들이켠다.)

노인 그래 얼마 동안에 그렇게 벌었소?

덕배 한철요, 여름 한철이라니까. 꼭 요맘때로군. 좌우간에 첨엔 나혼자 뛰다가 밑천은 내가 대구 종형에다 처남까지 손잡구 했었다 그 말요. 딱 벌어서는 그걸루 안전한 장사를 하는 건데 말이지…… (자기의 이마를 찰싹 때리고 나서) 하! 내가 서울 요리를 알았어야지. 서울 와서 뭘 했겠소. 내 곰곰이 생각해봤단 말야. 장사에는 머리다, 머리를 쓰는 거다. 자본 있겠다, 기운 팔팔하겠다, 가만 생각해보니 서울에 노인네 없는 집이 없었어. 이 양반들 출타하려면 지팡이가 있어야 할 거란 말요. 그 왜 절간이나 놀이터 앞에서 팔잖습디까? 자본을 몽땅 들였지. 매일 지팡이를 백여개씩 깎아다가 애들까지 고용해서 내보냈다 그거요. 헌데…… 원 이런 얼간이두 여러가지라구 우라질, 서울이 묘하더구만. 노인네가 어딜 보여야지. 그러니 요놈의 지팡이가 불쏘시개보다두 못하게 되어버렸다 그 얘기요.

노인 듣구 보니 머리 한번 잘못 쓰셨어. 한꺼번에 벼락금을 만지려면 도적놈 심보를 가져야지. 그러게 촌놈은 땅이 제일이오. 지팡이란 게 촌사람 생각이지. 나두 자식이 둘이나 있지만 칼이라두 갈면서 밥벌이를 하지 않구는 이런 대처에서 못 살지요.

덕배 에라, 발동두 걸렸겠다, 영감님두 한잔 드슈.

노인 미안해서…… 이 젊은이는 잠들었나? (근호를 흔들어본다.)

덕배 내비두슈. 어린 놈들이 발개서 돌아치는 걸 보면 아니꼬와.

(여공A·B·C 등장. 포장마차에 한몫 낄까 망설인다.)

여공 A 남자들이 많어 애.

여공 B 어떠니 뭐…… 먹는 게 숭이니?

덕배 새끼조개들이 왔구나. (여공들의 등을 밀며) 아가씨들 들어가쇼.

내 푸짐하게 국수 한그릇씩 말아줄 테니까.

여공 C   떡두 있죠?

덕배   떡이란 떡은 다 있지. 내 솜씨가 제법 맛을 낸다구.

여공 A   아이 드러워라.

덕배   예끼, 노상 물에다 담근 손인데.

여공 B   아저씨, 언제 소변 봤어요?

덕배   나는 뒷짐지구 일보는 사람이라구.

  (여공 A·B·C, 다른 손님은 아랑곳 않고 떡을 집어먹으며 재잘거린다.)

여공 C   나, 이번 달에두 적자야. 큰일났어 얘.

여공 A   공장 관둘까봐. 언제 견습 면하구 기능 돼보나 정말.

여공 C   고향엔 이젠 못 간다. 늬들 갈 수 있다구 생각해?

여공 A   앞으루 몇년만 참으면 기술이라두 배우잖니 얘.

여공 B   기술 좋아하네. 그런 게 기술이면 밥짓는 것두 기술이구 연
애하는 것두 기술이겠다 얘.

여공 A   그러엄, 기술이지. 잘만 물어보라구.

여공 C   애는 뭘 무니, 물기는.

여공 A   놈씨 말이야 얘.

여공 B   공돌씨? 공식씨?

여공 A   걔들은 안돼. 십년 지나봤자 겨우 이만원짜리 반장인걸.

  (칼갈이 노인, 도구를 챙겨 메고 나가며 투덜거린다.)

노인   원 천하에 돼먹지 않은 년들 같으니라구…… 내외할 줄두 모
르구. 버젓이 밤중에 쏘다니믄서 쌍소리나 지껄여. 그저 내 딸년
같으면 다리 몽갱이를 따악 분질러버렸을 게야.

여공 A·B·C   (동시에) 어머나, 엄니!

덕배   (손가락을 입에 대고 한손을 저으면서 노인의 퇴장을 지켜보고 나서)
영감네들은 모두 저렇다구. 그저 옛날 생각이나 아니면 촌에서 마
실 댕기던 때루 여긴단 말야.

근호 (어느 틈에 고개를 들고 앉아서) 노인네 말씀이 맞을지두 모르겠는데……

여공 B 뭐가 어째요.

근호 아니 뭐 댁들이 그렇대는 건 아니지만 이놈의 동네 어딜 가나다 그럽디다. 댁에들 솔직히…… 말만 잘하믄 주는 거 아니냐 이거지. 내 얘긴……

여공 C 여보세요, 댁이 시방 누굴……

여공 A 히야까시 하느냐구.

여공 B 주긴 뭘 줘.

근호 사랑……

여공 B 웃기시네 참, 기막혀. 우리두 프라이드가 있단 말예요.

여공 A (덕배에게) 이 사람 좀 내보낼 수 없을까요. 주정하는데.

덕배 총각 주정을 처녀가 안 받으면 누가 받나. 나두 주정할 참이라구.

여공 A 그러시다면…… 오늘 먹은 거부터 짜악 빈대 잡을 수 없을까요?

근호 나두 돈 있다 이거요. 나하구 데이트합시다. 오늘 쑈 들어왔든데.

여공 B 피, 누군 왕년에 노임 안 받아본 사람 있나. 이거 보세요. 고독하신 모양인데, 차라리 우리가 모기 뒷다리에서 골을 내먹지 댁에 신세지게 됐냐구?

근호 하춘화 쑈가 들어왔는데 내일 비번인 사람 같이 갑시다.

여공 A 딴데 가서 알아보시지?

여공 B 고독 씹지 말구, 댁에 가서 발 씻구 주무시래라.

근호 영 무정하게 나오는데. (행상에게) 어, 형님이야말로 고독 씹지 말고 같이 한잔 합시다.

행상 그럴까?

116

근호 앗씨, 술 한잔씩 돌리슈.

덕배 집엔 안 들어갈 참야.

근호 그놈의 집구석 일찍 들어가면 뭘 하우.

덕배 이놈의 여편네 어디 가서 처질러 있나? (퇴장)

(근호와 행상 술 마시고 여공들 떠든다.)

여공 B 애, 날마다 우리 몸 뒤지는 키 작은 경비 녀석 있지? 엊저녁
에 나더러 배드민턴 치러 가자고 꼬시더라. 밤에 뭐가 보이겠니?
글쎄.

여공 A 너 지지난달에 제품부에 들어온 영자 알지. 걔는 요새 생활
비가 딸려서 여관에 출장 나간대 애. 고게 공장 나와선 얌전 떤다
구. 누가 봤다면서 슬쩍 찔러보니까 변소루 데려가더니 울면서 사
정을 하더래.

여공 C 김기사 있지? 얼마 안 있으면 일본에 기술 배우러 간대.

여공 A 그치 꼬시는 수법이 그래 애. 반반한 여공들한테는 꼭 그 얘
기부터 한대더라. 그치 벌써 일본 열 번도 더 갔다 왔을걸. (여공들
호들갑을 떨며 웃는다.)

근호 (상반신을 끄덕거리면서 알깡패처럼 타령조의 노래를 한다.) 얼씨구
씨구 들어간다, 절씨구 씨구 들어간다. 서울 못 가 죽은 귀신 어디
에다 묻어줄까, 서울 못 가 죽은 귀신 철둑에다 묻어주지. 공돌이
각설이 들어간다. (여공들 슬쩍 빠져나간다.) 옷 못 입구 죽은 귀신 명
동 입구에다 묻어주고 팁 못 주고 죽은 귀신 무교동에다 묻어주고.

덕배 (덕배 처와 함께 등장하여 여공들이 없어진 것을 알고) 아니 이것들
이, 내가 지년들을 못 잡을 줄 알구. (덕배 쫓아나가고 근호는 아랑곳
없이 노래를 계속한다.)

근호 공부 못해 죽은 귀신 대학 앞에 묻어주고 독서 못하구 죽은 귀
신 만화방 앞에다 묻어주고 등산 못 가고 죽은 귀신 야호 앞에다
묻어주고 춤 못 추고 죽은 귀신 호텔 앞에다 묻어주고 맥주 못 먹

고 죽은 귀신 오줌독 앞에다 묻어주고 자가용 못 타고 죽은 귀신
휘발유통 앞에다 묻어주고 유학 못 가 죽은 귀신 공항에다 묻어주
고 밥 못 먹고 죽은 귀신 밥솥에다 묻어주고. (서서히 암전)

제4장

(동네로 가는 노상. 근호와 행상 사내가 비칠비칠거리고 있다.)

근호 안 그렇습니까요? 형님 기부운! 기분으로 산다, 이겁니다. 내
말은……

행상 조오치, 내 우리집 가서 한잔 더 내지.

근호 내 노래 한곡…… 딱 한곡 부를 테니 들어보쇼.

행상 노래…… 조오치.

근호 나두 양곡으로 뽑는다 이겁니다. 박력 있게…… 악, 악, 악, 뷰
티플 썬데이 악, 악, 악…… 헤헤헤, 이상하게 박력 있거든.

행상 멋있어! 악, 악, 악.

근호 나두 오늘 돈 좀 받았다 이거요. 돈…… 얼마든지…… 우리
시장 골목 행주옥에 갑시다. 까짓 거 니나노 한판 벌이는 거지 뭐.

행상 그런데 자네 한달에 얼마나 버나?

근호 나요? 첫 일당 삼백이십원짜리요.

행상 그걸 가지구 큰소리야. 난 또……

근호 (셔츠 주머니에서 두툼해 보이는 봉투를 꺼내어 행상의 코앞에 대고
흔들며) 월급이 아니라구요. 내 손을 좀 보슈. 권투선수 같죠. 요 꼴
덕택으루 한땡 잡았다 그겁니다.

행상 뭐야…… 싸운 건가?

근호 씨팔, 사람이나 치구 댕기는 놈으루 아슈? 다쳤어요. 홧김에 술
은 마셨지만 지금은 기분이 좋은 건지 나쁜 건지 나두 잘 모르겠수.

행상 치료비 받았군. (그에게서 차츰 취기가 걷혀간다.)

근호 비싼 건지 싼 건지 잘 모르겠지만 아무튼 손가락 세 개가 짝 나갔습니다.

행상 손가락 세 개……

근호 그래요. 엄지, 검지, 가운데…… 일렬루 사그리 나갔다구요. 내가 술을 안 먹게 됐수?

행상 난 그런 술 못 먹겠네. 우리집에나 가자구.

근호 (뻗댄다.) 아니 우리집 갑시다. 나 혼자 쓰는 방이 있으니까.

행상 가출했던 누이동생이 왔다며?

근호 아, 까짓 년 씹어먹어두 시원찮은 판인데 내쫓아버리면 되지요. 두구 보슈. 지금 당장 만나는 즉시루다 머리끄뎅이를 잡아서 태질을 칠 테니깐. (격해서 대들던 근호, 갑자기 울컥하더니 토한다. 근호는 쭈그려앉았고 행상이 그의 등을 두드려주고 있다. 잠시 후 그들은 나란히 앉는다.)

행상 (침묵 뒤에) 여자란 서방 잘못 만나면 신세 조지는 거야.

근호 형님, 방금 뭐라구 그랬소?

행상 여자가 불쌍하다구.

근호 나두 들어서 압니다. 빵에 갔다 오셨다지?

행상 싸움에 말려들었지. 사실 나는 기업주 쪽에 붙어먹었던 놈야.

근호 이쪽 저쪽…… 그런 데 휩쓸리면 자기만 손해입니다.

행상 가운데서 화해시킨다는 명목이었지만, 진짜는 쇼부쳐서 얼마 잡아갖구 자립할려구 그랬었지. (사이) 몹쓸 짓이지.

근호 돈 벌자는 게 뭐가 나쁩니까?

행상 살아보면…… 알게 되네. 자넨 손 다쳐 몫돈을 만지니 기분이 좋은가?

근호 (붕대 감긴 손을 물끄러미 내려다본다.) 기분이 안 좋으면 또 어쩝니까? 돈이 안 생긴 것보다야 낫죠. 운이 나빴구요. 내 실순걸.

행상 얼마 받았는데……?

근호 손가락 한개에 만원씩 삼만원이오. 의사는 술 마시면 금방 뒈
질 것처럼 엄포를 놓데요. 하지만, 이 묘한 기분에 술 안 먹을 재간
이 있어야죠. 이까짓 상처루 내가 기죽을 것 같아요.

행상 (사이) 자아, 일어서지. 술은 그만 하구 집에 가서 푹 자는 게
좋겠구만.

근호 아니, 왜 이러슈? 이제 와서 오리발 내밀기요.

행상 그런 게 아니야.

근호 밤새껏 마시자구 해놓구선……

행상 술이 깨면 마찬가지야. 가서 쉬라구. 오늘만 날인가.

근호 섭섭한데요.

행상 (앞을 바라보며) 이상한데 정전인가? 왜 캄캄하지?

근호 형님, 노골적이지 알게 돼서 정말 반갑습니다. 종종 만나서 한
잔씩. 예?

행상 덕배씨네 포장에서 만나자구. 자넨 얼루 가나?

근호 우리집은 요 둑 아랩니다.

행상 (불안하게) 거긴 불이 환한데 무슨 일이 생겼나?

근호 섭섭하다. 진짜……

행상 또 만나세.

제5장

(강씨 처와 삼촌, 노천에 자리를 깔고 앉아 바람을 쐬는 중이다. 멀리서 근
호의 악, 악, 악, 뷰티풀…… 하는 노래 구절이 들리며 근호 등장)

강씨 처 근호, 이제 오냐?

근호 예. (선 채로 무뚝뚝하게) 삼촌 왔수?

삼촌 야근 안 들어갔나?

근호 (강씨 처에게 대들듯이) 미순이 돌아왔다면서요. (강씨 처 고개 끄덕)

삼촌 아무 소리 말아라.

근호 이년을 그냥…… 당장에 쫓아버려야지.

강씨 처 (달려가서 근호를 잡아끌며) 너는 모르는 척하면 된다. 잘돼가
는 중인데…… 너 또 술 먹었구나.

근호 잘되긴 뭐가 잘돼요.

강씨 처 방금 미순이 신랑감이 와서 얘기하다 갔단다. 미순이한테
말해보겠다구 내려갔어.

근호 아야야, 아퍼요. 이쪽 손은 건드리지 말아요.

강씨 처 (그제야 붕대에 눈이 간다.) 잘헌다. 술 처먹구 쌈박질이나 하
구 댕겨?

근호 미순이 신랑이 언 놈이오?

삼촌 (근호의 눈치를 살피며 우물우물하다가) 뭐라던가…… 저 재건
대, 대장이라는……

근호 그럼 왕초노릇 하는 왕씬가 하는 노총각 말이죠.

강씨 처 얘, 그래봬두 고물 수입이 엄청나대요.

근호 엄청나봐야 양아치 새끼지 뭐. 어머니, 우린 어엿한 농사꾼 집
안이요. 어쩌다가 땅 없어서 이런 데서 살지만 고작 거지발싸개
같은 새끼헌테 줄려구 미순일 길렀어요? 어머니하구 개하군 달라
요. 개는 처녀예요, 처녀.

강씨 처 (발끈해서) 처녀? 얘, 말두 마라. 그렇다면 오죽이나 좋아.
홀몸이 아녜요, 홀몸이.

근호 에이, 뭣하러 기어들어왔을까? 세상 참 잘 돌아가…… 우린
무슨 꼴 보자구 여기서 이렇게 악착스레 살구 있는지 몰라. (팔뚝을
움켜쥔다.) 아휴, 쑤셔서 미치겠네.

강씨 처 많이 다쳤냐?

근호 술 먹구 걸어온 놈이니까 생명엔 지장 없어요. 뭐래요, 미순이
는?

강씨 처 낸들 아니? 눈물만 졸졸 짜더니······ 지금쯤은 저희끼리 얘기하구 있을 거다.

근호 내가 알 게 뭐냐. 생각을 말아야지.

강씨 처 넌 간조 탔니?

근호 낼부터 일 안 나가요.

강씨 처 혹시 너 해고당한 것 아니겠지. 쌈질한 게 아니냐?

근호 손 다쳐서 그래요. 노임은 여전히 나올 테니 염려 마세요. 그러구요······ (주머니에서 돈봉투 꺼내 강씨 처에게 준다.) 돈 받아두슈. 아버지한텐 모른 척하시구요. 알아서 써요. 괜히······

강씨 처 (놀라구 불안하여) 이게, 웬 돈이 이렇게 많니?

근호 삼만원이에요.

강씨 처 삼만, 삼만원, 어서 났어?

근호 손 다쳤다구 회사에서 줬어요.

강씨 처 아이구 고마워라, 이런 때 돈 삼만원! 그러게 도무지 근심이 안되더라니까. 어쩐지 모두 잘 풀려나갈 것 같더라니. 잘됐다! 잘됐어.

근호 쑤셔서 환장하겠네. 술이 모자란가······? (손을 주무르고, 강씨 처는 돈을 코앞에 갖다대고 헤어보기에 바쁘다.)

(빈터 쪽에서 왁자거리는 사람들의 웃음소리)

근호 저기 웬 사람들이야. 뉘 집 제사하나?

삼촌 (혀를 차며······) 술 먹느라고 그러지 뭘.

강씨 처 얘야, 이만팔천원인데······

근호 아 참, 거기서 내 술값 이천원은 빼구.

강씨 처 무슨 술을 이천원어치나 처먹어. 진작에 왔으면 공술에 개고기루 자알 먹을걸.

근호 개고기요? 어디서 때려잡았을까?

강씨 처 느이 아버지가 황소만한 놈을 얻어왔단다. 장정들 열댓 명이 밤새껏 뜯어먹어두 고기가 남을 거야.

근호 벌이는 않구, 주책없이……

강씨 처 먹기 싫으면 관두렴.

근호 지금 집에 가면 그 녀석하구 미순이뿐이겠네.

삼촌 그래, 가서 인사나 트구, 분위기 봐서 잘 얘기해줘라.

근호 흥, 분위길 봐요? 내가 무슨 뚜쟁이인가. 상관 않겠어. 나갈 때 두 지 배 맞아 나간 년인데 이번에두 자기 배꼽 서는 대루 하겠지. 한강물 배 지나간 자리라 그거지? 골치 아퍼서 참. 어머닌 진짜루 혼사 치를 셈이우?

강씨 처 (돈을 허리춤에 찔러넣으며) 못할 거 뭐 있냐. 그 사람이 달란 말두 먼저 꺼냈으니까, 내친김에 속히 치울란다. 원한다면 요 이삼 일 상간에라두 괜찮지.

근호 소문나겠수. 애 밴 처녀 팔아치운다구.

강씨 처 아니, 저 자식이…… 주둥아리루 씨부리면 다 말인 줄 알어?

근호 내 돈 삼만원은 아무래두 결혼 비용으루 나가겠는걸.

강씨 처 그래서 억울하냐? 돈 삼만원을 혼사에 보태는 게. 하나밖에 없는 네 누이동생 아냐?

삼촌 누님, 근호가 어디 그런 뜻으로 얘기한 겁니까? 제 스스로가 대견해서 그러지요.

근호 제미릴 거. 내 손가락 세 개 값이란 말예요.

강씨 처 저런 동기간에 의리라곤 눈곱만큼두 없는 자식. 까짓 다쳤 으면 치료해서 나으면 되잖아. 살림이 이렇게 험악하니깐 다 때에 맞춰서 이러구러 넘기면서 살아야지. 야, 야, 니가 멕여살리다간 마부벼슬 얻은 종놈처럼 눈꼴이 시겠다야.

근호 좋아요. (잔치가 벌어진 빈터 쪽으로 내빼며) 나두 수틀리면 언젠 가는 이 집구석에서 나가버릴 테에요.

강씨 처 (눈물을 찍어내며) 저런 불효자식 같으니라구. 내가 벼라별 짓을 다해가면서 지들 두 남매를 키웠건만 에미 속을 이렇게 몰라줘?

삼촌 참으세요. 주님만 믿으면 마음의 평화를 얻는다니까요. (등을 두들겨준다.)

강씨 처 에이구, 쯧, 나두 더 늙기 전에 예수당에라두 나가야 할까부다.

왕 (희색이 만면해서 덩실거리며 등장) 장모님, 장모님, 나 닭 좀 잡아주슈. 허허허……

강씨 처 (왕의 손목을 덥석 잡고) 이 사람아, 그래, 그애가 뭐라던가?

왕 장모님, 내 이래봬두 왕년엔 팔난봉이었다 그겁니다. 염려 놓으슈. 내가 아주 오뉴월에 엿가락 녹이듯이 해놨으니까. 젠장맞을, 노총각 장가 한번 들기 힘들다. 처음엔 울데요. 아주 혼났습니다.

강씨 처 저런! 복 떨어낼 년 같으니.

왕 그래서 내가 아주 은근하게 애정적으루다 말을 했죠. 안 그렇습니까? 기러기두 같이 날아가야 한다구, 우리 외로운 사람끼리 살아보자……

강씨 처 옳지, 그랬더니?

왕 나두 안해본 짓 없이 갖은 풍파 끝에 서른다섯이 되도록 마땅한 여자를 못 만났다. 인생이 뭐 중뿔날 거 있느냐, 왔단 말을 듣구 첨엔 야속하기두 하구 화두 났지만 결심했다, 하기야 아무 사람의 애면 어떠냐, 내가 애비노릇 하며 키우겠다……

강씨 처 이 사람, 딴소리는 자꾸…… 우리 미순이가 뭐라든가 말야.

왕 원 성미두 급하셔. 내가 미주알고주알, 앞은 이렇구 뒤는 저렇다 하면서 아주 애정적으루 설득을 했더니…… (여자 목소리를 흉내내) 저 같은 여자는 자격이 없어요. 하지만 정 그러시면 어머니께 말씀드려보세요. 하, 이러잖습니까?

삼촌 거 다 이루어진 혼사로군.

왕 내 손으로 지은 블록 집두 있겠다, 까짓, 자개장롱에 테레비두 들여놓지요. 조옹습니다. 내 아주 동네에다 광을 내구 올 테니깐? 새 기분으로 한잔 먹구 올 거요.

강씨 처 내 원…… 세상에 그렇게 번개 같은 혼사는 또 처음 봤네.

(암전)

제6장

(빈터의 잔치장면. 불그레한 모닥불의 불빛이 가득 차 있다. 사람들의 낄낄대는 웃음, 타령소리, 무대 전체에 번진 싱싱한 활기. 웃통을 벌거벗은 덩치 좋은 양아치. 개고기 솥과 술 바께쓰를 중심으로 둥그렇게 앉고 서고 했다.)

강씨 저 기와공장 아랫동네엔 불빛 한점 없는데……

일수 영감 허허벌판이 되어버렸으니 그렇지.

반장 저쪽 동네는 오늘 낮에 모두 뜯겼는데, 돌팔매를 날리구 야단 법석을 치렀지요. 우린 참, 운이 좋았어요. 구청 직원 말이 우리 동네는 생겨난 지가 십년이 넘으니까 권리금이 나올 거라 이겁니다. 내년까진 아무 탈이 없을 거요.

노인 저 자리에 전자공장이 선다구 그럽디다. 요즈음은 세월이 하두 빨라서 잘못하다간 밀려나구 말지.

근호 여기서 또 어디까지 밀려가우? 변두리하구두 최하 변두린데.

강씨 아니, 어째 여기가 변두리야. 까짓 관청 있는 데면 전부 중심인가. 우리 사는 데가 중심이지.

반장 딴은 그럴듯한 말이오.

양아치 이 동네가 어떻게 생겨난 동네라구요? 공장 질 때 거기 나가서 기초공사를 했던 사람들이 전분데요.

반장 뜯겨난대두 가구당 오만원씩은 나온다 그럽디다.

일수 영감 젠장, 뜯겨두 좋겠구먼 뭘.

노인 이 양반 정신없는 소리 하네. 돈 오만원하구 저 궁궐 같은 집을 바꾸란 말야?

일수 영감 딴은 그래. 우리네한테는 궁궐이지.

(덕배, 막걸리통을 들고 유쾌한 기색으로 등장)

덕배 나는 빼놀 셈요? 나는 팔십번지 동네 사람이 아닌가?

강씨 덕배 잘 왔네. 술장사 공술 좀 마셔볼까?

덕배 그렇잖아두 내 오늘 장사 망친 기념으로 이왕 망했으니 손 털 구 말자구 이렇게 한통 들구 왔수.

반장 오늘은 기분이 아주 좋은 모양이네.

덕배 간밤 꿈자리가 좀 사납더니 별루 피해는 없네요. 아따, 그런데 성님들, 쓴 물 먹구 왜 이렇게 데면데면 앉았어? 소리두 하구 춤두 추구 놀아야지. 보신탕 잘 끓였수?

강씨 영양 보충하라구. 자, 좀 놀아볼까……

덕배 어찌됐습니까? 얼핏 들으니 가구당 오만원이라던데.

반장 언제 뜯길진 모르지만, 올해 안으론 별일 없을 걸세. 이게 모두 내 덕인 줄이나 알게.

덕배 이런 경우는 어떻게 됩니까. 우리집에 세를 놀까 하는데 나갈 때 그 사람들두 오만원을 받는 거요?

반장 그러니까 미리 타협을 해서 계약을 해야지.

덕배 계약을 좀 같이 해주쇼. 내일 사람이 온댔는데.

반장 입회해달라 그 얘기로군.

덕배 예, 저는 반장님만 믿구 있겠습니다.

강씨 여보게 덕배, 자네는 길가에서 사람 상대가 많으니 하는 말인데 우리집에두 방이 하나 비거든.

근호 아, 문제없수. 내가 미순이 혼사 비용으로 삼만원 딱 내놓구 왔으니깐.

강씨 혼사 비용?

일수 영감 인제 와서 하는 말이네만 내 한동네 사람끼리 이자를 또박 또박 받아낼 수야 있나. 원금만 내게. 미순이 사정두 딱하구……

강씨 미순이 얘긴 꺼내지두 마슈.

덕배 내일 방을 얻으러 온다던데……

반장 뭣하는 작자들일까.

덕배 젊은이가 아주 멀쩡하던데.

근호 뭐 나 같은 공돌이 지원자겠죠.

덕배 집이야 저 정도면 촌놈들께 이만원은 받아야겠지?

강씨 이 사람아, 자넨 촌놈 아닌가?

덕배 말 마슈. 내 수돗물 먹은 지가 벌써 육년째요.

일수 영감 저건 시내 지리두 아직 잘 모르면서…… 인석아, 여긴 촌 아닌 줄 알어? 보리깡촌이라구.

노인 정말 지금쯤은 온 들판에 벼가 출렁거리겠군…… 들밥 한번 먹구 싶네.

강씨 올해는 안되겠지만 나두 명년에는 한번 고향에 내려가봐야겠구만.

반장 제길, 누가 있길 해서 가나? 가봤자 망신만 할 테지. 빈손 들구 올라온 놈들이……

근호 어휴, 팔이야. 죽겠네.

반장 요전처럼 또 허가 없이 개 주워다 먹는다구 즉결 넘어가는 건 아닌지 몰라.

양아치 염려 마세요. 그런 일 있으면 내가 옴팡 뒤집어쓰구 자진해서 갈 테니까.

(왕, 부산떨며 들어와 강씨 앞에 넙죽 절한다.)

왕 사위 인사 받으슈.

강씨 (얼결에 맞절하려다가) 자네, 이게 무슨 짓야?

왕 (껄껄 웃어대며 바께쓰에서 양재기로 막걸리를 퍼서 올린다.) 아따, 놀라시긴. 미순이하구 혼례를 올리기루 되았다 그겁니다. 장인, 술 받으슈.

덕배　허, 날마다 술 먹게 생겼네그려.

양아치　좌우지간에 오늘 우리 동네 경사 만났네요. 경사났어.

반장　경사다뿐야. 우리가 철거 안된 게 누구 덕인가? 다 수완 좋게
요로에 진정하구 다닌 내 덕이지.

강씨　개고기 먹구, 술 마시구, 푸짐하게 놀구……

덕배 처　미순인 시집가구, 거긴 노총각 면했구려.

　(활기의 절정, 일렁이는 모닥불 중심으로 농무를 추기 시작한다. 차츰차츰
그들의 춤은 고조된다. 농악, 모여들기 시작한 군중, 무대를 가득 채운다. 춤
의 절정에 이르러 사람들 뿔뿔이 흩어져 무대 아래 객석으로 퇴장한다. 무대
위에는 곯아떨어진 근호 혼자, 적막한 정적. 미순이 안쪽에서 속치마 바람으
로 등장. 조심조심 오빠에게로 다가간다. 망설이듯 하면서 오빠를 흔들어본
다. 근호 앓는 신음소리뿐이다. 미순이 한숨쉬고 나서 오빠 곁에 앉는다. 자
기의 부른 배를 쓰다듬어보고서 고개를 하늘로 쳐든다. 멀리서 어린 계집아
이의 소리 "별 하나 나 하나, 별 둘 나 둘, 별 셋 나 셋, 별 넷 나 넷, 별 다섯
나 다섯, 별 여섯……" 계속되면서 커졌다가 차츰 작아지면서 조명 어두워
진다.)

[한국연극 1980. 7: 장산곶매, 심설당 1980]

128

항파두리놀이

나오는 사람들 혼도 홍다구 김방경 고려군사 몽고군사 김통정 부인 삼별
초군사 1 삼별초군사 2 삼별초군사 3 촌장 왕자 백성 1 백성 2 백성 3

1. 재판 마당

첫째, 작별거리

촌장 (객석을 돌아다니며) 장군, 장구운, 장구운! (관객들을 이리저리 들추고 살피며 다닌다.) 아이구, 우리 장군이 어디 가신고? 호언장담 큰소리로 우리 온 탐라 백성 곤밥(쌀밥)에다 괴깃국 멕여주고, 육지놈들 보란듯이 호강시켜준댄 허영게마는 도대체 어디로 곱아부러시니? (관객에게) 어이, 우리 장군 봐서? 아맹(아무리) 말세엔 허여도 남녀 칠세 부동석인디, 궁뎅이 붙영 낄낄대멍 앉앙 이시니 될 말이라? 이거 봅서, 방금 항파두리에서는 몽고놈들신디 우리 백성들이 떼죽음을 당허였는디, 춤으로 태평세월이여이. 조기 조년은 그저 몽고로 유학 가랜허문 몽고 비슷한 놈신디도(놈에게도) 눈에 불을 켱(켜서) 덤빌 거고, (따닥 쿵!) 조기 조놈은 몽고 말 몇자 가르쳐주민 씨부렁씨부렁 말발타살발타 평싱 내 말 잊어부렁 살 거고, (딱) 조기 조것은 몽고놈의 쓰당(쓰다가) 버린 땡전 한푼 준댄 호민 하늘도 땅도 몬딱(모두) 팔아불 거로구나, (딱) 아맹허여도 난리는 난리로다. 난리여, 난리. (쿵)

백성1 (객석에서) 난리를 찾는 거우꽈, 백성을 찾는 거꽈?

촌장 게메이(그러게), 장군을 춫아사주(찾아야지). 이녁 우리 장군 봐서?

백성1 장군은 못 보고 무신 용이 되젠허당(되려다가) 말아분 지렁이나 이무기는 봤수다.

촌장 이무기나 구랭인 해만 끼치주. 아예 용이 나사아. 허어, 경허믄(그렇다면) 이제 우린 어떵허코? 영해도(이래도) 죽고, 정해도(저래도) 죽고……

백성1 아니, 하르방 본향이 어디신디 죽는 타령이우꽈?

촌장 내 본향은 여기, 탐라하고도 제주도 귀일촌 망막골이주.

백성1 어, 경행 보난(그러고 보니) 하르방이(할아버지가) 항파두리 귀일촌장인게마씸. 게믄(그러면) 무신 죄가 이성 하르방이 죽게 됨수과?

촌장 입이 시어도(있어도) 말 못하는 첵, 눈이 셔도 못 보렌 첵, 귀가 시어도 못 듣는 첵허멍 사는 힘 어신(없는) 섬 백성이 무신 죄가 또로 이성 죽으크냐? 그저 괴기 잡고 밭갈아그네 목구녕에 밥알 넘기멍 살단보난, 이놈 말을 들젠허민 저놈이 호통치고 저놈 눈치 보젠허민 이놈이 지랄이고…… 새우 싸움에 고래등이 터졈쩌.

백성1 허, 그놈의 하르방 재담헐 줄 알암신게. 이녁 입으로 힘 어신 섬 백성이노랜 허멍, 제 딴에는 새우가 아니라 고래엔 햄싱게(고래라고 하는구나).

촌장 고래는 고래주. 본시 백성이란 하눌만큼 크댄 안해서?

백성1 장군이엔 허믄 거 누겔 말허는 거우꽈?

촌장 장군이 또로 이서? 산도 움직이고 바당도(바다도) 뒤집는 삼별초의 김통정 장군 말이주기.

백성1 경했댄허믄 장군은 어떵핸 잃었수가?

촌장 난리통에 목숨을 구허젠 동착이로 서착이로(동쪽으로 서쪽으로) 남북으로 도망치단 보난 잃었주.

백성1 그 장군의 모냥은 어떵 생겼수가?

촌장 우리 장군은 (허리를 굽히고 돌려댄다.) 꼭 내 절반이여.

백성1 궁둥이 닮은 시늉이우꽈?

촌장 우리 장군은 대가리가 (팔뚝을 쥐어 휘두르며) 요만큼이라.

백성1 거, 쇠부랄 닮은 모냥이우꽈?

촌장 (답답하다는 듯이) 아니, 궁둥이도 쇠부랄도 아니라, 조그만허고 오종종 아담허댄 말이여.

백성1 생김생김을 좃좃이(자세히) 일러주민 촞일 수가 이실 거우다.

촌장 질레는(길이는) 오척 단구, 눈은 쥐눈, 코는 촘새(참새) 코, 머리는 봉두난발, 지옥문에 도채비(도깨비) 새끼처럼 생긴 장군이주.

백성1 봤수다! 방금 칼 혼자루 거꾸로 시멍 피투성이가 되연 맨발로 돌아나는(달아나는) 것을 봤주.

촌장 그게 정말이라?

백성1 응, 정말이주. 저 한라산 우틔로(위로) 울멍 가는 걸 봤주게. 거, 불쌍해서 못 보겠데.

촌장 장군, 장군, 장구운! (마당을 한바퀴 돌고 나서 객석으로 퇴장)

김통정 (울음 섞인 목소리) 어어…… 고려는 이제 망했다. 고려는 망했어. 아무도 없느냐, 게 아무도 없느냐? 진격 앞으로! (쳐들었던 손을 힘없이 떨어뜨린다.) 바람소리뿐이로구나. 삼별초는 모두 어디로 갔는가? 아아, 한사람도 남김없이 저 붉은오름(삼별초가 전몰한 고개 이름)에서 전사했다. 이제는 대륙의 발치에 있던 탐라 땅까지도 오랑캐가 짓밟고야 말았구나.

백성1 거 누게가 놈의(남의) 놀이마당에 왕(와서) 우는 거라?

김통정 너는 누구냐? 몽고의 앞잡이 김방경의 부하냐?

백성1 아니우다, 난 구경꾼이우다.

김통정 그러면 너희들이 나를 보러 왔느냐?

백성1 당신은 누겐디마씸?

김통정 삼별초 최후의 한사람인 김통정 장군이 바로 나다.

백성1 경허민(그러면) 맞았수다. 바로 장군의 죽음을 보래와십주(보러 왔지요). 장군은 어떵허영 몽고병광 싸웠수가?

김통정 나 혼자 솟구치는 매같이, (쿵딱) 날쌘 범같이, (쿵쿵) 이리 뛰고 저리 뛰며 싸웠지. (검을 들고 무예동작 해 보이며 마당을 왕복)

백성1 백성들은 어디 있수가? 백성들은 고만이(가만히) 앉앙 당신의 칼춤이나 구경했수가?

김통정 자, 모두 나서서 싸워라. 너희 땅을 지켜라. (관객들을 마구 끌어내려 한다.) 너는 돌을 던져라, 너는 창을 잡아라, 또 너는 양식을 마련해라, 너는 아이를 낳아라, 적과 싸울 아들을 서른 명쯤 낳아라. 이리 나와, 나오라니까. (혼자서 갈팡질팡) 촌장, 촌장은 어디 갔느냐? 우리의 성을 쌓아준 촌장은 어디 갔느냐?

백성1 거 봅서. 장군 혼자 매나 범그추룩(같이) 싸운 게 아니라, 수많은 탐라 백성이 몽고병의 창칼에 죽었주기.

김통정 촌장은 어디로 갔느냐? 다시 나를 도와 일어서자.

백성1 아, 다 죽어가는 수수깡모냥 비싹 모른(마른) 하르방 말이우꽈? 그 하르방 이착 저착에(이쪽 저쪽에) 치어 죽게 되었젠허멍(되었다면서) 정채어시(정처없이) 돌아납디다.

김통정 탐라 백성들마저 내게서 등을 돌리는구나.

백성1 고놈에 하르방을 혼번 불러봅서.

김통정 달아난 촌장은 불러 뭘 하나.

백성1 경해도 혼번 불러봅서.

김통정 촌장, 촌자앙! (촌장, 김방경에게 쫓겨서 뒷걸음질로 들어오다가 김통정에게 부딪친다.)

촌장 아이구, 이거 누게라?

김통정 아무리 보아도 삼별초에 충성하는 탐라인이 분명쿠나. 자네 틀림없이 촌장인가?

촌장 (앞뒤를 돌아보며) 자자, 장군, 장구운.

김방경 (팔짱을 끼고 서서) 왜 그러나?

김통정 (촌장을 잡고 반기며) 왜 그러나?

촌장 아이고, 저착은 김방경 장군…… 그리고 이착은 항파두리의 장수매 김통정 장군이 아니라?

김통정 왜 아니겠나. 내가 자네를 버리고 어디로 가겠나. (표변하여) 명령을 시행하라! (북소리) 살고 싶으면 삼별초의 군령을 시행하라!

촌장　하하, 하이고오…… 어느 영이라고 불복, 거역하겠습니까. (돌을 지고 성 쌓는 시늉, 허덕거리다가 쓰러지는 시늉, 맞는 시늉)

김방경　(북소리) 반군에 협력하는 자는 역적죄로 다스린다.

촌장　아이구우. (주저앉는다.)

김통정　자, 목숨을 걸고 나서라. 오랑캐를 몰아내야 한다. 무기를 들어라.

촌장　(잠시 그를 바라보고 주위를 확인한 다음, 김통정의 어깨를 친다.) 이거 봐, 장군! (김통정 어이없는 표정이다. 촌장은 다시 다른 어깨를 친다.) 장군, 정신 출려! 부하 장졸과 백성들도 따르지 아니허는 장군이 어디서?

김통정　거기…… 촌장이 있잖은가?

촌장　(고개를 절레절레) 아니라, 이젠 촌장이 아니라 송장이주. 난 이젠 장군 백성이 아니주. 힘이 어성 백성이지 힘이 시면 우리 중에서도 장군이실 거라(장군이 나올 것이다).

김통정　음, 그러고 보니 저어기 산밑에 버티고 서 있는 저놈에게로 붙어버렸군.

촌장　저 사람 백성도 아니주마는, 시방은 저 사람 힘이 세니까.

김통정　도대체 저놈이 누군가?

촌장　고려국 중군 원수 김방경 장군이주.

김통정　김방경이는 오랑캐의 앞잡이야. 자네와 내가 힘을 합쳐 저들을 몰아내야 한다. 고려의 유일한 조정은 삼별초가 떠받드는 무신정권뿐이다.

촌장　(고개를 절레절레) 범과 곰이 다투는디 토끼가 끼여들 수 이시냐. 아무 펜이 지고 이기든 토끼사 한끄니 밥이덴 말이여.

김통정　너는 동포가 아니란 말이냐. 오랑캐를 몰아내야지.

촌장　오랑캐는 몰아내사주. 허주마는 장군과 나는 근본이 다르네. (감정이 바뀐다.) 보름 불곡(바람 불고) 파도 칠 적 우리 어멍 날 낳아서 밭여랑에(밭고랑에) 떨챠불 때(떨어뜨릴 때), 낭자마자 검질 매곡(김을 매고) 크자마자 바당(바다)에 나강 해마다 철마다 굶어죽지 않은 죄로 목심이(목숨이) 모질어서 육순을 넘겼주기. 관가 토호 몰방에는(마구간에는) 몰도 쇠도 솔찌는디(살찌는데) 그게 바로 우리네 솔투백이라(살점이다). 숭년마닥(흉년마다) 서루왕 울멍(서러워 울면서) 어린 것들 파묻어아정 돌아가기 두 번썩 요섯 번에 아들 농사난 다 망해부렀쪄. (격해지기 시작한다.) 간사한 토호들은 거짓말만 꾸며내곡 쏠두루에(간교하고 속셈이 있는 자) 나리들은 걱정이엔 허는 말이 "오곡이 풍성하영 흙더미 그추룩 쌓였으되 게으른 정수남인(소와 말을 관장하는 무속신, 게으른 자의 속칭) 스스로 주린다. 내불라(내버려두라) 술이나 마셔불자. 또 혼잔을 기울여라. 오름과(산과) 계곡에는 노는 땅이 이실 거여. 사름이란 혼번은 지 명에 죽게 마련, 팔자가 경허난(그러하거늘) 우리와 곹아지리야(같아지겠느냐)." 이추룩(이와 같이) 살앙 와신디(오셨는데) 어찌 장군 그추룩 높은 나리와 곹아질 수가 이시크냐?

김통정 그래서 너희는 오랑캐의 더러운 발에 밟혀서 살겠단 말인가?

촌장 (엄숙하게) 싸우당 죽은 군졸들은 경해도 호쏠은(조금은) 낫주기. 일에 지쳐 죽곡, 뱅들엉 죽곡, 굶엉 죽곡, 맞앙 죽곡, 허여도 우린 끝까지 오랑캘 맞서그네 싸왔수다. 우리는 오랑캐와 싸왔을 뿐, 무신의 조정이든 문신의 조정이든 무사(무엇이 왜) 상관이우꽈. 장군은 무신 조정을 위허영 싸왔주마는 우리사 나 새끼와 마누라와 나 산과 바당을 위허영 싸왔수다. 그러니 근본이 다릅주게.

김통정 이제…… 내 역할은 아무것도 없단 말인가?

촌장 저길 봅서. 여몽연합군은 항파두리를 몬딱 들러먹었수다.

김통정 나는 이미 내 처자식을 이 칼로 베었다. 나도 삼별초와 함께 깨끗한 최후를 마치리라.

촌장 잘 갑서. 후생에는 우리 고튼 힘어신 백성으로 태어나십서. (배

역과 관객들 나직하게)

　　어화넘차 어화로다 (후렴)
　　저 산에도 풀잎 새로
　　봄이 한때 돌아오면
　　너는 한번 피건마는
　　우리 인생 한번 가면
　　다시 오기 망연쿠나. (제주도 민요 상여소리)

(노래하는 중에 김통정과 촌장 한구절씩에 따라서 뒷걸음질로 물러나 멀어져간다. 김통정, 칼을 빼어 거꾸로 쥐고 찌르려는 동작에서 정지된다.)

둘째, 문답거리

(혼도와 홍다구, 한쪽에서 등장하면 김통정 퇴장. 혼도와 홍다구는 객석에서부터 놀며 들어온다.)

홍다구　길 비켜라. 웬 벌레 같은 것들이 이리도 많이 모였냐? 너, 뭘 봐? 너, 엎드려. 혼도 대장군님, 조기 조년은 몽고 아이들 젖 진상감(모유공물이라 하여 실지로 탐라의 여성들을 공납하였음)으로 잡아가면 좋겠군요. 아주아주 크고 푸짐합니다.

혼도　(고개를 끄덕끄덕, 징그럽게 웃는다. 가까이 가서 재보려는 시늉)

홍다구　혼도 대장군님, 조기 조 녀석은 몽고 마나님들 요강 시중감으로 데려가면 아주 부지런하게, 마루밑에 쥐새끼처럼 왔다 갔다, 갔다 왔다, 잘하겠군요, 네. 그치요?

혼도　(다가가서 머리를 쓰다듬어준다.)

(촌장은 그들이 객석에서 떠들 때부터 살피며 마당 가녘으로 달아나려다가 다른 쪽에서 김방경, 탐라 왕자, 백성2가 나타나면 그 자리에 멈춘다.)

왕자　응, 이놈 이제야 잡혔구나. 김방경 장군, 저놈이 바로 삼별초에 협력한 역적의 우두머리입니다.

김방경　그자의 벼슬이 뭐요?

왕자　그자가 무신 벼슬을 지내시냐?

백성2　벼슬이 다 무시거꽈. 우리 모실 촌장이우다.

왕자　마을 촌장이랍니다.

김방경　촌장이라면…… 너희가 배를 만들고, 항파두리 성을 쌓고, 여몽연합군에 대적하였는가?

촌장　(하늘을 우러르며 침묵한다.)

왕자　혼저(어서, 빨리) 말허여라. 글쎄 저렇게 나오니 제가 어떻게 탐라 땅에서 왕자노릇을 해먹겠습니까?

　(혼도와 홍다구가 마당 가운데로 나오면 김방경, 공손히 군례를 드린다.)

김방경　혼도 대장군님, 홍다구 부원수님, 고려국 중군 원수 김방경 문안이오.

홍다구　(혼도가 뭐라고 귓속말로 물으면 홍다구 듣고 나서) 이자는 뭐요? 김통정이오?

　(김방경, 왕자에게 턱짓, 왕자는 백성2에게 턱짓한다.)

왕자　고놈이 김통정이녠(김통정인가) 물어봤져.

백성2　하르방이 김통정이녠 물어봤수게.

촌장　(허탈하게 웃는다.) 이름 어신 탐라 백성이여.

백성2　이름 어신 탐라 백성이노랜 헴수다(이름 없는 탐라 백성이라고 합니다).

왕자　그놈이 바루 탐라 백성들을 꾀엉 괴기 잡곡(고기 잡고) 농사 지성, 삼별초 반란군덜을 멕이곡, 배를 만들곡, 또시(또한) 성을 쌓게 한 촌장놈이 아니라?

백성2　무사(뭐, 어찌) 삼별초의 배만 맹글고(만들고) 성만 쌓았수가? 요자기(요전에) 고려 조정에서 김수, 고여림 장군을 보내영 삼백여 리 환해장성(진도의 삼별초가 내습하는 것을 막기 위하여 해안을 둘러 쌓았던 장성)도 우리가 쌓아십주. 이거 우린 어느 장단에 춤을 춰야

됩네까?

왕자 속솜호라(조용하라). (웃는 얼굴로 김방경에게) 삼별초에 협조한 촌장이올시다.

김방경 (그 말을 받아서) 삼별초에 협조한 촌장입니다.

홍다구 (발을 구른다.) 그것 참, 드럽게 오래 걸리네. 말 한마디 묻고, 대답을 듣자면 몽고에 계신 주인 나리께서 수십명 갈려나가겠는걸. 이제부터는 중요한 말만 전하시오. (혼도에게 귓속말. 혼도 눈을 부라리며 손가락질한다.) 뭣들 하는 거냐? 그렇지 않아도 손바닥만한 땅에서 하늘이 뚫어지겠다. 그놈을 어서 꿇려라, 꿇어!

김방경 꿇리고 결박지어라.

왕자 동무립 꾸불리고 지들커 그추룩(땔나무처럼) 톤톤허게 묶으렌 햄쩌.

백성2 꾸불리고 묶으렌 햄수다.

왕자 (백성2를 때리며) 이녁한티 하라는 말 아니라?

　(백성2, 촌장을 꿇리려고 애쓰지만 그에게 바둥바둥 매달릴 지경이다.)

백성2 (사정조로) 내가 이거 무신 죄가 이서. 호곤 살아보젠(그저 좀 살아보려고) 허는 거 아니우꽈, 요 하르방아. 제기 호쏠(제발 잠깐만) 구불려줍서 양?

　(촌장, 자기 의지를 보이고 나서 묵묵히 꿇어앉는다. 백성2, 결박지우는 시늉)

김방경 너는 무엇 때문에 관군에 대적하였는가?

왕자 이녁은 무사 나라의 군졸광 맞앙 싸워서?

백성2 하르방은 무신거 땜에 몽고군에 대들어시넨 물엄수게.

왕자 몽고군이 아니라, 고려 조정의 원정군이라.

백성2 그게 그거 아니우꽈? 주인광 종이니 한몸입주.

왕자 쉬이, 이녁 야개기(모가지) 쫄라지고 싶언?

촌장 경허믄 김방경 장군은 무신거 때문에 몽고군의 앞잡이가 되신

138

가 물으쿠다.

백성2 김방경 장군님이 어떵허연 몽고군의…… 무신거엔(뭐라고) 골긴 골아라마는(그러긴 그랬는데)……

촌장 앞잡이.

백성2 맞쥬, 압제비…… 김방경 장군님이 몽고군의 제비 생이(제비 새끼)가 되었기 때문이노렌 햄수다.

왕자 김방경 장군께서 몽고군을 따라 강남에 갔기 때문이랍니다.

김방경 허허, 그거 알 수 없는 말이외다. 내가 몽고군을 따라서 강남에 갔다고?

왕자 분명히 그 비슷하게 들었는데. 아, 알았습니다. 친구 따라 강남 가는 게 바로 제비죠. 장군께서 몽고군의 제비 새끼라는…… (제 입을 막는다.)

홍다구 치워라. 반역자를 심문하는데 무슨 잔말이 그리도 많은가? 단칼에 베어버려라!

김방경 이자를 심문하면 반란군들의 행적을 낱낱이 알 수 있습니다.

홍다구 (관객들에 정신 팔린 혼도를 찾아다니다가 가까이 가서 귓속말. 혼도 귀찮다는 듯이 손으로 목을 베는 시늉) 봐라, 냉큼 목을 치라는 명령이시다.

배역과 관객들 오랑캐 물러가라! 앞잡이 물러가라!

홍다구 저것들이 왜 소란을 피우는 거요?

김방경 이자의 전말 사정을 들어보자는 얘기인 줄로 압니다.

홍다구 (관객들을 사방으로 노리고 다니면서) 지상에서 최강의 위대한 몽고는 세계를 정복했다. 사해의 태양까지도 꺼지지 않고 몽고의 국토를 사방에서 비추어주고 있다. 오늘 지금 이 시각부터 이 마당은 몽고의 국토다. 그리고 너희는 몽고의 백성들이다. (징소리 세 번 울린다.) 복종하라! (쿵) 몽고를 위하여 낳고, 몽고를 위하여 살고, 몽고를 위하여 죽어야 한다. 너희는 모두 위대하신 쿠빌라이 황제의 종이다. (딱 쿵) (혼도에게 굽신 인사하며) 됐습니까? (혼도, 그의 머리를 쓰다듬는다.)

백성2 저도 고려놈이멍……

왕자 요새 순전한 고려놈이 어디 이서.

촌장 (묶인 채로 고개를 쳐들고 처절하게) 내 땅에서 나가라. 모두 나가라. 고려의 백성만 남곡(남고) 몬딱 가불라(모두 가버려라)!

2. 장수 마당

첫째, 토호거리

(백성1·2·3 제각기 객석에서 놀며 들어온다.)

백성1 야야, 어진아, 너 여태 시집두 못 강이네 여기서 뭘 햄시니? (적당한 여자관객 붙들고) 너 그전에 나하고 방애깐에서 뽀뽀하던 생각 안 남서? 원 세상에 경할 수가 이시냐. 고려 군사들이 왔다고, 해변에나 나강 놀곡, 여긴 뭣허레 와서? 나허고 귀일촌으로 돌아가불게. 경허영(그래서는) 감저 심곡, 보리 심그곡, 콩 심그곡, 괴기 잡앙 오손도손 살아나 보게. 무싱거? 싫다고? 에이, 이런 못된 것 같으니. (대사 적당히 즉흥적으로)

백성2 아니, 경헌디 요놈은 지들커를 행오랜허난(나무를 해오랬더니) 어딜 가버려시니? (이리저리 찾아다닌다.) 몰똥아, 몰똥아, 안 때리커매 혼저 나와불라(안 때릴 테니 어서 나오너라). (적당한 남자관객 붙들고) 응, 쇠똥이는 여기 이서났구나, 그래 쇠똥이는 잘 이서난? 요새는 이불에 오줌도 안 쌈시냐? 에이그, 저 코 흘리는 것 좀 보라게. (코를 씻어주고) 느네 어멍 편안허냐? 경헌디 느네 어멍은 무사 우리집에서 보리 두 되 꾸어간 것 안 갚암시냐. 꼭 가정오랜 하라이. 에이그, 귀여운 것. (머리를 쓰다듬고) 우리 몰똥이 어디 가신지

140

가르쳐주민 착허지. 몰뚱이 어디로 가부렁싱고. (관객이 가르쳐주면) 응, 저놈 저어기 숨어 이서낤구나게. 너 혼저 집에 안 들어가크라? 쯧쯧, 아들이랜 저런 걸 하나 낳아노난, 이건 그냥 족헌 것이라고(귀엽다고) 매일 안아주었더니 정말 말썽이여. 나가 저놈을 일곱 달 반 만에 낳았더니 저추룩 비실비실 모자란 놈이 되어부렀주. (다른 관객들도 이리저리 말뚱이의 친구로 삼아서 놀려준다.)

백성3 성안 수문장님이 지난 보름에 몰래 다녀가시더니 무사 여태 안 왐싱고. 나를 버리신 게 아닌가? 이거 봅서. 고려군 진영에 있는 분 아니우꽈? 그 옆에는 솔이 포동포동 찐 걸 보난 식사당번인가보우다예. 혹시 수문장님하구 잘 알아짐니까? 꼭 좀 전해줍서. 오실 때 호박엿 사당줍센마시. 이건 편지우다. 뜯어보지 마십서예. 부탁 햄수다. (대사 적당히 만들 것)

촌장 (바삐 마당을 돌고 나서) 자, 탐라국 왕자 들어감쩌. 몬딱들 질(길) 비켜사라.

백성1 하르방, 누게 말이우꽈?

백성2 대정 몽생이(대정현의 망아지. 무능한 자를 지칭함) 말이우꽈?

백성3 수문장님이 오신댄 햄수꽈?

촌장 이년은 그저 날만 샜다 호민 수문장, 수문장, 거 어느 놈인지 또시 거짓부렁 언약을 행이네 돌아나(달아나)부렀구나게.

백성2 촌장만 압서. 저애가 아주 순진한 비바리라나신디예(처녀였는데요) 경헌디 시방은 안 순진한 비바리가 분명허우다.

촌장 춤, 큰일이여, 큰일이라. 그 고려 군졸놈들 때문에 우리 탐라 비바리들 몬딱 버리컹게.

백성1 경헌디 누게가 온댄 이추룩 온 모실(마을) 사람들을 모앙 야단이우꽈.

촌장 왕자인가 무싱건가 호는 그 양반 종내기 있지 안허요. 기별 와서라. 먹다 남은 뽈래쭈시(뽈래열매씨. 못생긴 자를 지칭) 닮은 성안 두루에(미친것) 말이여. 우리 모실에 무신 밸라먹을 것이 놀려들엄신지 원. 나 참 기가 막혀서.

백성2 어떤 일이산디 그 내막이나 골아봅서(말해보시오). 든져.

촌장 고려 군졸들이 쳐들어왔젠 안해서. 그 미친 나 아들놈의 새끼들이 글쎄 진도의 삼별초군이 온다며 우리한테 성을 쌓으렌 허는거여.

백성1 우리도 농살 지어사 이 해를 넘길 건디, 성 쌓는 동안 먹여준댄 헙디까?

(객석 밖에서 물렀거라, 비켜나라, 하는 소리 들린다. 고려 군사가 앞장서 들어오고, 그 뒤로 왕자 따라 들어온다. 그는 유세 나온 후보자 같은 시늉. 연방 사람들에게 잘 보이려고 손도 흔들고 머리도 쓰다듬고 악수도 한다.)

고려 군사 여기가 귀일촌인가?

촌장 예, 맞수다.

고려 군사 중대 발표가 있다. 모두 앉아, 앉아.

왕자 나로 말할 것 같으민……

고려 군사 탐라국 왕자, 문, 창, 우……

관객과 백성들 우우, 꺼져라.

왕자 나로 말할 것 같으민……

백성들 탐라국 숫붕이(바보, 머저리).

왕자 무싱거? 이놈들.

촌장 아, 아니우다. 어떵 들언 허는 말씀이우꽈? 우두머리 수자, 큰 새 봉자라 했수다게.

왕자 음, 나야말로 탐라의 독수리지. 내 말을 안 들으민 너이들의 일년 수확을 세금으로 몬딱 가져가불커라. (고려 군사에게) 시작할까요?

고려 군사 시작하시오.

왕자 에, 여러분 잘 부탁드리우쿠다. (연설조로) 이 사람으로 말호민 춤으로 고명호신 분이우다. 일찍이 고려국 서울 개경에 이신 송악

학교에 다니다가, 시세에 민감허영 몽고국 말발타 학교와 살발타 학원에 석달씩 반년간을 유학하고, 격변하는 시기에 뜻혼 바 이성이네, 너희들…… 바로 도민 여러분 걱정이 태산 같아 정 다 뿌리치고 돌아왕, 놈들 일홀 때 북치고 놀명, 놈들 잠잘 때 계집 끼엉 술 마시고, 놈들 밥 먹을 때 뺏어당 내 창고에 쌓아두곡…… 어쨌든, 여러분 걱정으로 호루도 편할 날이 어신 왕자가 바로 나우다. 에, 앞으로 여러분의 복지생활을 위허영 내가 개경의 원종 임금님도 만나볼 것이고, 한라산 여몽 친선 기념 오솔길을 호루에 달리는 최신형 신종 몽고 몰광(말과) 싱싱하고 잘생긴 몽고 소나이(사내)들을 입도시키기 위호야 쿠빌라이 황제도 만나볼 거우다. 이제부터는 한라산에다 구름다리를 놓앙 저어기 몽고의 궁전까지 미끄럼을 타고 내려가게 해놓구다. 나만 믿읍서, 믿어.

고려 군사 어서 발표부터 하시오. (품안에서 문서를 꺼낸다.)

왕자 알겠소. 우선 이미지 메이킹부터 하구 나서 시작합시다.

고려 군사 빨리 발표부터 하라니까. (문서를 내준다.)

왕자 (문서를 펼쳐들고 격하여 억지로 우는 시늉) 아아…… 오오, 슬프다. 이제 몽고와 고려는 의형제를 맺고 화친에 들어가 수십년의 전쟁이 이미 끝나고, 백성들은 간신히 도탄에서 건져지게 되었거늘, 강도에서부터 나라를 등진 삼별초의 역적 배중손 등은 승하후 온을 왕으로 추대하여 진도로 옮겨가, 계속하여 관군을 살육하고 곡창을 겁탈하여 삼남을 다시 피비린내나는 전쟁의 참극으로 몰아넣었다. 반란군 삼별초는 진도에 자리잡고 각지를 유린하고 있으며 탐라를 공략하기 위하여 만반의 준비를 갖추고 있다. 관군은 이에 백성들에게 유시하나니 탐라 해안 삼백리 주위에 환해장성을 쌓아 반란군이 쳐들어오지 못하도록 막아야 할 것이다. 탐라를 지키는 것은 탐라 백성을 보호하고자 함이니, 남녀노유를 가리지 말고 모두 축성에 나서야 할 것이다. 명을 어기는 자는 방어사의 권한으로 가차없이 처단한다. 고려국 탐라 방어사 김수, 고여림. (소중하게 접어 두 손으로 고려 군사에게 되돌려준다.) 다들 무신 말인지 들어서? 한라산을 깎아당이라도 석돌 안에 이 탐라국을 빙 둘렁 흙을 날라당 성을 쌓지 않으민, 너희들 몬딱 죽은 목숨이다.

백성 2 저런 미친놈들 싯수가? 아니, 삼백년을 걸려도 밑 닦을 수 어실 건디 우릴 생으로 잡아먹젠 허는 노릇이 아니우꽈?

왕자 무싱거 누게가 경해서?

백성 2 아, 아니우다. 삼백년이 걸령이라도 성은 꼭 쌓아야 된댄 했수다.

고려 군사 삼백년이 아니라, 단 석달이다, 석달.

백성 1 어이쿠, 안허켄허믄 몬져 촌장 하르방을 죽일 거 아니우꽈. 그 다음엔 우리도 초례로 죽일 거라예. 그추룩 다 죽여불민 누기가 성을 쌓을 거라?

왕자 경허고…… 너희들은 고려 방어군 천이백명이 먹을 군량을 공물로 바쳐야 한다.

촌장 아이구, 시방 조, 콩이 혼줌씩뿐인데 다 내주민 우린 어떵합니까?

왕자 바당에 무수히 깔린 것이 고기가 아니라.

고려 군사 그것 참 알 수 없군. 왜 곡식만 먹구 살지? 고기도 먹고, 조개도 먹으면 될 텐데.

왕자 그러니 섬것들이 무지한 것들입지요.

고려 군사 (관중석을 손으로 갈라놓으며) 저어기서 이쪽, 그렇지 저기 저놈, 야한 넥타이 맨 놈부터 시작해서 (관객의 행동이나 복장에 따라 적당히) 이쪽까지는…… 손 좀 들어봐라. (왕자와 함께 관중들에게 손을 들도록 권유) 그렇지, 아주 착한 백성들이다. 농사를 짓고, 그 나머지는 모두 성 쌓는 일에 나선다.

왕자 (백성들에게) 모두 일어섯. 번호!

백성1 (천천히 일어서며) 일처언.

백성2 이처언.

백성3 삼처언.

촌장 저어, 저두…… 끌려갑니까?

왕자 말이 많아. 다시 앉은 번호.

백성들 (천천히 앉으며) 일처언.

왕자 시방 삼별초가 쳐들어오는데 그런 동작으로 되겠나. 본보기로
혼을 내야지.

고려 군사 (관객 하나를 지목하여 창으로 찌르는 시늉) 에잇, 너는 속으
로 삼별초가 들어오기를 고대하는 놈이지? 그런 놈을 식별하기는
아주 쉽다. 모두들 명심해라. 이런 놈이 있을 적엔 지체 없이 고려
군영에 와서 고발하라. 즉 사람이 많은 곳에 갔을 때…… 아, 이
많은 사람들 중에 삼별초를 좋아하는 사람은 역시 나 혼자뿐이로
구나,라고 생각하는 자, 여보 우리 솔직히 인간적으로 털어놓읍시
다, 했을 때에 사실은 나는 삼별초의 편이오,라고 말하고 나서 즉
시 후회하는 자, 삼이라고 말하는 자, 별이라고 말하는 자, 초라고
말하는 자, 그것을 생각하는 표정을 짓는 자, 진도 쪽을 바라보는
자, 하루에 세 번 이상 바다를 바라보는 자. 아무튼 이런 자들은 모
두 즉결 처단이다. 알겠는가?

백성들 (아까보다 훨씬 빠릿빠릿해졌다.) 넷!

왕자 번호 다섯.

백성1 일천.

백성2 이천.

백성3 삼천.

촌장 사천…… 오백.

왕자 오백은 뭔가?

촌장 나하고 나 새끼 몫이우다.

왕자　좋아, 총동원이다.

고려 군사　쳐라! (북소리 울린다. 천천히 걸음을 옮기는 백성들. 흙을 파는 시늉, 돌을 나르는 시늉, 쌓는 시늉)

백성들　어어야 달구야 (후렴)

　　　　　어떤 놈은 팔자나 좋앙

　　　　　고대광실 츨려 앉앙

　　　　　은대양에 밥을 먹곡

　　　　　놋대양에 싀수호영

　　　　　명주공단 옷을 입엉

　　　　　살건마는 이내 몸은

　　　　　천날 만날 요영호여도

　　　　　조팝 삼실 걸르는구나.

고려 군사　너희들의 힘은 고려군 한사람의 무기만큼 필요하다. 피를 흘려라, 피를. 땀을 흘려라, 땀을. 피땀으로 성을 쌓아라. 거역하는 자는 성 밑에 산 채로 파묻을 것이다. (채찍 휘두르는 시늉. 움찔거리는 백성들)

왕자　(촌장과 백성들을 밀고 차는 시늉. 그리고 고려 군사와 함께 관객들을 위협한다.) 어서 날라라, 어서. 요령을 피우는 놈은 주먹밥 한줌도 못 얻어먹는다.

백성1　아, 목말라. 물…… 물.

왕자　시끄럽다. 어서 해라.

고려 군사　삼별초가 온다. 성을 쌓아라.

백성2　아, 먹을 것 좀 줍서.

왕자　사흘에 밥 한덩이밖엔 없다. 앞엣놈의 똥이나 먹어라(축성 민담에 대변을 먹었다고 전해진다). (백성들 차례로 먹는 시늉)

백성3　아이구 허리여, 병이 났수다. 이젠 정 못허쿠다.

왕자　죽지 않으면 아무도 축성지에서 나갈 수 없다.

촌장 집안 식구들이 굶주리고 있수다.

왕자 그들도 몬딱 여기로 끌려올 것이난 안심호여라.

백성 1 (목을 잡고 비틀거리다가 쓰러진다.)

왕자 (달려들어 살피고 나서) 흥, 밥숟갈 놨구나.

고려 군사 죽은 자는 성 밑에 파묻어라. 귀신도 여길 떠날 수 없다.
단 석달이다, 석달. 석달 동안에 환해장성 삼백리다.

(백성2·3과 촌장 함께 거들어서 시체를 객석 밖으로 끌고 나간다. 이때
밖에서 사물소리와 함께)

소리 삼별초가 온다. 삼별초의 선발대가 온다.

(왕자와 고려 군사 다급하게 허둥지둥 달아난다.)

둘째, 삼별초거리

군사 1 (비워진 마당의 오른쪽을 돌아서) 우, 별, 초——!

군사 2 (마당 왼쪽을 돌아서) 좌, 별, 초——!

군사 3 (마당 가운데로) 신의, 별, 초——

(삼별초는 십박의 장단에 맞추어 창과 주먹을 치켜들며 개선행진)

백성 3 (탈진된 동작과 표정으로 들어온다.) (이 역은 항파두리 전설에 나
오는 아이업개의 역이다. 아이업개는 『일리어드』의 '카산드라'와 같은 성
격이다.) 수문장님, 수문장님, 우리 수문장님은 어딜 가부러신고?
날 버려두어아정 어딜 가부러샤?

관객 중의 하나 미친년이다, 미친년.

백성 3 지네가 미쳤저. 이제 탐라는 망해불 거라아. 하늘도 땅광 바
당도 몬딱 아사가불 거라. 모두 되싸질(뛰어질) 거여. 피가 보염쩌.
(몸서리친다.) 썩어분 마소의 뼈, 아기 배엉 죽은 어멍의 시체, 찔려
죽은 아기, 비바리의 찢긴 가슴, 오랑캐에 모개기 쫄라진 군졸들의
시체, 쫄라진 다리, 폴, 온 탐라의 오름광 들판이 벌경허게 물든다.

배역 또는 관객들 내쫓아라, 미친년이다!

백성3 이 머굴챙이들아(귀머거리들아), 아무것도 모르는 두루에들아 (멍텅구리들아), 삼별초는 혼사람도 남김 어시 전멸홀 거라. 우리도 몬딱 죽게 될 거라.

(촌장, 백성1·2 쫓기듯이 들어온다. 화살을 피하는 동작)

백성1 아이구, 말두 맙서. 맹월포로 상륙헌 삼별초 군사덜이 파도처럼 밀려왕 고려군은 송담천꼬지 쫓겨갔댄마씸.

백성2 다 끝났수다. 고려군은 송담천에서 몰살했수게.

촌장 에이구, 이젠 우리가 살게 되었쪄. 내가 무신거엔 해서. 환해장성이고 개똥이고 우리가 죽을 힘을 다헹 일해봤자 아무 소용이 없댄 안해서?

백성1 그 성안 숫붕이(바보), 왕자엔 헌 녀석은 마당 출입도 못했댄마씸.

백성3 탐라는 멸망한다. 산천도 초목도 몬딱 빼앗긴다.

촌장 저년, 저거 미쳐부렀구나.

백성2 불쌍도 허주기. 수문장인가 무싱거엔 헌 고려 비장이 죽어부난 저 아이가 넋이 나가부렀수게.

백성1 에이, 지긋지긋한 세상. 저 아이가 무신 죄가 이시냐.

촌장 저 아이를 뺏아와 부러사주. 우리 넋들임하고 두린굿이 해줍주 (무속 기능 보유자 안사인 구송, 현용준 기록의 넋들임과 두린굿 참조. 말 그대로 넋빠진 사람과, 미치거나 귀신들린 사람을 치료하는 굿이다). (굿 준비. 향로, 사기그릇, 헌옷, 신칼 등속을 악사석에서 가져온다.) 아무 돌 아무 날 어떵어떵허연 삼넋이 나시니 넋을 드립네다. 산 사름엔 삼넋 중에 혼넋만 어서도 피일차일 검뉴울꽃(시들어가는 꽃) 되는 법입네다. 오눌 넋신왕에 넋을 부르고 혼신왕의 혼을 불르저 홉네다.

백성1 (향그릇을 가져와 백성3의 머리 위로 돌린다.) 성은 아무 가이 나아는 열여섯 상촉지권상으로.

백성 2 (사기그릇을 가져다 같은 동작) 입이 너븐 차대접 냉차물로……

촌장 (백성3의 입던 옷을 들어 역시 같은 동작) 입던 의장, 뚬(땀)든 의장, 혼든 의장, 짓으로(깃으로), 넙이로(품으로), 질소미(옷소매)로 들러 떠도는 혼에 뜬 넋을 거둡져 홉네다. (옷을 머리에 얹고 숨을 내불며) 초넋 돌아옵서, 어마 넋덜라, 코! (같은 동작) 이넋 돌아옵서, 코! 소르릉 소르릉 넋들여줍서. 어마 넋덜라, 코! (사기그릇을 들어) 넋신물 혼신물이외다. 이 물을 멕이건 애산(애타는) 가슴 존질루와 (가라앉혀), 가슴에 세클방애도(셋이 타는 방아) 존질루와줍서. (백성3에게 물을 세 모금 먹이는 시늉)

(도중에 영감놀이의 백지가면을 쓴 고려 군사와 삼별초 군사의 혼백, 두 팔을 앞으로 쳐들고 등장하여 백성3의 뒤에 가서 선다. 낮은 징소리)

고려 군사 (야릇하고 높은 웃음) 천리타향 머나먼 곳에서.

삼별초 (음울한 웃음) 올 데 갈 데 없이.

고려 군사 (웃음) 떠돌아다니는.

삼별초 (웃음) 잡귀가 내로다.

백성 3 아아, 땅이 갈라진다. 하늘이 갈라진다. 바당이 갈라진다. 백성이 갈라진다.

고려 군사 우리는 오랑캐 때문에 서로 싸웠지.

삼별초 우리는 오랑캐 때문에 서로 싸웠지.

고려 군사 우리는 무신, 문신 때문에 서로 싸웠지.

삼별초 우리는 무신, 문신 때문에 서로 싸웠지.

백성 3 (괴로워서 몸부림친다.) 아아, 살려줍서. 내 몸을 찢는다. 내 몸이 두 쪽으로 갈라진다.

군사들 함께 죽어서도 우리는 두 몸이다. 죽어서도 우리는 두 몸이다. (양쪽에서 백성3을 잡아당긴다.)

촌장 잡귀야, 잡귀야, 요건 보난 잡귀로다. 요건 보난 잡신이로다.

(신칼로 찌르는 시늉을 하며) 어떤 것이 잡귀일것고. 저승도 못 가고 이승도 못 오고 중천 허공 바람질에 구름질에 놀던 것이 잡귀로다. (두 혼백, 백성3에 달라붙어 있다.) 산으로 노는 건 산신군졸이냐, 물로 노는 건 요왕군졸이냐, 배로 노는 건 선왕군졸이냐, 신당군졸이냐, 본당군졸이냐. 환해장성 쌓다 죽은 남원, 성산, 조천 잡귀냐. 한림서 죽은 삼별초 군졸 잡귀냐. (삼별초 혼백 후닥닥 놀라는 시늉) 산심봉에서 죽은 고려 군졸 잡귀냐. (고려 군사 혼백 역시 놀라는 동작) 동제원서 죽은 고려군 장수 진자화의 잡귀냐, 삼별초 장수 곽정수의 잡귀냐, 송담천에서 떼죽음한 잡귀들 김수, 고여림이 잡귀냐. 백가지 각 성친에 가던 군졸이냐, 비명에 가던 군졸이냐, 매를 맞아 죽어가던 군졸이냐, 물에 빠져죽던 군졸이냐, 낭게다 목 매던 군졸이냐, 남자로 베고 여자로 베던 군졸이냐. 모진 십이하 군졸들 아니 물러사민 천하 맹장 쓰던 칼로, (군졸들, 백성3에 매달린 채 달아날 듯) 이 칼은 사름 잡는 칼이 아니고 귀신 잡는 칼이로다. (귀신들 몸부림치며 떤다.) 시왕 대번지 칼 둘러받아 너른 마당 번개치듯 좁은 마당 벼락치듯 나사나멍 나사들멍 풀어내자. 쑤어나라, 쑤어나라. (혼백들 몸부림치며 괴로워한다.) 쑤어나라, 쑤어나라, 쑤어나라, 헛 쉬이—— (물을 머금어 내뿜는 시늉. 혼백들 견디지 못하고 팔을 쳐든 채 뒷걸음질로 물러나 퇴장)

백성3 (두리번거리며) 여기가 어디우꽝?

백성2 아이구, 이제사 정신이 들었구나게.

백성1 야, 너 내가 누군지 알아지커라?

촌장 수문장 소리는 이제 잊어분 모양이여.

백성3 게메, 수문장, 수문장님.

백성2 저거 보라, 또시 혼 나감쩌.

백성1 아이고, 헛 공녁이 들었쩌.

촌장 쑤어나라, 쑤어나라, 쑤어나라, 헛 쉬이.

백성3　(다시 두리번거리며) 여기가 어디우꽈?

촌장　여기가 항파두리라, 경허고……

백성1·2　(입에 손을 대고) 쉬이.

촌장　(같이 따라서) 쉬이…… 무슨 잠이 영도 많으냐. 니가 석사흘 아흐레를 잤다.

백성3　무서운 꿈을 꾸었수게.

　(삼별초 군사1·2 마당으로 들어와 창대로 세 번 두드리고)

군사들　모두 엎드려라!

군사1　김통정 장군님이 오신다.

군사2　장군님 내외분이 오신다.

　(촌장, 백성들 다 함께 관객석 앞에까지 물러가 엎드린다. 군사1·2 마당의 좌우에 가서 지켜 섰고, 이윽고 김통정과 부인, 관객들에게 말도 걸고 인사도 하며 들어온다. 군사3은 그들의 뒤에서 따라온다.)

김통정　그간 오랑캐의 앞잡이들 때문에 얼마나 고생이 많았습니까?

부인　저 이화선이라구 해요. 여러분, 저는 정치는 잘 몰라요. 그저 아빠의 시중이나 들어드리죠. 저희 아빠는요 북바리 회를 너무너무 좋아하신답니다.

김통정　(아내를 툭 치고 나서) 아, 그렇지 않습니다. 부처님을 모시는 제가 그런 야한 음식을 먹을 수가 있겠습니까? 저는 초기무침(표고버섯무침)을 가장 즐겨하는 편이지요.

촌장　무슨 님?

백성1　부, 부처님이렌 허는 거 닮앙게.

부인　아, 부처님을 믿는 것은 너무너무 거룩하고 숭고한 일이에요. 조금 전에 조 아래서 여러분들이 굿을 하고 있는 걸 봤는데요, 그런 일은 너무너무 저급하고 속된 짓입니다. 그런 것은 뭐랄까…… 오, 미신! 미신이에요. 문화생활을 하려면 우선 먼저 미신이 타파되어야 할 거예요.

김통정 저의 내자는 늘 이렇게 여러 백성들의 생활향상을 위해서 어딜 가든지 노력을 하구 있습니다.

촌장 · 백성들 미시인?

부인 네, 미신.

백성 1 미신은 또 무슨 신이라?

촌장 오라, 육지에서는 곤밥만 먹으니까 쌀에 들어 있는 귀신이 아닐까?

백성 2 걸 뭐렌 허드라…… 타파헌덴 허는 거 닮앙게.

촌장 쌀 귀신을 타파한다? 그러니 뭐 별건 아니로군. (하고 나서 부인에게) 예, 잘 알겠습니다. 그러면 저희들도 이제부터는 쌀 귀신을 쫓아내는 굿을 하겠습니다.

부인 (고개를 절레절레) 참으로 어두운 곳이에요. 남만이라더니 여기는 정말 미개한 곳이군요.

김통정 그러기에 우리가 온 보람이 있지 않소. 이 백성들을 삼별초의 마지막 불씨로 삼아서 문신 조정을 뒤엎어야 하오.

부인 여러분, 이 옷이 뭡니까? 이런 옷은 수치를 가리는 것이지 옷이 아니군요. 품위있고 우아하게, 개경에서 유행되는 치마와 송나라에서 들어온 예법이 있습니다. 실을 만드는 누에라는 벌레를 기르면 비단옷도 입을 수가 있지요. (백성3에게 가까이 가서) 너 이름이 뭐지? 참 얌전하고 이쁘게 생겼구나.

군사 3 마님의 물음에 대답해라.

백성 3 아이, 겁남수다.

부인 무서워하지 마라. 나도 너와 꼭같은 여자란다.

군사 3 어서 일어나서 문안드리지 못할까.

부인 너무 윽박지르지 말아요.

백성 1·2 (겁먹은 듯이 눈치를 보며 백성3을 일으켜세운다. 백성3 그냥 우물쭈물 서 있다.)

부인 응, 예절을 아직 모르는구나. 자, 어른을 만나면 이렇게 인사를 하는 거란다. (큰절을 해 보인다.) 너두 이렇게 한번 해보아라.

백성3 (눈치를 보다가 백성1·2가 번갈아 찔러대니까 할 수 없이 서툴게 큰절을 올린다. 도중에 서툴러서 뒤로 벌렁 나자빠진다. 군사3 홍분하여 백성3을 끌어내렸는데)

부인 아, 그냥 두어요. 너무너무 귀여운 소녀로군. 장군님, 저 소녀를 데리고 있겠어요. 우리 아이도 업어주고 저하고 말벗도 하게요.

김통정 허허허, 그렇게 하시구려.

백성1 저애의 생각은 묻지도 안헴싱게.

백성2 언젠 누게가 우리한테 물어서? 시키기만 했주.

김통정 누가 이 고장에서 존경받는 인물인가?

군사3 인품과 덕망이 있는 사람이 누군가?

백성1 바로 이 사람이우다.

백성2 우리 촌장님이우다.

김통정 (그의 어깨를 두드리고 마당의 사방을 시찰하기 시작한다.) 잘 만났네. 그런데 저게 이곳 주민들의 집인가?

촌장 예, 바람도 막고 비도 가릴 만은 합네다.

김통정 저건 집이 아니라 마치 짐승의 굴혈과도 같군. 우리가 너희들에게 가장 현대적 건축양식인 개경식의 궁 짓는 법을 가르쳐주겠다.

백성1 개경식 궁이라구?

군사3 너희들이 말로 해서 알 리가 있겠느냐? 학의 날개 같은 대궐이란 집이 있다.

김통정 저기 바닷가에 떠 있는 것이 뗏목인가?

촌장 예, 고기를 잡고 파도를 탈 만은 헙주.

김통정 우리가 너희들에게 바다에 뜨는 집을 만드는 조선술을 가르쳐주리라.

백성2　바당에 뜨는 집?

군사3　식량과 군사를 산더미처럼 실을 수 있는 전함이란 게 있다.

김통정　벼농사를 가르쳐주리라.

부인　가축 기르는 법두요. (장군을 돌아보며) 저는 생선은 딱 질색이거든요.

김통정　전투마를 방목하는 법을 가르쳐주겠다.

부인　청자 굽는 법두요. (장군을 돌아보며) 꽃꽂이를 해야죠.

백성들　야아, 잘살아지켜어(잘살게 되겠구나).

촌장　그추룩 뭔가 많이 우리한티 줨신디, 우리는 뭐 드릴 게 엇수다.

김통정　아, 걱정 말게. 무엇보다도 우리는 너, 희, 들에게…… (사이, 백성들 모두 환희하며 기대한다.) 축성술을 가르쳐주겠다.

백성들　와아, 살판났다.

촌장　축성술은 또시 무시거우꽈?

군사3　즉, 잡석, 찰흙, 강회를 땅속에서 파내어 고루 섞어가지고 여러 층으로 성을 쌓는 기술이다.

백성들　와아, 살판났구나.

김통정　우리는 탐라 주민들에게 결코 피해를 주지 않을 것이다.

부인　우리는 문명과 새 생활을 가지고 온 거예요.

군사1　(객석에 대고) 고마워하라.

군사2　너희들은 자랑스런 삼별초의 백성이다.

군사3　우리는 너희를 지키기 위해서 왔다.

3. 축성 마당

(달구질이나 진토굿 노래 부르면서 백성들 등장)

군사3　제자리 섯! (관객 중에서 아무나 서너 명 잡아낸다.) 느이들 이리루 나왓. 누가 거기서 희희닥거리고 놀구 있으라구 그랬니? 너는 아까부터 줄기차게 놀기만 했어.

관객 우리는 돈 내고 구경하러 왔는데요.

촌장 잔말이 많어, 인마. 누겐 하구 싶어 하는 줄 아나?

군사3 왜, 시키면 시키는 대로 못하나 말야. 그러다 맞으면 좀 낫다? (적당히 즉흥적으로 농담 오가며 놀아도 좋다.) 몇명 더 잡아낼까?

백성1 너무하면 곤란허야마씀. 출연료를 줘야 될 거 아니우꽈?

군사3 쳇, 저희는 무슨 개런티를 받는 것 같네. 자, 이제부터 시작한다. 작업에 처음 나온 놈들은 앞사람의 동작을 보고 따라 하면 된다. 준비이…… 기초쌓기! (호각을 분다. 백성들 말타기식으로 차례로 다리를 맞잡아 엎드린다. 군사3, 서툰 사람들은 일일이 고쳐준다. 군사3, 그중 하나 위에 걸터앉아본다. 짜부라진다.) 이런 날림공사가 있나?

백성2 날림공사 좋아하네. 이건 경해도 성벽이난 낫주게(성벽이니까 낫다).

촌장 사람이 사는 아파트, 사람이 건네는 육교, 지하도가 막 무너지고 자빠지는 판인데 적당히 참아줍서. 우리도 먹고 살아야 헐 거 아니?

군사 준비이…… 다리놓기! (호각 분다.)

백성3 나 안해. 아무리 마당극이라지만 이건 너무햄수다. 나는 물건이 아니랑 사람이우다.

촌장과 백성 (서로 손바닥을 마주치며) 아쭈우……

백성3 정말 안할 거우다. (화를 내고 객석으로 나가버린다.)

배역들 야야, 아이업개야, 일루 와. 너는 잘 봐줄게.

촌장 (달려가서 잡고) 야, 니가 빠지면 이 연극은 어떻게 되니? 좀 봐줘라. 이렇게 빈다. (즉흥적인 대사)

백성3 그러니까 아이업개 말도 들어사주. (항파두리 민담에서 나온 제주도 속담. 하잘것없는 사람의 말도 필요하다는 뜻)

군사3 참, 이거 귀여운 것들, 죽일 수도 없고 살릴 수도 없고……준비, 다리놓기! (호각 분다. 둘씩 짝을 지어 서로 돌아선 채 팔을 뒤로 돌려서 구름다리를 만든다. 군사3, 점검하면서 아래로 지나가본다.) 좀 낮기는 하지만 쓸 만하겠다. 다음은 수로파기! 준비이⋯⋯ (호각. 백성들 가랑이를 벌리고 엎드린다. 군사3, 그 안으로 통과해본다.)

백성1 어딜 기어들엄시냐? (깔고 앉는다.)

군사3 어어, 이러면 하수도가 무너지잖아.

백성1 너 잘 걸렸다. 조팝 떼어먹을래, 정량대로 배급할래?

군사3 안 떼어먹을게, 안 떼어먹을게. (백성1, 봐주듯이 일어난다.) 흐유, 어둡고 냄새가 나지만 하수도 물길도 이만하면 괜찮고⋯⋯ 이번에는 층계쌓기! (호각 분다. 백성들 키 순서대로 어깨를 잡고 선다. 군사3, 관객들을 향하여) 여러분, 어떻습니까? 이것이 바로 개경의 토목건축 기술입니다. 누구든지 이 튼튼한 층계를⋯⋯ (층계가 발꿈치를 들고 움직여서 마당의 다른 쪽으로 간다.) 어이, 야야, 어디루 가는 거야? 세상에 이동하는 층계가 어딨어?

촌장 내 뒤에서 미는 바람에 움직였수다.

군사3 누구야? 움직이는 층계는 엄벌에 처한다.

관객 저기 내 친구가 있어서 그랬어요.

촌장 움직이는 층계의 친구도 처벌합시다.

군사3 층계 전원, 이리루 원위치! (백성들 다시 이동해온다.) 준비, 철문달기! (호각 분다. 백성들 부채꼴로 손잡고 벌려 선다.) 여러분, 어떻습니까? 멋있지요? 이것이 바로 우리 항파두리 내성의 저 유명한 철문이올시다.

백성1 철문 좋아하네. 이게 다 국민학교 때 운동회에 나갔던 실력이라고.

군사3 수고들 하였다. 오늘 작업은 이것으로 끝이다. (잡혔던 관객들 풀려나 달아난다.)

백성2 조팝 배급은 안 줍네까?

156

군사3 오늘 저녁은 너희가 뺑치고 꾀만 피워서 벌로 굶긴다.

백성1 거 봐라. 아까 그냥 깔아뭉개는 건데.

백성2 오늘 또시 굶으민 정말 낼부터는 안 나와불 거라.

군사3 시끄러, 시끄러, 시꺼! 어서들 들어갓. (군사3, 느긋하게 퇴장
하려면 촌장이 어깨를 잡는다.)

촌장 잠깐…… 어딜 가는고?

군사3 가긴 어딜 가? 일 다 끝났으니 발 씻구 자야지.

촌장 그냥 가두 될까?

군사3 인마, 난 삼별초야, 삼별초. 이런 서열도 모르는 놈아.

촌장 몰놀이(말놀이 굿)해야지.

군사3 거절한다면……?

촌장 (답답하다는 듯이) 가서 대본 찾아봐라. 거기 어떻게 나와 있나.

군사3 그것마저 거절한다면?

촌장 나 참, 어이가 없어서. 그러니까 너 같은 놈은 언제든지 엑스트
라나 하는 거야, 알겠니?

백성1 (말놀이할 소도구를 내다주며) 옛다, 잘들 놀아봐라.

　(군사3 투덜거린다. 나무 말대가리, 멍석이나 거적을 쓰고 뒤에는 꼬리
대신 대빗자루를 가랑이에 끼운다.) (이것 역시 항파두리 민담에 나오는 것
으로, 성을 안 보이게 하려고 성루 위에 재를 뿌리고 말 꼬리에 비를 달아 달
려서 연막이 일어나도록 했다.)

촌장 이제부터 너는 몽생이고(망아지고) 나는 마부다. (이하 안사인
구술, 현용준 기록의 말놀이에서) 강남은 오고 보니, 북도마는 북도서
솟아나고 남도마는 남도서 솟아나고 세경마는 세경에서 솟아났구
나. 요 몰을 몰아가자. 어러러러러. (궁둥이를 찬다. 군사3 투덜투덜)
야, 두만강 넘어 해동 조선국으로 몰 터져나온다. 송도 개경을 들
어사니 송악산 만월대 각대궐 구경하고, 경상도라 칠십 칠관 전라
도라 오십 삼관, 일 제주는 이 거제, 삼 남해, 사 진도, 오 강화, 넘

나들며 제주 절도섬 우도 배진 고달도로 몰 들어온다. 어러러러러 러러…… (또 차며 성 위에 먼지 일구는 시늉) 야, 요 몰들 성산 일출 봉 넘어들어 함덕 조천포 훨쑥 지나 항파두리 외성으로 올라간다. 요 몰을 어이호리. 상잣 넘어 중잣 넘어 하잣 넘어 몰 노려온다. 꼴 리 끝에 빗자루가 먼지 안개를 피운다. 북도마는 북문으로 돌아산 꼴릴 흔들흔들, 세경매는 동문으로 돌아산 꼴릴 흔들흔들하는구 나. 가달석 씌우자. 홍매접 홍걸래 매자. 좋은 안장 지와 가자. 어 재 일어난다. 어러러러러…… (하면서 말과 함께 퇴장)

4. 호구별성 마당

(몽고군, 홍다구, 혼도 차례로 등장. 몽고병, 창으로 관객들을 위협한다.)

혼도 아, 우리 쌀람이 고려의 밤은 매우 좋아한다 이거. 몽고 벌판 키분이 나뻐해다. 쓸쓸하다 이거. 어험, 홍다구.

홍다구 옛, 혼도 장군님.

혼도 저기, 여기, 사람 많이 앉아 있어 한다. 저거 우리 쌀람 같은 사 람인가? (혼자 중얼거리는 소리) 짜장이 한글릇 얻어먹으러 이렇게 많이 나와서 해?

홍다구 보시다시피…… 고려를 평정하기 위해 먼 타국에까지 찾아 온 우리 몽고군을 환영하는 고려국 백성들입니다.

혼도 (크게 웃는다) 환영이 하러 나와서 해? (고개를 끄덕끄덕) 거 참 쓸 만하다 이거. 띵 호 띵 호.

홍다구 (혼잣소리) 꼭 호떡집 주인 같네.

혼도 뭐? 어디 호떡이 이서 해?

홍다구 장군, 시장하십니까?

혼도 배고픈 거보다 더 급한 게 이서 한다. 저어기 울긋불긋 암컷 많 아 핸다. 오늘밤 우리 쌀람이 키분이 좋게 (잠자는 시늉) 재워주면 호

158

강이 시켜준다 이거. 리 얼 싼 스, 리 얼 싼 스, 오래오래 전쟁해서 우리 쌀람 정서 다 말랐다 이거. (새끼손가락 펴 보이며) 이거…… 알아 해서?

홍다구 염려 마십시오. 장군, 즉각 물색해서 대령하지요. (몽고병에게) 야, 일루 와.

몽고병 불러 해서?

홍다구 혼도 장군께서 이 밤이 외로우시다는 명령이다.

몽고병 외로운 명령 시행하기 곤란해다 이거.

홍다구 이런 고려놈 같은 멍텅구리야. (새끼손가락 펴며) 오늘밤을 모실 이거 말이다, 이거.

몽고병 야하? 요것들 중에서 한마리 골라잡아 와라 해서? 홍다구 장군님.

홍다구 암, 그렇지. 아니, 그럼 자네는 몽고에까지 가서 데려오겠다는 거냐? 지금 당장 요 중에서 앙큼하고 그러면서도 말 잘 듣는 걸루 하나 골라와! 빨리.

몽고병 알아 했다. 즉각 시행한다 이거.

홍다구 자자자, 잠깐. (귓속말로) 이왕이면 내 몫까지 둘이면 좋겠다, 알겠지?

몽고병 이왕이면 내 거까지 셋이 해면 어떠해냐 이거?

혼도 뭐라고? 우리 쌀람이 키분이 무지하게 나뻐 핸다. 너희들 나하고 같이 놀자 해는 거냐 뭐냐 이거. 건방져 해다. 군대 다 서열이 있는 법이다 핸다. 너희들도 우리 쌀람만큼 높은 장군이 됐다 해서 마음대로 할 수 있다 해니까, 딴 생각 말아 해고 싸움이나 열심히 해라.

홍다구 · 몽고병 (두 손을 잡아 보이며) 쓰!

몽고병 지금 당장 잡아온다.

혼도 어…… 셋이든 열이든 좋다 좋다 핸다.

홍다구 (굽신거리며) 셰셰.

몽고병 (좋아서) 우리 것도 있다 해서?

혼도 (발을 구른다.) 키분이 나뻐 해다. 아무리 많아도 전부 내 거 핸다. 다 내 거 핸다.

몽고병 (홍다구의 눈짓에 따라서 황급히 달려가 여자관객들을 이리저리 감상하는 시늉. 하나를 잡아 끌어내려 한다. 안되니까 임무를 잊고 저 혼자 논다.)

혼도 아니 쫄병, 기합이 빠졌다 해서. 어서 우선 급한 대로 아무나 하나 잡아와 해라. (홍다구에게) 다군지 뺙다군지 너는 무어하나 이거? 저쪽에 가서 찾아봐라. 우리 쌀람이 급해 한다.

홍다구 (군례를 드리고 달려가려는데)

혼도 거기 섰다 해라. 아니, 다구 너는 그냥 여기 있어 해라. 여기는 적지이니 혼자 있어 해면 살기가 돈다 이거. 우리 쌀람이 신변 보호해라.

몽고병 (혼자서 실컷 놀다가 그냥 돌아온다.)

혼도 아니, 왜 혼자 와 이거?

홍다구 (혼도 안 보이게 손가락을 펴며) 둘? 넷? 여섯?

몽고병 그게 아니고…… (혼잣소리) 자기 일은 자기가 해야 좋다 이거.

혼도 먼저 가 있으면 금방 따라오겠다고 해서? 열? 스물?

몽고병 아―니.

혼도 우리 쌀람 급하다. 빨리 말이 해봐라.

몽고병 사실은…… (관객들을 하나씩 가리키며) 조 백성은 옆에 자기하고 같이 와서 안된다고 한다 이거. 또 저 백성은 데이트 약속이 있다고 한다 이거. 또, 또 저쪽 백성은 외간남자하고 같이 놀면 부친께서 혼낸다고 한다 이거. 또 또 또……

혼도 또 뭐냐 이거?

몽고병 저기 저 백성은 장군께는 실례되는 말이다 이거. 너무 늙고 꼭 몽고놈같이 생겨서 징그럽다고 한다 이거.

혼도 (양옆에 서 있는 홍다구와 몽고병을 젖히고 객석으로 다가선다.) 우리 쌀람이 이 세계의 일등 국민 몽고 대사령관 한다 이거. 너희 천한 것들 호강시켜준다 해는데 무슨 이유가 그렇게 많아 핸가? 뭐? 부친이 욕해? 자기하고 같이 왔어? 또 뭐 몽고놈처럼 생겨 해서 징징 징그러워? 에잇! (칼을 빼려는 시늉)

홍다구 아 장군님, 고정하십시오. 지금 고려국의 김방경 장군이 내일 출전을 앞두고 전략을 짜기 위해 올 시간이 다 됐습니다. 제발 색욕을 참으시고 고정하십시오.

혼도 (관객들에게) 앞으로 너희들은 영원히 우리 혼도 가문의 종이 된다 한다 이거. 우리 쌀람의 성질 두고 봐 해라.

홍다구 장군, 제발 색욕을 참으라니까요. (객석을 향해) 이 못난 고려놈들아! 너희들은 우리 사령관님의 비위를 건드리면 어떻게 되는지 몰라서 그러는 거냐? 만약에 한번만 더 이런 일이 있으면 이 마당에서 살아 돌아갈 자가 없을 테니 명심해라. 알간?

몽고병 살아 돌아가지 못하게 직접 시행하는 것은 나다 이거. 아까 그 백성들 나한테 잘 보여 해라. (인기척에 놀라) 누구야? 암호, 호떡.

소리 만두.

혼도 누구야, 귀찮다 이거. 누가 오는지 몰라도 이 혼도가 피곤하니 만날 수 없다고 전해 해서.

홍다구 고려의 김방경인 듯싶습니다. 장군과 탐라 공격의 전략을 짜기 위해 온 게 아닐까요?

혼도 귀찮아도 할 수 없어 해다. 만나 한다.

홍다구 혼도 장군이 오라고 한다고 전해라.

몽고병 (고려군에게) 혼도 장군이 오라고 한다고 홍다구 장군께서 전하라고 한다 이거.

고려 군사 아니, 저놈이 감히 누구 앞에서 오라 가라 큰소리야.

김방경 아아, 괜찮다. 그럼 꼭 가운데의 위치에서 만나자고 전하라.

고려 군사 가운데나 구석이나 무슨 상관이 있습니까?

김방경 선비놈들이 또 사대주의 어쩌구 이러쿵저러쿵 할 게 아니냐?

고려 군사 야, 몽고 뙤놈아, 김방경 장군께서 요 마당의 꼭 가운데 위치에서 만나잔다고 전해라.

몽고병 (홍다구에게) 몽고의 종, 김방경이가 꼭 가운데서 만나자 한다 이거.

홍다구 (혼도에게) 몽고의 개, 김방경이가 마당의 절반쯤에서 만나잡니다.

혼도 뭐라고? 아니 그럼, 우리 쌀람이 속국놈들과 꼭같이 맞먹어 한다 해서? 2대 8로 하자 이거.

홍다구 (몽고병에게) 혼도 장군께서 2대 8로 하잔다고 전하라.

몽고병 혼도 장군께서 2대 8로 하잔다고 다구께서 전하라고 한다 이거.

고려 군사 저거, 저놈들이······

김방경 이쯤 했으면 체면은 섰다. 다 외교적 관례니까. 자, 가자. (김방경과 군사 큰 소리로 여덟 발을 헤아려 걷고, 혼도, 홍다구, 몽고병은 두 발자국 헤아려서 마주서게 된다.) 안녕하시오. 혼도 대장군님, 홍다구 부원수님.

혼도 (팔짱을 끼고 서서, 대신 홍다구에게 눈짓한다.)

홍다구 빨리 몽고 말을 배우시오.

몽고병 너는 왜 인사가 없어 해냐? 키분 나뻐 해다. 요 쫄병놈아.

고려 군사 안녕하시오, 몽고 쫄병님.

김방경 장군님들, 내일 작전의 계획을 세워야 되겠지요?

홍다구 무조건 죽이고 불지르고 부수는 거야. 그 이상 무슨 작전계획이 있겠소.

김방경 (고려 군사에게) 이봐, 자네는 삼별초의 첩자가 엿들을지 모르

162

니 저쪽을 경계토록 해라.

홍다구 야, 너도 저쪽으로 가서 경계해라.

혼도 탐라에 뭐 가져갈 게 이서 없어?

홍다구 여자는 많이 있습니다.

혼도 크 점은 우리 쌀람이 키분이 좋아 핸다.

김방경 돌멩이가 아주 많습니다.

혼도 크 점은 키분이 나뻐 핸다. 탐라 이거 마음에 들었다 안 들었다 핸다 이거.

홍다구 · 김방경 죄송함다아──

혼도 또 뭐가 없어 해?

김방경 바람이 많습니다.

혼도 (겁에 질려서) 바람이 많아 해면 우리 쌀람 물에 빠져 해서, 고기가 다 먹어 해는 거 아닌가 이거? 떨린다. 키분 좋지 않아 핸다.

김방경 그러니까 풍향과 조수를 미리 잘 살펴두어야 합니다.

홍다구 나는 멀미가 심한데. 탐라표 안멀미정을 미리 먹어두어야겠군.

혼도 누가 특정상품 광고 내보내라고 해서 이거. 탐라가 일본 땅인가?

김방경 탐라는 엄연히 고려의 국토입니다.

홍다구 고려의 국토는 어디든지 몽고 땅이오.

혼도 (고개를 끄덕끄덕) 다구, 아주 귀엽다 한다 이거. 네가 여자보다 훨씬 낫다 핸다.

홍다구 탐라국 왕자와 성주에게서 항파두리 성에 관한 정보가 들어왔다는데 성을 깨치려면 얼마나 걸리겠소?

김방경 그까짓 항파두리 성은 한라산에 비하면 한뼘도 안됩니다. 한나절이면 부숴버릴 수가 있을 겁니다.

혼도 (이를 갈며) 김통정, 이거 꼭 사로잡아 핸다. 진도에서도 놓쳤다 이거. (태도 변하여) 그놈의 마누라가 아주아주 예뻐 했다면서?

홍다구 마누라든 뭐든, 삼별초의 사녀들이 수백명입니다.

혼도 전부 내 거 했다. 급해다 이거. 콰이 콰이 배를 띄워 해라.

김방경 명령이다, 출전 명령이다! (북소리)

5. 싸움 마당

첫째, 파군봉거리

(앞마당에서 이어지는 북소리 들리는 가운데 삼별초들 차례로 마당을 가로지르며 외친다.)

삼별초 1 적이 온다!

삼별초 2 오랑캐가 온다.

삼별초 3 대병선이 온다.

(마당 남쪽에 김통정과 부인 서 있고, 마당 북쪽 좌측에 혼도와 홍다구, 우측에 김방경과 여몽군사 등장)

김통정 우군은 함덕포를 막고, 좌군은 명월포를 막으며, 중군은 본진을 지켜라.

부인 (관객들을 향하여) 여러분, 죽기를 각오하고 탐라를 지킵시다.

(삼별초 두 사람, 마당의 좌우 가녘을 지켜 섰고 중군만 남는다.)

김방경 (객석에서) 뒤는 바닷물뿐이다. 살려면 앞으로 전진하라. 역적들을 쳐부숴라.

(자진굿거리장단. 여몽군사 두 사람, 창을 두 손으로 받쳐 머리 위로 쳐들고 우쭐거리며 춤추며 들어와 삼별초에게 다가선다. 삼별초, 창대로 쳐내면 물러났다가 다시 취발이가 노장을 공격하듯 양쪽에서 달려들어 두 번씩 연달아 친다. 삼별초, 중과부적으로 쓰러진다. 여몽군사 십박장단에 의하여 창을 치켜들며 개선행진. 삼별초는 가까스로 기어 일어나 마당의 남쪽으로 가

서 외친다.)

삼별초 1 (비통하게) 파군봉의 방어군은 모두 전사했습니다. 적은 우리보다 열 배가 넘습니다.

김통정 항파두리로 퇴각하라. 끝까지 싸우자. (좌우로 삼별초 2·3 퇴각하여 모이면 김통정, 부인, 삼별초 세 사람 합하여 다섯이 되고 여몽연합군의 뒤로는 혼도, 홍다구, 김방경이 상륙한다.)

둘째, 항파두리거리

(삼별초 일렬횡대의 학익진을 이루고, 여몽연합군 일렬종대의 장사진을 이룬다. 자진굿거리장단. 농악의 힘찬 약진에 의하여 여몽 장사진이 삼별초 학익진의 가운데를 뚫고 지나가면, 삼별초 무너지듯 느린 동작으로 서서히 붕괴된다.)

김통정 외성이 뚫렸다. 내성으로 퇴각하라!

(여몽연합군, 십박으로 주먹을 태권도하듯이 위로 번갈아 올려 치며 마당의 끝에 가서 벌려 선다. 삼별초, 백성과 관객을 동원하여 사각의 성을 이룬다. 가운데는 김통정이 상징적으로 섰다. 전투적인 사물소리. 여몽군 둥그런 언월진으로 성 앞에 다가와 헤엄치듯 두 팔을 휘두르는 풍차돌리기로 공격하고, 김통정도 함께 마주 돌리며, 백성들은 앉은 채로 두 손바닥을 펴서 장단에 따라 밀어내는 동작을 취한다. 서로의 공격의 방향이 바뀔 때마다 팔을 밖으로 돌리든지 안으로 돌리든지 한다. 김통정의 거센 저항에 여몽군 팔을 뒤로 돌리며 허우적거리다가 일시에 밀려난다.)

백성들 와아, 이겼다!

백성 3 철문 아래 장작을 노앙 두 일레 열 나흘만 불을 때민 되주(역시 민담에 나오는 이야기. 아이업개의 발설로 성이 깨진다).

김방경 (제 무릎을 치며) 옳거니! (자진굿거리장단 나오면서, 여몽군들 김방경을 선두로 화살표 모양의 예진이 되었다가 일렬로 바뀌면서 불미하는 동작. 두 손으로 풀무질하는 시늉으로 백성3이 있는 부근의 성을 뚫고 들어온다. 제일 먼저 성 가운데 섰던 김통정의 몸이 기울다가 김방경에 부딪자마자 밖으로 퉁겨져나가고, 열의 후미가 성 안으로 들어설 즈음, 성을 이루었던 백성들 뿔뿔이 일시에 흩어진다. 여몽연합군, 학익진 형으로 태권도 동작을 보이며 마당을 휩쓸고 개선행진. 마당의 남쪽 끝에 김통정과 부인 서 있다.)

김통정　부인, 이젠 다 끝났소. 우리에게 남은 것은 깨끗한 죽음뿐이 외다.

부인　(미끄러지듯 주저앉아 무릎을 꿇는다.) 오랑캐의 천녀로서 살아남 느니 장군의 칼 아래 죽기를 바랍니다.

김통정　(칼을 뽑는다.) 용서하오.

부인　부디 싸우다 죽어 저를 따라오시기를……

김통정　(칼을 빼들고 몇번이나 떨다가) 야아…… (일시에 내려친다.)

셋째, 붉은오름거리

김통정　(앞으로 나서며) 생존자는 칠십명뿐이다. 붉은오름이 우리들 의 무덤이다.

삼별초 1　우리들이 명예로운 항몽의 마지막 군사다.

삼별초 3　무신정권을 위해 싸우자.

　(삼별초들 기마전놀이를 만든다. 김통정이 올라타고 그 뒤에 백성들 따라 붙는다.)

흔도　하, 이놈들 봐라. 기마를 만들어 해서. 우리도 만들어서 싸운다 이거.

　(여몽군 기마를 만들고 김방경이 올라탄다. 왕자와 적당한 관객들 따라붙 인다. 사물과 함성 소리. 마치 큰 파도와 작은 파도가 부딪치듯 두 기마 패거 리 마당 가운데서 부딪친다. 김통정과 김방경 손바닥을 펴고 서로 밀어내는

동작. 한번, 두번, 세번째 부딪칠 적에 여몽군의 파도는 삼별초의 작은 파도를 삼키듯이 죽 밀어내버리고 삼별초의 기마는 와르르 무너진다.)

6. 참수 마당

(혼도, 홍다구, 김방경, 늘어서 있고 촌장은 첫째마당과 같이 묶인 채로 꿇어앉아 있다.)

김방경 너는 나라의 은혜를 모르고 반역의 무리들에게 협력한 죄를 아는가?

홍다구 (교활하게 웃으면서 달랜다.) 그렇지만 지금이라도 전비를 뉘우치고, 우리 쿠빌라이 황제의 충성스런 신민으로서 살아가겠다면 목숨만은 살려줄 것이다.

혼도 (인자한 표정으로 끄덕끄덕) 남의 나라 국내 사정이다 했다 이거.

김방경 어떤가…… 살고 싶지 않은가?

촌장 (고개를 숙이고 있다가 천천히 위를 향하여 치켜든 채 침묵)

홍다구 탐라는 대륙과 달라서 고려에 속하기보다는 몽고에 복속하는 것이 백성들 자신을 위하여도 나을 것이다. 생각해보라. 도대체 고려 따위의 백성으로 사는 것이 얼마나 불행한가? 네가 탐라인으로 고려 조정의 국은을 입은 것이 무엇인가?

촌장 (웃는다.) 저 푸른 하늘은 내 나라의 하늘이주. 저 푸른 바당은 내 나라의 바당이여.

김방경 나도 고려인이고, 김통정이도 고려인이다. 다만 김통정은 역적이었던 것이다.

촌장 장군이나 김통정 장군이나 모두 우리 백성들광은 다릅주. 나는 우리추룩(우리처럼) 낳고 살당 죽은 모든 고려 백성들의 펜이우다. (눈을 똑바로 뜨고 끓는 듯한 소리로) 밖으로는 오랑캐를 몰아내고 안으로는 우릴 괴롭히는 나으리덜을 바로잡지 못허영 죽는 것이 한이우다.

홍다구 (혼도에게 귓속말. 혼도의 인자한 표정 일시에 일그러지며 분노한다. 목을 치라는 시늉. 홍다구 발끈하여) 어서 그 벌레 같은 놈의 목을 치시오!

(북소리 들리기 시작한다.)

김방경 (칼을 빼들며) 지금이라도 늦지 않다. 살고 싶지 않은가? (마당 구석에는 김통정 칼을 빼어 자결하려는 동작)

김통정 (촌장의 대화와 함께 동시 진행이다.) 나는 이미 내 가족을 이 칼로 베었다. 나도 삼별초와 함께 깨끗한 최후를 마치리라.

촌장 (고개를 들고) 내 땅에서 나가라. 모두 나가라. 고려의 백성들만 남곡 몬딱 가불라!

(참다 못한 홍다구가 칼을 빼어 촌장의 목을 치면, 김통정 스스로 찌르고 쓰러지며 촌장도 쓰러진다. 촌장 넘어져 있는 가운데 백성들 고함친다.)

백성 앞소리 어이.

백성들 뒷소리 어이. (함성)

앞소리 어이.

여럿 뒷소리 어이.

앞소리 일어나라!

뒷소리들 일어나라!

(취발이가 넘어졌다 일어나듯 서서히 되살아 일어나는 촌장. 드디어 질타하는 장단소리 가득 차고 백성들의 군무가 일어나는 가운데 놀이 끝난다.)

〔문예중앙 1980 겨울호; 장산곶매, 심설당 1980〕

돼지풀이

나오는 사람들 돈철애비(농부1) 돈철에미(농부3) 농부2 농부4 농부5 농협
직원 중간상인 당국자 비서 무당 돼지사령1 돼지사령2 돼지사령3 각설이

앞풀이

이 판은 돼지 혼백을 위한 위령제이다. 판 안으로 들어온 놀이패들은 굿거리장단으로 두서너 바퀴 돌며 판을 정리한 다음 미리 놓인 제상을 마주보고 반원형으로 둘러앉는다. 제상 위에는 간단한 음식과 돼지머리 대신 굿에서 사용될 검은 돼지탈이 놓여 있다. 제상에서 보아 맞은편(남)에 퇴비더미 속에 던져져 죽어 거름이 된 돼지의 사령, 오른쪽(서)에 강물에 던져져 물귀신이 된 돼지의 사령, 왼쪽(동)에 낳자마자 제 어미에게 먹혀 죽은 돼지의 사령이 제상 위의 돼지탈(북)과 함께 사방신이 되어 위치한다. 돼지사령역은 농부역들이 맡는다.

무당 (굿거리장단에 들어와 판을 돌며 한판 추고 난 후 제주가 되어 예를 올리고 큰절로 사방치기를 한다. 다시 자진모리장단에 맞추어 사방으로 춤을 추면서) 휘— 돼지대신 납신다. 상주지방 원조인 애노님도 납신다. 돼지대신 납신다. 청도의 김사미님 초전의 효심님 납신다. 돼지대신 납신다. 신종원년 개경땅 사노 만적님 납신다. 돼지대신 납신다. 우리 농민 할아버지 녹두장군 납신다. 휘— (춤을 그치고) 십억 세상 모든 돼지들을 대표하여, 삼백만두 대한민국 돼지들을 대표하여, 육십만두 전라도 돼지들을 대표하여, 특히 죄없이 비명에 간 백만 돼지들의 혼령을 대표하여 여기 한 많고 원 많은 돼지의 세 혼백이 나와 돼지의 생사고록을 주관하시는 영험하신 돈신께 소원풀이 한판 허고자 찾아왔으니, (주문을 외듯이) 서리서리 내리소서. 서리서리 내리소서. 고구려 유리왕 보살피던 돼지대신 아니시리. 태조 왕건 명당 줬던 돼지대신 아니시리. 경주 최씨 씨 받어냈던 돼지대신 아니시리. 서리서리 내리시어 무등골 돼지판에 내리시어, 돼지님네 원 많고 서러운 사연 들어주소. 맺힌 한 풀어주소—

(춤사위 점차 자지러지면서 제상 앞에 무릎 꿇고 앉아 빈다.)

돼지사령 1 (들어와 무당 옆에 무릎 꿇고 제상의 돼지탈을 향해 두 손으로
빌며)

　　비나이다 비나이다 돼지대신께 비나이다
　　태어나기 싫은세상 인공수정 마구해대
　　농가소득 증대운동 농협직원 애걸복걸
　　북새통에 태어나서 어미에게 먹혔으니
　　갈곳없는 이내신세 어딜가서 정착하리
　　돼지대신 납시어서 잘잘못을 가려주고
　　세상만사 잘되도록 도둑놈들 없애주소.
　　(돼지사령 1 들어가고 돼지사령 2 나온다.)

돼지사령 2　비나이다 비나이다 돼지대신께 비나이다
　　내몸보다 훨씬비싼 배합사료 먹고크다
　　일장춘몽 사그라진 우리주인 돼지꿈은
　　얼음같이 녹아들어 강물속에 버렸으니
　　돼지꿈이 개꿈되어 빈털터리 돼버렸네
　　우리주인 고향떠나 도시가서 공돌이질
　　물귀신된 이내몸은 전생없는 생선신세
　　부디부디 보살피사 우리주인 보살피사
　　제발부디 건져주소 물귀신된 이내혼백.
　　(돼지사령 2 들어가고 돼지사령 3 나온다.)

돼지사령 3　비옵니다 비옵니다 돼지대신께 비옵니다
　　제이름은 거름돼지 꿈에없는 퇴비돼지
　　어쩌다가 한국땅에 족보없이 태어나서
　　낳자마자 퇴비위에 거름으로 던져지니
　　똥구린내 썩은냄새 구데기가 드글드글
　　키워봤자 그게그거 사료값도 안나오니

이런놈의 세상땅이 사람사는 세상인가
나와같은 돼지신세 거름되는 세상일세
우리대신 나오셔서 요놈세상 건져주소.
(돼지사령3 들어가며 풍물소리 요란해진다.)

무당 (일어나서 강신이 된 듯 한참 어지럽게 춤을 추다가) 쉬— 돼지 사
연 듣고 보니 그 사연 한번 서럽고 더럽다. 인간세상 돼지로 태어
나 허구헌 날 더러운 돼지우리 속 한평생 좋다 싫다 말 한마디 없
이 인간 위해 목숨 끊고 고기 주고 털도 주고 새끼까지 주었더니
어쩌다 이런 날벼락이 우리에게 떨어졌단 말이냐. 어찌 돈신께서
서러워하지 않으시리. 지상천지 만물 중 으뜸인 사람으로 태어나
돼지신세 같은 우리 농부님네 주인님네 잘살아보려 해도 이리 뺏
기고 저리 쫓기다가 새마을이다 새마음이다 새것 참 좋아하더니
어쩌다가 그런 변을 당했단 말이냐. 말세로다 말세로다. 알다가도
모를 일이다. 허허, 참 모를 일이다. 돼지대신 이름 빌어 혼백 한번
건져주소. 넋이라도 내리시고 혼이라도 내리시어 억울하게 죽은
혼백 내력이라도 밝혀주소. 허어—
(일어선 돼지사령들과 함께 절을 하고 춤을 추며 한바퀴 돈 후 나간다.)

첫째마당

굿거리장단의 풍물이 요란하게 울려퍼지며 장타령을 불러대는 각설이를
앞세우고 채소나 틈틈이 만든 자가생산품들을 든 농부들 몇이 들어온다. 농
부들은 마당판 가에 자리를 잡고 앉는다.

각설이 (장타령을 그치고 판을 한번 휘둘러본 후) 워따메, 사람 한번 허
벌나게 모여부렀구나. 장돌뱅이 반평생에 이런 장날은 첨 본다. 요
런 데서 까딱허다가는 우리같이 풀만 처먹고 사는 놈들은 밟혀 뒈

지기 딱 좋겄구나. (관중들을 천천히 휘둘러보며) 가만있자, 근디 요 냥반들이 거 모두 나를 쳐다보고 있능 거 아녀? 멀거니 스피커 끄고 나만 쳐다보고 있는 쌍통들을 보니 필시 굿 보러 온 것이 분명하고나. 에라, 미친 양반들! 시방이 어떤 시상이라고 헐 일 없으면 집에 가서 낮잠이나 자지, 똥구린내 펄펄 나는 돼지새끼 얘기가 뭔 구경거리가 된다고. (한숨) 모도 다 땅 넓을 때 뒈져야지.

농부1 (다가와서 부채로 각설이를 탁 치며) 야, 이놈아, 허던 구걸 안 허고 아까부터 뭘 혼자 구시렁대고 있냐? (한숨) 뭐, 하긴 나도 부채장시밖에 안되지만. 자, 부채 사려, 부채. 담양산 참대로 엮은 합죽선이요, 백우선이요, 양귀비 귀쌈치는 오엽선이요. 여름에는 에어컨 뺨치는 씨원한 바람, 겨울엔 히터 못지않는 뜨끈헌 바람을 솔솔 내요. 자, 전기세도 안 들어, 석유 땔 필요도 없어. 요렇게 그르르 (부채를 펼치며) 펼쳐갖고설랑 싸게싸게 흔들어제끼면 되는 것이여. 시집 못 간 노처녀 노랑내 없애주는 꼽장선이요, 일본놈의 마빡 지른 독립군의 태극선! 미선! 팔딱선이요. 데모헐 때 최루탄 막어주는 민주부채요. 휴우, 장사 한번 더럽게 안되는구나. 아, 당최 사람들이 인플렌가 뭔가 땜시 돈을 내놔야지 말이제. 징허게 시세 없네. 하여튼 팍팍한 시상이여. (언성을 높여) 아니 고놈의 석유값이 내 똥구멍 보이냐 하면서 올라강께 비료값 껑충, 농약값 깡총, 집값, 방값, 물값, 불값, 옷값, 신값, 약값, 술값, 담배값, 연탄값, 신문값, 책값, 비누값, (말끝마다 각설이가 장단을 쳐준다.) 이발 목욕값에 하다 못해 똥값까지 껑충껑충 깡총깡총 작것들이 염병댄스를 하면서 올라가는디 아이고, 고놈의 나락값은 먼 지랄 헌다고 버둥거리고만 있능고.

농부2 (농부1에게 급히 다가가 입을 막는 시늉을 하며) 쉬잇! 자네 지금 뭔 불평불만을 허고 있는가. 그러다가 쥐도 새도 모르게 채여간 당게. 아 사람들이 요렇게 많은 데서 어쩔라고 그래, 이 사람아.

(농부1은 놀라서 입을 막고 도망가 관중 속으로 숨어버린다. 엿가위를 놀려대며) 짠시꾸 짠시꾸 짠짠시꾸시꾸. 조선놈 바지는 핫바지, 일본놈 바지는 당꼬바지, 산에 가야 범을 잡고 들에 가야 고기 잡고, 인천 앞바다에 쐬주가 넘쳐도 곱뿌 없이는 못 마셔. 엿 사시오, 엿. 엿 사랑께, 엿. 울릉도 호박엿은 쫄깃쫄깃, 창평의 찹쌀엿은 사각사각, 고소해라 깨엿, 땅콩엿, 매콤해라 생강엿, 들들 꼬인 사내끼엿, 가래천식 해소 잔기침에 특효 갱엿, 한입에 낼름 토막엿. 자, 엿 먹으랑께 엿, 엿 먹어. 엿들 먹어라.

농부3 아이고, 시끄러워. 나도 장사 좀 헙시다. 자, 떡 사려, 떡. 찰떡, 쑥떡, 콩떡, 팥떡, 수수떡에 호박떡, 인절미에 백설기, 계피떡이요. 재수생 서울대 찰싹 붙어라 찰떡, 우리 옆방 노처녀가 밤마다 사다 먹는 잠지떡도 있소. 떡이여, 떡.

농부4 아따, 나도 어디 장사 한번 해볼라만. 채소 사려. 큰애기 다리통만헌 봄무시요, 청상과부 양장 입은 봄배추요, 비닐하우스에서 막 나온 토마토요, 가지요, 오이요, 호박이요, 조선파에 양파, 상치에 쑥갓, 시금치, 당근에 우엉, 생강, 마늘, 감자에 고구마요. 없는 것 빼놓고 다 있당께. 떨이요, 떨이. 막 팔아요, 막 팔아.

(파장을 암시하듯, 그러나 잘 팔리지 않아 시들해진 농부들 기운이 빠져 주저앉거나 서성거리고 있는데, 잔뜩 거드름 피우는 상인과 함께 농협직원이 들어온다.)

농협직원 어, 장판 한번 걸찍하다. 어허, 농부님네들 요새같이 바쁜 세상에 떡도 만들고 부채도 만들고 아 참 살기 좋은 세상인가보오. 이것은 모두 우리의 믿음직스런 당국이 중단없는 전진을 계속해온 덕분이 아니겠소? 안 그렇소? (농부4에게 다가가) 그런데 장사는 잘 되오?

농부4 아 되기는 뭐가 돼!

농협직원 잘 안 팔리는 모양이구만요, 뭘 가지고 나오셨는데…… 엥이, 채소로구만. 요새 누가 채소 같은 걸 재배하나요. 뭐니뭐니 해도 채소 같은 쌈지막한 것보담은 값비싼 고기를 만드셔야제.

농부2 고기를 만들다니? 떡 맨들대끼 고기를 맨들어?

농협직원 고기를 만든다는 건 소나 닭이나 돼지를 기른다는 말이오. 고기가 부족하여 외국에서 엄청나게 사들여제끼고 안 있소?

농부1 그러니까 소나 돼지를 기르면 재미를 볼 수 있다 이 말이제.

농협직원 아먼요. 두말하면 잔소리제. 안 그래도 시방 전국적으로 돼지 증산운동이 한창이랍니다.

농부들 (일제히) 돼지 증산운동?

농협직원 (신이 난 목소리로) 한마디로 돼지 한마리만 길렀다 하면 일년 안에 이십마리로 불어난다 이겁니다. 튀밥을 튀어제끼대끼 막 불어나는 거죠.

농부2 돼지부자 돼지부자, 돼지만 길렀다 허면 부자가 된다는 거구만.

농부1 팔려야 말이제.

농부4 혹시 또 노풍이나 마늘·꼬추처럼 속아넘어가는 거 아녀?

농협직원 어허이, 그런 걱정 손톱만치도 말고 딱 믿고 접어두슈. 이거야말로 여러분을 위한 길이면서 농가 소득증대, 가계 수입증대를 위한 절호의 찬스요, 이 얼마나 각하를 위시한 여러 높은 분들이 하사하신 은혜가 아니리까. 그뿐이오? 돼지를 기르는 농가엔 정부시책에 따라 특별히 축산장려금이 나온단 말이오. 어떻소?

(농부들 술렁거린다.)

농부1 돼지부자!

농부2 축산장려금?

농부4 괜찮을까?

중간상인 저로 말할 것 같으면 여러분들이 애써 기른 돼지를 충분한 대가를 지불하고 사서 도시로 공급할 중간상인입니다. 여러분들이

절대로 일원 한장 손해를 안 보도록, 설사 제가 손해를 보는 한이
있더라도 돼지수매와 유통질서를 건전히 할 것을 엄숙히 선서하는
바입니다. (꾸벅 절을 한다.)

농부2 에이, 밑져야 본전인디 나는 길러볼랑만.

농부들 그려그려, 한번 길러보드라고.

(농부들 합의를 보고 지화자타령에 맞춰 노래를 부르며 춤을 춘다.)

돼지 돼지 돼지 기르세

우리 모두 돼지 기르세

돼지 길러 부자가 되면

그 누구도 부럽지 않네

얼씨구 절씨구 돼지야

지화자 좋구나 돼지야

너를 길러 부자 된다면

아니 기르지는 못하리라 돼지야.

둘째마당

한 농부와 흑돼지와의 경쾌한 대무를 통하여 혹은 여러 농부들의 활기찬
군무를 통하여 희망에 부푼 돼지사육의 모습을 보여준다.

당국자 (비서를 거느리고 타령장단에 거드름을 피우며 들어와서 판을 가
로질러가 돌아선다. 비서는 계속 굽신거린다.) 친애하는 농민 여러분!
바쁘신 농사일에 얼마나 수고가 많으십니까? 저는 오늘 이 자리에
오던 도중 쭉 뻗은 고속도로변의 바둑판 같은 논이나 저 푸른 초원
위의 그림 같은 개량주택들을 보고 다시 한번 새삼스럽게 확인하
게 되었습니다. 이제 우리도 잘살게 되었다고! (관중 속에서 야유 터
진다.) 으흠. (관중을 향해 눈을 한번 치켜뜨고) 어찌 그뿐이겠습니

176

까? 우리가 잘살고 있다는 또 하나의 증거는 그동안 계속 증가한 육류소비량을 보시면 잘 아실 수 있을 것입니다.

비서 그간의 통계를 보면 우리 국민은 십여년 사이에 두 배의 고기를 더 먹게 되었습니다. 두 배의 고기! 이 어찌 잘살게 된 증거라고 아니할 수 있겠습니까! (관중 속에서 "감정 좋고" "놀고 있네" 야유 나온다.)

당국자 (그래도 신이 나서) 그러한 예가 어찌 그것 하나뿐이겠습니까. 예산규모, 조세징수액, 지에누피, 에누에누피, 저축액, 수출액, 수입액, 차관도입액, 처녀수출량, 매연가스방출량, 인분수거량, 어어. (배를 내밀고 목청을 높이다가 도가 지나쳐 그만 넘어지고 만다. 비서가 수습하여 일으켜세운다.) 에헴, 그런데도 축산업분야만은 상대적으로 뒷걸음질이라 이런 말씀이올습니다. 그간에 정부가 소홀히 했느냐?

비서 아니다.

당국자 그럼 뭐냐? 무엇 때문이냐? 누구 때문이냐?

비서 (농부들과 관중들을 번갈아 손가락으로 가리키며) 느그들!

당국자 공급이 수요를 따라가지 못한다 이겁니다. 융자가 없었냐?

비서 있었다.

당국자 당국자 지원금이 없었냐?

비서 있었다.

당국자 뭐가 없었냐?

비서 뭔가 있었다.

당국자 농가의 사육 기피 내지 부진이다 이겁니다. 계통출하 보장! 가격 보장! 모든 걸 책임질 테니 무조건 (양손을 치켜들고) 증산! 증산! 즈증산! 즈즈즈응사안!

(당국자, 타령장단에 맞추어 거드름을 피우며 비서와 함께 나간다.)

농부1 난리는 난린 모양이여.

농부2 엊그제 장날 봤는가? 돼지새끼값이 쇠망치값이여.

농부4 메칠 전에 큰놈이 집에 왔는디 도시서도 고깃금이 올라 난리가 난 모양입디다.

농부5 고기 못 먹어 아귀들 들렸나?

  (이때 돈철 에미 중간상인과 함께 들어온다.)

돈철 에미(농부3) 예, 돈철이 아부지, 돼지장시 왔그만이라우.

중간상인 잘들 계셨습니까.

돈철 애비(농부1) 어허, 요새는 뭔 일이여. 날마다 뻔질나게 들어다니고.

돈철 에미 아, 이 양반이 말이요, 우리 동네 중돼지는 전부라도 다 사가겠다고 안허요.

돈철 애비 뭣이여!

농부2 동네 돼지를!

농부4 전부라도!

농부들 사간다고!

중간상인 시세는 대강 알겠지요마는 지난 장보다 근당 오십원은 더 쳐주겠소. 도시에서는 지금 값은 올라가도 고기가 동이 나고 난린 모양이요.

농부4 허, 잘됐구만. 광주 가 있는 큰놈 월사금 때문에 이참 저참 허던 참인디…… 내 딸 십원씩만 더 쳐주면 당장 넘길라만.

중간상인 (한참 있다가) 좋소! 내가 이 동네 양반들하고 그럴 사이도 아닌디. (농부2를 가리키며) 집이는 어떻게 하겠소?

농부2 그렇게만 해준다면 나도 넘길라만. 염병헌다고 여편네가 애새끼는 또 낳아가지고.

중간상인 (돈철 애비에게) 댁에서는?

돈철 애비 지난 장보다 오십원이 더 올랐다? (한참 생각다가) 나는 당장 돈 쓸 일도 없고 허니 쪼금 더 기다려볼라만.

178

중간상인 그렇게 하쇼. 그러면 조금 있다 들를 것이요. (나간다.)

돈철 애비 자네들도…… 나 참 그러니께 맨날 그놈의 농투성이 신세를 못 면허지. 이 사람들아, 선거때만 됐다 허면 오르는 것이여. 더 오른당께.

농부2 누가 모른당가. 그러나 어쩔 것이여. 지금 당장 돈이 필요헌디. 자, 일들이나 나가드라고.

농부들 그러세.

　(농부들은 나가고 고위당국자와 그의 비서가 타령장단에 거드름 피우며 들어온다.)

당국자 (이빨을 쑤시며) 어따, 잘 먹었다. 그런데 왜 그리 질겨. 황금틀니 작살나겠는데.

비서 (반대쪽에서 종종걸음으로 뛰어오며) 장―님.

당국자 네끼 이놈, 내가 봉사냐, 귀머거리냐?

비서 (울상이 되어) 장님, 또 돼집니다.

당국자 돼지다니? 죽긴 누가 죽어?

비서 어이구, 계속 딸린단 말입니다.

당국자 이놈아, 딸리기는 뭐 양기가 딸린단 말이냐? 양기엔 애저가 좋지.

비서 (돌아서서 관중들에게) 저 돼지 같은 자식은 맨날 양기 정력, 양기 정력이야.

당국자 뭐라고, 이놈!

비서 고기가 모자라 공급이 딸린단 말입니다. 모두 고기 걸신이 들렸나봅니다. 거기다가 그놈의 선거바람까지 불어오니.

당국자 그 망할 놈의 선거는 언제나 말썽이란 말이야.

비서 어떻게 할깝쇼?

당국자 공급을 더 늘리면 되지.

비서 강조 강조 더 강조 더욱 강조했습니다.

당국자 그러면 안 먹으면 될 게 아냐?

비서 (돌아서며) 당신부터.

당국자 아니, 이놈이. (한참 왔다갔다 고심하다가 제 손으로 머리를 탁
　　치며 관중들에게) 여러분! 나 절대로 뒷구멍으로 고시 붙은 것 아닙
　　니다. 현대세계는 코스모폴리탄 어쩌구저쩌구 인터내쇼날 꼬부랑
　　씨부랑 국가라는 것은 국제사회 속에서 혼자서만 외로이 존재할
　　수 없습니다. 경제도 개방체제! 무역이닷! 수입이닷! 해결책은 수
　　입으로! 국내 축산업의 국제경쟁력 강화와 농산물가격 안정, 원활
　　한 유통을 위해 수입이다! 돼지를 수입하라! 똥돼지는 너희들이나
　　먹어라! 나는 향기로운 백돼지다! 수입만이 살 길이다! 백돼지야,
　　나오너라! (두 손을 치켜들고 돼지를 끌어낸 후 쏜살같이 나가버린다.)

　　타령장단에 맞추어 수입농산물의 상징인 백돼지가 들어와 토종 흑돼지와
결전을 나타내는 대무를 한다. 몇차례의 대결 끝에 백돼지가 승리하여, 고고
나 디스코 장단에 따라 거드름을 피우며 놀다 들어간다.

셋째마당

　　전의 고위당국자역이 마당판에 들어와 한쪽에 서 있다. 여기서는 차관의
역이다.

국장 (장단에 맞추어 헐레벌떡 뛰어들어오며 법석을 떤다.) 차관님, 차관
　　님, 큰일났습니다. (서류를 건네준다.)

차관 무슨 일인데 그렇게 똥줄이 탔는고. 축산국장, 고급공무원답게
　　목에 힘을 주고 인품 좀 잡지 이 사람아.

국장 인품도 잡을 때 잡아야지 돼지가 마구 불어가지고, 홍수, 돼지
　　홍수가 났습니다.

차관 (놀라며) 뭐야? (순간 국장은 장관으로 역이 바뀌어 자세가 거만해
지고, 차관은 장관 앞의 차관이 되어 법석을 떨며) 장관님, 장관님, 난
리났습니다, 난리. (서류를 건네준다.)

장관 (서류를 가로채듯이 받아들며) 이 사람이 쯧쯧, 남의 시선도 생각
해야지. 그 무슨 상놈들이나 하는 못된 행동인가. (관중들을 가리키
며) 국민들이 우릴 보고 뭐라고 하겠나. 저런 소갈머리없는 놈들에
게 정치를 맡겼으니 세상이 요 모양 요 꼴이라고 할 것 아닌가.

차관 아이고, 그거야 저희들하고 무슨 상관이 있답니까? 우리야 다
달이 봉급 나오겠다, 수당 나오겠다, 밤마다 와이로 들어오겠다,
건마다 커미션 받아먹겠다, 또, 또, 하여튼 세상이 뒤바뀌지 않는
한 쉬지 않고 들어올 것인디. 아이고, 그건 그렇고 이거 돼지가 말
씀입니다.

장관 돼지라니? (깜짝 놀라며) 혹시 수입돼지 들여오다 뒷구멍으로
몰래 받은 와이로 탄로난 것 아녀?

차관 쉬, 누가 듣겠습니다. 말 좀 작게 하십시오. 아닙니다. 그것 우
리 둘밖에 아무도 모르는데 어떻게. 그게 아니라 홍수가 났답니다.

장관 (능청을 떨며 하늘을 쳐다본다.) 아니, 언제 비가 왔지? 뉴스 못
들었는데.

차관 (답답하다는 듯 가슴을 치며) 그 홍수가 아니라 돼지홍수랍니다.
아, 이 멍청하고 무식한 농민들이 돼지를 기르랬더니, 너도나도 달
라붙는 통에 너무 많이 새끼를 낳아 자그마치 일년 동안에 이백만
마리가 증가해버렸습니다. 거기다가 수입을 너무 많이 하여 돼지
고기 삼천톤이 지금 창고에서 썩고 있습니다. 어이구, 이걸 어떡합
니까?

장관 (처음에는 놀라는 듯하다가 무관심해진다.) 아하, 알겠어, 알아. 그
까짓 게 무슨 큰 일이라고 그래. 역시 자네는 차관밖에 못해먹을
인물이야. 그런 일에 나같이 눈 한번 깜짝하지 않아야 장관감이지,

알겠어? 에, 또, 돼지가 늘어난 건, 음, 운명이야. 내버려둬. 그리고 수입 돼지고기는 빨리 창고문을 열어서 방출하라구, 그럼 됐지? 에헴. (거들먹거리며 나간다.)

차관　어이구, 이제 나도 모르겠다. (뒤따라서 나간다.)

돼지 사육하는 모습. 돈철 애비와 돈철 에미가 자진굿거리장단에 맞추어 판을 가로질러 왔다갔다하면서 부지런히 사료를 나른다. 관중이 모두 돼지가 된다. 판 가장자리에 앉아 있는 관중에게 사료를 먹이는 동작 계속된다.

돈철 애비　(먹이를 주다 허리를 펴며 관중을 둘러보고) 어허, 우리 돼지들 참 많이도 불어부렀구나. (관중들을 가리키며 돈철 에미에게) 저봐. 저 눈깔이 말똥말똥한 돼지년놈들. 어허, 저것이 다 돈이 아니겄어. (한 남자관객을 가리키며) 저기 저놈은 밤마다 장가 보내달라고 설쳐쌌던디. 히히, 지가 가봤자 도살장일 테제.

돈철 에미　(한 여자관객을 가리키며) 아이고, 저기 저것은 시집 못 가서 노처녀가 돼부렀네. 호호호……

돈철 애비　그리고 본께 우리가 너무 오래 길렀구만.

돈철 에미　아니, 그런디 저번에 왔던 돼아지장시는 요시는 왜 통 얼굴을 안 보이께라우?

돈철 애비　지난번에 와서 몽땅 사가더니만 폭삭 망해버린 거 아녀?

돈철 에미　모르지라우. 나중에 또 몽땅 사가지고 수지볼라고 그런지도. (일을 모두 마친 듯 옷을 털며 돌아서다가) 아니, 저기 오는 사람, 돼아지장시 아니요? 맞지라우? (중간상인 들어선다.)

돈철 애비　워따메, 참말로 오랜만이요. 허허, 우리 돼지들 좀 보쇼. 통통허고 털빛은 번지르르. 아이고, 내가 요것들 키우느라고 애 좀 썼제. (중간상인은 그저 무덤덤한 표정)

돈철 에미　아유, 그 비싼 사료값 대느라고 사둔네 팔촌집까지 가서 빚을 내왔다우.

돈철 애비　오늘은 우선 (관중을 반으로 가르는 시늉을 하며) 저기서 여기까지 딱 쪼개서 이쪽은 넘겨버릴까 허는디…… 근당 한 천이백 원쯤 안되겠소? (상인, 거만하게 고개를 살살 내젓는다.)

돈철 애비　아니, 왜 그러요?

중간상인　돼지금이 떨어지고 있어. 몰랐제?

돈철 애비　(돈철 에미와 동시에) 뭐라고라우?

중간상인　돼지금이 지금 막 미끄럼을 타고 있당께 그러네. 잘 쳐서 근당 천원 주지.

돈철 애비　뭐? 뭐 천원?

중간상인　그것도 빨리 파는 게 좋을 것이여.

돈철 애비　아니, 이 양반이 지금 제정신이여. 그것이 뭔 말장난이여. 돼지똥이나 치우고 산께로 사람같이 안 보이는 거요.

중간상인　아아, (손을 내저으며) 싫으면 관두쇼. 나도 아순 소리 하기 싫구만. 지금 (관중을 가리키며) 천지가 돼지여. 안 그러요. 까딱하면 사람수보다 돼지수가 더 많아질 판이여.

돈철 애비　아이고, (한숨을 쉬며) 좋소. 그러문 천백원만 주쇼.

중간상인　안돼, 이제는 구백원 위로는 줄 수가 없어.

돈철 애비　뭐여? 방금 천원이라고 해놓고.

중간상인　시간이 지났어. 조금만 지나면 또 내려갈 거여.

돈철 애비　아니, 이런 순 날강도 같은 놈. 백주에 사람을 가지고 놀아, 이놈아, 안 팔아! 꺼져, 이놈아.

중간상인　좋아. 이담에 두고 보지. 내일만 되면 애걸복걸 매달리게 될걸.

돈철 애비　나가! 당장 나가, 이놈아! 돼지장사가 너뿐인 줄 아냐, 이놈아. (돈철 에미는 돈철 애비를 말린다.)

중간상인　하하하…… 우리 중간상인들은 자기 담당구역 밖은 침범

을 못하게 되어 있어. 우리가 조직이 얼마나 강한 줄 모르지? 모를
거야. 하하하. (중간상인 나간 후 농부들 힘이 빠져 차례로 들어온다.)

농부2 아이고, 가까스로 팔았구만. 이것이 뭔 일이여.

농부5 얼마에?

농부2 근당 구백원. 겨우 본전 뺐어.

농부4 오메, 나는 손해만 봐부렀네.

농부2 얼마에 팔았는디?

농부4 팔백원.

농부2 아이고, 다행이다.

농부5 아이구, 나는 더 못 받아부렀네.

농부4 얼만디? 칠백원?

농부5 아니, 육백원이시.

농부들 풀이 죽어 있는데 다급한 북소리와 함께 중간상인 뛰어든다. 가격
폭락을 선고하듯이 주위를 돌면서, 손을 올렸다 내리치며 "오백원" "사백원"
"이백원" "백원" 하고 소리를 친다. 폭락할 때마다 허물어지는 농부들. 마지
막 "백원"의 선고가 내려지자 모두 주저앉아 넋을 잃는다.

넷째마당

잽이의 비탄가. 농부들 넋을 잃고 주저앉아 있다. 허공을 쳐다보고 있는
사람. 담배만 빨고 있는 사람. 돈철 애비 먼곳을 응시하고 있다.

농부5 잊어불더라고, 어쩔 것이여.

농부4 약허고 힘없는 게 우리 아니여. 어디 이런 경우가 한두 번이
었간디.

농부2 그렇께 어째 처음부터 시덥잖더라고. 내가 뭐라던가. 자고로

요놈의 시상이란 것이 우리같이 땅만 파먹고 사는 놈들은 피만 빨리게 되어 있당께.

농부5 아이고, 나도 진작에 이놈의 바닥을 딱 뜰 것인디. 어디 대처에 나가서 빌어먹고 사는 한이 있더라도 그랬어야 옳았어. 아, 그랬으면 요런 개피는 안 봤을 것 아닌가.

농부4 돈철이네는 한마리도 못 팔았제?

돈철 에미 예, 사료값이 어찌 비싼지 돼아지밥을 안 줘부렀드니만, 아니 에미가 즈그 새끼를 잡아먹어부렀드란 말이요. 그래서 잘됐다 허고 그냥 내비둬부렀지라우.

농부2 허허, 참 내. 아, 엊그제 장날은 장터에 갔드만 돼지새끼 한마리에 오백원씩 허데, 오백원. 그래서 하도 싸다 싶어선 한마리 사서 버스에 올라탔는디 차장년이 운임을 천원 주라고 그래, 천원. 그래서 하도 더러워서 그놈의 돼지를 뻐스 밖으로 내던져버렸구만.

농부5 아이고, 그것뿐인 줄 아는가. 충청도 어디서는 사료값을 못 대겠응께 돼지새끼를 강물에다 쏵 내몰아부렀다네.

농부4 (관중을 보며) 저 돼지들 좀 봐. 아까까지는 밥 달라고 꽥꽥거리드만 지쳤는지 뒈졌는지 인제 조용허구만.

(이때 돈철 애비 갑자기 벌떡 일어선다.)

농부2 이 사람아, 왜 그려? (돈철 애비 무너지듯 주저앉는다.) 사료값만 적게 들어도 어떻게 버텨보겠는디. 이건 뭐 배보다 배꼽이 커부르니. 그렇다고 들판에다 내몰아뿌리자니 그나마 논농사 밭농사다 망치겠고. 차라리 공으로 줄 팅게 누가 다 가져부렀으면.

농부4 그나저나 우리집 새끼들은 끼니 때마다 돼지고기를 멕였더니 인제는 비위가 상하는지 밥상만 받으면 구역질이구만.

돈철 애비 (벌떡 일어나 결심을 한 듯 단호하게) 갑시다! 모두들 갑시다!

농부들 아니, 가긴 어딜 가?

돈철 애비 이러고만 있을 수도 없제. 이러다간 까딱허면 돼지들이 사람을 잡아먹게 생겼어. 무슨 수를 써야제.

농부4 그건 그려. 그치만 뭘 어떻게 헌다는 거여?

돈철 애비 가서 따집시다. 없는 힘이라도 모아서 따져야제라우. (농부들 엉거주춤 망설인다.)

농부2 잊어뿌러. 일찌감치 잊은 게 상책이여. 우리가 뭔 힘이 있당가?

돈철 애비 기왕지사 피봤는디 즈그들이 어쩔 것이여. 아, 어서 가장께. 노상 당허고만 사는 것도 한도가 있고, 아, 지렁이도 밟으면 꿈틀허는 법이여. 자식들 생각도 해야제.

농부2 (일어나서) 맞어. 가서 뭔 대책을 세워주라고 해야제. 빚은 어찌 갚고 앞으로 어떻게 살 것이여? 어서 일어들 나랑께. 어서 가드라고.

농부4 옳은 말이여. 처음부터 속였던 것이여. 가만둘 수 없제.

농부2 옳은 말이여. 동네사람들 다 불러서 함께 가드라고. 자! 가드라고.

　　농부들 모두 일어나 진용을 짜고 판을 한번 돈 후 몰려나간다. 이때 한쪽에서는 '돼지사태 비상대책위원회'라고 플래카드가 내걸리고 당국의 구수회의가 한창이다. 회의가 끝나고 사박자 행진곡에 맞추어 일렬종대로 판을 가로질러 다닌다. 플래카드를 앞세우고 몸에도 휘장을 둘렀다. 중앙에 도열하자 위원장이 열 앞으로 나온다.

위원장 그러니까 각도 축산과장들은 농민들의 불평불만을 더욱 부채질하고 있는 원인을 색출하여 무조건 대책을 수립하라.

부위원장 각도엔 부지사를, 군에는 부군수를 위원장으로 하는 양돈대책위원회를 설치 운영할 것.

위원장 거국적인 돼지고기 소비촉진운동을 적극 전개하라.

부위원장 암퇘지는 인정사정 볼 것 없이 무조건 죽여 없앨 것.

위원장 이상 목표달성을 위해 총력을 경주하라.

위원들 총력! (일제히 복창하며 거수경례를 하고 나서 사박자장단에 맞추어 판의 사방으로 나아간다. 장단에 맞추어 한쪽 방향을 향해 돈다.)

위원1 일!

위원들 (복창) 일!

위원1 자가 돼지도살을 장려한다!

　(위원들 장단에 맞추어 다른 한쪽 방향을 향한다. 이하 계속 반복된다.)

위원2 일! 정육업자에게는 비계를 빼서 팔게 한다!

위원3 일! 열 마리 이상 사육농가에 대해서는 사료를 안 준다!

위원4 일! 국군장병 위문품으로 돼지고기 보내기운동을 적극 추진한다.

위원1 일! 하루 한번씩 전 매스컴을 동원하여 돼지고기 요리강습회를 개최한다!

위원2 일! 공무원들은 하루 한근씩 돼지고기를 먹어치울 것!

위원3 대규모 통조림공장을 외국차관을 도입 연내 건설한다!

위원4 연말연시 돼지고기 선물보내기운동을 적극 장려한다!

위원1 각 가정에서는 자녀들에게 사탕 대신 꿀꿀이밥, 꿀꿀이깡, 꿀꿀이껌, 꿀꿀이스낵, 꿀꿀이젖을 먹이도록 장려한다.

위원2 모든 암퇘지들은 자기 생일 정오를 기해 일제히 (손으로 목을 내리치며) 자살할 것!

위원장 돼지포고령 제1호!

위원들 돼지포고령 제1호!

위원장 당국의 사전허가 없이 (위원들 복창) 불법교미중에 있는 돼지는 (복창) 적발 즉시 사형에 처한다. (복창) 무찌르자 수퇘지. (양손을 치켜들며 복창) 때려잡자 암퇘지. (같은 동작, 복창) 이룩하자 돼지

사업. (같은 동작, 복창)

(이때 농부들, 관중 속에서 뛰어나온다.)

돈철 애비 엉터리다!

농부5 근본대책을 수립하라!

농부2 돼지피해를 보상하라!

(뛰어들어온 농부들에 의해 대책위원회의 삼엄한 사각진은 순식간에 허물어진다. 대책위원들 갑작스런 상황에 허둥댄다.)

위원장 이게 무슨 소리야? 전쟁이 터졌나?

부위원장 난리가 났습니다. 농민들이 떼거리로 몰려옵니다. 폭동입니다.

위원장 철없는 것들, 예가 어디라고 겁도 없이. 몰아내!

위원들 기계적인 동작으로 진압을 시도한다. 그러나 농부들의 위세는 흐트러짐이 없다. 북소리에 맞추어 대책위원회를 포위한 후 동심원을 형성하여 돌며 압축해 들어간다. 중앙에 가까워지며 위원들은 농부들의 다리틈 사이로 하나둘씩 기어나와 도망간다. 위원들 판 밖으로 사라진 후 농부들의 승리의 군무. 그러나 일단 패퇴한 당국자들은 대오를 정비하여 다시 들어온다. 호루라기 소리가 울리며 일렬종대로 거침없이 판을 가로질러 다닌다. 농부들 쓰러진다. 계속 질러 다니며 짓밟는다. 남정네들은 모두 끌려가고 돈철 에미 등 아낙들만 쓰러진 채 남는다.

돈철 에미 (오열을 터뜨리며) 아이고, 돈철이 아부지, 아이고 아이고, 돼지 길러서 잘살아보자고 허더니만 어떻게 살란 말이요. 아이고 아이고.

뒤풀이

돈철 에미 계속 흐느끼고 다른 아낙들은 탈진하여 쓰러져 있다.

잽이 (선소리, 처음에는 아주 느리게) 돈철 에미, 우지 마소.

놀이패들·관중들 (낮게, 아주 느리게) 쾌지나칭칭나네.

잽이 (선소리) 울어봤자 소용없네.

   (이하 계속 쾌지나칭칭나네의 후렴이 선소리와 같은 빠르기로 들어간다.)

      피눈물이 강물 되고

      애간장이 다 녹아도

      우리 신세 농부 신세

      돼지값이 똥값 되어

      사료값도 안 나오네

      쾌지나칭칭나네

      (점점 빨라지며)

      우리가 언제 돼지를 믿었나

      일어서세 일어들 서세

      (아낙들 서서히 일어선다.)

      힘들 내어 살아보세

      (서로 손을 잡고 서서히 돌며)

      돌아오네 돌아오네

      돈철 애비 돌아오네

      (끌려간 사람들 들어온다.)

      어서 오소 내 형제여

      한평생을 같이 사세

      쾌지나칭칭나네

      고구마도 속았고요

      노풍 심어 손해보고

못 믿겠네 못 믿겠네
더이상은 못 믿겠네
이 마당에 우리 일은
누구에게 맡기겠냐
농민 살 길 한 길이다
단결하여 싸워보세
쾌지나칭칭나네
감언이설 늘어놓고
이제 와서 발뺌허니
축산당국 도적놈들
돼지장사 도적놈아
쾌지나칭칭나네
힘들 내세 힘들 내세
불끈불끈 힘들 내세
쾌지나칭칭나네
여러분들 잘들 봤소
우리 함께 놀아보세
잘도 논다 잘도 논다
껑충껑충 잘도 논다.

〔공동창작(황석영 지도); 전라도 마당굿 대본집, 들불 1989〕

호랑이놀이

나오는 사람들 팥죽할멈 깽쇠 포수 호랑이 망품 분귀 전귀 금귀 금순여사
막벗순 판돌이 종돌이 칼돌이 박돌이

첫째마당

첫째거리

모든 등장인물들 자기 배역의 성격에 맞는 동작과 춤으로 이루어진 길놀이에 이어 호랑이 큰탈 쓰고 꼬리 달고 그의 졸개 귀신들과 (오방진장단에 맞춰 관객을 대상으로) 한바탕의 위협적인 춤을 추다가 호랑이 마당 중앙에서 장단을 멈추게 한다.

호랑이 어어허, 먹을 것이 참 많이도 모였구나. 애들아, 하도 많아서 어느 걸 먼저 먹어야 할지 짐의 마음이 심히 불안하구나. (관객들을 지적하며) 암컷으로 할까, 수컷으로 할까, 늙은 걸로 할까, 젊은 걸로 할까, 살찐 걸로 할까, 마른 걸로 할까.

분귀 폐하, 제 말씀만 들으시면 저것들의 심장부터 골을 아주 천천히, 맛있게 드실 수가 있을 텐데 뭘 그리 서두르십니까?

금귀 그렇죠. 천천히, 꿩 먹고 알 먹고 나라 먹고 심장 먹고 하늘 땅 바다까지 입만 쫙 벌리면 술술 들어오게 되어 있죠.

호랑이 글쎄, 그래두 첫입으로 식욕을 돋구기 위해 뭐랄까…… 오우, 그렇지. 디저트가 아니라 앞저트용으로 한입 날름 아사삭, 바사삭.

전귀 폐하, 체통을 지키십시오. 폐하께서 명을 내리시기만 하면 저런 것들은 무더기로 쓸어다 바칠 수가 있습니다. (흥분하여 관객 한 사람을 잡고 마당으로 끌어들이려 한다.)

금귀 야, 다 된 밥에 재 뿌릴려고 그래.

분귀 무식해서 참…… 펜은 칼보다 강하다. 즉 이렇게 (패션쇼의 워킹 동작) 또는 이렇게 (기타 치고 머리 흔드는 동작) 또는 이렇게 (디스코 동작) 점진적으로 아껴 먹어야 맛있지.

금귀 마음에 드는 표현이군.

금귀·분귀 함께 점진적으로!

전귀 (분귀를 향하여) 원자, 수소, 중성자, 무엇이든 단 한방에 끝낼 수가 있다 이거야. 폐하! 우리는 한다면 하는 놈입니다.

호랑이 좋아 좋아. 귀관의 충정을 잘 알지만 단 한방으로 너무 새까 맣게 타버린 것은 식성에 안 맞아. (오방진 두어 장단에 관객들에게 자기과시)

배역들 야아, 종이 호랑이다. 양키 호랑이 물러가라.

호랑이 (화를 내며) 허어, 이것들이 내가 얼마나.

전귀 무섭고 끔찍하며.

금귀 위대하고 부유하며.

분귀 풍요하고 찬란하다는 것을.

호랑이 (고개를 끄덕끄덕) 모르는 모양이군. 이봐, 분귀, 이것들을 어 떻게 길들일 수 없나?

분귀 모든 교육을 통하여 하고 있사옵니다.

호랑이 예를 들면?

분귀 코커국은 세계에서 가장 크고 위대한 나라…… 중의…… 하나 이다라고 교과서에 표기해두었습니다.

전귀 일찍이 우리의 깃발이 오대양 육대주의 어느 곳에 가서 꽂히든 그것은 언제나 승리를 의미했도다.

금귀 우리의 돈은 세계의 문화 그 자체이고 우리 돈의 힘은 네 것은 내 것, 내 것도 내 것이라는 철저한 경제적 질서 내지는 신용을 토 대로 하고 있다.

분귀 우리는 지상의 곳곳에서 코커식 주거환경, 코커식 인사법, 코 커식 노래, 코커식 사교, 코커식 춤, 코커식 연애, 코커식 실연, 코 커식, 코커식, 코커식.

호랑이　알았어. 그만 해둬. 코커식, 코커식 하니까 커피포트 끓는 소리 같군 그래.

호랑이·전귀　하여튼.

호랑이　(전귀에게) 뭔가?

전귀　아, 아닙니다, 폐하. 옛날에는 펜보다 대포가 먼저였습니다. 쏘고 나서 싸인입니다.

분귀　으흥, 중요한 점을 잊고 있군 그래. 그전에 태초에 말, 말이 있었다는 유명한 말을 모르는가. 태초에 코커국의 포교사가 왔지.

금귀　먼저 물건을 실은 배가 왔지.

분귀　포교사가!

전귀　대포가!

금귀　상선이!

호랑이　시끄럿! (세 귀신 싸우던 동작을 멈추고 자기 위치로 간다.) 나 코커국 정부 그 자체인 이타거 폐하는 맛있고 사랑스런 만만국 먹이를 앞에 두고 잠깐의 정견을 발표하겠다.

분귀　폐하, 정견이 아니라 식견올시다.

호랑이　그렇지, 코커국에서는 정견이고, 여기선 식견이다. 바로 잡겠다. 잠깐의 식견을 발표하겠다. (사이 두고) 에, 오늘날, 여기에 있는 이타거는 어떻게 생겼나. 회고해보건대, 회고해보건대, 회고해보건대, (한참을 고민하다 재빠르게) 손님이 주인을 내쫓는 게 뭐게?

금귀　열쇠와 쇠통!

호랑이　맞았다. 바로 그게 이타거의 내력이다. 각자 자기 소개를 해도 좋다. (전귀를 가리키며) 귀관!

전귀　넷! 나 전귀는 펜과 칼이라고 할 때 칼, 위대한 칼, 그 자체임.

분귀　그럼 난 펜이지 뭘.

호랑이　분귀! 귀관의 창의력과 영감은 어디로 갔지?

분귀 으흥, 나는 냄새 그 자체. 금강산도 식후경. 먹고 난 후의 그 무엇이다. 나는 냄새이즘과 오물적 본질 속에 우주적 질서 내지는 세계이즘을 표방하며 겉으로는 형제적임을 강조함.

금귀 난 쇠푼이야. 돈으로 안되는 거 봤어? 봤어? 돈이면 무엇이든지 할 수 있지. 사랑도, 꿈도, 쾌락도, 슬픔도……

호랑이 아, 그만들 하고 그대들의 과업은 어떻게 된 거야?

전귀 넷! 나 전귀는 만만국의 국력을 먹음으로써 이타거의 위대한 후손, 칼돌이를 낳고……

분귀 난 이타거님의 총애와 코커식 야술을 섭렵하고 총망라! 디스코 명예박사, 함박스틱 박사들인 박돌이를 낳고 나의 귀여운 아들 스스로 스자에 타락할 타 즉 스스로 타락한 자라는 뜻의 스타! 판돌이를 낳고 만만국 먹이들의 골과 심장을 은근슬쩍 어영구영적 말씀으로 조져대는 종돌이를 낳고……

호랑이 및 졸개 낳고, 낳고, 낳고, 우리 세상 만들어보자.

(오방진장단에 기세등등하여 춤을 추다 장단이 갑자기 삼채로 바뀌면 팥죽할멈, 깽쇠, 포수 등장하고, 호랑이와 그의 졸개들 놀라 마당판 한쪽으로 피한다.)

팥죽할멈 (사투리로) 엠병하고 자빠졌네. 느이들이 아무리 재간을 떨고 지랄혀도 이 전라도 허고도 개땅쇠 토백이 팥죽할멈한테는 못해볼 거다. 그 석자 코를 썩은 무우 자르듯 (동작) 설날 흰떡 자르듯 뎅컹 잘라버릴 거여. 코 빼고 눈알딱지 빼면 남는 게 뭣이었냐? (관객들에게) 여러분, 안 그려요? 저것이 담배 먹던 우리네 호랑이한티는 한끼니 밥도 안되는 이타거란 잡종이오. 아니, 저 성님뻘 되는 호랑이도 나한티 팥죽 한그릇 얻어묵고 나자빠져 설설 기었는디라우. 뭐 폐하? 먹긴 누구 맘대로 앞저트, 뒤저트 가려가며 처먹어. 어이, 뭣허는 거여?

깽쇠 (흥얼거리며) 에, 얼럴럴러 예미럴 껏! 기는 놈 위에 나는 놈 있다는 격으로 그 팥죽할멈이사 우리 토백이 백성이고 잉, 나는 뭐 할 줄 아는 게 있어야제. 그저 맨날 뚜드리고 춤추고 신명을 내서 잡된 것을 쓸어버리는 게 장끼여. 내가 예전에 백두산 호랑이를 혼낼 적에 이 깽쇠 한바탕 두들겨서 혼을 냈지. (꽹과리를 신나게 한판 치고 저절로 흥이 나서) 요렇게 두들겨패니까 호랑이놈이 얼이 빠져 덩실덩실 몇날 몇밤을 춤추다가 그만 지쳐 떨어졌지. 이타거란 놈이 제아무리 용맹 있고 대적할 상대가 없다 하나 나한테 걸리면 혼쭐날 거여.

포수 (사투리) 암말들 말고 잉, 내게 맡기더라고. 내가 백리 밖에서 간장종지를 박살내는 백발백중의 맹포수여. 우리 팥죽할멈은 뼈가 없어노니께 호랑이가 꿀꺽 삼키면 미끈당하고, 호랑이 뼈땍이 속에 들어가 간을 떼먹지. 그리고 우리 깽쇠는 호랑이의 정신을 스리슬쩍 잡다가 저 꽹매기 속에 넣고 갈기갈기 찢어대니 미쳐서 죽어부러. 그라면 내 재간은 뭐냐? 아가리 벌리든 똥구멍을 들이대든 (총 쏘는 동작) 한방이면 맞창이 나는 거여. 하물며 저따위 잡종 이 타거쯤이야. 옛날 하던 식으로 이마에 칼로 열십자를 긋고 뒤에서 꼬리 잡고 한방 꽝 하고 소리만 내도 고기는 쏙 빠져나가고 가죽은 내가 짊어져다가 마누라하구 엄동설한에 덮고 자지.

팥죽할멈 대판 싸움이 아니고 선만 보이는 거니까 걱정 말고 뒷심이나 대주어. 여러분, 우리를 먹이로배기 생각 안하는 저 천하 도적놈 이타건가 타이건가를 때려잡어야 안되겠소. 근다고 어찌 늙은 것 혼자 해야 쓰겠소? (관객들을 가리키며) 저기 키 크고 코 큰 양반, 여기 깡깡하고 힘세어 보이는 젊은이, 저기 아저씨, 여기 아가씨, 이 팥죽이 앞장슬 텐께 여러분도 힘있게 박수도 요렇게 (삼채장단에 맞춰) 탕탕 치고 소리도 으쌰으쌰 해주고 글면 늙은 것이 없는 힘이라도 써볼란께 우리 함께 해봅시다! (삼채장단과 박수소리에 맞추어 팥죽할멈, 깽쇠, 포수 밀고 들어가는 동작 및 춤)

호랑이 (겁에 질려) 애, 애들아, 날 잡아먹는 바우, 죽우, 박, 오색사
자, 자백, 표견, 황요보다도 더 무서운 팥죽할멈, 깽쇠, 포수가 온
다더라.

전귀 (겁에 질려) 저는 그…… 포수란 놈이 딱 질색입니다. 단추를
눌러서 큰 걸루 한방에 끝내주려면 포수란 놈이 나타나서 단추를
쏘아버리거든요.

분귀 아이구, 나는 저 깽쇠소리만 나도 삭신이 떨리고 골이 지끈지
끈 아프고 정신을 차릴 수가 없어요. 우아하고 고상한 우리하고는
종류가 틀리니 상대할 도리가 있어야지요.

금귀 말두 말아. 나도 저 팥죽할멈만 보면 옛날에 부뚜막에서 불에
데고 털 끄을리고 홍두깨로 두들겨맞던 생각이 나서, 있는 것 다
내주고 가구 싶네.

호랑이 (간신히 정신차려) 제군들, 우리도 놀이판에 들어와 체면이 있
다. 저것들은 (관객들 향해) 우리가 먼저 찍었던 아침거리였다. 먹느
냐 굶느냐 하는 이 중차대한 판국에 그냥 맨손으로 물러갈 수 없다.
(호랑이와 졸개들 운동경기 때 하는 식으로 수군거리고 박수를 친다.)

호랑이·졸개들 코커! 코커! 코커! 야!

(접전이 시작된다. 호랑이 일당 V자 대열로 서서 팥죽, 깽쇠, 포수를 물리
치나 팥죽, 비장한 살풀이로 다시 힘 모아 호랑이 진영을 뚫고 팥죽, 깽쇠,
포수, 활발한 춤. 접전에서 패한 호랑이와 졸개들은 마당판 가의 관객석으로
숨는다.)

팥죽할멈 아이고, 숨차. 나도 이제는 늙었어. 참말로 인자는 저놈의
개호랑이를 못 몰아내면 다 죽게 생겼소. 저놈이 죽든지 우리가 다
한구뎅이에서 잡아먹히든지 해야 판이 끝나게 생겼는디. 우리 모
두 저놈의 코 큰 호랑이를 몰아내야 안되겠소? 그래요, 안 그래요?
(관객 호응 유도) 그러면 예부터 수절과부 겁탈하고 동네 어른, 아이
한테 행패부리고 살인허고 방화헌 놈을 인류와 천륜에 따라 없애

는 방도가 있는디 그것이 바로 멍석말이라는 거요. 나이 많이 먹은 것이 앞장슬 텡께 인자는 박수나 소리로는 안되고 요렇게 노래도 (선창) 하고 몸도 쓰고 해야겄소. 어쩔 것이여? 할 것이여, 안할 것이여? (관객에게 적극적 호응을 유도하는 대사 필요)

(멍석말이, 굿거리) 몰자 몰자 멍석을 몰자 살판인지 죽을판인지
　　몰자 몰자 멍석을 몰자 단군님도 도와주고
　　녹두장군도 보살피소
　　몰자 몰자 멍석을 몰자 우리 모두 힘을 합하여
　　몰자 몰자 멍석을 몰자 모두 모두 살아보세
　　몰자 몰자 멍석을 몰자. (가사를 적절히 유용)
(삼채) 몰아내세 몰아내세 (후렴) 파란 눈 호랑이 몰아내세 (후렴)
　　너도 살고 나도 살고 (후렴) 우리 모두 살 길 찾아 (후렴)
　　우리 모두 살 길 찾아 (후렴) 죽창 들고 꽹매기 들고 (후렴)
　　장고 치고 낫가리 들고 (후렴) 우리 힘으로 몰아내세. (후렴)
(멍석말이를 풀면서 삼채장단과 함께 퇴장한다.)

둘째거리

(관객석으로부터 전귀가 조심스럽게 살피고 들어온다.)

호랑이　마당이 텅 비었나 살펴봐라.

전귀　(사방을 정찰하듯 살피고 나서 경례) 폐하, 이 마당은 코커국의 영토로서 점령이 끝났습니다. 상륙하시지요.

호랑이　지키는 놈이나 노리는 놈이 없나 샅샅이 살피라니까!

전귀　우리 제국 군대가 마당을 깔끔하게 초토화시켰습니다.

호랑이　(그제야 안심하고 거드름을 피우며 등장한다. 전귀에게 주눅든 목소리로) 여기 이렇게 많이 모인 것들은 대체 뭔가?

금귀　제 고객들입니다.

분귀 제 팬들입니다. (손에 입맞추어 보내는 동작과 교태를 부린다.)

전귀 시끄럽소. 폐하, 신경쓰지 말고 마음 내키는 대로 골라서 천천히 드셔도 됩니다. 점령지역의 것들이니 노예나 마찬가지입니다.

호랑이 아까 징그럽게 궁둥이를 흔들던 할망구는 어디 갔는고?

금귀 아, 그것은 팥죽할멈이란 괴물인데 돈으로 매수해보겠습니다.

호랑이 쇠를 귀청이 떨어지게 두드리던 놈은 어디 갔는고?

분귀 깽쇠라는 놈이죠. 폐하, 염려 마십시요. 제놈의 깽쇠소리가 아무리 만만국 바보들의 귀에 익었다 하나 내 유창한 노래와 음악이면 저절로 물러갑니다.

호랑이 음, 그러면 그 화승총을 겨누고 날뛰던 녀석은?

전귀 포수란 놈 말입니까? 길을 들여서 내 졸개로 만들든지 정 안되면 감옥에 처넣겠습니다.

호랑이 (웃음) 이를테면 이 마당은 완전히 우리 판이란 말이지?

분귀 완전히 개판이…… 아니고, 호랑이판이지요 뭘.

호랑이 좋다. 그럼 인제 슬슬 날도 저물고 시장기도 드는데 뭐 맛있는 음식 없을까?

전귀 머리털은 갈색, 빨강, 노랑으로 물들이고 (대사에 맞춰 마임을 하면서) 웨이브 돌리고 비비배배배 꼬아서 늘어뜨리고, 얼굴에는 계란, 오이, 로얄젤리, 우유, 벌꿀, 레몬 등으로 마사지하고, 눈썹은 쪽집게로 톡톡 뽑아 가늘게 그리고, 눈꺼풀하고도 속에는 설설이 같은 속눈썹 꽂아넣고, 눈두덩이에 아이섀도우, 요염하게 붉은 기 도는 것으로, 신비하게 푸른 기 도는 것으로, 성숙하게 갈색으로 칠해주고, 쌍까풀 테이프 손톱같이 오려붙이고, 코에 파라핀 주사 넣어 오똑 높이고, 입술에는 핑크, 레드, 은빛, 금빛, 초콜릿색으로 루주 칠하고, 이빨은 뽑아서 상아를 다시 박아 볼에는 애교 있게 보조개 바늘로 꼭 찔러 만들고 (속옷 입는 시늉으로 차례차례로 나열, 스트립쇼의 흉내. 브래지어, 팬티, 스타킹 등 속옷에 대해 언급하며 패션

모델이나 미스코리아 선발대회 흉내) 금상첨화라, 거기에다 계집애들 배움터라는 곳에서 요리학 조리학 요리조리학 이렇게 갖가지 것을 배워 골도 속속들이 들어차고, 한손에는 오징어튀김, 한손에는 보오그지 표지, 밖에 보이게 들고 요롷게 걸어다니는 여대생이란 메뉴가 있사옵니다.

(호랑이 그동안 하품하고 기지개도 켠다. 금귀, 분귀도 못마땅한 동작)

호랑이 뭘 그따위 별맛도 없는 것을 가지고 하루밤낮을 떠들어대는가? 원래가 식도락이란 원색적인 것이 자극적이고 맛을 돋우며 영양가도 풍부한 거야. 그토록 양념과 장식이 많이 있으니 본맛은 벌써 버렸겠다. 이를테면 나는 케이크를 먹고 싶은 게 아니라 생회를 먹고 싶다 그거야.

금귀 폐하, 맛있는 음식이 있는데 바로 재벌이라고 합니다. 그놈은 해삼, 지렁이, 해파리, 회충 따위와 같이 입과 밑구멍이 온통 몸으로 되어 있는데 땅이나 산, 건물, 쇠, 금, 석유, 동물성, 식물성, 광물성 가리지 않고 잡아먹으니 대단한 잡식성이지요. 폐하께서 말씀하셨듯이 음식은 가리지 않고 먹어야 건강하다 했거늘, 그렇게 건강한 식생활을 하는 장본인을 낼름 집어먹는 것이 가장 몸에 좋다고 보겠습니다. 게다가 이놈은 부귀영화를 수백년 누려보려고 인삼, 녹용, 독사, 구렁이, 우황, 웅담에다 해구신까지 먹어 조져대니 영약 중의 영약이 되겠습니다.

호랑이 (역시 못마땅한 동작) 에이, 그런 놈은 탐욕이 많고 먹은 것은 채 소화도 되지 않아서 내장의 반 이상이 오물로 가득 차 있겠다. 온몸이 더러운 것으로 가득 차 있을 것이니 어찌 그런 것을 먹겠는고?

분귀 폐하, 신을 섬기며 스스로 몸을 닦아 수양하며 도덕행실도 깨끗한 종교인이란 음식이 가장 구미에 맞을 것입니다.

호랑이 에, 치워라! 극락이니 천당이니 황천이니 지옥이니 온갖 협박과 감언이설로 사람들을 꾀어 영혼을 사고 파는 것들이라 위로

는 신을 속이고 아래로는 사람을 홀리며 세치 혓바닥으로 진실을
토해내는 척하면서 장사하는 놈들이라 제정신 못 차리고 죽은 귀
신들의 원한이 뱃속에 쌓여 독소가 있을 것을 어찌 먹는단 말이냐?

전귀 폐하, 이자들의 말은 더이상 들을 필요가 없습니다. 제가 비장
의 메뉴를 올리겠습니다. 정치인이라는 메뉴가 있사온데 간과 담
에는 인의가 깃들여 있고 충절을 가슴에 지니고 예약을 지키며 입
으로는 충효의 말을 외우고 마음속에는 만물의 이치를 통달하는데
이름하여 애국애족인이라 별칭하기도 합니다. 온몸에 오미가 구비
되어 있으니 잡숴만 보시지요.

호랑이 곧이들리지 않는 소리는 하지도 말라. 얼마나 고기가 잡되고
맛이 불순하겠느냐? 차라리 짐은 단식을 시작하겠다.

분귀·금귀·전귀 (서로 의논한다.) 쑥덕쑥덕 쑥덕공론 끝!

분귀 (호랑이에게 다가가) 그렇다면 폐하께서는 어떤 음식을 원하시
나요?

호랑이 아까 내게 겁을 주었던 그 세 동물이 가장 먹고 싶다. 정복자
는 적의 고기가 최상의 요리이니라.

(분귀·금귀·전귀, 다시 의논)

전귀 저희가 꼭 잡아 대령하겠으니 우선 시장하실 텐데, 요 마당에
모여든 것들로 입가심이나 하시지요. (두 팔을 걷고 행진하듯이 나아
간다.)

호랑이 아, 잠깐 잠깐, 귀관은 나서지 말라!

분귀 예, 얼을 쏙 빼놓고 나서 잡아먹어야죠.

호랑이 (전귀에게) 음식을 요리하는 일은 저들에게 맡기고 귀관은 여
기서 내가 먹는 일이나 거들라.

(전귀, 경례하고 나서 호랑이의 망또를 펼쳐들고 선다.)

금귀 (장단과 함께 관객들에게 돌아다니며 선정적인 몸짓과 음악, 배역들
손수건 던지고 비명, 아우성, 기절. 땀을 씻으며 돌아와서) 자, 얼을 쏙

빼놨지. 온 나라가 내 냄새에 푹 절어서 모두 내 흉내만 낼 거다.

분귀 (라면상자 따위에 구멍을 뚫고 들고 다닌다.) 친애하는 만만국 시민 여러분, 여러분은 금세기의 과학기술이 만들어낸 이러한 문명의 이기를 잘 모를 겁니다. 이것은 복지생활 제조기라 불리는 라칼터퓨컴 99번이란 기계입니다. 자, 그럼 실험을 해볼까요? (아무 관객에게나 씌워본다.) 아, 여기 가족이 나오는군요. 당신은 지금 월급은 적게 받고 뼈가 부러지게 일을 하고 있다고 불평이 대단하군요. 이 기계를 삼십초만 틀어놓고 있으면 내년에는 자가용에다 해외여행까지 갈 수 있다는 복지적 사고에 사로잡혀 따라서 행복해질 것입니다. 다음. (다시 다른 관객에게 상자를 씌운다.) 아, 당신은 겨우 쌀나무 몇그루 심어놓고 아이들 학교도 못 보낸다고 불만에 가득차 있군요. 그러나 이 기계를 틀어놓고 십초간만 앉아 있으면 트랙터가 달리고 헬리콥터가 씨를 뿌리는 드넓은 농장과 수천마리의 소 그리고 쌀값이 한가마에 백만원씩 호가하는 꿈을 꾸게 되어, 따라서 행복해질 것입니다. (다국적 기업이 만들어낸 환상들을 위의 예에 따라 적절히 적용하여 놀다 드디어 망품에게로 가서 씌워보고 놀란다.)

금귀 와! 드디어 우리가 찾던 놈이 여기 있다. (분귀 달려온다. 함께 기계 들여다보고 나서 서로 손뼉을 친다.)

분귀 쏼라 쏼라 쏼 쏼라 쏼.

망품 쏼쏼 쏼라쏼라. (번갈아 악수한다. 금귀와 분귀, 망품을 호랑이에게로 데려간다.)

호랑이 여태까지 기다리게 해놓고 겨우 요리해온 놈이 이따위 늙은 것이야?

분귀 아닙니다. 이 사람은 우리 대리인이 될 사람입니다.

호랑이 대리인이라니……

금귀 뭐랄까요, 요리하는 기계라고나 할까요?

호랑이 음, 그런가. 자네 이름이 뭔가?

분귀 쏼 쏼 쏼라 쏼.

망품 쏼 쏼. (하고 나서 목소리를 가다듬어) 예, 소인의 이름은 북곽이라 하옵고 호는 망품이라 하옵니다. 세상에서는 애국애족하는 망품선생이라고들 하지요.

호랑이 망품? 거 참 망측한 호도 다 있군.

망품 즉 덕망과 인품의 준말이옵니다.

호랑이 음, 그래, 자네가 우리에게 좋은 음식을 대령한다고?

망품 염려 마십시오. 제 등만 밀어주시면 즉각즉각 다양한 메뉴로 대령하겠습니다.

호랑이 (웃음) 거 참 듣던 중 반가운 소리다. 그대는 그대 나라에서 내가 가장 두려워하며 먹고 싶어하는 팥죽할멈과 깽쇠, 포수의 고기를 잡아 바칠 수 있겠는가?

망품 그들의 고기가 일정하게 있는 것이 아니옵고, 만만국 놈들이 돌연 신명이 나고 분기탱천하기 시작하면 그런 별종들이 생겨나게 마련이라, 보는 족족 잡아 바치겠습니다.

호랑이 그대는 우리를 믿고 해산하도록 하라.

금귀·분귀 망품이라네!

(장단에 맞춰 마당을 한바퀴 돌며 춤추고 나서 호랑이, 귀신들 그리고 망품 퇴장)

둘째마당

첫째거리

(판돌이 제일 먼저 등장. 마이크 잡는 흉내. 실황중계처럼)

판돌이 만만국 동포 여러분, 우리 족속 구원하신 애국자 망품선생께서 오래 살고 계시던 코커국을 떠나 방금 공항에 내리실 예정입니다. 지금 이 자리에는 선생의 귀국을 기다리는 각계각층의 인사들이 나와 계십니다. 자, 여러분, 소개 올리기 전에 박수로 환영해주십시요. (관객 박수, 오형제 등장하여 일렬로 선다. 인터뷰 형식으로 박돌이에게 마이크를 들이댄다.) 일찍이 고뇌하는 후진국 지식인의 대표적인 모습 그대로인 박돌박사님을 잠깐 모시겠습니다. 박사님은 코커국 헬렐레 대학에 유학하여 후진국 정치학을 전공하시고 PhD를 획득하신 바 있습니다. 안녕하십니까? 박사님, 오랜만입니다.

박돌이 (목에 힘주고) 에에, 코커국에 있을 적에 이타거 폐하를 위시하여 그곳에서 늘 고국을 걱정해오시던……

판돌이 망품선생의 귀국에 대해 한 말씀?

박돌이 뭐랄까요…… 마, 안방이 건넌방, 건넌방이 사랑방, 주머니돈이 쌈짓돈, 그 애비에 그 아들. (노래) 짱구 아버지 짱구, 짱구 엄마 짱구, 짱구 아들 짱구, 짱구 동생 짱구, 짱구 친구 짱구……

판돌이 (당황해서) 지금 소감을 묻고 있습니다. 소감을…… 요점이 뭡니까? 지금 시간이 없어요.

박돌이 마, 요점은 세계는 하나다. 코커국과 만만국은 나라 이름이 다를 뿐 한집안 식구나 마찬가지죠. 망품선생도 결국은 마…… 이타거 폐하와 형제간이나 다름없고 따라서 본인 박돌이도 비슷한 혈연관계 내지는 마……

판돌이 (재빠르게 마이크를 따라) 아, 여기 만만국 자본의 찬란한 금자탑을 쌓아올린 '돈벌어' 그룹의 총수이신 금순여사께서 나와 계시군요. 안녕하십니까? 소감이 어떻습니까?

금순여사 코커국은 결국은 우리 만만국을 안전하게 막아주는 울타리예요. 돈 놓고 돈 안 먹는 사람 봤어요? 돈 놓고 맨손 들고 뺑소니치는 놈 봤어요? 돈 놓으면 지켜준다 이거야. 따라서 망품선생의 이번 귀국은 국민의 소득을 높여주고 그 소득은 바로 본인의 소득임을 이 자리에서 밝히고 싶은데요.

판돌이 금순여사의 소득이라뇨?

금순여사 기업은 곧 국력이요, 또한 훌륭한 지도자를 받드는 힘입니다. 내가 (알통 자랑) 힘이 있어야 망품선생의 정력도 강화되는 것이지요.

(이때 종돌이가 금순여사를 잽싸게 밀어젖히고 고개 내민다.)

종돌이 아, 오늘 은혜 많이 받았습니다. 성령이 충만한 자리가 될 겁니다. 성스런 축복이에요.

판돌이 아, 종교계의 지도자이신 종돌선생이군요.

종돌이 (장풍 날리는 시늉) 망품선생의 귀국을 앞두고 국민 여러분의 머리 위에 코커국의 은혜가 소낙비처럼 쏟아져서 역사하시기를 바랍니다. 나무관셈아멘!

판돌이 종돌선생의 오만볼트짜리 장풍을 맞으신 줄로 압니다. 그러면 공항 주변의 경계를 맡아보고 계신 칼돌장군께 마이크를 옮겨보겠습니다. 어떻습니까? 불순분자들의 난동 기미는 안 보입니까?

칼돌이 과거에 일부 몰지각한 팥죽이나 깽쇠 또는 포수 따위의 불순한 놈들이 있었으나 그들은 극히 소수에 지나지 않았고 지금은 전혀 준동을 못하고 있습니다. 그들의 어떤 책략에도 우리는 투철하고 결단성 있는 행동으로 즉각 대처할 것이며 까불면 그 대가를 치러주겠습니다. (관객, 잽이 야유하자 관객들을 향하여) 왜 시키면 시키는 대로 못하냔 말야. 그러다 맞으면 좀 낫나?

판돌이 예, 각계각층의 인사들을 소개하는 가운데 우리가 잊은 점이 있습니다. 물질적인 풍요로 정신은 점점 메말라 정신문화가 황폐해질 염려가 있는 것이 근대화과정의 필연적 역작용이죠. 말하자면 본인은 만만국의 정신문화를 이끌어갈 판돌이올시다. (판돌이 정중히 인사하자 관객들 야유를 보낸다.) 보십시요. 유명세를 치르고 있군요. (갑자기 분위기 바꾸어) 앗, 저기 망품선생이 탄 비행기가 서쪽 하늘에 그 은빛 날개를 반짝이며 나타나고 있습니다. 국민 여러분, 화끈 달아주십시오. 세뺨, 두뺨, 한뺨, 우루루루 꽝. (딱) 드디어 비행기가 착륙했습니다. 지금 문이 열리고 트랩에 내리실 순간, 아, 국민 여러분, 더이상 목이 메고 말문이 막혀 중계를 못하겠습니다.

(판돌이 형제들 틈에 끼인다. 망품, 트랩을 내리는 시늉으로 관객 뒤편에서 손을 들며 등장한다. 전귀와 칼돌이는 달려가서 경호 귀빈을 영접하는 형식 그대로 오형제와 악수를 한 후 망품을 선두로 마당을 차례로 돌면서 민정 시찰하듯 적당히 놀고 나서)

망품 친애하는 애국동포 여러분! 뭉치면 먹기 좋고 흩어지면 먹기 나쁩니다. (박돌이 달려들어 속삭이자 망품, 고개를 끄덕인다.) 아, 뭉치면 답답하고 흩어지면 시원합네다. 여러분, 시비를 맙시다. 개인의 시비시비는 가정의 시비시비요, 이는 또 국가의 시비시비요, 세계의 시비시비요. (박돌이 다시 달려들어 속삭이자) 나 망품 너무나 오랫동안 고국을 그려왔습니다. 여러분, 우리 시비시비를 맙세다. 내 말을 잘 들으면 애국자요, 안 들으면 매국노가 됩네다.

(오형제 열렬히 박수를 친 후 정렬상태에서 각기 흩어진다.)

판돌이 망품선생을 위시한 각계 인사들의 리셉션이 YMCA 무진관 마당에서 있을 예정입니다.

(마당판은 리셉션장으로 바뀌고 막벗순도 등장. 박돌이와 종돌이, 칼돌이와 금순이 짝을 이루며 환담한다. 그동안 판돌이는 막벗순을 망품에게 소개)

판돌이 저희 오형제의 마미 되시는 막벗순 여사를 소개합니다.

(막벗순 인사)

망품 오우, 마미? 그런데 맥버슨이면…… 원래 여기가 아닙니까?

판돌이 맥버슨이 아니고 막벗순이지요. (옷을 벗는 동작을 취한다.)

망품 오우, 매우 쎅시합네다.

막벗순 막벗순은 모던하게 바꾼 이름이고요, 원래 이름은 동리자라 합니다. 홀어미이지요!

망품   오우, 위도우, 과부입네까?

판돌이   코커국 이타거 폐하는 막벗순 여사의 절개를 칭송하고.

망품   본인은 그 어진 성품을 사모합네.

판돌이   우리 만만국에서는 막벗순이라는 도시도 있습니다.

막벗순   전부터 선생님의 덕을 사모해왔어용. 오늘밤 선생님의 원어로 읽는 발음소리를 들려주었으면 해용.

망품   (시를 읊는다.) 죽 스틱에 헬메트 쓰고, 원더링 쓰리사우젠 마일, 와잇 클라우드 뜬 힐을 넘어 고잉맨이 후냐? 튜엘브 게이트 아웃도어룸에 베깅을 하며 (노래로) 와인 원 컵에 포엠 한수로 고우잉 하는 골든 햇.

   (판돌이, 악수나 또는 은밀한 결탁의 동작 보이면서 퇴장하고 망품과 막벗순만이 판에 남아 대사 없이 장단에 맞춰 선정적인 동작과 춤으로 둘이서 놀다가 춤이 무르익자 어울려 팔짱끼고 나간다.)

   둘째거리

   오형제 일렬로 등장하면서 서로 엇갈려 오방(동서남북 중앙)으로 갈라져 서는 춤. (처용무 참조) 박자는 맞추되 춤동작은 자기 성격에 맞춰 춘다. 각기 자리를 잡으면 뒤로 돌거나 하면서 자신들을 과시한다.

판돌이   (해태껌 선전곡에 맞춰) 코커껌, 부드러운 맛. 코커껌, 상쾌한 기분. 코커 코커, 으흥 코커껌.

종돌이   죄 많은 동포 여러분! 우리 성령을 받아 천당에 갑시다. 중생은 고해를 헤매고 있으니 마음 착하게 먹고 묵묵히 극복해갈 준비나 합시다. 기도합시다. 다같이 기도합시다.

금순여사   총화단결! (관객들에게) 복창하랏! 때리면 때리는 대로 맞을 것! 주면 주는 대로 처먹을 것! 시키면 시키는 대로 할 것!

박돌이 에, 불평불만은 빈도가 낮은 후진국에서 빈번하게 나타나는 사회정치적 현상이죠. (관객에게) 불평의 대안이 뭐냐? 대안이 뭐야?

(관객들 야유의 소리가 높아지자 칼돌이 판중에서 관객들을 평정하고)

칼돌이 나는 이제까지 구호에만 그치고 애매모호 우물딱주물딱 어영부영하던 여러분의 행동에 더이상 참을 수가 없다. 망품선생의 고리타분한 국가관도 더이상 좌시할 수 없다. 이타거 폐하께도 말씀을 드렸지만 이제부터 통솔은 본인이 맡는다. 제군들 나를 따르라.

(칼돌이 인솔하에 나머지 형제들 퇴장한다.)

셋째마당

첫째거리

(마당판에는 호랑이 등장. 화가 나서 서성거리고 전귀 뛰어들어온다.)

호랑이 내가 몇번이나 일러주었거늘 만만국 먹이들을 마음놓고 요리해 먹기도 전에 쫓겨났단 말인가?

전귀 망품이란 자가 쫓겨서 이리로 오고 있습니다.

호랑이 그 녀석을 대리인으로 뽑은 게 어떤 놈이냐?

전귀 폐하, 저는 아닙니다. 분귀란 놈과 금귀 고년이 날뛰어서 이렇게 되었지요.

호랑이 그러게 내가 뭐라고 그랬나? 닥치는 대로 먹어버리자니까?

전귀 지금 군대를 몰고 쳐들어갈까요?

(분귀와 금귀가 급하게 뛰어들어온다.)

분귀 폐하, 폐물이 되어버린 망품이란 자를 어찌하겠습니까?

금귀 제 시집의 존망이 달린 문제입니다.

전귀 (분귀와 금귀를 향하여) 너희들을 믿었다가 일을 망쳐버린 게야.

호랑이 가만있자…… 신입구출, 새 술은 새 부대에, 열쇠와 자물통,

뭐 마찬가지 아닌가! 새로운 대리인을 정하면 된다.

분귀·금귀 새로운 대리인!

전귀 망품은 어찌합니까?

분귀 이런 미련한 귀신아, 자네는 떨어진 구두를 (흉내) 어찌합니까 야?

전귀 구두라니?

금귀 헌신짝처럼.

분귀 차던져버려야지.

호랑이 망품을 들어오게 하라!

　(분귀·금귀 퇴장. 망품과 막벗순 허겁지겁 들어와 호랑이 앞에 엎드려 사정)

망품 폐하, 만만국 놈들이 저더러 물러나라고 했습니다. 뿐만 아니 라 칼돌이란 놈이 저를 쫓아냈습니다.

막벗순 폐하, 아무리 씨가 다른 놈들이지만 그들 오형제는 모두 제 새 끼들입니다. 칼돌이를 혼내주시고 저를 만만국으로 보내주십시오.

호랑이 우리 호랑이 일가는 실패한 자는 용서하지 않는다.

전귀 먹어버릴 뿐이다.

망품·막벗순 아이구, 아이구머니.

막벗순 이타거님의 덕은 퍽 크고 위대하며 덕망 있는 사람은 이타거 님의 몸가짐을 본받습니다.

망품 임금은 그 걸음을 배우고.

막벗순 그 애들은 그 효도를 본뜨며.

망품 장수는 그 위엄을 취하고자 하오니 참으로 이타거님은 바람과 구름의 조화를 부리는 신이나 용과도 같사오며.

막벗순 우리 만만국 먹이들은 바람에 날리는 천한 것들입니다.

호랑이 이놈들, 입맛이 다 떨어졌다. 가까이 오지도 말라. 입으로 애 국애족한다는 놈들은 간사하다는 말은 들었지만 너도 만만국 놈일진대 처지가 급하게 되니 동포를 저버리고 내게 아첨하는 정신없는 꼴이라니! 누가 너를 믿을 수 있단 말이냐?

전귀　첫째, 너는 분수를 모르고 혼자서 제멋대로 너무나 오랫동안 만만국을 다스려왔다.

분귀　둘째, 약삭빠른 재간도 없이 너무나 아랫것들만 믿고 무조건 억누르기만 하였다.

금귀　셋째, 살림도 못하면서 욕심은 많아서 만만국의 살림은 다 망쳐놓고 혼자서 배를 불렸다.

호랑이　그러므로 너는 쓸모도 없고 먹을 맛도 다 떨어졌다. 저어 산 귀퉁이에 작은 굴이나 하나 내줄 것이니 바람이나 쐬면서 목숨을 부지하라.

(호랑이 턱짓하자 전귀, 망품과 막벗순을 잡아일으켜 끌고 나간다.)

둘째거리

(전귀 앞장서고 썬글라스 쓴 칼돌이 등장, 행진 시작. 분귀와 금귀는 칼돌이 옆에서 연방 털어주고 두드려주고 격려하며 등장.)

전귀　폐하, 새로운 대리인입니다.

칼돌이　만만국은 이제부터 저의 지휘 아래 있습니다.

호랑이　흠, 얘기는 다 들었다. 이리 가까이 오라. (호랑이, 사열하듯 그의 배를 꾹 찔러본다.) 이만하면 배짱도 있고 (안경을 벗기고 눈알을 들여다본다.) 눈알도 독기가 있겠구나. (머리를 두드려보고) 역시 돌대가리라 좋고 (어깨를 두드린다.) 뚝심이 있어 잘 넘어가지 않겠지. (팔을 훑어내려 주먹을 만져보고) 주먹깨나 쓰겠으니 아무나 잘 치겠구나. (그의 등을 탁 친다.) 합격!

전귀　(다시 한번 그의 등을 쳐준다.) 합격!

호랑이　(마당 가 한쪽 자리에 앉는다.) 어디 짐은 너희들 노는 꼴이나 구경해볼까?

전귀 (그의 권총을 내준다.) 잘해봐라.

칼돌이 (으스대며 마당을 돌다가 박돌이, 종돌이 등의 배역과 탈 벗은 분귀, 금귀와 적당한 관객 몇명을 잡아낸다.) 잔소리가 많다. 말을 듣지 않는 불순분자들은 한방에 없애버린다. (권총으로 위협 또는 손들어 해놓고 끌고 나와도 된다.) (호루라기 분다.) 전원 일렬종대. 동작이 느리다. (이 다음에는 번호 또는 번호 다시 등의 군대 제식훈련 응용동작을 사용하여 관객들을 데리고 논다.) 복창할 것! 시키면 시키는 대로 할 것! 주면 주는 대로 먹을 것. 때리면 때리는 대로 맞을 것. (적당한 동작이나 흉내를 해 보이면서 차례로 시킬 것. 한사람——포수——을 정하여 틀리게 할 것) 너는 혼자서 통뼈냐? 왜 단체정신이 결여되어 있나? 엎드려 뻗쳐!

(여러가지 매스게임이나 동작 연구, 이를테면 가마를 만들어 호랑이, 전귀를 태워도 좋다. 한참 놀고 완전히 저희들 판으로 만들었을 때 깽쇠소리 들리면 호랑이, 전귀 당황, 포수가 빠져나가 가마 무너진다.)

포수 (사투리로) 이 작것들이 지렁이도 밟으면 꿈틀하는디 지랄을 해도 너무 한다. 아니꼽고 더러워서 못살겠다.

잽이 사내자식이 디진다 해도 할 일은 해야제!

포수 내가 저것들을 마당에서 싹 쓸어버려야제. (포수, 총을 집어 춤동작으로 밀어붙이려 하자 호랑이 일당 공포에 질리고, 잡힌 관객들 다 달아나버린다.)

호랑이 (칼돌이의 등을 밀며) 귀관의 실력을 보이라.

(칼돌이와 포수의 대결, 춤 잠깐 간단히 끝나고 "딱" 하는 소리와 함께 포수, 총을 맞은 듯 정지동작, 이때 잽이 처절하게 "엄니" 하고 외친 뒤 모든 배역 침묵, 포수, 슬로우 모션으로 천천히 쓰러진다. 쓰러짐과 동시에 호랑이 일당 웃음과 함께 북소리 종횡무진, 마당을 누빈다. 팥죽할멈 뛰어들어와 포수 넘어진 곳으로 달려가며)

팥죽할멈 (사투리) 아이구, 어쩔거나, 어쩔거나, 올바른 사람이 되겠
다고 두 발로 딱 땅을 차고 일어났다고 요렇게 총으로 꽝 쏘아 죽
였구만이라우. (울음) 내 아들 내 자식 잘 먹도 못허고 허리띠 졸라
매고 착하게 열심히 살던 내 새끼, 어느 땅에다 묻을꼬. 이 늙은 에
미는 어찌 살라고 혼자 죽어야!

(팥죽할멈이 쓰러지자 배역들, 진도 아리랑 몇소절 애절하게 불러준다.)

잽이 어이.

관객 어이.

잽이 어어이.

관객 어어이.

잽이 일어나라!

관객 일어나라!

(봉산탈춤 일목 장면 변형시킨 춤으로 타령장단으로 포수가 부축하면 팥
죽할멈도 함께 움직여 춘다. 포수가 완전히 일어났을 때 깽쇠도 등장하고 팥
죽할멈, 관객들에게 호응 부탁)

팥죽할멈 (무당 역할) 이 땅을 수년간 지켜온 천지신명님, 비나이다.
저 괴물들을 깨끗이 쓸어내고 정한 마당을 만들 터이니 만백성의
힘을 모아주소서. (기도할 제 관객들 중 몇명 뛰어나가 끼여든다. 마당
맞은편에 호랑이 일당 전열 가다듬는다. 전투적인 풍물소리와 함께 팥죽,
두 손으로 땅에서부터 정기를 끌어모으듯 하여 허공에 뿌린다. 모인 사람
들 그의 뒤편에서 같은 동작으로 따라한다. 두 번 더 반복. 일시에 일직선
으로 호랑이 쪽으로 달려든다. 두 손을 펼쳐서 밀어내듯 하고 나서 다시
한번 팔을 굽혔다가 두 주먹을 쥐어 "야!" 하면서 일제히 부순다. 호랑이
일당 천천히 무너져 쓰러지거나 땅에서 벌벌 긴다. "이겼다" 하며 도약하
여 마당으로 몰려나왔다가 각부분별로 관객들 이끌고 멍석말이 시작. 호
랑이 일당 벌벌 기어서 쫓겨나가고 마당에 승리의 환희 가득 찬다.)

〔공동창작(황석영 지도): 전라도 마당굿 대본집, 들불 1989〕

나락놀이

첫째마당

첫째거리(재판거리)

(판 가장자리에 배역들 쭉 둘러앉아 있고 일본인이 마름의 안내를 받으며 거창한 웃음소리와 함께 제국군대식으로 행진하며 등장한다.)

일본인 1　(엄숙하게) 너희들 야만인 같은 조센징이노 우리 니뽄사람 은혜 감사해라. (관객들에게 코를 쥐고 질색하는 시늉) 크, 키무치 쿠사이요! 이 비린내나는 목포노 항구에 들어올 때 누깔이 사탕이노 많이 많이 갖다주고, 똥거름이나 먹일 느그들 쌀이노 아주 좆도 좆도 가져나갔다. 활동사진이노 들어와 (칼싸움 흉내를 내며) 진진 바라바라 진진 바라바라 사무라이노 칼구경 시켜나 주고, 바쁠 때 홀라당 벗어버리는 우리 기모노 요렇게 입고 (각선미 자랑한다.) 요러큼이노 걸어가는 대니뽄제국의 미녀도 구경시켜주었다. 똑이노 딱이노 시계도 들어오고, 카우페도 들어오고, 댄스노 홀이노 들어오고, 한마디로 말하면 근대문명이노 갖다나 주었다 한다. 마, 우리는 느그들 벌레 같은 조센징의 은인이다. (판 가에 앉아 있던 배역, 쪽바리 꺼져라, 물러가라 야유하면 마름은 관객을 위협하고 일본인에게 아양을 떤다.) 또 마, 지금이노부터 사년 전처럼 (앉아 있던 배역들 여기저기서 산발적으로 일어나며 만세, 만세, 대한독립 만세!를 외친다.) 이따위 불온한 짓으로 대일본제국 식민지 치안을 어지럽게노 한다면 이제부터노 어떤 소요나 난동도 용납하지 않는다. (돌아서서 몇 걸음 걸어가 옷깃을 여미고 나서 엄숙하게) 덴노 헤이까, 반자이!

(일본인의 지시에 따라 판 가에 앉아 있던 농민들 일어나 마름의 감독하에 밭갈이, 씨뿌리기, 김매기, 타작 등 농사짓는 동작을 취한다. 노동이 끝나면 마름은 제 몫을 차지하고 일본인에게 넘겨주는 시늉을 하며 둘은 사이좋

게 퇴장한다. 농민들은 「진도아리랑」을 부르며 힘겨운 표정으로 서로 일으켜세우며 서서히 마당을 돈다. 원이 차츰 좁아지면서 주먹과 주먹, 팔과 팔, 어깨와 어깨로 힘을 합한다. 그리고 "소작회의"란 소리를 느리고 조용히 시작하여 점점 빠르고 크게 반복하여 외친다. 춋소리도 이에 따라 고조된다. 그리고 노래를 합창한다.)

농민들　(후렴) 다같이 뭉쳐라, 이겨내자
　　　　　두 주먹 불끈 쥐고 일어나자
　　　　　발길에 채이는 돌멩이처럼
　　　　　길가에 피어난 들꽃처럼
　　　　　이름도 얼굴도 없는 사람들
　　　　　(스크럼을 짜기 시작)
　　　　　말없이 서 있는 유달산같이
　　　　　끝없이 흘러간 영산강같이
　　　　　억세고 순박한 소작동지들.

　　(노래의 마지막 후렴구를 부르면서 농민들은 스크럼 위에 기마를 만들고 정지해 있다. 이때 마름은 판 가에 나와 농민들을 엿본다.)

마름　(허겁지겁) 쪽바리상, 쪽바리상, 크, 큰일입니다. 저 벌레 같은 놈들이 집단 난동을 부립니다. 독립운동인 모양입니다. 난 전혀 책임이 없습니다.

일본인2　빠가야로, 좆도 맞대!

　　(관객들, "뭘 맞대?")

일본인2　아, 좆도, 좆도.

　　(의기양양하게 일본인2 등장하여 공수도 동작을 연습하고 나서 장풍을 날린다. 기마가 흔들거리다가 무너진다. 넘어진 사람들은 빠져나가고 일본인은 꿋꿋하게 일어선 사람들을 강제로 주저앉히려 안간힘을 쓰다 할 수 없이 뒤로 수갑을 채운다. 수갑을 채우자마자 마당은 재판장으로 변한다. 일본인2, 검사로 변하고 그 앞에 일본인1, 판사로 등장.)

일본인2 일동 기립! 모든 나라에는 한사람이 움직일 수 없는 법률이 있는 것이다. 따라서 그대들이 떼를 지어 관청에 몰려온다는 것은 내란 예비음모 행위이다.

농민1 법은 모른다. 다만 살기 위해서 모였을 뿐이다.

농민2 그것이 누구를 위한 법인가? 일본제국을 위한 법인가? 차라리 우리 모두를 총으로 쏘아 죽이면 되지 않는가?

농민3 그저 진정을 하러 왔다. 불공평하게 갇힌 사람들을 놓아달라고 왔다.

농민2 아니다! 근본적인 소작료 조정문제를 중심으로 다루든지 아니면 우리 모두를 죽여달라.

일본인2 칙쇼! 치안을 문란시킨 죄는 용서할 수 없다.

일본인1 (훨씬 교활하게) 에 또! 세상 물정도 훤하고 마, 천황폐하의 은덕을 입은 신민으로서 이런 불온한 짓을 한다면 매우 유감스러운 일이다. 소작료문제는 그대들 소작인과 지주들 간의 일이지, 우리가 알 바 아니다. 그대들은 소요 및 상해죄로 기소되었다.

농민1 이것은 결국 소작회의 입장을 묵살하고, 오히려 우리를 억누르려는 것이다.

일본인1 한번 짓밟으면 터져 죽을 벌레 같은 것들이 무얼 믿고 그렇게 시끄러운가?

농민2 곪았던 종기가 터지려면 아픈 것이다.

일본인2 건방진 소리노 하지 마라. 너희들의 요구조건은 괘씸하지만 식민지의 치안을 위해서 들어주기로 하였다. 그러나 아직 남은 것이 있다.

일본인1 법질서를 문란케 했으므로 그대들에게 실형을 선고한다. 먼저 갑, 그대는 앞으로 삼대까지 소작인을 물려받는 형벌에 처함. (땅, 땅, 땅)

농민1 (단호하게 돌아선다.) 소작료를 인하하라!

216

일본인1   을, 그대는 지금부터 오대까지 지주의 머슴노릇을 하는 형
벌에 처함. (땅, 땅, 땅)

농민2   (돌아서서) 내 땅 내놔라. 내 땅을 달라!

일본인1   병, 그대는 앞으로 오십년 동안 작료를 몰수함. (땅, 땅, 땅)

농민3   배고파 못살겠다! 배고파 못살겠다!

　　(일본인1 엄숙히 퇴장하고 일본인2, 노인들을 발로 차고 때리며 몰아낸
다. 농민2 달려들어 일본인에게 저항하다 맞고 쫓겨나간다.)

둘째거리

잽이   (변사조) 때는 바야흐로 1923년, 전라남도 신안군 암태도에서
는 당시 삼만석을 추수하였다고 전해지는 지주와 소작인 간의 쟁
의가 일어나고 있었으니 우리 신문에서는 삼십여회나 보도하였고,
쟁의의 내용 또한 치열하여 1923년 9월에서 이듬해 9월까지 장장
일년여에 걸친 싸움이었던 것이었던 것이었다.

　　농민4·5 힘없이 등장한다.

농민5   아이고오, 이런 복시런 나락을 그냥 두고 보고만 죽으라니 무
슨 심보인지 모르겠네. (관객들에게로) 어따, 그 나락 거무튀튀하게
살도 통통 찌고 아조 잘 익어부렀다. (머리를 잡고) 요놈들 싹 베어
다가 쓱싹쓱싹 일어서 불을 살살 때어갖고, (냄새 맡는 시늉) 어허,
구수하다. 꼬숩다. 아, 밥냄새, 기름이 찰찰 돌겠구만.

농민4   음메, 저기 안경 쓴 나락 보소. 고 옆에 있는 것 비리비리 마
른 것이 도열병이나 걸리지 않는가 모르겠네. 그것이 유신벼여,
유신벼! 아니여, 요것이 아끼바리여. (관객에게) 니 이름은 아끼바
리다. 아이고, 내 새끼같이 이쁜 나락인디.

농민5   아무리 이쁜 나락이면 머한단가? 이팔제란디.

농민4   이팔제? 우리 모실은 그런 종자가 없는디?

농민5　이서방이 누구여?

농민4　(답답하다는 듯이 가슴을 두드린다.) 환장허겠네. 지가 무슨 중
의원 선거에 입후보한 반쪽바리 친일파라도 되는 것 같네. (두 손으
로 브이자를 그리는 시늉 하며) 이게 뭐여, 이것이.

농민5　염병 지랄 딴스하고 자빠졌네. 시방 시국이 일제시대인디 이
게 뭐여? 그것은 이 다음에 쪽바리 새끼들 쫓겨가고 양코배기들이
들어와서 유행된 거라고. 잘 보더라고. (관객들의 머리를 두드려 센
다.) 하나…… 다섯…… 열. 자, 보더라고. 요놈들이 우리가 일년
내 뼈빠지게 농사지은 나락이여.

농민4　헤에, 저기 노총각 나락이 있는디 저그 저쪽 노처녀 나락하고
대붙여주믄 꼭 쓰겠구만.

농민5　자, 요놈들 중에서 하나…… 셋…… 여덟.

농민4　와따메, 이것이 우리가 먹을 나락이구먼.

농민5　(어이없이) 음마마, 참말로 속없는 에펜네여. (통통 때리고 두
드리고 나서) 요것이 우리가 차지할 나락이여.

농민4　(때려보며) 겨우 요것이 우리 것이고 요놈부터 (쭉 때려나가
며) 요놈까지는 누가 가져가는디?

농민5　그야 목포 사는 지주가 가져가지.

농민4　염병 여섯 달에 머리털 빠지고 지에미 붙어묵을 놈. 아! 우리
는 일년 허구한 날 쌔빠지게 밭고랑에다 새끼 처박아놓고 젖 먹일
틈도 없이 농사지어서 이렇게 나락이 탐스럽게 익었는디, 지는 시
원한 데서 요렇게 크, 술이나 마시고, 노래나 부르며 가만히 앉아
서 이걸 다 가져간다 그 말이제.

농민5　그러니까 우리 암태도 소작회에서 작당을 해갖고 소작료를
내리자는 것이 아니여?

농민4　그것은 몇제여?

농민5　사륙제로 하자 그 말이제.

농민4 그러니까 (통통통 두드린다.) 요놈들은 우리가 묵고.

농민5 아니여 아니여, 고놈들 네 놈은 소작료로 내고.

농민4 오메메, 그럼 (두드리며) 요놈들 여섯을 우리가 다 먹는다는 거여?

농민5 그래서 여태 추수도 않고 작료도 안 내고 버티고 있지 않은가?

농민4 맞어, 맞어. (다음 순간 힘없이) 좆도 버틸 힘이 있어야 버티제. 새끼들이 얼른 방아 찧어서 쌀밥 좀 해묵세 하는디 이건 그림에 떡이라고 저렇게 나락을 뻔히 보고도 못 먹으니 미치고 환장하겠네!

농민5 말도 말어. 아까 올쇠네 집 보니께 진이 찬 솔껍딱을 벗기고 칡뿌리를 캐더구만!

농민4 저기 봐! 제 땅 가진 놈들은 벌써 싹 베어부렀당께.

농민5 소작흰지 대작흰지에서 좌우당간 결정이 나겠제.

농민6 (침 뱉는 시늉을 하며 등장) 퉤이! 씨팔, 생일에 잘 먹겠다고 이레를 굶는다는디 난쟁이 좆자리만한 새끼들이 앞장서서 설쳐갖고 이런 생고생이여!

농민7 누가 아니랑가? 씨팔, 우리만 손해여. 요즘 지주네 쪽에서 막 쑤시고 다닌다네. 소작료를 먼저 바친 작인에게는 선착순으로……

농민6 선착순?

농민7 그렇지. 늦게 바친 놈들의 논을 떠어서 소작을 더 주겠다느니, 뭐 집칸을 공짜로 마련해주느니 어쩌고 난리여.

농민1·2·3이 화가 난 모양으로 등장한다.

농민2 차라리 이놈의 것을 불을 싹 처질러버릴까?

농민4 그게 무슨 소리여? 여그서 저까지만 쪼개 봐주소. 이쁜 총각 나락이 끼여 있은께.

농민3 이 사람아, 그런 소리 말어. 빈대, 벼룩 밉다고 초가삼간집에 불지르겠는가?

농민1 목포 쪽 이야기는 지금 형편으로 보아서는 상당히 심이 든 것 같은디 아직 지주의 생각은 요지부동이랑께.

농민2 우리 담판하러 가보세. 타협이 안되면 이것으로 끝장이여. 이제는 끝이여.

농민3 좀더 기다려보더라고.

농민1 의논이 그렇다면 가보세. 마음이 변했을지도 모른께.

　(농민1·2는 마름을 만나러 악사석 쪽으로 가고 농민3·4·5·6·7은 모여서서 안절부절 못하며 결과를 애타게 기다린다.)

농민1 (기침을 하고 나서) 계시요. 저, 지주어른 계시요.

　(마름, 거드름을 피우고 악사석 쪽에 나타나서)

마름 느그들이 뭣인디 여기가 어디라고 초상집 개처럼 기웃기웃하는 거여?

농민2 우리가 초상집 개라면 너는 쪽바리 세빠트냐?

마름 흥, 뭘 믿고 그리 짱뚱이맹키로 날뛰는지 모르지만 자네 따위는 잠깐 주무르면 쪼그라진 새구 지름통이 될 것이여.

　(마름, 악사석으로 들어간다. 잽이 중의 한사람 잠깐 앞으로 나와 헛기침하며 앉는다. 계속 침묵)

농민1 우리 소작회의에서 소작료를 사할로 내릴 것을 지주님께 제의하였는디 의견이 어떻습니까?

농민2 그 제의가 수락될 때까지 우리 소작회는 벼를 베지 않고 소작료를 불납할 것입니다.

농민1 언젠가는 소작료를 내리게 되는 것이 전국적인 추세입니다. 지주님께서 쪼끔만 양보를 하시쇼.

농민2 우리 온 식구가 허리가 부러지도록 일헌 노임과 농비와 비료 값도 엄청난디 무슨 근거로 이팔제를 고집하십니까?

　(잽이는 마름을 불러 귓속말하는 시늉)

마름 지금까지의 소작료에서 한푼도 감할 수가 없네.

농민1 자, 보십시오. 신문에도 이렇게 나오지 않았습니까?

잽이 (다른 잽이 변사조로) 순천군 주안면에 토지를 둔 동군 금곡리 김성초씨는 소작료는 사할 이내로 조정하고 지세와 공과금도 금년을 위시하여는 자담하겠다고 성명하얏으므로 소작인들은 감사불이 한다더라.

마름 (잽이의 귓속말을 듣고) 남이야 어쨌든 개 콧구멍이나 알 바 없네. 소작료를 내리게 되더라도 전국의 지주들이 내리고 나면 우리는 막차로 맨 꽁무니에 내릴 걸세.

농민2 좋소. 아예 나락을 논에 세워두고 말려불 때까지 버틸 것인께.

마름 (잽이 귓속말) 느그들 배창시에서 꼬르락거리면 벼를 안 베고 견딜 것 같으냐. 벼를 베고도 소작료를 안 낸다면 순 날강도짓인께 순사 오랏줄에 묶여갈 각오를 해.

농민2 나락은 지 손으로 일하여 농사지은 사람들의 것이제, 땅의 임자라고 빈들빈들 놈시로 먹는 사람들의 것이 아니여.

마름 (잽이 귓속말을 듣고) 흙을 파다가 땅덩이를 산 줄 아나? 우리도 허리띠 졸라매고 먹을 것 입을 것 아껴가며 모은 땅이여.

농민1 어떻게 장만한 전답이 되었든 소작료를 내리는 것은 천하의 대세입니다. 어느 지주가 되었든 조만간 소작료를 내리고 말 것이요.

마름 (귓속말에 의하여 간사하게) 만약 두 분께서 이번 소작회의 말썽을 잘 무마해주고 모임을 해체시켜준다면 땅을 (열 손가락을 쭉 펴보이며) 열 마지기씩 떼어주겠소.

농민1 어허, 상대 못할 사람들이로고.

농민2 더러운 놈들, 우리를 매수할 수 있을 것 같으냐?

（단호하게 일어나 그들은 판 가에 앉아 있는 농민들에게 되돌아오고 잽이와 마름 물러가 악사석 쪽에 앉는다.）

농민 3   어떻게 되었는가?

농민 2   니미 씨부럴 놈들이 우리를 매수할려고 안헌가?

농민 1   타협은 깨져부렀당께.

농민 4   (울상이 되어) 시방도 나락은 구경만 하는 것이여?

농민 5   쪼깨만, 한주먹만 베어다가 쩔어묵었으면……

농민 6   젠장할 것, 먹어야 심도 날 것 아니여.

농민 5   제 땅 가진 사람들한테 다만 얼마라도 빌려주도록 해주소.

농민 2   안되야. 끝까지 노적봉맨치로 버텨야만 하네.

농민 1   그래서는 일이 안되는 것이여. 일이란 저지르면 반드시 대책이 있어야제. 뒷수습이 없는 일이란 꺾이고 마네. 여럿이 하는 일인디 서로 결정하는 것은 꼭 지켜야 하네. 아니 나무껍질을 벗겨먹도록 두면서 나락을 세워두고 구경만 하라니, 이 일이 얼마나 지탱이 되겠는가? 이렇게 나가다간 회원들의 원망이나 사고 쟁의는 실패하고 말 것이여.

농민 6·7   맞어, 맞어.

농민 4·5   (나락을 보며) 먹읍시다. 먹읍시다.

농민 2   그건 안되네. 지주가 좀 버틴다고 호락호락 이쪽의 방침을 바꿀 수는 없어. 이렇게 조금 형편이 나쁘다고 곧 방침을 바꾸면 꼭 왜놈들한테 나라를 빼앗긴 꼴이나 한가지여. 그라고 나락을 베어다 훑어놓으면 움직이기가 쉽단 말이여. 지주의 농간에 넘어가서 하나둘씩 소작료를 갖다바치기 시작하면 일은 홍수 만난 둑처럼 무너져버리고 말 것이여.

농민 1   (나직하게) 속임수에 넘어가는 변절자도 생기겠네. 그런 때는 또 달리 대책이 있었지. 물이 늪을 만나면 조용히 흐르고 여울을 만나면 소리를 내듯이 살림살이에 따라 용납할 수 있어야 허네. 약한 놈들이 시간은 자꾸 가는데 처음 세운 방침만 고집해서 거기서 생기는 무리땜시 일을 그르칠 수도 있는 것이여. 모두 소작료가 높

222

아서 못살겠다는 것은 우리 자신의 일이니 그 목적만 잊지 않으면 꼭 이기고 말 것이여. 벼를 벱시다. 여러분이 오늘밤에 각 부락에 연락하시요.

농민4·5 옴메, 살판났구만이라우!

농민6·7 모다 베란 말이여?

농민1 늦추지 말고 내일 날이 새자마자 몽땅 베시오. 나락을 논에 깔지 말고 곧 찧어서 식량으로 하든, 팔아서 돈으로 하든지간에 언제 지주와 타협이 될지 모른께 사할을 반드시 남겨두도록. 그러나 지주와 타협이 끝나서 소작회의 통문이 있을 때까지는 한톨의 벼라도 지주에게 주지 않도록 엄격하게 지켜야 허네.

농민2 그럼 좋아. 각 마을마다 사람을 정해서 지주에게 작료가 넘어가지 않도록 지키세.

농민6 소작료를 팔할이나 내고 돌아서자마자 그 염병할 놈의 장리쌀을 꾸어먹는 팔자에 사할만 남기고 먹자는데 부득부득 팔할을 지어다가 바칠 미친 놈이 어딨어?

농민7 이걸 이렇게 해도 되는가? 소작지를 뺏어부리지 않으까?

농민5 하이고, 어쩐지 하늘이 무서운 생각이 드는구면.

농민4 좋기는 좋은디 살다본께 별 알쏭달쏭한 일도 많구만이라우.

농민6 척하면 삼천리, 툭하면 담 넘어 호박 떨어지는 소리 모르간디? 꽹매깽 소리 속에서도 웅매깽 소리쯤이야 알아듣제. 먹고 보면 다 똥이 되고, 아 씨팔 것, 똥이 되고 나면 죽일 거여 살릴 거여.

농민1 부처님 같은 말들 고만들 하게. 아 여름내 뙤약볕에서 일한 사람들이 그만 푼수는 먹어야제.

농민2 그려, 우리는 노예가 아니여.

농민들 (환호하며) 맞어, 맞어.

(농민들 모두 기쁨에 차서 농악장단에 타작놀이를 한다. 이때 적당한 민요를 같이 할 수 있다.)

둘째마당

첫째거리(쪽바리거리)

(농민들은 장단이 끝나도 타작놀이를 계속하고 있고, '토지조사'라고 씌어진 팻말을 든 마름의 안내를 받으며 망원경, 밧줄, 권총을 가진 일본인1·2가 등장한다.)

잽이 이야기는 지금으로부터 십여년 전으로 돌아가 자은도에 소작쟁의가 일어나기 전에 일본이 어떻게 땅을 빼앗아갔는가를 알아보게 되는 장면이었던 것이었던 것이다. 일제는 1910년부터 토지조사를 실시하였던 것이나 주인 없고, 신고 없는 땅의 국유를 통하여 통치권의 기초를 세웠고, 과거의 지주권을 일제치하의 지주권으로 다시 인정하여 양반계층의 지주권을 식민지식 지주계층으로 개편시켜 식민성 봉건체제를 세웠던 것이었던 것이다. 아아, 슬프다. 아무것도 모르는 이 땅의 백성들은 신고도 모르고 법도 몰라서 갈아먹던 땅을 국유지로 빼앗겼으며 일제와 악독한 지주층에 의하여 더욱더 뼈저리게 착취당하게 되었던 것이었던 것이다.

마름 (관객을 쭉 둘러보며) 바로 이 마당이 저희 고을에서 제일 넓은 들판이올시다. 저어 눈앞에 펼쳐진 황금물결과 그 너머로 보이는 울창한 임야를 보십시오.

일본인1 과연 조선 국토노 삶은 계란이노 같소다.

일본인2 핫, 삶은 계란이노 무슨 소리노 합니까?

일본인1 껍질만 벗기면 알맹이노 한입에 낼름 한다데쓰.

일본인2 (먹는 시늉 하며) 허허허, 히히히.

마름 그야말로 싱싱한 숫처녀와 같지요.

일본인2 수, 숫처녀! 우리 견자(犬子)상의 표현이노 아주 쎅시노 합니다.

일본인 1 (망원경을 쳐들고 이리저리 살피다가 농민을 발견하고) 에이, 땅이노 좋긴 하지만 무슨 벌레노 이렇게 많은가?

마름 벌레라뇨?

일본인 1 견자상 눈에는 저어기서 꾸물거리고 있는 벌레들이노 보이지 않소까? (망원경을 마름에게 건네준다.)

마름 (망원경을 받아 관객석을 살핀다.) 아, 이쪽에는 가축들이 보이는군요. 저어기 저어기 빨간 옷 입은 암탉은 고아먹으면 맛있겠구나. 저기는 살찐 돼지. 이놈은 사료 많이 처먹겠구나. 그리고 저쪽은 아주 귀여운 삽살개. 아이구, 저 귀여운 코! 저 뒤에는 이크! 궁뎅이가 노적봉만한 망아지로구먼.

일본인 2 (화가 나서 마름의 머리를 때리며) 이런 바보노 견자상! 가축들말고 저어기 마당 가운데서 꿈지락거리고 있는 것들이노 보시오.

마름 (얼른 살피고 나서) 아아, 바로 보셨습니다. 벌레는 벌레지요. 흙벌레라고 땅을 파먹고 사는 벌레올시다.

일본인 1 그렇다면 큰일이노 아닌가. 우리가 먹고 싶은 땅을 파먹는 벌레라면 잡아없애야 된다데쓰.

마름 염려없습니다. 길만 잘 들이면 저것들이 땅을 파고 농사를 지어 우리 입에다 넣어주니까요.

일본인 2 아, 농사꾼이노 합니까?

마름 모두 종놈이나 한가지입니다.

일본인 1 땅을 먹으면 저것들도 저절로 딸려오게 되겠소다.

마름 바로 그렇습니다.

일본인 1 자, 시작이노 한다.

(세 사람 농민들에게 가까이 가서 위협적으로 선다. 일본인 2 앞으로 한걸음 나서서 권총을 빼어 공포 발사)

농민 4 아이고! (기절한다.)

농민 7 이게 무슨 벼락치는 소리랑가?

농민5 아이고메, 나는 육대 독자 떨쳤당께.

농민3 가뭄에 비가 올 모양이구먼.

농민1 (두려움에 싸여) 먼 일이슈?

마름 에 또, 나라에서 토지조사사업을 나오셨으니께 적극 협조를 혀.

농민들 조지노 사오입.

(간신히 정신이 들어서)

농민4 조지노 사오입이 도대체 뭐여?

농민7 (사타구니를 감추며) 나는 아직 새끼가 셋밖에 없는디.

농민5 조지조사를 해갖고 띠어불겄다 그 말이여 뭐여.

농민2 (결연히 일어나서) 웅, 느그들이 이젠 조선사람들 씨를 말릴 모양인디, 아나, 어디 한번 띠어봐라.

마름 허, 이렇게 무식한 것들, 그런 게 아니라…… 나라에서 땅의 소유권이 어찌되었는가 조사해본다, 그런 얘기여.

농민6 나라? 먼 놈의 나라여?

농민1 일본놈들이 나라 땅을 조사한단 말인가?

일본인1 (문자 쓰면서 점잖게) 임시제실유급 국유재산 조사국과 재설 재산 정리국이노 설치에 따라 투탁지급, 공동소유지급, 무토중방 전급, 혼탈일지를 국유지노 식사노 하고, 조선관유재산 관리규칙 에 따라 궁장토, 역토, 둔토에 차소라도 관계유한 토지는 국유지에 편입시킨다데쓰.

농민3 저것이 무슨 귀신 씨나락 까묵는 소리랑가?

농민5 요새 유행되는 새로 나온 염불일 거야.

(일본인1은 마름에게 턱짓으로 신호한다. 그러면 일본인2와 마름은 줄 양쪽을 잡고 마당 구석구석으로 나간다.)

농민1 (어리둥절하여) 하여튼지 나도 먼 영문인지 모르지만 땅을 어 찌코롬 해서라도 즈그들이 처먹겠다는 소린 것 같은디 우리도 대비를 해야제.

농민2 자, 헤치세. 이 너른 들판에 산지사방으로 흩어져서 사지 딱 붙이고 있으면 즈그들이 땅을 떼가겠는가, 먹어불겠능가.

(농민2의 말에 서로 고개를 끄덕이고 사방으로 흩어진다. 그러면 마름은 줄을 잡고 농민들 가운데로 파고 나간다.)

마름 (농민들 밀쳐내며) 느그들 줄 밖으로 나가.

농민4·5·6 우리 땅인디.

마름 지금부터 국유지야.

(농민들 고개를 갸우뚱하며 줄 밖으로 걸어간다.)

마름 (일본인1에게 다가가서) 아주 깨끗이 정리가 되었습니다.

일본인1 (볼멘소리로) 견자상! 우리 니뽄사람이노 아무리 쥐똥만한 섬에 살아도 간뗑이는 코끼리 불알만이노 한다데쓰.

일본인2 이따위로 한다면 견자상이노 지주권도 인정하지 않겠다.

마름 (안타깝다는 듯) 아, 아직도 양에 차지 않는다는 말씀입니까?

일본인1 조선쌀 천만석을 식사노 하는 것이 금년 목표다. 요만큼이라면 모기노 뒷다리의 골이나 빼먹는 격이다.

마름 알겠습니다. 종횡무진 휩쓸어버리지요.

일본인2 이번에는 일본군대가 나간다.

(일본인2, 줄을 빼앗아들고 직접 농민들 사이로 다시 달린다. 농민들 더욱 옹색하게 구석으로 몰린다. 줄 안에 들어온 농민1·2·3·4는 반항한다.)

농민1 (절규하며) 조상 대대로 물려온 토지를 빼앗길 수는 없다. 맞서 싸우자.

농민2 저놈들을 몰아내자.

(농민들은 마름에게서 '토지조사'가 씌어진 기를 뺏으려 달려든다. 마름은 몇번 반항하다 기를 뺏기고 일본인 뒤로 숨어버린다. 이때 일본인2가 달려나와 농민들에게 총을 쏜다. 농민3·4는 쓰러지고 농민5는 부상당한 농민3을 안아들고 퇴장한다. 농민1·2는 권총 앞에 손들고 서 있다.)

일본인2　(잔인하게) 국가노 일에 반항하면 모조리 사형에 처한다. 조선이노 보호조약 직후부터 일본땅이다. 시체를 치워라.

(농민1·2, 농민4의 시체를 쳐들고 줄 밖으로 힘없이 나간다. 농민들 조용히 흐느끼고 있다.)

일본인1　(흐느낌을 외면한 채) 자, 이제는 땅을 먹었으니, 우리 니쁜 장사꾼이노 들어오게 해서 아주 등골까지 빼먹게 해야 한다.

일본인2　그런데, 저 견자상이란 놈 인제 이용가치노 없소다. 없애노 버릴까요?

일본인1　아니, 키워가며 잡아먹어야 한다데쓰. 저런 자가 커져서 우리 말이나 잘이노 들으면 우리는 놀고 먹으며 통제할 수가 있소다. (마름을 손짓으로 부른다.) 당신네 봉건이노 지주권 인정한다.

마름　카무사 하무니다.

(일본인들, 악사석 쪽으로 가서 장삿짐을 등에 지고 장사꾼으로 역할을 바꾼다.)

일본인2　아, 이것이노 일본제 최신 유행의 양은요강이 되겠으무니다. 이것은 쌀 한가마 값인데 우리 마누라상이 쓰던 헌 것이니 닷말을 받아야 하무니다마는 단 선전기간을 통하여 여기서 현해탄 건너온 쪽바리상의 선비 빼고 너말 닷되, 이것을 다 받느냐. 오늘 본인의 점심값을 뚝 잘라서 너말, 이 너말을 다 받느냐. 특히 조센징 처녀들에 한해서는 닷되를 감하여 서말 닷되가 되겠으무니다. 마는 다 받느냐? 빠가야로, 느그들 양심이 있느냐 없느냐? 서말 닷되는 대가리 깨져도 다 받스무니다.

농민4　그것 뭣인디 번쩍번쩍하다요?

일본인2　은은 은인데, 양코배기 양자가 붙은 양은이노 요강이라고 느그들 조센징이 아는지 모르겠다. 이곳에 오줌을 싸면 누구든지 금세 양기가 좋아져, 특히 여자가 싸면 닷새만 싸봐, 콸콸 거북선 철판도 닳아지무니다. 문화생활을 하려면 이 정도는 준비해야지.

이장 나으리상도 일곱 개나 샀으무니다. (양산을 꺼내어 폈다, 접었다, 돌렸다 하며 떠든다.) 아, 이것이노 게다표 파라솔이다. 즉 양산이라는 것이노 한다. 니뽄 동경 제일 멋쟁이 귀부인들이 사용이노 한다. 뜨거운 날 장보러 갈 때, 논밭에 김매러 갈 때, 비 오는 날 뒷간에 갈 때, 보리밭에서 연애할 때 이렇게 살짝 쓰면 좋은 것이다.

일본인 1 자, 누깔이노 사탕이노 나왔으무니다. 엿이노 (팔뚝을 흔들어 보이며) 쌍스럽스무니다. 누깔사탕이노 한개만 먹으면 한달 동안 배가 부르무니다. (실제로 사탕 준비) 앙, 입들 벌리시오. 맛이 어떻스무니까?

배역들 이빨 썩는다. 이빨 아프다.

일본인 1 염려 마십시오. 간단한 치료법이 있으무니다. 아프면 목을 뎅강 잘라버리무니다. (이리저리 관객들 찾아다니며 사탕을 강매한다.) 사탕 한알에 쌀 한말밖에 안하무니다. 자, 고무신이노 있으무니다. 이번엔 쌀 두 가마.

일본인 2 이걸 보시요. 정종이라는 니뽄술이무니다. 맛이노 좀 봐라. (꼬마를 골라서 먹이려 한다.) 한병에 쌀 한가마 되겠으무니다. (자기가 몇잔 마시고 취기가 오른다.) 사무라이 연애는 니뽄도 연앤데 붙기만 붙으면 꼬랴 배창시 가른다. 독꼬샤, 조센징 연애는 고추장 연앤데 붙기만 붙으면 꼬랴 화끈화끈하구나. 독꼬샤.

일본인 1 아, 자네 언제 조선에 왔나? 내지에서 거지노 하던 사람이.

일본인 2 나는 거지노릇을 했지만, 자네는 소매치기노 했다.

일본인 1 아무튼 이렇게 식민지에 와서 만나니 반갑다. 우리 기생파티나 하고 놀자. 조선 계집이 세계에서 제일이노 한다. (관객들에게) 자, 자, 자, 요 중에서 누구 한명이노 나와서 노래불러라. 최신 히트곡으로 하면 목숨이노 살려준다. (약속된 관객 3 끌려나와서 노래 부른다. 노래는 박자나 음정이 엉망이다.)

일본인 2 우리 일본이노 제국의 카수보다 더 낫다. 조센징이노 멍청

빠가야로이지만 노래노 잘하무니다. (여자관객 끌어낸다. 여자관객 한참 빼다가 동작과 함께 유치원 동요를 부른다.)

일본인1 와, 우리 니뽄 음악대학에서는 무엇을 하길래 저러한 위대한 성악가가 나오지 않는가. 이것은 일등국민의 최대의 수치다.

(일본인들 술에 취해 비틀거리며 어깨동무하고 관객들을 희롱하며 퇴장)

둘째거리(엽전거리)

(농민6은 사방을 두리번거리며 살금살금 판 안으로 들어온다.)

농민6 아이고, 캄캄해. 엽전움막에서 만나기로 혔는디 어째 요로코롬 조용하다냐. (관객석으로 기어들어가려고 하면 누군가 "야, 저쪽으로 가" 하며 밀어낸다.) 아이고매, 도깨비들이 우글우글하는구나. (엉금엉금 기어나간다.) 부엉부엉.

농민7 (반대쪽에서 엉금엉금 기어나오며) 이 새끼들이 골탕을 먹일려고 이러는가? 발도 빠지고 재수 옴붙어부렀구먼. 부엉부엉. (더듬거리며 나간다.)

농민6·7 (서로 다가가다 머리를 부딪친다.) 옴메야! 아이구구! (얼결에 서로 껴안았다가 진저리치듯 상대를 밀며 뒤로 넘어진다. 둘이 아무래도 이상하다는 듯 바들바들 떨며 상대에 접근하여 만져보고 꼬집어본다.)

농민6 (떨리는 목소리로) 누, 누구여?

농민7 (김빠지고 화가 나서) 니 애비다, 씨팔놈아. 더듬기는 개새끼 내가 순잔 줄 아냐?

농민6 야, 이 새끼야, 몽달귀신이 연애하러 나온 줄 알았다. 휴! 십년 감수했네.

농민7 아무도 안 나왔냐? 한판 벌인다며……

농민6 쉬, 그렇잖아도 쟁의인가 뭔가 한다고 부락사람들 신경이 날라댕기는디 볏섬 갖고 딱지 친 줄 알면 몰매감이여.

농민7 좆까는 소리 하네. 오랜만에 공쌀도 좀 생겼는디, 젊은 놈들
이 술 좀 묵고 손금 제긴다고 몰매가 다 뭐여. 그런 놈 있으면 나한
테 데꼬 와. 깡냉이를 송두리채 뽑아버릴랑께. (움막 안에 불켜는 시
늉으로 허리춤에서 뭔가 꺼내어 부시 치는 시늉. 화투 꺼낸다.) 어디 패
나 한번 띠어보까? (구부정하게 패 떼는 시늉) 어따, 오늘 쌀 몇알 딸
모양인디 달밤에 사꾸라 피고 님 봐부렀는디.

농민6 어디 나도 한번 띠어보더라고. (패를 뗀다) 홍싸리가 비친 것
본께 시카여. 패가 오락가락할랑가?

농민7 니 패가 내 패 아니냐.

농민6 씨팔놈, 또 짜고 먹자 이거여? 새끼야, 니가 알아서 잘 실려줘
야 한다 고거여. 화투 뒤쪽을 손톱으로 확 긁어서 표시를 해놓잔께.

농민7 아니 근디, 요 새끼들은 어째 여태 안 온다냐? 그 새끼들 쪼
잔하게 겁묵은 거 아니여?

농민6 가서 불러와. 이 긴긴 밤을 너하고 나하고 이빨만 까고 다 조
져불래?

농민7 알았어. (일어나서 도둑고양이 걸음 모양으로 엿듣기도 하고 살피
기도 하며 마당판을 돌아다닌다.) 야, 새비야 새비야, 야, 흑동이 모지
라 어이, 순자여.

(농민3·4 엉금엉금 기어나와 접근해온다.)

농민4 느그들 다 몰래 나왔지야? 누가 알면은 큰일이다.

농민6 아무리 동네 어른들이 노름하지 마라 마라 해도 뼈 시린 바람
에 갯가에 나가 고기를 잡을 것이여, 엉덩이짝 방바닥에 붙이고 늙
은이시럽게 가마틀이나 손대고 있을 것이여.

농민7 야이, 새끼들아, 뼈다구 굵은 젊은 놈들이 모여서 손금 한번
쪼아본다는디 뭔 걱정이여.

농민3 손이 근질근질하기는 한디, 어째 꽁무니가 서늘하다야.

농민6 야이, 새끼들아, 모였으면 한판 붙어야제. 뭔 잔말이 그렇게

많냐? 젠장할 것, 앞걱정 뒷걱정 하다가 날새불겄다.

농민4 나는 데라여!

농민3 그려, 자네는 밤참이나 해주소.

농민6 니는 아무 염려 말고 내 패에다 뽀뽀나 한번씩 해주라. 끗발
오르게. (농민6 화투를 섞는다.)

농민3 아무리 마을 분위기가 팽팽해도 맨날 집안에 틀어박혀서 뭔
낙으로 살겄냐? 그라고 뭣이야, 그놈에 쟁인가 쟁긴가 덕택에 그래
도 쌀 몇섬씩 늘었는디, 그것 가만두어봤자 쥐새끼 존 일만 시킨당
게. 고것들 가만 놔둬봐야 다 어디로 가부러야.
(농민6은 패를 돌리고 농민7은 성냥개비를 돌린다.)

농민7 이거 하나에 백이다, 잘들 혀봐.

농민3 삼봉이여.

농민4 밤일 낮장해서 선봐야제.
(서로 보여주지 않으려고 안간힘 쓰며 판 안은 험악한 분위기로 변한다.)

농민7 아따, 비 삼봉 안 드냐?

농민4 미친년 오락가락해도 존 일 없고, 어사또 비쳐봐도 별볼일
없제.

농민6 그럼 그렇지. 아따, 거 그림 한번 삼삼하다. 지가 안 뜨고 배
겨. 달이 세 개나 떠부렀다. 한번 해볼 것 같구먼.

농민3 음메, 나는 온통 흑싸리 홍싸리뿐인디. 지미럴, 순전히 아사
리판이다.

농민6 뽀뽀해주라. (농민4에다 화투 내밀며) 붙어보더라고. (농민6과
7이 이긴다.) 뭐 니 패가 내 패라고?

농민7 새끼야, 너는 야가 화토짝에 뽀뽀할 때부터 알아봤어.

농민4 아이구, 지라알.
(침묵 가운데 긁어모으는 사람, 죽은 사람, 고민하는 사람, 개평 뜯는 사
람, 각자 다양한 표정으로 부산하다.)

농민3 야, 새끼들아, 이래갖고 어느 세월에 결판나겠냐. 섰다로 산 뜻하게 몰아불자.

농민4 그려그려, 나도 할 텡께.

농민6 여자는 빠져.

농민4 음맘마, 섰다라면 나도 한가락해. 자신이 있당게.

농민6 그래, 까짓 것 주머니돈이 쌈짓돈이제.

농민7 나는 삼봉으로 계속했으면 쓰겠는디.

농민6 다들 하자는디 섰다로 하자.

　　(패를 돌린다. 한장씩 받을 때마다 각자 다양한 몸짓과 표정. 농민4, 관객들에게 표를 보여주며 자랑한다.)

농민4 갔다! 형님 왔다지?

농민6 샀다!

농민7 좋다. 씨팔, 이판사판인디, 나도 샀어.

농민3 (망설인다. 관객에게 다가가서) 이 패로 죽는다면 아무래도 억울하겠제이?

농민4 이 패로 죽으면 앉아서 오줌누는 사람들 체면문제다. (잽이와 상의) 유달산 부동 명당의 장사.

농민3 송학매조 어울려 헌병.

농민6 삼삼에 삼땡. 칠칠 사구에 칠땡.

농민7 팔월 보름에 사구라 광땡.

농민4 쌔고쌔고 9, 4 깽판.

　　(적당히 놀다가 농민6과 7은 패를 바꿔친다. 또는 패를 빼내어 관객들이 보도록 뒤로 감춘다. 그러고는 판돈을 긁어가는 농민6과 7)

농민4 다 죽는가?

농민3 왜 그래? 나도 있는디.

농민4 (농민6이 손을 뒤로 빼어 바꾸려 하는 것을 발견하고) 오메, 뭣하는 거여?

농민3 (바꾸던 패를 농민6에게서 빼앗으며) 오냐, 느그들이 짜고 야마 시켰어.

(화투를 치던 농민들끼리 싸움이 벌어져 판이 법석거릴 때 농민2 판 가에서 엿보다 등장하여 현장을 덮친다.)

농민2 (화를 내며) 아니, 느그들 시방 여그서 뭣들 하는 거여?

농민3 아이구, 성님 웬일이요?

농민2 (화투짝을 집어들며) 응, 살판났구나. 시방 때가 어느 땐디 뭣으로 노름하냐?

농민4 아, 저…… 그냥…… 재미로 쌀이 있응께 따묵기로 잠깐 했어라우.

농민2 그래, 말 잘했다. 사할로 내린 작료가 느그들 노름하라는 나락인 줄 아냐?

농민6 너무 그러지 말어. 내 나락 갖고 내 기분으로 노는디, 일년내내 고생하고 잠깐 노는 걸 가지고 너무 딱딱거리지 말어. 씨팔.

농민2 (흥분해서) 응, 그러니까 느그들이 소작회 그만두고 지주네 동네로 이사가겠다, 그 말이지야?

농민6 아무렇게나 생각하라고, 못헐 것도 없으니께.

농민7 뭣이든 선수를 쳐야제. 자네 땅도 내가 갈아먹을지 누가 알어?

농민6 좌우간에 쟁인가 쟁긴가 그것이 실패로 돌아가면 우리는 모두 꿩 떨어진 매여.

농민2 뭐, 이 새끼들. (농민6의 멱살을 잡는다.)

농민6 놔, 이 새끼야.

(농민6은 뿌리치며 나가고 농민2만 남겨둔 채 농민들 뿔뿔이 흩어져 퇴장한다.)

농민2 (혼자 남아서) 꼭 이겨야 살제라우. 사람답게 살라면 꼭 이겨야 하겠지라?

배역들　암, 이겨야지.

농민2　처음엔 이래도, 단결이 될 텡께 염려들 하지 마시요.

셋째마당

첫째거리(작료거리)

(판 안에 농민2는 작두질을 하고 있고, 마름은 머슴1·2를 데리고 등장.)

마름　(둘러보며) 여기가 소작회원 집인가?

농민2　웬일들이여. 지난번 회답을 가져왔는가?

마름　회답? (망설이다) 음, 회답을 갖고 오기는 왔제. 시방 당장 싸게 싸게 딱 잘라서 칠할로 소작료를 내도록 해.

농민2　뭣이여? 칠할? 그게 무슨 놈의 회답이여?

마름　(종이쪽지를 살피다가) 작료를 내야제. 이녁은 닷섬 엿말이구먼.

농민2　인자 집집이 찾아다니며 거두러 다닌가?

마름　(빈정대며) 지금 어느 때여. 아직도 안 가져오니까 집으로 받으러 오는 것 아닌가? 아마 소작을 그만 붙이겠다는 심보 같응께 곡식도 우리가 나를 텡께 걱정 말고 소작료나 내란 말이여.

농민2　(비웃듯이) 응, 자네들은 우리 모실서 나간 놈들 이삿짐만 져다 주는 줄 알았더니 소작료까지 져다 주는구만. 머슴놈들 설 쇠고 일복 터졌구나.

머슴1　(농민2에게 달려들며) 뭐여? 이 씨팔놈이.

마름　아아, (말린다.) 나중에라도 분풀이는 할 수 있응께, 우선 참어. 잔소리 말고 어서 소작료나 내놔.

농민2　잔소리? 말버릇 한번 이쁘다. 설 음식에 뱃가죽이 팽팽하거든 가서 낮잠이나 자지그려. 소작회에서 당신한테 곡식 바치란 소리 아직 못 들었는디.

마름 나가 이 섬의 도마름이여. 다 받을 만한께 온 거 아니여. 지체
　　　　말고 얼른 내놔.

농민2 도마름 아니라 도마름 할애비가 와도 못 주네. 정 받고 싶으
　　　　면 당신네 나리보고 오라 하게.

마름 한다는 말마다…… 후회 말어. 종시 못 내놓겠단 말이여?

농민2 이제는 귀까지 먹었냐?

마름 (머슴들에게) 방문 열고 있는 대로 다 들어내. 세간이든 곡식이
　　　　든 뭐든지 다 꺼내. 헛간에 있는 돼지새끼라도 끌어오란 말이여.
　　　　아무것도 없으면 마누라년이라도 끌고 와.

　　　　(머슴2, 관객들에게 달려든다.)

농민2 거기 그냥 못 놔두냐?

마름 손가락 하나라도 움직이지 마.

　　　　(머슴1과 마름, 함께 농민2를 틀어잡는다.)

농민2 어어, 남의 집에 흙발로 막 들어가? (반항하며) 이거 못 놔?

마름 날강도들 혼을 내야지. (껄껄껄 너털웃음을 하며) 이건 합법이
　　　　여, 합법.

　　　　(머슴2는 관객들에게 달려들어 그들의 소지품을 검사하고 송아지, 돼지,
　　　　닭 등을 비유하여 놀린다. 마누라로 지목한 여자를 끌어내려 한다. 농민2 그
　　　　들을 뿌리치고 달려나가 머슴을 밀어내고 나서 앞장선 마름을 상대로 노장
　　　　과 취발이의 대결을 잠깐 보인 다음에, 농민2는 구석으로 몰려나고 마름과
　　　　머슴1·2는 마당으로 나온다.)

마름 (사방을 살피며 겁먹은 상태로) 그놈이 어디로 가부렀냐?

머슴1 가분 것이 아니라 우리가 도망왔제라우.

머슴2 한참 신나는 깽판이 되었구만이라우.

마름 (머슴1·2를 한대씩 때리고) 말이 많아. 이제부터는 방법을 바꾼
　　　　다. 복창, 첫째.

머슴들 첫째.

236

마름 변두리부터 먹는다.

머슴들 변두리부터 먹는다.

마름 둘째.

머슴들 (이하 따라한다)

마름 약한 놈부터 먹는다.

머슴들 (따라한다)

마름 셋째, 남자가 외출한 집부터 먹는다.

머슴들 (따라한다)

마름 넷째, 각개격파로 먹는다.

머슴들 (따라한다)

마름 이러한 원칙을 알았으면 각기 흩어져서 실시.

머슴들 실시. (셋은 관객들에게 다가간다)

마름 (관객들에게) 어이구, 오랜만이네. 설은 잘 쇠었는가? 그란디 지난번에 보니까 갑순이랑 상엿집에서 밤에 연애하던데 내가 둘이 노는 꼴을 봤지. 그때 접문을 하였는가? 접문이라고 문자를 쓰니 못 알아듣는 모양인디, 신식말로 키스여, 키스. 음메, 저것 보소, 얼굴이 빨개져부렀네. 딴 것은 몰라도 되는디 그때 기분이 어짜등가. 삼삼하던가? 그란디 거그가 뭣하는 곳인디…… 상스럽게 키스나 하고…… 나한테만 잘 보여봐. 그라면 입 딱 봉할 팅께. 작료를 내지그려.

머슴1 가만있자, 어디서 보기는 본 것 같은디. 어째 모른 척하시요? 우리 작인 아니오? (배역들, "맞어, 그 사람 맞어.") 옴메요! 뭔 놈에 여자가 이렇게 뻔뻔하당가. 거 낯짝을 본께 꼭 도적놈 같은 것이 남의 것 꽁짜로 잘 하시겄어. 여보쇼, 살집도 두둑하고 뱃심도 좋은 것 같은디 나하고 같이 좀 갑시다.

머슴2 어디 우리 작인 될 만한 사람들이 없는고. (적당한 관객 지목) 응, 이 사람 말이제. 허, 허우대는 멀쩡한 사람이 그런 짓은 안하게 생겼는디. 떽기, 여보쇼. 오늘 혹시 공짜로 들어온 거 아니요? 다음부터는 그런 짓 하지 마시요. 입장료도 몇푼 안되든만. (두리번거리다가) 응, 너 고만이 아니여? 딸 고만 나라고 고만이제. 느그 엄마 어디 갔다냐? 응, 칙간에 갔어? 우리 작료 안 내고 실컷 처먹기만 하니 밤나 똥만 싸지. 아이고, 너 많이 컸다. 그전에 텃밭에 앉아 엉덩이 홀렁 까고 오줌 싸더니 참 세월이 무섭구나야. 이렇게 철들어갖고 마당판에 구경도 나오고.

둘째거리(송덕비거리)

(마름과 머슴들이 여러가지 형태로 관객을 놀리고 있는 가운데 농민들은 면민대회를 하러 의기양양하게 판 안에 등장한다.)

농민2 어젯밤에도 기동리에 있는 우리 소작회원이 맞아부렀단다.

농민1 어떻게 방비를 해야 할 텐데. 거 큰일이구먼.

농민3 저쪽에서 자주 일본순사를 들먹이는 걸 본께 분명히 즈그들 간에 타협이 있는 것이여.

농민4 보리 키가 자라는 것을 본께 이대로 넘어가지는 못할 거여.

농민6 우리끼리는 안된당께. 회원을 더 보태도록 하는 것이 어쩌겠능가?

농민1 우리 면사람들이 마침 엽전마당에 이렇게 많이 모였으니 쇠뿔도 단김에 뺀다고 아주 면대회를 엽시다.

농민들 그랍시다. (농민1은 서 있고 다른 농민들은 판 안에 앉는다.)

농민1 (차분하게) 면민 여러분, 이제부터 차례로 우리의 결의와 경과를 보고하겠습니다. (마당 중앙으로 가서 우뚝 서며) 소작료가 너무 비싸서 모든 인건비까지 계산하면 소작논 경작의 수지가 맞지 않는 점을 말씀드립니다. (배역들 박수치며 관객들에게 박수 유도한다.)

농민2 (몇보 걸어가서) 국내 타지방에서 개정되고 있는 소작료 조정

의 실태를 말씀드리겠습니다. (관객·배역 박수)

농민3 (서쪽으로 몇보 걸어나가) 지주와의 소작료 조정을 위한 교섭 경과를 말씀드리겠습니다. (관객·배역 박수)

농민4 (남쪽으로 걸어나간다.) 소작료 조정을 반대하는 지주의 고집 은 시대의 흐름을 거역하는 처사입니다. (박수)

농민5 (북쪽으로 걸어나가 선다.) 앞으로의 소작료 조정에 대한 소작 인으로서 가져야 할 각오를 말씀드립니다. (박수)

농민1 소작인의 주장을 수락하라.

농민들 소작인의 주장을 수락하라.

농민1 우리 것을 지키자.

농민들 우리 것을 지키자.

농민1 관권 개입을 중지하라.

농민들 관권 개입을 중지하라.

농민1 우리의 요구가 관철되지 않으면 지주 선조의 송덕비를 회수 한다.

농민들 회수한다. (농민들 장단에 따라서 처음 흩어질 때와 마찬가지로 남은 좌로, 북은 우로 하여 일렬로 선다. 쇳소리와 함께 농민1을 정점으로 진을 짠다.) 송덕비를 쳐부수자.

(농민들 전열을 가다듬을 때 관객을 엑스트라로 유도하여 뒤에 붙을 수도 있다. 부채짓과 손짓으로 밀고 밀리는 것을 표현. 두어 번 반복 후 농민1을 위시한 농민들 두 손으로 밀어내는 동작. 마름 뒤로 넘어간다.)

농민1 (기뻐서 큰 소리로 외치며) 비석이 넘어졌네.

농민들 (진을 풀고 흩어지며) 자은소작회 만세. 암태소작회 만세.

(긴박한 호루라기 소리와 함께 일본인들 달려가는 농민들에게 수갑을 채 운 채 끌고 나간다. 남아 있던 농민들 끌려나간 사람 이름을 부르며 통곡한 다.)

농민4 (정신을 가다듬고) 우리가 여그서 퍼질러 운다고 잡혀간 사람들이 나올 것도 아니여라우.

농민3   금매 어쩌면 좋겠는가?

농민2   갑시다. 목포로 나갑시다.

농민3   목포에 가서 뭐한다냐?

농민2   경찰서로 쳐들어가서 잡아논 회원들을 다 풀어놓으라고 악을 써야제.

농민6   목포에 나가봤자 자고 묵기도 어려운디, 달랑 뻘건 궁둥이에 불알 두쪽 갖고 가서 어찌하겠는가?

농민1   비용이야 뱃삯 정도여. 농성을 하면서 구속자 석방을 요구해야제. 경찰서 마당에서 그냥 퍼질러앉아 날을 새우고 솥도 걸고 밥을 지어먹을 준비를 하세.

농민2   지원자를 모읍시다. (객석으로 뛰어가서 사람을 모은다.) 여러분, 이제부터 온 면민이 일치단결합시다.

잽이   요기서 조기까지 이 사람들도 다 간다는구먼.

(관객들 "갑시다, 갑시다"를 외친다.)

농민2   자, 이백명이요. (또 다른 쪽에서도 "우리도 갈라네.") 자, 삼백명이요.

(농민들 여러 곳에서 그런 식으로 모아 천명을 채운다.)

농민1   천명의 지원자가 나왔지만 이대로 모두 갔다가는 전 조선땅에 난리가 난 줄 알 거요.

농민2   목포에 가는 것은 놀러 가는 게 아니라 우리 목적 달성에 가는 것잉께 허가 읎이 지자리를 떠나서는 안된다. 식사 거리로는 각자 우선 닷새분의 양식과 소금을 휴대하고 십여명 정도가 한조가 되어서 같이 밥을 지을 솥을 가지고 간다. 유월 사일 아침 신정리 나루터에서 집결하여 떠난다. (농민들은 대열을 정리하여 판 가로 나간다.)

넷째마당

첫째거리(경찰서거리)

(농민들 전원 전열을 정비하여 우렁찬 노랫소리와 함께 노 저으며 판을 가로지른다. 농민들 판 구석에 도달하여 돌아설 때 일본인2가 등장하여 마당 가운데서 보초를 서고 있고, 일본인1은 당황하여 오락가락하면서 경찰서임을 암시한다.)

농민2 (큰 소리로) 여기가 목포 경찰서요?

농민3 (혼잣말로) 하이고, 일본순사들이 득실득실하는디.

농민4 우리 돌쇠 아범 내놔라!

농민5 개똥 아범도.

농민6 김서방 내놔라!

농민1 우리가 이렇게 중구난방으로 떠들 게 아니라 서장을 나오라고 하세.

농민7 그려. 서장이 나와서 해명을 해야제.

농민2 죄없는 우리 회원들만 폭행, 난동, 소요죄로 붙들어갔으니 단단히 따져보더라고. (농민2만 서 있고 다른 농민들 앉는다.) 자, 여러분 내 선창에 따라 구호를 외칩시다! 구속자를 전원 석방하라! (배역·관객들, "석방하라.") 소작쟁의를 탄압하지 말라! (배역·관객들, "탄압하지 말라.") 서장은 나와서 해명하라! (배역·관객들, "해명하라.")

(일본인1 귀를 막았다 하며 안절부절 못하고 일본인2를 불러 지시한다.)

일본인1 왜 이렇게 시끄러운가?

일본인2 (경례를 붙이며) 핫! 총으로 모조리 쏴죽일 수 있소다.

일본인1 (화가 나서 발을 구르며) 그런 식으로 문제노 해결되는 게 아니다.

일본인2 처음부터 싹이노 잘라버렸으면 이런 일이 없었으무니다.

일본인 1 그대는 식민지 통치의 방법을 모른다. 우리가 처음에 모른 척이노 한 것은 분열정책이다.

일본인 2 핫! 분열이노 정책.

일본인 1 저희들끼리 싸우게 해서 일본 당국에 대한 저항의 방향이노 돌리자는 것이었다.

일본인 2 당장 나가서 돌려놓고 오겠스무니다.

일본인 1 바보야, 때가 늦었어. 저것이노 독립운동보다 더욱 불온하다. 빨리 쫓아보내.

(일본인 2 경례하고 나서 달려나온다.)

일본인 2 대표자가 누군가?

(농민 1·2 수군대고 나서 농민 2 나선다.)

농민 2 내가 대표자요.

일본인 2 어째서 이렇게 소란이노 피우는가?

농민 2 같이 일하다 잡혀온 사람들을 방면해달라고 왔소.

일본인 2 방면! 빠가야로 조센징. 죄를 지은 놈들을 방면하라고?

농민 2 우리는 뱃길로 다섯 시간이나 건너온 사람들이요. 맘대로들 하시요.

농민 4 우리 돌쇠 아범 내놓기 전에는 내 모가지가 떨어져도 못 물러 갈 텡께 알아서들 히여.

농민 5 개똥 아범도.

농민 2 (대어들듯) 당신하고 백날을 말해봤자 아무 씨알테기 없응께 서장 나오라 하란 말이여, 서장을……

(농민들 큰 소리로 외치며 전부 나서자 일본인 2 당황한다.)

일본인 2 (뒤로 물러서며) 우리는 죄인들이노 모른다. 죄인들은 형무소에 갇혀 있다.

농민들 형무소로 가자!

일본인 2 (다급하게) 재판소! 야! 안된다데쓰. 여기서 기다려라.

(일본인2가 일본인1에게 다가가 귓속말을 전하자 화가 난 일본인1은 일본인2의 머리를 쥐어박고 다급한 듯 판을 왔다갔다하다 풀이 죽어서 퇴장한다. 판에 남아 있는 농민들은 관객과 함께 노래를 부르며 농성한다.)

농민4 (하늘을 올려다보며) 하이고, 별이 떴구만이라우. 암태나 목포나 하늘은 다 똑같고 사람도 다 같은디, 어째 우리네 살림은 언제나 이 모양 이 꼴이여.

농민2 하늘은 같지마는 그것이 일본의 하늘이여!

농민4 우리 돌쇠 아범은 밥이나 묵었는지. (눈물을 흘리고 코를 푼다.)

농민5 개똥 아범도.

농민4 나는 이 여편네 미워서 이제부터 대사 한마디 안할라구만. 자네는 이 마당극 끝날 때까지 그 소리나 하다 들어갈랑가?

농민5 그러니께 지가 무슨 꼭 주연 같네.

농민1 (맥이 빠져서) 밥을 묵어야제.

농민3 나는 벌써 졸린디.

농민2 전부 지쳐부렀소.

(농민4·5 솥에다 밥하는 시늉. 떡이나 술 따위의 제물이 있으면 이런 기회에 관객들에게 나눠줘도 좋고, 없으면 생략한다.)

농민6 그란디, 이것도 끼니라고 먹었더니 배가 이상한디.

농민7 나도 그라네. 어디 측간이 없는가?

농민6 아이고, 나는 급해지네. (배를 움켜쥐고 인상을 찌푸린다. 마당을 돌며 어기적걸음) 측간이 없으면 하루측간이라도 찾아야제.

농민7 하루측간이 뭐여?

농민6 하늘 아래 빈터가 모두 땅인디 이 경찰서 마당이라고 별수 있겠는가? 싸야제.

농민7 암만, 싸야제.

농민6 (옷 끄르고 변 보는 시늉. 농민7도 따라서 쪼그려앉는다.) 아이구,

시원하다.

농민7　세상에 순사가 제일 무섭더니 싸고 난께 별거 아니로구만.

농민6　조선에서 경찰서 마당에 맘 푹 놓고 똥싸는 건 우리뿐이겠제.

　　　(농민1·2·3·4 차례로 와서 나란히 앉는다. 농민4는 눈치를 보다 얼른 도망가고 농민5도 다른 구석에서 기웃거리다 일 치르고 도망간다.)

농민6　아따, 무슨 경연대회 하는 것 같네.

농민2　(능청스럽게) 기념인디 빠질 수 있겠냐?

농민1　어험, 말들 시키지 말라고. 정신집중 방해돼.

농민6　(코를 쥐고 밑을 들여다본다. 농민7에게) 자네 것은 두리뭉실 떨어진 모양이 노적봉맨치로 생겼네.

농민7　(농민3에게) 자네는 그냥 평평하게 퍼져부렀으니 유달산 마당바위여.

농민6　(농민2에게) 이것은 자네 성질을 똑 닮아부렀네. 뾰죽뾰죽 올라온 것이 일등바위로구먼.

농민3　(농민6에게) 그렇게 말하는 자네는 아예…… 흘렀구만, 흘러부렀어.

농민6　그라고 요건 뭣이여, 돌쇠 어멈이 지나갔제?

농민3　예, 영산강이여, 영산강.

　　　농민들 서로의 배설물을 가리키며 놀려대다 자리를 바꿔 잠자리 준비한다.

농민2　우리가 경찰서 마당에서 송장이 되기 전엔 안 나갈 거여. 자! 잠자세.

　　　(모두 나란히 드러눕는다. 징소리로 아침을 알린다. 일본인1은 앞서고 일본인2는 뒤를 따르며 거드름 피우며 등장하다가 일본인1이 뭔가 밟은 듯 표정이 일그러져 밑을 내려본다. 그러고는 발을 털털 털어내고 외다리로 서성대다가 멀찍이 디더본다. 옆에 앉은 농민들 히히덕거리고 있다.)

일본인1　(화가 나서) 발밑에 무엇이노 요상한 것이노 있다 한다. 귀관이노 살펴보라.

일본인 2　(살펴보다가 직접 코를 쥔다.) 냄새노 고약이노 하무니다.

일본인 1　칙쇼. 그것이 무엇인가?

일본인 2　핫, 대일본제국 과학수사연구소에 감정이노 보내겠스무니다.

일본인 1　어디서 많이 본 물건이노 아닌가?

일본인 2　자세히 보니까 서장님께서도 아침마다 보시는 물건이노 하무니다.

일본인 1　정확히 말이노 하랏!

일본인 2　또, 또, 똥이노 하무니다.

일본인 1　똥? (불쾌하여 발을 떼려 하나 안 떨어진다.) 아아, 발이노 붙어버렸다. (우는 소리를 낸다.)

일본인 2　(곁에서 떼어내려고 돕다가) 조선쌀이노 찰기가 많아서 안 떨어지무니다. (둘이 합세하여 간신히 떼어내다 일본인 1 넘어져버린다.)

일본인 1　(궁둥이에서 똥을 한움큼 떼어내서는 일본인 2의 얼굴에다 비벼버린다) 치안질서노 엉망진창이닷.

일본인 2　(얼굴을 훑어내리며) 하푸하푸.

일본인 1　귀관이 저 앞마당까지 개척하라.

일본인 2　(긴장하여) 천황폐하노 만세. 도스께끼!

일본인 1　천천히, 천천히. 다시 붙으면 매우 곤란이노 한다.

　(일본인 1·2 똥을 피해 요리조리 디뎌 걸으며 농민들에게 다가간다.)

일본인 1　(농민들에게 가서 연신 온갖 표정을 지으며) 이 사건 처리노 당국에 맡겨두기 바란다. 그리고 당신들의 장난이노 행동이 사건 처리에 아무 영향도 주지 못할 것이니 일찍 해산하는 것이 신변에 이로울 것이다.

농민 4　(울면서) 아이고, 우리 돌쇠 아범을 안 내주면 우리는 여기서 살라요.

농민 6　칙간도 없응께 아무데나 싸부러. 자껏.

일본인 1·2　칙간? (서로 껴안고 발밑을 살핀다. 둘이 당황하여 들어올 때

와 마찬가지로 발에 똥이 붙으면 서로 떼어내고 하면서 퇴장)

둘째거리(재판소거리)

잽이 (변사조로) 경찰서에서 일차 농성을 하고도 갇힌 사람들이 방면
되지 않았고 쟁의도 해결되지 않았던 것이었던 것이었다. 이차 농
성의 비장했던 상황은 이러하였던 것이었으나 대지로 요를 삼고
창공으로 이불을 삼아, 입은 옷에야 흙이 묻든지 말든지 쫄아드는
창자야 끊어지든지 말든지 오직 하나 집을 떠날 때에 작정한 마음
으로 밤에 자는 둥 마는 둥, 또다시 하루하루를 지새웠던 것이었던
것이다. 남녀노소가 한데 뭉쳐서 이백여명이 굶주림에 쓰러졌고
어린아이들도 엄마 등에 업힌 채 농성을 견디었던 것이었던 것이
다. 그들은 마치 불사신과도 같았던 것이었으니 암태도의 횃불은
일제의 캄캄한 암흑을 밝게 비추었던 것이었다.
(농민들 격분하여 등장한다.)

농민2 지난번에 농성을 풀고 돌아가 기다리면 구속된 사람들을 석
방해주고 소작료문제도 해결한다더니 일본놈과 지주가 우리를 속
였단 말이여.

농민1 이대로 끝나면 회원들만 희생시키고 소작회 전체가 죽어번지
는 것이나 한가지여. 지주 쪽도 그만큼 힘이 나게 되고 소작료 조
정도 지금까지의 일이 허사가 되고 말 거여.

농민4 남자들은 징역 살고 여편네, 새끼들만 집에서 편히 있을 거
여?

농민3 재판만 끝나면 우리는 모두 굶은 목숨이랑께.

농민2 가자. 회원들을 안 내놓으면 우리도 굶어서 죽자.

농민1 그렇다. 이번에는 단식농성이다. 남자도 여자도 어른도 아이
도 모두 굶어죽자.

246

농민2 재판소로 가자.

농민들 가자.

농민2 (관객들에게) 광주감옥에서 고초를 당하고 있는 열세 명과 죽음을 같이할 사람은 나오시요.

　잽이들은 풍물을 메고 합세, 농악의 진풀이로 일본인 1·2, 마름이 버티고 서 있는 곳까지 마당을 돌면서 몰려들어간다. 일본인들은 뒷걸음으로 물러나며 나선형의 행진을 하다 가운데로 몰린다. 다시 종대에서 횡대로 서면 피로와 굶주림에 지쳐 쓰러지는 사람들 가운데 마름 부들부들 떨며 종이를 들고 읽는다.

마름 일. 지주와 소작인 간의 소작료는 사할로 약정하고 지주는 소작인회에 금 이천원을 기부한다.

　　이. 대정 십이년간의 미납 소작료는 향후 삼년간에 걸쳐서 무이자로 분할 상환한다.

　　삼. 구금중인 쌍방 인사에 대하여는 구월 일일 공판에서 고소를 취하한다.

농민들 와아, 이겼다. 이겼다!

일본인 1·2 해산하라, 해산!

농민들 구속자를 즉시 석방하라.

　(일본인 1, 다급하게 일본인 2에게 지시. 일본인 2는 배역 중 한사람을 골라 수갑 끄르는 시늉. 몸이 굳은 듯 행동하던 수감자는 사지를 활짝 펴며 새가 풀려 나는 동작. 농민들, 그를 떠메어올리고 달려오던 마당으로 쏟아져나오며)

농민들 암태소작회 만세. 만세!

　(승리의 노래를 부르며 행진. 관객들 함께 노래한다.)

〔전라도 마당굿 대본집, 들불 1989〕

안담살이 이야기

나오는 사람들 전봉준 안담살이 담살모 백성1 백성2 백성3 백성4 유생
왕 일본군1 일본군2 일본상인 관료 머슴들 미·일·러·청

첫째마당

전봉준 뒤로 묶여 비틀거리며 등장, 마당 중앙에 무릎 꿇고 앉아 있고, 백성들은 천천히 마당을 돌며 「파랑새」 노래.

새야 새야 파랑새야 녹두밭에 앉지 마라
녹두꽃이 떨어지면 청포장수 울고 간다
새야 새야 파랑새야 너 뭣하러 나왔느냐
솔잎 댓잎 푸릇푸릇 하절인 줄 알았더니
백설이 펄―펄 날려 엄동설한 되었구나.

(노래 마지막 부분에서 백성들은 판 가에 조용히 앉는다.)

전봉준 (느리고 담담하게 허공을 보며) 우리가 의를 들어 이에 이르나 그 본의가 단연코 다른 데 있지 아니하고 창생을 도탄 중에서 건지고 국가를 반석 위에다 두자 함이라. (결연하게) 안으로는 탐학한 관리의 목을 베고 밖으로는 횡포한 강적의 무리를 구축하자 함이라.

잽이 니가 작년 삼월에 난을 일으킨 것은 백성을 위해 해악을 제거하려는 뜻이었다고 말했는데, 과연 그러한가?

전봉준 그렇다!

잽이 그러면 전라도 일도의 탐학관리들을 제거키 위해 난을 일으켰는가? 아니면 팔도 전체의 관리를 제거키 위해서였는가?

전봉준 전라도의 탐학을 제거하고 나아가 내직을 매관매직하는 권신도 내쫓으면 팔도는 자연히 이뤄질 것이다.

잽이 전라감사 이하 각읍 수령이 모두 탐학한가?

전봉준 그렇다!

잽이 다시 난이노 일으킨 것은 무슨 연고냐?

전봉준 너희 강도 일본이 개화를 칭하여 사전에 한마디 말도 없이 백성들에게 시행하고, 선전포고도 없이 군대를 이끌고 도성에 들어와 한밤중에 왕궁을 습격하니 초야의 백성들은 나라를 사랑하는 마음에 분함을 참지 못하여 의로운 무리들이 서로 모여서 일본과 싸우게 된 것이다.

잽이 지금이라도 잘못을 뉘우치고 일본이노 정책에 찬동이노 하면 목숨을 살려주려니와 높은 벼슬이노까지 받게 될 것이다.

전봉준 너는 나의 적이요! 나는 너의 적이다! 내가 너희를 쳐없애고 나라 일을 바로잡으려다 오히려 너희 손에 잡혔으니 너희는 나를 죽일 뿐이지 다른 말은 묻지 말라!

(북소리 느리게 둥 둥 둥)

잽이 마지막으로 할말이 없는가?

전봉준 나는 다른 말은 없다. 나를 죽일진대 종로 네거리에 나의 목을 베어 오고 가는 사람들에게 내 피를 뿌려주는 것이 옳거늘 어찌 캄캄한 적굴에서 암연히 죽이느냐! (북소리 빠르게 울리다가 딱 멈추면 전봉준 고개를 떨군다.)

(판소리 광대 등장하여 진양조로)

단군 자손 우리 백성 국치민욕 네 아느냐
부모봉양 할 곳 없고 자식까지 종 되었네
의지할 곳 어드메냐 간 데마다 천대요
까닭없이 쫓겨나니 잊었느냐 잊었느냐
우리 원수 합병수치 니가 내가 잊었느냐
자유독립 되찾기로 우리 맹세 적혀 있다
나라 없는 우리 동포 살아 있기 부끄럽네
땀흘리고 피흘려서 나라수치 씻어놓고
뼈와 살은 거름 되어 논과 밭에 유익되네
우리 목적 이것이니 잊지 말고 나아가세.

(아니리)

이때를 당하여 넘어지는 조정안에 사람이 없었는고
허니— 만고충신 최면암은 대마도에 아사하고 사군절충
이준씨는 만리타국 외국 가서 세계만방 열좌중에
간을 내어 피를 품고 민충정공 누현각에 사절죽이 자생일세
사흉은 누가 되며 오적은 누가 될꼬
칠간은 누가 되며 팔적은 누가 될꼬.
(진양조)
애닲구나 세상사람 입들만이 성하여서
이러쿵 저러쿵 말들만 하는구나
실천실행 전혀 없어 이 나라를 어찌할꼬.
(백성들 함평농요 부르며 생활의 동작과 함께 마당에서 '끈춤' 춘다.)
(함평농요)
어—어—화 들들게요 (후렴)
모를심고 김을메어 세세풍년 맞이하여
하얀쌀밥 밥을지어 함포고복 하여보세
인분푸고 오줌주고 뼈빠지게 일을하여
한줌곡식 지어내면 두줌곡식 뺏어가네
오입쟁이 양반나리 오만할손 안방마님
이내설움 어찌알고 이내울분 어이알리
저기저게 무슨소리 왜놈헌병 큰칼소리
저기저게 무슨소리 우리동무 신음소리
문전옥답 도둑맞고 정든고향 쫓겨날제
차마발이 안떨어져 울며불며 넘어가네.

백성1 나라가 없어져부렀는디 옘병할 농사는 지어서 뭣하겠는가?

백성2 나라는 뭔 놈의 나라여! 고것이 누구 나라당가?

백성3 허허, 그런 소리 말게. 우리가 아무리 양반들헌테 당했다 혀
도 나라는 있어야 되는 법일세.

백성4 그것 참 시원하게 잘되야부렀네!

백성1 이 사람들아! 속없는 소리들 허지 말게. 울안에 도둑보다 울 밖의 도둑이 더 징한 법이여.

(굿거리장단과 함께 유생이 거드름 피우며 등장하면 백성들 "샌님 나오셨 습니까" 하며 인사를 차린다.)

유생 아니, 지금 때가 어느 땐데, 옛글에 이르기를 '빈가지조는 천자 기우'라 하였거늘 너희들이 진서를 모르는 고로 뜻을 새기면, 가난 구제는 나라도 못한다는 뜻이다. 농번기에 열심히 일하여 작료를 내고 세금 바칠 생각은 않고 무슨 놈의 나라걱정인가? 그런 걱정은 우리 같은 양반들이나 할 일이지 너희들이 알 바 아니다.

(유생이 농민들의 묶인 끈을 들고 일어서면 농민들 끌려나와 농요 넷째 소절까지 부르며 일하는 동작을 하다가 마당판 가에 모두 앉는다. 농민들 각 자 새끼 꼬는 동작, 베 짜는 동작 등을 하고 유생은 글 읽는 동작을 한다. 이 어서 왕이 마당에 나와 쪼그려앉아 있고 중국과 일본은 후면에서 주도권 쟁 탈을 벌인다. 그들은 말할 때마다 왕의 뒷자리를 차지했다, 물러났다를 반복 한다.)

일 세계의 대세는 변하고 있다. 조선은 쇄국의 꿈에서 벗어나 문호 를 개방하고 그 이권을 열강들에게 골고루 나눠주어야 할 것이다.

청 조선은 옛적부터 대대로 우리 지나의 속국이다! 조선국왕은 천 자의 아우이며 변방의 제후에 불과하다!

일 (웃음) 꿈같은 소리 하지 마라! 위대한 근대화를 이룩한 명치유 신의 의미를 너희들은 모른다. 이것은 대일본제국이 스스로 낙후 된 동양으로부터 떨어져나갔음을 의미한다.

청 일본은 문화의 뿌리를 뽑혔으므로 도의를 잃고 방황하게 될 것이 다! 그대는 야만 양귀의 앞잡이가 되려는가?

일 (웃음) 중국은 늙고 병들었다!

청 조선은 아직 대륙의 일부분이다.

일　그렇지 않다! 앞으로는 바다의 관문이 될 것이다. 일본의 등뒤에
　　는 바다 건너 구미 열강세력이 지켜보고 있다.

　　(왕의 구부린 등뒤에서 청·일 팔씨름한다. 청은 지고 나서 퇴장. 일본군
1·2 등장하여 총을 X자로 들고 왕의 좌우를 지킨다.)

일　조선은 청국에 의존하지 않고.

왕　(교과서를 읽듯이) 조선은 청국에 의존하지 않고.

일　자주독립의 기초를 확립한다!

왕　자주독립의 기초를 확립한다!

일본군1　명목상의 독립국이다.

일본군2　그 독립을 점진적으로 먹어감으로써 타국이 관여하지 못하
　　도록 한다.

일　내정을 개혁한다!

왕　내정을 개혁한다!

일본군1　일본의 내정개혁안을 조선말로 바꾼 것이다.

일본군2　조선의 구체제는 일본식 권력체제로 바꾼다.

일　조선의 복식을 바꾼다!

왕　조선의 복식을 바꾼다!

일본군1　흰옷을 염색한다.

일본군2　상투를 자른다.

일　과거제도를 폐지한다!

왕　과거제도를 폐지한다!

일본군1　지방유생의 관계진출을 봉쇄한다.

일본군2　유학·유교를 폐물화한다.

일　일본식 근대화!

왕　갑·오·경·장!

　　(왕에게 허수아비를 상징하는 흰색 두건을 씌운다. 백성들의 곡성, 왕과
일 퇴장하고 일본군들 마당으로 나와서 관객 모독. 일본군1·2, 조선인 관료

——또는 두건 벗긴 왕——를 앞세우고 마당으로 들어온다.)

관료 금번 나라에서는 조국 근대화를 위하여 여러가지의 신출귀몰한 개혁령을 선포하였는바 서양의 문명과 문화를 받아들여야만 발전이 있을 것이다.

일본군1 철도 놔야 하무니다. 전기도 들여놔야 하무니다.

일본군2 마을길도 넓히고 초가집도 없애고 신작로를 내야 하무니다. 항만을 건설해야 교역에 편리하무니다.

관료 무엇보다도 전근대적인 상투를 잘라야 한다.

일본군1 우리도 페리가 대포 쏘고 들어오자마자 좆마개를 싹뚝했으무니.

일본군2 이발료는 한푼도 받지 않겠스무니다.

관료 단발령을 발표한다! 첫째, 장발은 타인에게 혐오감을 준다.

일본군1 이가 득실득실, 위생상 좋지 않다.

관료 둘째, 장발은 반사회적이며 불온하다.

일본군2 상투를 고수하는 자들이노 모두가 국가시책에 반대하는 썩은 유생들뿐이다.

관료 셋째, 미풍양속을 해친다.

일본군1 남녀 구별이노 매우매우 곤란하무니다.

관료 자, 인정사정없이 자른다.

(일본군1·2 관객석으로 흩어져서 무조건 관객을 마당으로 잡아온다. 차렷 열중쉬엇, 원산폭격 등 여러가지 유형의 기합을 주고 나서 쫓아보낸다. 이어서 관료, 유생과 백성들에게 와서)

관료 왕명이다. 특별조치법을 시행한다!

(백성들 머리를 감추며 비명. 유생 끌려나온다.)

유생 네 이노옴, 네 죄를 네가 알렷다! (연방 머리를 가린다.)

관료 병신, 지랄하네. 훅 불면 날아가서 떡이 될 놈이 호통은 그냥 남아 있네.

유생   네 이놈, 공자님 말씀에 '신체발부는 수지부모'라 하였거늘 네 이노옴, 하늘이 무섭지 않느냐. (일본군1·2 총으로 위협. 관료 여유만만하게 유생의 머리를 자르고 물러난다. 유생 통곡) 아이고, 이런 변이 있나. 성현이 나신 이래 동방예의지국이 이러한 수모를 받은 예가 없거늘 하루아침에 금수의 나라가 되어버렸구나. 효가 없이 어찌 충이 있을 수 있으며 머리털이 없이 어찌 선비의 도를 행하랴! 내 죽어 이 행패에 항의하려 한다마는 지하에 가서 조상님의 추상 같은 질타를 어찌 받는단 말인가. 아이고, 잘라진 상투값이라도 하고 죽어야지.

백성들   일본놈들이 황후폐하를 죽였다네!

백성2   우리도 일본놈들을 보는 대로 죽입시다.

백성3   샌님, 이러고만 있으면 어쩔 것이요. 우리도 쪽바리하고 싸워야 되지 않겠소?

유생   오호 통제라 시일야 방성대곡이로다. 이렇게 무지막지하게 장삼이사 모여서 일어난다고 되는 게 아니네. 손자병법에도 '병자 국지대사는 사생지지요, 존망지도니 불가불찰'이라 했거늘, 먼저 순서가 있는 것이니라.

백성4   순서는 뭔 놈의 순서요. 상투는 뽑히고 국모는 복날 개 치데끼 맞아 죽어부렀는디.

유생   신사적으로 해야지. 자네들은 여기서 침착하게 흥분 말고 전략 전술적으로 내 하명을 기다리고 있게. 내가 임금님께 상소를 올려서 그 하회를 보아 거병하세. (마당 중앙으로 나가 엎드려 통곡 상소한다.) 아아, 가슴 아프도다. 오늘날 국사를 차마 어찌 말하리요. 옛적엔 나라가 멸망하매 단지 종사가 무너질 뿐이더니 오늘날의 망국에는 인종도 아울러 멸망하노라! 옛적에 타국을 멸하매 무력에 의했으나 오늘날에는 계약에 의한다. 무력에 의하면 그래도 승패만은 있지만 계약에 의하면 스스로 복망의 길에 들어선다. 이런 변고가 전세계, 고금에 있은 적이 있는가? 우리는 토지와 백성이 있으되 스스로 주인노릇을 못하고 타인으로 하여금 대신 감독케 하니 이는 임금이 없음이라. 나라와 임금이 없으면 무릇 우리 삼천리 백성은 모두 노예요, 신첩이라. 무릇 남의 노예가 되고 남의 신첩이 되면 살아도 죽는 것만 못하거늘, 하물며 저들의 여우와 같은 간악한 사기술이 우리에게 끼친 짓을 살펴보면 우리 인종을 이 땅에 남겨두지 않으려 함이 분명하다. 그러니 비록 노예와 신첩이 되려 해도 어찌 삶을 얻을 수 있으리요!

(일본군1과 왕, 마당에 등장)

왕　밖이 왜 이리 소란한고?

일본군1　전하! 일부 몰지각한 지식인들이 머리털을 짤렸다고 날마다 궁성 밖에서 치안을 어지럽히고 있사옵니다.

왕　허허, 조정에는 어찌 저러한 충신들이 없었는고.

일본군1　전하, 충신이 아니라 근대화에 역행하는 우민들입니다.

왕　나의 백성들이요.

일본군1　전하의 백성들은 일본의 보호 아래 있습니다.

왕　고마운 일이로군.

일본군1　따라서 하시오. 국법을 어기는 자는 나라에 불충한 것이다.

왕　(교과서 읽듯 따라한다.) 국법을 어기는 자는 나라에 불충한 것이다.

일본군1　낙향하여 생업에 힘쓰며 국가시책에 협조하라.

왕　(역시 따라한다.) 낙향하여 생업에 힘쓰며 국가시책에 협조하라.

백성들　상감마마, 통촉하시옵소서.

백성 대표　(백성 앞에서 나아와 격문 낭독) 왜놈은 섬오랑캐로서 원래가 간사한 것들이다. 이등박문이 제 임금을 죽이고 조선을 삼킬 꾀를 내어 국모를 죽이니 대신을 맡은 자는 적의 앞잡이 노릇 하는 자 아님이 없고, 머리 깎고 얄궂은 말을 하는 자는 모두 왜놈의 창자를 가진 놈들이다. 우리는 왜놈의 궁정을 밭을 만들며 그놈들의 피를 마시지 못할망정 그자들을 접대하랴! 우리 일제히 풀이 바람을 따르듯 일어나자!

백성들 (맨손으로 주먹을 쥐어 쳐들며) 싸우자!

백성1 아니, 그란디 암것도 없이 뭣 갖고 싸운다냐?

백성2 호미든 낫이든지 손에 앵긴 대로 들고 나서면 될 것 아니여.

백성 말로만? 뭣을 갖고 싸운다냐? 일본놈들은 신식소총에 대포까지 있다는디 낫으로 싸워야?

백성 (어마어마한 목소리로) 샌님이 있잖여. 시방 비를 곰방 부르고 바람 쏴 몰아오고 번개벼락을 우당탕 치게 허는 제갈공명 비술을 연구중이시구먼. 쉬―

유생 (몸을 흔들며 잠시 명상에 잠겼다가 결연히 일어서서) 오늘부터 내가 의병 총사령관이니라. 군에는 먼저 군령이 서야 하는즉슨 어기면 가차없이 목을 베겠노라. 첫째, 양반과 맞먹지 말 것, 둘째, 하정배를 드릴 것, 셋째, 상놈은 상놈답게 처신할 것, 넷째, 동학에 가담했던 천인공노할 도적들은 절대로 인정하지 않을 것. 마지막으로 우리는 도적떼가 아니니 갓 쓰고 도포 입고 의관을 정제헐 것이니라. (백성들의 손가마를 타고 진격) 내 장죽이 어디 갔는고?

(유생 장죽 물고 거들먹거리며 나간다. 일본군과 관료 나온다.)

일본군1 해산시키시오. 아니면 우리는 궁성을 포격하겠소.

관료 (두 손을 싹싹 빈다.) 아이고, 통감각하! 명을 받들어 왕명을 하달하겠습니다. (태도 표변) 왕명이다! 해산하라.

유생 우리는 해산할 수 없나이다. 관군은 왜병들에게 속한 군사이니 왜놈과 마찬가지이옵나이다.

관료 나 선유사는 다시 한번 어명을 받잡고 말한다. 해산하라. 해산치 않으면 역적죄로 다스린다.

유생 우리는 근왕병이니 역적질이란 당치 않소이다. (돌아서) 비록

임금의 뜻이 아니라 해도 관군과 싸우는 것은 임금의 뜻을 거역하
는 것이니라.

(의관정제하고 일어나 북향사배. 백성들은 돌아서서 맥없이 마당으로 들
어오고 동시동작으로 사약 먹고 자결하는 유생. 백성들 노래하면서 끈을 들
고 생업에 종사하는 동작과 함께 퇴장한다.)

백성들 이씨의 사촌이 되지 말고
　　　　민씨의 팔촌이 되려무나
　　　　남산 밑에다 장충단 짓고
　　　　군악대 장단에 받들어 총만 한다
　　　　아리랑 고개다 정거장 짓고
　　　　전기차 오기만 기다린다
　　　　문전의 옥토는 어찌되고
　　　　쪽박의 신세가 웬말인가
　　　　밭은 헐어서 신작로 되고
　　　　집은 헐어서 정거장 되네
　　　　말깨나 하는 놈 재판소 가고
　　　　일깨나 하는 놈 공동산 간다
　　　　애깨나 낳을 년 갈보질하고
　　　　목도깨나 메는 놈 부역을 간다
　　　　신작로 가상사리 아까시나무
　　　　자동차 바람에 춤을 춘다
　　　　먼동이 트네 먼동이 트네
　　　　미친놈 꿈에서 깨어났네
　　　　(후렴) 아리아리랑 스리스리랑 아나리가 났네
　　　　아리랑 흥흥흥 아라리가 났네.

둘째마당

판소리 광대 등장하여,

(아니리) 이때에 일본은 조선을 강제로 보호국으로 만들기 위하야, 총칼 앞세우고 을사보호조약을 체결하였구나.

(엇모리) 아라사 쪽바리에 달랑 붙어 임금의 간을 빼고 혼까지 쑥 빼내고 백성의 등을 쳐서 나라를 팔아먹은 학부대신 이완용이―

조약 맺어 조정 팔고 열강 앞에 갈보짓한 외부대신 박제순이―

갑신년의 의정서와 을사년에 선조약을 해골 굴려 짜내놓은 내부대신 이지홍이―

조약체결 수락하고 공 세운다 임금 위협, 군부대신 이근택이―

도장 찍고 땅덩어리째 바친 농상대신 권중현이―

아, 이런 쳐죽여도 시원찮을 을사오적들이 온갖 추접을 떨면서 놀아나는디, 똑 요렇게 놀았다.

(진양조) 풍광처처 한반도가 연극장이 되었구나. 무도하는 모양이며 아악조어 하는 소리. 외면으로 볼작시면 한인인 듯하지마는 꼭 두각시뿐이로다. 궁중 안에 들어가서 일일장관 하여보세― 제일장에 들어서니 오적대신 회의한다. 프록코트 맥고모자 해해하는 한 소리에 각령, 부령 떨어지면 팔도백성 죽어나고 조약 협약 하고 보면 삼천리가 떠나간다. 저놈들을 쳐죽여야 나라꼴이 바로 선다.

(마당에 미·일·러·청의 4인이 등장 협의중이다.)

미 우리가 이렇게 모인 것은 조선 이권에 대하여 균등한 기회를 가져야겠다는 것이오.

청 균등한 기회? 우리는 조선의 종주국으로서 이미 기득권을 가져왔소.

일 패전국인 청은 기득권 운운할 자격이 없소.

러 일본이 영·미 자본과 손을 잡고 있는 이상, 미국의 객관적 입장이란 불가능하오.

미 러시아의 아관파천은 열강의 식민지 기회균등 원칙에 어긋나는 처사였소.

러 그것은 우리 책임이 아니오. 국왕이 우리 러시아 공사관으로 옮겨온 것은 일본의 위협 때문이었소.

일 아니오, 우리가 조선 내정에 간섭하려던 것은 일본인의 생명과 재산을 보호하려는 자위책이었소.

러 조선국 황후를 시해한 것이 일본의 책임임을 시인하시오.

일 그건 좋소. 그러면 이렇게 합시다. 요런 손바닥만한 땅덩어리를 가지고 싸워봤자 강대국의 세력균형상 끝나지 않을 것이고 서로 손해가 아니오.

청 우리 근대화가 늦어 이러한 치욕을 당하지만 지형적 조건상 조선은 우리의 영향권 안에 있소.

미 자, 서로의 입장을 솔직히 털어놓고 밝힙시다. 우리 미국은 극동에서의 러시아의 팽창이 몹시 불쾌하오. 우리 자본은 일본의 근대화를 도왔으므로 안보상 매우 밀접한 관계에 있소.

일 아주 공정한 제안을 하겠소. 조선국내의 안녕질서가 매우 문란하게 될 우려가 있으므로 각국의 거류민단을 보호하기 위하여는 군대의 파견이 불가피하오. 그러면 서로 충돌할 위험이 있으므로 쌍방 군대의 주둔지를 분할합시다.

러 어떤 방법으로 분할하는가?

청 우리는 압록강과 두만강에 걸쳐서 광대한 국경을 조선과 접하고 있소. 우리는 좌시하지 않을 거요.

러 잠깐 빠지시오. 중국은 우리 러시아와도 그렇지 않소.

일 조선의 38도선을 기점으로 남북으로 나누어 분쟁의 예방을 위하여 양국 군대간에 비무장지대를 설치하면 안전할 것이오.

러 글쎄, 원칙적으로 찬성하나, 남북이라는 개념은 별로 찬성할 수 없소.

미 러시아가 다 차지하겠다는 속셈인가?

청 용납할 수 없소.

일 중국은 제 발등의 불이나 끄시오.

러 조건만 타당하다면 협약하겠소.

(판소리 광대 등장)

아이고오— 이 일을 어찌할거나. 예로부터 이르기를 조선놈은 단합이 안된다, 조선놈은 매우 쳐야 한다, 조선놈은 저희끼리 싸운다, 이러쿵저러쿵 양코배기 쪽바리 물깨나 먹은 온갖 잡놈들이 찧고 까불어대는디. 개항을 하자마자 저놈들 강대국이 우리 백성 젖혀두고 탁상에 둘러앉아 38도선으로 나눠먹어 조선사람 사지를 찢어놓았구나.

(중중머리)

소련놈에 속지 말고 미국놈 믿지 마라. 일본놈 일어서니 조선사람 조심해라.

(청 · 러 퇴장한 뒤에 미국, 일본의 어깨를 두드린다.)

미 잘했네. 미국이 솔선하여 공사관을 철수시키면 다른 열강들도 따를 걸세.

일 미국은 정당하고 필요하다고 인정되는 조선에 대한 일본의 지도 및 보호의 조치를 승인하십시오.

미 일본이 필리핀에 대하여 어떠한 침략의도도 갖지 않는다면 가능하겠지.

일 이제부터 조선은 일본의 동의 없이는 어떠한 외교권도 가질 수 없습니다. 그대신 태평양과 동남아는 미국의 영향권이오.

미 조선은 사실상의 일본의 보호국임을 인정하오.

(일군 총검술 보이며 마당 시위행진 후 퇴장. 다음은 안담살이의 성장기를 광대의 판소리와 더불어 마임으로 처리한다.)

(판소리 광대 등장)

나라가 이러할 제 반상의 구별이 따로 있으며 무식, 유식, 부자, 가
난뱅이 구별이 있었느냐. 전라도 지방에서 의병이 구름같이 일어나
는디, 장하도다 기삼연이, 제비 같다 전해산이, 쌈 잘한다 김죽봉이,
잘 죽인다 안담살이, 떨치고 나온다 의병장 안담살이, 불학무식 달랑
두쪽 쌍놈 중의 깔담살이라 국운을 입은 바 눈꼽만치도 없건마는 의
병장이 되었으니 그 내력이나 알아보자! 홀어미의 고생이 굶기를 떡
먹듯 하였겠다.

　(안담살이 어머니 등장하여 사설에 맞춰 동작한다.)

　오뉴월 밭매기와 구시월 김장하기, 한말 받고 벼훑기와 입만 먹고
방아찧기, 삼심기와 보막기, 물레질, 베짜기, 머슴의 헌옷짓기, 상고
에 빨래하기, 혼장가에 진일하기, 채소밭에 거름주기, 소주 고고 장
달이기, 물방아에 쌀까불기, 맷돌 갈 제 집어넣기, 보리 갈 제 망웃놓
기, 못자리 때 망초뜯기, 아이 낳고 첫국밥을 제 손으로 해먹고 한때
도 쉬지 않고 밤낮으로 일해도 삼시 세때를 번번이 거르는구나.

　(안담살이 어머니 쓰러진다. 아쟁 대금 가락 슬프게 흐른다. 장성한 안담
살이 달려가 일으킨다.)

담살이　아이고, 어머니 이러다간 다 죽겠소. 제가 어디 가서 머슴이
　　라도 살아 몇말 식량이라도 보태야 쓰겠소.

담살 모　니가 이제 열살인데 어미를 떠나 어디를 가야.

담살이　먹고 사는 데 귀하고 천한 것이 어디 있었소. 내동 염씨댁에
　　깔담살이 구한다 하니 집을 떠나겠소.

　(주인 장죽 물고 등장하면 안담살이 바삐 일하는 시늉. 다른 머슴들도 등
장하여 규칙적인 동작. 백성들 하나둘씩 늘어나 마당을 꽉 채우면)

주인　백중이다. 놀아봐라!

백성들　백중이라네.

　(농악장단과 진놀이로 들어간다.)

상머슴　백중이 멋인고 허니 바로 우리 같은 머슴놈들 잔칫날이여!

중머슴 오늘은 옥황상제님이 오곡백과를 열리게 하느라고 하루 내
내 농사하시는 날인께 우리는 싹 빠져불드라고!

담살이 자! 호미도 싹 씻었응께 한판 걸지게 먹고 놀드라고!

중머슴 누구네 농사가 잘되었는가. 오지게 베께먹어야제!

상머슴 논배미를 둘러봉께 염참봉네 나락이 젤로 알짜드만.

머슴들 봉잡으러 가세이!

상머슴 참봉네 담살이가 자네 아닌가!

중머슴 원님 났네, 원님 났어!

(머슴들 우르르 몰려들어 담살이 머리에 삿갓이나 바구니 씌우고 지겟작
대기에 메어 풍물치며 들어간다.)

상머슴 이 집이 농사 잘되었다고 조선 천지에 소문난 염참봉댁이오?

참봉 (당황하여) 아니, 다른 집도 많은데 하필이면 우리집인가? 상머
슴들도 많은데 깔머슴으로 원님 삼는 법이 어딨나?

머슴 오늘이 먼 날인지 잘 알지라우.

머슴 어제 오늘 새로 생긴 일이 아닝께.

담살이 어영구영하다가는 나졸들한테 봉변당할 것잉께 알아서 하시
시오.

중머슴 말로 해서는 안될 모양인께 혼쭐을 좀 내야겠구먼.

상머슴 여봐라! 뭣들 허느냐! 사또께서 봉변을 주라는 엄명이시다!

참봉 나는 내년에 할 테니까 좀 봐주게, 봐줘.

머슴 아따, 평소에 밥술깨나 먹는다고 너무 그러지 마시오.

머슴 일년내 뼈빠지게 부려먹었응께 오늘 손해 쬐께 봐도 기둥뿌리
뽑힐 염려 없겠구만그려!

참봉 허어! 어떤 놈이 이런 풍습은 지어갖고 말썽인가, 말썽이.

담살이 어, 말이 많다. 땅냄새가 어떠한가 맛 좀 보여줘라.

머슴들 예―이.

(머슴들 달려들어 참봉의 사지를 사정없이 잡아서 쳐든다.)

상머슴 주인장, 연세가 올해 몇인가?

참봉 네, 이놈들! 이놈들!

담살이 쉰 남짓 되었으니 딱 잘라 다섯쯤 맛보여라.

(머슴들 참봉을 들었다 놨다)

머슴들 열, 스물, 서른, 마흔, 쉰.

(땅에 패대기친다.)

참봉 (땅에 넘어져서) 아이고, 허리야! 나 죽네!

담살이 인자 참봉어른은 갑절로 수를 늘리셨응께 얼매나 복스럽소.

머슴 삼천갑자 동방석이만큼 살라믄 백번은 해야겠제.

참봉 당장 죽는 게 낫겠다, 이놈들아!

머슴 아따, 어르신네, 뭐 그만 일로 화를 내시요이. 웃모실 김선달님
은 술 닷섬, 씨암탉 열 마리 잡았다드만?

상머슴 아따, 딴 집으로 가드라고.

참봉 딱! (손바닥 치고) 먹어부러! 술 세 동우, 닭 다섯 마리여!

머슴들 술 세 동우에 닭 다섯 마리라네. (외친다)

머슴 어쩌었어? 세 동우에 다섯 마리란디?

담살이 입이 몇인데 겨우 고것이여?

머슴 두 배는 되야겠제.

참봉 아예 느그들이 들와서 우리집 살림해부러라.

머슴 덕담 물르고 딴 집으로 가세!

머슴 아, 참봉어른도 오래 사셔야제 덕담을 물르면 쓰겠는가.

참봉 옜다, 먹어부러라. 술 여섯 동우에 닭 열 마리다.

머슴들 열 마리라네. (논다)

(장단과 함께 주찬을 준비해 관객들과 나눠먹는다. 판이 대강 정리되고)

머슴 시골 인심 한번 좋다. 구경하고 술 처먹고, 아따, 터진 입이라
고 잘들 처먹는다.

머슴 여름내 땀흘렸는디 닭마리나 뜯어서 양기가 차겠는가?

머슴　야야, 뉘 집 누렁인 줄 모르지만 방금 한마리 때레잡았다.

머슴　간밤에 웃모실 가서 서리해온 것 아니여?

머슴　쉬이, 누가 들을라.

　　（웃모실 머슴 이삼명이 나선다.）

웃머슴　야 시끼들아! 놈의 동네 개 잡아갔으면 묵어보라고나 불러야
　　될 것 아니여?

머슴　느그들이 뭘 믿고 그렁가 모르겄다마는 뭔 심이 있어야 고깃점
　　도 얻어먹을 것 아니냐. 새끼야, 엉!

웃머슴　오매, 저 좆만헌 새끼들 말하는 것 좀 보소.

담살이　어이! 자네들 여기 쌈하러 왔는가? 일년내 고생해갖고 오늘
　　한판 노는디 놀면서 결판내드라고 잉.

웃머슴　그건 그려! 웃모실하고 아랫모실하고 어느 쪽이 형님모실인
　　지 오늘 판가름내불세.

상머슴　맬겁시 이럴 것이 아니라 뭔가 걸어야 할 것이 아니냐, 이놈
　　들아!

웃머슴　걸기는 뭘 걸어야?

상머슴　복날 누렁이 잡으면 젤 먼저 뭘 먹어야겄냐?

　　（머슴들 희희낙락）

머슴　그거야, 두말 하면 잔소리제. （팔을 내어 흔들며） 이걸 먹어야 쓰
　　제.

웃머슴　그 새끼들, 개 좆겉이 나오구만, 이—

머슴　맞어, 바로 그것이여!!

상머슴　（점잖게） 고것이 문자로 구신이라는 게여. 개 구자 물건 신자
　　구신을 따먹는 쪽이 형님모실이 아니겄냐, 이놈들아.

웃머슴　좋아! 상씨름으로 판가름해부러. 네에미, 오랜만에 한판 힘
　　쓰게 생겼네. 우리 모실 개니까 당연히 구신은 우리가 따먹어야제.

　　（관객 1인에게 심판을 부탁하고 씨름판이 벌어진다. 아랫마을 선수가 웃

마을 선수에게 계속 참패하자 웃마을 선수 우쭐거린다. 이때 관객들을 두 패로 나누어 응원토록 한다. 웃머슴들이 아랫마을 관객들을 놀린다.)

웃머슴 이 새끼들 말이야, 당구나 치고 미팅이나 할 줄 알았지 언제 이런 무시무시한 씨름판에 나와봤어야제. 야! 요새 느그들 사이에 허슬인가 허수애빈가 하는 요상한 낙지춤이 유행한담서. 뼈가 다 녹아뿐진 거 아니여?

웃머슴 시끼들아, 한번 붙어봐얄 것 아니여? 없어— 인자— (기세 등등하여) 자, 빨리 구신인가 개좆인가 좀 묵어보자. (아랫마을 서로 나가라느니 아니라느니 승강이중에 담살이가 나선다.) 가져왔냐?

담살이 구신은 아무나 먹는 게 아니여, 인마. (붙들 자세)

웃머슴 하, 미치겠네! 난쟁이 좆자루만한게. 야! 내가 너를 깨구락지같이 콱 패대기쳐불 텐디 니가 이 자리서 즉사를 할래, 한 두어 달 고생하다 죽을래?

(둘이 씨름이 붙는다. 웃머슴의 막강한 힘에 담살이 밀린다. 담살이 아등바등 매달리기도 하고 요리조리 피하기도 하면서 상대방의 힘을 뺀다. 웃머슴, 담살이를 안고 빙빙 돌다가 제 힘에 못 이겨 넘어진다.)

담살이 원래 보약은 약한 사람이 먹어야 댕께 자네가 먹소.

(웃머슴을 잡아일으키자, 웃머슴 뿌리치고 마당 가로 패거리와 함께 물러난다.)

웃머슴 원래 씨름판이란 것이 심자랑인디 니가 비겁하게 꾀를 써서 이겨야?

담살이 야! 우리 의병이 왜놈들허고 싸울 때 어디 심으로 싸우디? 심이 없으면 꾀라도 있어야 이기제.

웃머슴 의병굿맨치로 석전 한번 벌려부까?

상머슴 왜놈 몰아내는 연습으로 한번 해불자.

웃머슴 (관객들을 가르며) 좋아. 우리 모실, 느그 모실 사람들 전부 모타갖고 싸우자.

(전투적인 사물소리 들리는 가운데, 오자미를 관객들에게 나눠주고 일정한 가락의 바뀜과 함께 함성지르며 전투 개시. 적당히 진행하는 가운데 상대의 깃발뺏기 싸움이 벌어진다. 윗마을이 기를 뺏기자 풍물 그치고 전투 중지)

상머슴 아나, 형님모실에 와서 기 가져가그라.

웃머슴 올해는 져부렀다만 내년에는 우리가 꼭 이길 텐께……

(다가가서 기를 받고 기를 숙여 예를 차린다. 두 무리 합세, 장단과 함께 흐드러진 춤으로 진을 짠다.)

담살이 을사조약을 반대한다.

머슴들 을사조약을 반대한다.

담살이 양키와 왜놈을 몰아낼 때까지 한마음으로 싸우자!

머슴들 싸우자!

담살이 (엄숙하게) 지금 우리나라 군대는 해산되고 조정은 없어져 버렸다. 천한 백성으로 구차하게 살아봐야 더럽기만 하다. 차라리 죽을 자리를 찾아 죽는다면 영구히 사는 것이 아닌가?

웃머슴 왜놈과 싸우려면 우리도 총이 있어야 한다.

머슴 총을 만들자.

머슴 왜놈들에게서 빼앗자.

머슴 비록 우리는 미천한 머슴이지만 나라를 위해 죽을지언정 왜적의 종이 될 수는 없다.

('문굿' 형태의 삼진삼퇴의 진법 익히고 나서 두 깃대 사이로 통과하는 의례를 거쳐 놀이패 의병으로 변신한다. 각자 총 메고 봇짐 지고 대오를 갖춘다. 노래부르며 관객들 사이로 행군해 나아간다. 맨 뒷사람이 격문을 뿌린다.)

(노래) 하늘은 미워한다.
　　　　배달족의 자유를 강탈하는 왜적들을
　　　　삼천리 강산에 더운 피 끓어
　　　　분연히 일어나는 우리 의병군

맹세코 싸우고 또 싸우니
깨끗한 전사를 하게 하소서.

셋째마당

(판소리 광대)

이렇게 조선팔도에서 사지가 성한 사람들은 모두 의병으로 일어서
니 만났도다, 만났도다, 원수 너를 만났도다. 너를 한번 만나려고 부
모처자 이별하고 천신만고 거듭하여 총을 들고 일어서니 남의 나라 빼
앗은 놈 오늘부터 시작하여 한놈 두놈 차례차례 보난 대로 죽이리라.

(징소리와 함께 객석의 사방에 숨어든 의병들, 깃발이나 총을 들어 흔들
며 차례로 일어선다.)

의병1 기삼연 부대! (징―)

의병2 전해산 부대!

의병3 김죽봉 부대!

의병4 안담살 부대!

(마당에서는 일본군 분노하여)

일 호남의 폭도노 전국에서 가장 악질적이고 그 횡포노 극심하다.
전국 폭도의 육십퍼센트가 여기 집중되어 있고 무장전투 횟수노
무려 사십칠퍼센트나 된다데쓰! 세계 최강의 니뽄육군 이개 연대
와 기병 일개 연대 이만명의 헌병, 경찰병력을 투입하여 한놈도 남
김없이 사살, 진압하라. 덴노헤이까 반자이!

(일본군들 대오를 갖추어 마당 북편에 진격한다. 의병들 한집단 마당 남
쪽 객석 끝에서)

의병 순천의 왜놈들이 이쪽으로 온다네.

의병 병력이 얼마나 된다던가?

의병 (관객에게) 병력이 얼마나 된답디요?

관객 이개 소대쯤 되겄드만. 조심하소.

다른 관객 벌교를 거쳐갖고 보성 쪽으로 나온닥하드만.

담살이 내 생각으로는 총 잘 쏘는 포수하고 부대를 갈라갖고 골짜기
에 숨어 있다가 앞뒤에서 치면 쓰겄구만.

의병 담살이 말대로 허세. 근디 어디 골짜기에 숨는 것이 좋겄는가?

의병 백성들이 잘 알제. 동네사람들헌테 물어도 보고 의논도 해보
세.

의병 (관객에게) 어디쯤이 좋겄소?

　　(관객들이 이리저리 일러주는 의견을 접수하고 나서)

담살이 여러 사람 말을 들어봉께 파청고개가 제일 좋겠구만.

의병 그래 맞어. 양옆으로 산이 있어갖고 숨기에는 딱 좋겠구만.

의병 (관객에게) 우리허고 같이 싸울 사람 나오시오!

　　(관객들에게 총 몇자루 쥐여준다.)

　　일본군들 북쪽에서 다시 되돌아나올 제 남쪽 관객석 안에 매복한 의병들
사격. 일군들 마당 가운데로 진출하면 우회해서 북쪽 관객석 안에 숨었던 의
병들 요란한 사격음과 함께 일본군의 배후를 습격. 마당 안에 일군을 몰아넣
고 포위 섬멸작전. 일본군들 사상자를 끌고서 퇴각한다.

담살이 도망치는 왜놈 하나라도 살려보내지 말라!

　　(사격음은 계속된다.)

의병들 우리의 철천지 원수다!

　　(일본군들 철수하면 의병들은 마당을 사방경계한다. 담살이와 몇 의병 포
복 및 각개약진으로 마당판 가로 접근하여 정탐한 후 다시 모인다.)

담살이 우리 힘만 갖고는 안되겠는디.

의병 (관객을 가리키며) 온 천지가 조선백성 아닌가? 저 봐.

담살이 (기쁜 듯이) 여러분! 왜놈들을 몰아내야 우리가 오손도손 평
화롭게 살지 않겠소? 좀 도와줘야 쓰겄소. 저 서촌! 알았으면 소리
들 좀 질러보시오. (관객들에게서 호응을 얻는다. 동, 남, 북 차례로 돌

려 호응을 유도한 후 서쪽으로 가서 속삭이듯이) 여러분, 왜놈들이 와서 의병이 어딨냐고 물어보면 (남쪽을 가리키며) 저쪽 산으로 갔다고 대답해주시오. (남쪽으로 가서) 왜놈들이 물어보믄 저그 (동쪽을 가리키며) 강 건너로 갔다고 해주시요 이. (동쪽으로 가서) 어이! 조선 큰애기, 쪽바리가 오면 저그 저 (서쪽을 가리키며) 들녘으로 갔다고 말해주소 이.

의병 (적당한 관객을 골라 혹은 잽이에게) 자네들은 의병이 왔다고 신고하소. (의병들 관객석에 숨는다.)

잽이 (요란한 쇳소리 치고 나서) 의병 낪네! 의병 낪어!

일본군 왜 이리 시끄러운가? 빠가야로 조센징.

관객석 의병이요. 의병, 의병.

일본군 칙쇼! 의병이 뭐까, 폭도다. (관객을 친다.)

관객석 좃겉이. 신고해도 땔구먼 이. (투덜거리며 앉는다.)

일본군들 출동이다! 전원 출동이다. (무장을 챙겨 마당 쪽으로 출동)

일본군 폭도들이 어디로 갔는가?

(관객들, 의병이 가르쳐준 대로 중구난방으로 허위신고)

일본군들 조심스럽게 딴 주위를 돌아다닌다. 이 사이에 의병들 노획한 무기와 탄약을 확보하고 탄약을 관객의 손을 빌려 차례로 판 주위로 운반한다. 의병들 철수, 일본군 계속 돌아서 출발지점으로 되돌아온다. 기진맥진.

일본군 지구가 둥글다더니 조선이노 길은 종잡을 수 없다.

일본군1 대장! 저기 저 빠마한 소나무 가지에 안경 쓴 부엉이가 앉아노 있는 것 보니 아까 그 길인 것 같으무니다.

(일본군들 사방을 면밀히 관찰)

일본군들 (제각기 한마디씩) 아, 좋스무니다. 왕년에 도꾜노 긴자에서 놀던 때가 그립스무니다. 홀라당 다 타버려도 좋겠스무니다.

일본군 (갑자기 의문조로) 신작로 쪽이노 아닌가? ……앗! 우리노 부대다!!

일본군들 (허겁지겁) 불이노 불! 불이노 불! (우스꽝스럽게 퇴장)

일본군 아! 망이노 했다. (뒤따라 퇴장한다.)

일본상인 도대체 어찌노 할 작정이요! 일한협약이 성립된 후 조선에 폭도노 사방에서 일어난 지 무려 이년이 지나도록 아직도 진압은 커녕 치안유지도 못하고 있으니 대니뽄제국 군부의 위신이노 이제 땅에 떨어졌소다.

일본군1 상공회의소측의 입장이노 모르는 바 아니지만 털도 안 뽑고 먹을 수는 없소. 조선이 아무리 야만국이라 하지만 조선백성이노 오천년 동안이노 내려온 것들이라 매우 끈질기고도 악착같소.

일본상인 내지에서는 조선에 건너가기만 하면 땅이고 산이고 농작물이든 지하자원이든 뭣이든지 맨입으로 먹을 수 있다고 떠들어놓고 벌거숭이 거류민들을 어찌할 작정이오?

일본군2 너무 염려노 마시오, 약육강식! 조선의 거지들이 벌거숭이 거류민들을 부자로 만들어줄 것이오. 기모노상도 처음 조선에 올 때는 훈도시 바람으로 왔다는 것도 잘 알고 있소.

일본상인 닥치시오! 니뽄 육군 일개 연대면 어떠한 조선의 무장항거도 능히 진압할 수 있다고 큰소리노 치던 것은 누구요? 니뽄이 조선을 완전히 식민지화하려면 우리 같은 장사꾼들이노 맘놓고 조선인의 등골이노 빼먹는 풍토가 조성돼야 할 것이오. 육지뿐만 아니라 해상에서까지 폭도들이 설쳐대니 언제 쌀과 원자재를 실어나를 거요?

일본군1 매우 어려운 점이노 여러가지가 있소다. 조선에서 불알 달렸다는 놈들은 모두가 의병이라고 자처하여 우리 니뽄 군대병력이 열세요.

일본상인 웃기지노 마시오. 폭도들은 정규군도 아니고 평소에는 생업에 종사하는 오합지졸이오. 무기를 가졌다 하나 고작해야 농기구나 칼이나 화승총 몇자루뿐이오. 니뽄군 제12사단, 3사단, 기병 일개 연대 해군이노까지 동원해도 날마다 피해만 당하고 있으니 우리 본국 거류민단은 누더기 보따리 싸가지고 현해탄을 건너가겠소다!

일본군1 가장 어려운 점은 폭도와 민간인과의 구별이 불분명하다는 것이오. 이놈이 폭도인가 하면 저놈은 농민이고 그놈이 농민인가 하면 폭도이고 우리노 군대 골이노 때린다 한다.

일본상인 여기 두 가지 방책이노 있소다!

일본군2 기모노상! 폭도토벌에 관한 묘책이 있으면 말해보시오.

일본상인 첫째, 우리 자본이노 지키려면 죽기 아니면 까무러치기로 강경책이노 써야 한다데쓰! 폭도는 물론 폭도로 예상되는 놈, 폭도 비스무레하게 보이는 놈, 평소 폭도성향이 있는 것으로 인지되는 놈……

일본군1 동학란 때 행방불명됐다가 최근에 갑자기 나타난 놈.

일본군2 폭도 있는 곳을 알고도 신고하지 않는 놈.

일본군1 야밤에 돌연히 출몰하여 마누라상 얼굴만 보고 새벽에 사라지는 놈.

일본군2 폭도 딸내미와 혼인 및 폭도가족과 인척관계를 맺은 놈.

일본군1 단 한명의 폭도라도 나타난 지역에 살고 있는 모든 조센징 연놈들!

다같이 무차별 처형한다.

일본군2 (전화받고 나서) 한국 임시파견대 사령관인 와따나베 소장께서는 아까시 소장의 협조를 얻어 전라도를 중심으로 한 남한 대토벌령을 내렸소다.

일본군1 핫! 그러한가! 이제부터 조선놈은 눈에 띄는 대로 죽인다데쓰!

일본상인 또 한가지 방책이 있소다. 제 손으로 제 목이노 조르기! 조센징이노 조센징이 잘 때려잡으무니다. 우리 사촌 일진회놈들이노 겉으론 조센징이지만 원숭이같이 나쁜 사람 흉내를 잘 내무니다.

일본군1 순검 출신과 해산군대 출신 그리고 보부상까지 쓸 수 있다.

일본군2 저희 동포에게 미운 짓만 골라 하는 놈들을 헌병보조원이
나 밀대탐정으로 쓰기에 적합하다데쓰.

일본군1 탐정에는 보통탐정, 고등탐정, 전문탐정, 임시탐정, 상비탐
정, 장발탐정, 아동탐정, 노인탐정, 처녀탐정, 과부탐정 등등의 열
아홉 가지 종류를 동원한다데쓰.

다같이 민족분열이노 정책! (일본상인 퇴장)

일본군1, 개를 부르듯 손짓하면 조선인 밀대 등장. 일본군 개훈련 시범.
사냥 동작. 앉아! 일어서! 앞다리 들어! 등등 짖어라, 하면 "덴노 헤이까 반
자이" "내선이노 일체"를 짖는다.

일본군1 사방으로 포위하고 그물치듯 한놈도 빠짐없이 샅샅이 뒤져
라!

일본군2 전라도를 동북에서 서남으로 훑어나가는 한편 바다에서는
해상봉쇄를 실시하여 육지에서 밀려오는 폭도를 깡그리 소탕한다.

일본군1 토벌작전 실시!

(밀대를 앞세우고 일본군들 관객석으로 종횡무진 누빈다. 밀대, 관객 틈
틈이 박힌 의병을 색출해내기 위하여 관객을 꼰다.)

밀대 아이거, 이쁜이 아녀, 난리통에 어디서 죽었나 했더니 여그 구
경 나왔구나. 삼돌이 집에 잘 있제?

잽이 거 둘이 약혼했다. 약혼했어.

잽이 어허, 먼 소리를 함부로 헌가? 아! 저놈이 왜놈 뿌락치여, 뿌락
치.

밀대 입다물고 가만있어라이, 깡냉이를 확 쏟아불 팅게. (이쁜이에
게) 삼돌이 있는 데 가르쳐주면 구리무 사줄 텐께 이— 봐라, 저쪽
을 자꾸만 봐쌓는 것을 본께 삼돌이가 저그 숨어 있구먼. (다른 쪽
으로 가서) 야! 너 용팔이구나. 용팔이 야! 너 요새도 따먹기 삼봉

치냐? (서울 가서 출세한 촌놈 행색으로 잔뜩 가오를 세워 돈을 꺼내 세어보고 줄 듯하다가 집어넣는다.) 왕년에 너하고 나하고 황금동 까마치 성님 밑에서 놀던 생각 안 나냐?

잽이 까마치 밑에서 놀았으면 너는 미꾸라지 새끼구나.

밀대 (어깨에 힘주고) 씨팔, 용이 꼬랑창에 빠진께 별 깔따구들이 달라붙어서 시비를 다 거네. (용팔에게 소리를 낮춰) 야! 의병부대는 지금 어딨냐? 으응! 니가 저 웃모실을 자꼬 왔다갔다 한 것 본께 거가 의병소굴이었제. (다른 쪽으로 가서) 아짐씨, 담살이 어디 갔소?

담살 모 의병굿 하고 다니는 자식 죽었는지 살았는지 내가 어찌 안다냐?

밀대 사실은 나도 자수할라고 하는디, 자수만 하믄 죄도 묻지 않고 쌀배급에 돈까지 준답디다. 특히 담살이는 현상금이 많이 걸렸으니 자수하면 큰 벼슬을 내려줄 것이요. 아짐씨가 아들을 자수만 시킨다면 평생 호강하며 잘살 것이요.

담살 모 네 이 버러지만도 못한 놈! 하늘 아래 자식을 파는 에미를 보았으며 나라를 파는 군사를 보았느냐?

밀대 아짐씨! 아따, 뭘 그래쌌소? 다 너 좋고 나 좋고 하잔 것 아니요.

담살 모 (벌떡 일어나 멱살을 잡으려 하며) 네 이 더러운 놈, 내 아무리 늙었다지만 너 죽고 나 죽자!

밀대 (밀쳐내며) 아니! 이놈의 할망구가. 내가 누군 줄 알고. 헌병보조원을 몰라? 어디 두고 보자.

(밀대, 일본군들 이끌고 관객석으로 들어온다. 이쁜이 근처에 숨은 삼돌이 찍어주면 삼돌이 체포, 다시 용팔이 찍어준 마을 가리키면 마을 방화, 의병들 비명지르며 마당으로 뛰쳐나오면 몇몇은 사살되고 나머지는 도주. 밀대 앞장서서 담살 모에게 간다.)

밀대 이 할망구가 악질괴수 안담살이의 에밉니다.

일본군1 음, 할망구상이노 살인폭도 괴수 안가의 어머니상인가?

담살 모 말 삼가라. 내 아들은 나라를 위해 싸우는 의병장이지 폭도
가 아니다.

일본군1 인질로 잡아둔다. 끌어내라.

（밀대, 담살 모를 질질 끌고 간다. 일본군들, 마당 중앙에 꿇려놓은 의병
들 끌고 가려 할 때 잽이를 위시한 관객들 저항）

일본군1 빠가야로 조센징! 남녀노소 가릴 것 없이 무차별이노 사살
하라.

（일본 기관총 사수, 의병과 관객에게 발사, 비명지르며 죽는 시늉들. 무참
히 학살하고 일본군 퇴장）

（판소리 광대）

호남의병이 끝까지 항쟁하니 왜놈들의 남한 대토벌작전은 이렇게
진행이 되었구나. 동서남북 그물치듯 막아놓고 전후좌우 수색하고
집집마다 뒤져내어 남녀노소 불문하고 처형구금하는구나. 의병들은
삼삼오오 도망하여 흩어지고 숨을 데가 전혀 없어 돌출하여 싸워 죽
고 은거하여 칼 맞았네. 의병을 생포하여 열탕에 삶아 죽이고 의병의
부인을 잡아와 불에 태워 죽이고 민족 반역자로 앞잡이를 만들어 밀
고하게 하니 우리 의병들 갈 데가 있었느냐 싸울 수가 있었느냐? 둘
이서 또는 혼자서 잠행하며 왜놈들을 죽이니 거짓으로 밀고하고 뒤
통수치기, 꿩사냥이라 속여놓고 총 뺏고 쏘아죽이기, 골짜기로 유인
하여 둘러싸서 몰살하기 등등으로 신출귀몰, 용기백배, 동분서주 싸
운다. 이때에 이천의병이 죽거나 잡히고 백여명 대소 의병장이 죽었
는디 배신자의 밀고가 또한 부지기수였더라, 어찌할거나! 합방된 이
나라를 어찌할거나.

（의병들 조심스럽게 마당으로 등장. 마당 한쪽에 경계병을 세운 뒤 의병
들 자리잡는다.）

담살이 오늘밤은 여기서 자고 내일 새벽 수비대를 쳐부수자!

의병 안대장! 병치전투에서 우리는 병력의 태반을 잃지 않았소? 이
　　　제는 무리요.

의병 서봉전투서는 동지들의 시체도 수습하지 못했소. 우리를 왜놈
　　　들에게 팔아먹은 놈은 오히려 상급을 받지 않았소?

의병 시방은 공세가 아니라 우리가 몰릴 때요. 너무 무모한 전투는
　　　피합시다.

담살이 죽는 것이 두렵소?

의병 죽는 것이 다가 아니오. 우리는 끝까지 살아남아 국권을 회복
　　　해야 하오.

담살이 죽을 자리를 찾아 바르게 죽는 일도 필요한 법이요.

의병 대장! 왜놈들이 의병 나간 사람의 가족들을 협박하여 귀순공작
　　　을 하고 있소. 우리 부모도 주재소에 잡혀 있소.

담살이 (하늘을 우러르며 생각에 잠겼다가) 왜놈들은 우리를 잡는다는
　　　핑계로 백성을 괴롭히고 있소! 이제 우리는 외롭고 약한 군사로 어
　　　찌 저항할 도리가 없소. 화약도 떨어지고 군량도 없는 빈손이 됐
　　　지. 그간 찬이슬 비바람 가리지 않고 나를 도와 왜적을 친 동지들
　　　의 싸움은 길이 뒷날 밝은 빛이 될 것이요! 내일 새벽 마지막 전투
　　　를 하고 나서 귀향할 사람들은 각자 해산해도 좋소.

　　　(담살이 주먹을 들어 눈물을 닦는다. 의병들 제각기 운다.)

의병 싸울려면 잠 한숨 붙여야지.

　　　(의병들 제각기 착잡한 심경을 보이며 드러눕는다. 경계병 1인만 남아 있
　　다. 잠시 후 배신자 살피고 일어나)

배신자 근무 교대하세.

의병 응! 단단히 지키소.

　　　(그가 돌아가 누운 것을 확인한 뒤 배신자 살그머니 마당을 빠져나와 판
　　가에 있는 일본군에게 가서)

일본군 뭔가?

배신자 정보요. 정보 팔러 왔소.

일본군 충성스런 황국신민이다! 무슨 정보인가!

(배신자, 일본군의 귀에 대고 속삭인다.)

일본군 (너털웃음) 동에 번쩍, 서에 번쩍 하던 안담살이놈도 이제노 우리 손아귀에 들어와 했다. (이를 갈며) 이, 씹어노 먹을 놈! 비상! 비상!

(일본군들 나와서 정렬)

배신자 현상금을 주셔야죠?

일본군 현상금! 칙쇼! 감옥에 처넣었다가 신작로공사에 내보낸다.

(끌어다 객석에 앉힌다.)

(일본군들 출동. 일본군들 의병이 자고 있는 마당판 좌우를 둘러싸고 급습하면 의병들 일부는 총을 쏘며 뒤로 빠지고, 안담살이를 사로잡아 마당판에 꿇어앉힌다.)

일본군 너는 어찌하여 조정의 명을 어겼는가?

담살이 나는 조정의 명을 어긴 적은 없다. 다만 우리의 당당한 정기로 개돼지 같은 너희들을 모조리 섬멸시키고 우리의 국권을 회복하려 했더니 이제 죽은들 여한이 없다.

일본군 재산이 얼마나 있는가?

담살이 남의 집 담살이가 어찌 재산이 있겠느냐?

일본군 그렇다면 너희 나라 임금도 무릎을 꿇었거늘 너 따위 미천한 상놈이 국권이노 다 무슨 소용인가?

담살이 하늘도 나의 하늘이요, 이 땅도 내 나라의 땅이다. 차라리 조선의 개와 닭이 될지언정 어찌 너희 왜놈들의 종이 되겠는가?

일본군 (다른 의병에게) 무슨 목적으로 감히 폭도노릇을 했느냐?

담살이 우리는 폭도가 아니라 의병이다. 너도 왜적의 장교요, 나도 의병장의 하나인즉 예의를 갖추어 심문하라.

일본군 의병이라고 자부하면서 어찌 나라를 위해 죽지 않고 구구히 살아남아서 이런 곤욕이노 당하는가?

담살이 비록 성공 못할 것을 알아도 힘이 남아 있는 한 싸워야 하기 때문이다. 어서 죽여라!

일본군 너희들은 살인강도죄로 전원 총살형에 처한다. (일본군들이 그들을 마당 가운데다 끌어다놓으면 칼 빼들고) 실탄 장전! 겨누어 총! (칼을 내리며) 사격!

일본군들 사격! (총소리가 요란하게 울린다.)

담살이 (쓰러지면서) 동지들, 독립을 쟁취할 때까지 만주로 가서 싸우자.

(일본군들 사격하고 장교 검시하는 동안 슬픈 가락 흐른다. 일본군들 행진 퇴장. 뒷전에 있던 나머지 의병들 안담살이의 「독립군가」 부르며 마당을 돌아 관객석 뒤쪽으로 퇴장한다. 「독립군가」 점점 우렁차게 울려퍼지며 징─)

〔전라도 마당굿 대본집, 들불 1989〕

날랑 죽겅 펄에나 묻엉*

실루엣 1

요란한 함성과 더불어 화면 아래로 어지럽게 몰려가는 호미와 낫, 괭이, 쇠스랑 따위의 농기구들, 불규칙하게 흔들리며 끝없이 흘러 지나간다. 농기의 기폭이 펄럭이며 화면을 덮는다.

실루엣 2

규칙적인 북소리와 함께 무수한 창검의 행렬, 반대방향으로 천천히 지나간다.

실루엣 3

고개 숙이고 꿇어앉은 사람들. 차츰 클로즈업되면서 화면을 엇비슷이 스쳐 지나가는 칼날. 프레임 밖으로 사람들의 머리 내보내고 슬로우 모션으로 넘어지는 몸집들, 반복된다.

실루엣 4

키득거리는 낮은 흐느낌소리와 함께 계집아이의 그림자. 계집아이를 끌어안는 사람. 풀숲을 헤치고 뛰는 그의 다리. 바람에 거세게 흔들리는 풀잎들.

---

* 단편영화를 위한 시나리오

#1 들길 (FI)

　바람소리. 휘청거리는 억새밭. 모노크롬으로 처리된 화면. 마치 퇴색한 것 같은 분위기. 타이틀백 흐른다. 나직하게 민요 흐른다. "날랑 죽경 펄에나 묻엉, 숭어 셍셍 입에나 들엉, 서월 양반 칠반에 올랑, 금수제로 좁은 듯 호져." 비탈길을 내려오는 세 사람. (OL)

#2 비슷한 길

　화면 앞에 가까이 다가와 지나치는 세 사람. 앞사람은 검은 구군복에 털벙거지 쓰고 환도를 찼다. 가운데 사람은 도포에 갓을 쓴 차림. 뒷사람은 털벙거지에 더그레 차림이고 등에는 간단한 부담을 짊어졌다. (DIS)

#3 나루터

　멀리 그들의 앞으로 바다가 보인다. 노을이 가득 찬 하늘. 바위 사이에서 끊임없이 흔들거리는 떼배(물푸레나무로 엮은 평상 모양의 뗏목). 노인이 서 있다. 남루한 갈옷(감물을 들인 노동복). 깊게 팬 얼굴의 주름살. 서서히 멀어지며 세 사람 억새를 헤치고 내려간다. (OL)

#4 같은 곳

　노인 허리를 굽혀 보인다. 장교와 사령 그리고 선비, 바다 쪽을 바라본다. (DIS)

#5 바다

　바다 저편에 희미하게 떠 있는 불귀도, 그들의 목소리만 들린다.
장교　섬에는 몇호나 사는가?
사령　저 노인뿐입니다.

장교 불귀섬에 사는 백성인가?

노인 예.

장교 관가에서 전갈을 받았겠지?

노인 예.

(그들의 대화 사이에 섬이 점점 화면 위쪽으로 밀려 올라간다. 단조롭게 또는 막강하게 굽이쳐 부서지는 파도, 그 물소리, 물보라) (DIS)

#6 **나루터**

바다 한가운데 섬이 아득히 보인다. 화면 정면. 양끝에 갈라선 선비와 두 관리.

장교 여기서 저희는 돌아가겠습니다. 섬 밖으로 나오시면 안된다는 엄명이니 그리 아십시오.

선비 수고들 많았네.

장교 양식은 매달 초순에 이곳에 갖다놓겠습니다. 사또께서 사사로 이 내리는 것이라, 그분이 갈려 가시면 끊길 것입니다. 명이 있기까지는 관가에는 물론이고 읍내에 나오셔도 안됩니다.

선비 안전께 감사의 뜻을 전하게. 극변으로 내쫓긴 사람이 어찌 관가 출입을 하겠는가. 염려 마시라고 여쭙게나. (두 관리 인사한다.)

#7 **떼배**

노인은 떼배의 뒤편에서 노를 젓고, 선비는 단정히 앉아 있다. 흔들거리는 하늘과 땅.

선비 노인은 식구가 몇인가?

노인 (쳐다보지 않고 노를 저으며) 둘이우다.

선비 두 양주뿐이군. 자식들은 장성하여 모두 출가하였나?

노인 아니우다.

선비 그러면…… 생산을 못하였던가?

노인 (노 젓기를 그치고 그를 노려본다.) 죽었수다.

선비 저런 불효가 있나.

(노인 타오르는 듯한 적의의 시선. 두 사람 눈길이 부딪친다. 큰 파도가 밀려와서 떼배를 뒤흔든다.)

#8 바닷가

뒤웅박이 물 위에 떠 있다. 어진이 솟아오른다. 물속에서 잡은 전복, 소라 등속의 해물을 망시리(뒤웅박에 달린 그물망태) 속에 넣는다. 날렵한 동작. 두 다리가 허공으로 솟구치고 다시 물속으로 들어간다. (OL)

#9 같은 장소의 바위

물옷을 갈아입는 어진이. 수건을 벗자, 탐스럽게 흘러내리는 머리카락. 물방울이 맺힌 어깨와 등. 다리 아래로 아무렇게나 허물처럼 벗어던진 물옷. 발밑으로 이리저리 내달리는 게들. (DIS)

#10 노인의 집

돌담과 두 칸 초가. 물질 도구를 옆에 낀 어진이 돌담을 돌아 마당으로 들어선다. 초석 위에서 절하는 선비. 북향 사배이다. 어진이 놀라서 바라본다. 초석 뒤에 두 손을 잡고 무표정하게 서 있는 노인. 그들의 정면은 선비가 거처할 방의 격자문. (OL)

#11 선비의 방, 밤

격자문의 창호지에 비친 그림자. 단정하게 갓을 쓰고 앉은 모양. 낭랑하게 논어를 읽는 소리. 카메라 이동. (FO)

#12 부엌

불길이 타오르는 아궁이. 글 읽는 소리 들린다. 불쏘시개를 꺾고 모으고 집어넣는 어진이의 손. 노인과 어진이가 주고받던 목소리.

어진이 서울 양반덜은 방에 들어가젠 허민 구신부터 쫓아사 되는 모양이우다예.

노인 구신?

어진이 아까 보난 방에 댕 절을 햄 성게마씸.

노인 응, 그건 서울에 이신 지네 임금신디 허는 거 아니라.

어진이 임금은 또 무시거꽈?

노인 지네 나라에서 제일 높댄 허는 양반이주기.

어진이 게민 사령보다도 더 높은 거우꽈?

노인 조약돌허고 영주산만큼헌 차이주.

(불빛에 일렁이는 어진이의 프로필. 깊은 한숨을 내쉰다.)

어진이 어떵핸 그추룩 높아져신고예?

노인 날 때부터 높댄 헌다.

#13 노인의 방

까물거리는 관솔불. 어진이가 돌등잔 위로 관솔 가지를 올려놓고 새로 붙인다. 노인은 억새 잎자루로 가는 밧줄을 꼬고 있으며, 어진이는 터진 그물코를 꿰고 있다.

어진이 (일손을 멈추고 잠시 생각에 잠긴다.) 무신 죄를 지어신고? 도독질, 싸움질…… 사람을 죽여싱가, 아니믄 다치게 헌 건 아니라?

노인 글 허는 놈덜사 주둥이로 조잘조잘 죄 지신댄 안허여.

어진이 겐디 저펜 양반도 그자락 높아나싱가예?

노인 이제사 우리영 혼가지주.

어진이 서울서 와실 거라예. 아이고, 혼번 성안 저자에나 가봐시민 조키여.

노인 그까진 노미 세상에 나가민 벨란 거 이시냐?

어진이 장터 생각나난에 곳는 소리 아니우꽈.

노인 이젠 아는 사람은 호나토 어실 거여. 몬착 죽어부러시나네.

#14 같은 곳

불이 꺼져 있다. 달빛으로 희끄무레한 방안. 나란히 누운 노인과 어진이. 어딘가 기묘한 느낌을 준다. 잠든 어진이 꿈결에 놀란다. 움칠하면서 입 사이로 신음. 그 손을 잡아 쓰다듬는 노인. 움츠리고 노인의 가슴에 파고드는 어진이. 그녀의 등을 조심스럽게 두드려주는 노인의 어두운 얼굴에 번지는 물기. (FO)

#15 선비의 방과 마당, 새벽

먼곳에서 닭 우는 소리. 창문이 부옇다. 선비 일어난다. 마당으로 나가 오지 독에서 지신물(처마에서 떨어진 빗물을 받아 모아둔 허드렛물)을 퍼서 세수한다. 요란스럽지 않은 동작. 그리고 머리를 감는다. 양치질은 물만 머금어서 헹군다.

#16 밭, 새벽

그물과 바구니를 짊어진 노인, 호미를 든 어진이 나란히 들길을 간다. 바다로 내려가는 길목에서,

어진이 해 날 때까지 오늘 검질(김매기) 몬딱 매어살 거우다.

노인 오늘은 물때가 딱 맞암져.

어진이 먼디 나감수꽈?

노인 반나절 거리만 나가봐야켜.

어진이 너무 먼디 가지랑 맙서게. 경허당 갑자기 바람 불민 곤란허나네.

노인 영주산 머리가 민짝 벗겨진 걸 보난 날씨가 막 좋암직허다.

（어진이 노인과 헤어져서 밭에 이른다. 아름다운 새벽 안개. 어진이 호미

를 쥐고 밭고랑에 앉는다.)

#17 바다, 새벽
노인 그물과 바구니를 던져놓고 떼배의 줄을 푼다. 밀어내고 올라
탄다. 떼배를 천천히 저어나간다. 손과 다리의 힘줄. 잔잔한 바다. 멀
어지는 떼배. (DIS)

#18 방 (이하 장면들의 빠른 전환)
선비 긴 머리를 참빗으로 빗어올린다.

#19 들
김을 매다가 앉은 채로 한쪽 허벅지를 두드리는 어진이.

#20 바다
노를 젓는 노인. 섬이 뒤로 멀리 보인다.

#21 방
선비는 편월상투를 바짝 틀어 쥔다. 동곳을 꽂고 망건을 팽팽하게
눌러쓴다. (OL)

#22 들
일어나서 허리를 두드리는 어진이. 풋곡을 얼마쯤 베어 채롱에 담
는다. (OL)

#23 바다
그물을 펼치는 노인. 바다에 둥글게 원을 그리며 던진다. (OL)

#24 방
선비 버선을 신고 대님을 매고 도포를 입는다. 갓을 쓴다.

#25 들
푸성귀며 채소를 따는 어진이.

#26 바다
그물을 당겨올리는 노인. 펄떡거리는 고기들, 아침해에 반짝인다.

#27 방
무릎을 꿇고 앉아서 시선은 무릎 아래를 보며 명상에 잠긴 선비.
(DIS)

#28 들
물허벅을 지고 가는 어진이. 한방울씩 졸졸 흐르는 물줄기에 바가지를 대고 참을성있게 받아서는 허벅에 쪼르르 붓는 어진이. 물구덕을 지고 일어선다. (DIS)

#29 바다
다시 노를 저어가는 노인. 멈추어서 그물을 펴고 던지는 노인.
(DIS)
(이들 장면 중에서 적당히 선택한 장면들을 두 차례 반복해서 보여준다. 한번은 아주 빠르게, 또 한번은 아주 느리게) (DIS)

#30 모래사장 (FI)
끊임없이 밀려왔다가는 부서지는 파도. 물에 오르려고 거품을 일구며 달려들던 파도 스러져서 밀려난다. 물결의 수없는 열이 차례로

밀려오는 게 보인다. 되풀이 부서진다. 파도가 남긴 모래 위의 자국
들. (FO)

#31 방 (FI)

선비, 벼루에 먹을 간다. 듬뿍 찍어서 쓴다. 그의 필체, 화면 전면
에 보여준다.

海外孤槎幾日回 溟波恰認夢中來

(선비의 목소리)

바다 밖의 외로운 나그네 언제나 돌아가리, 물결은 마치 꿈속에 오
는 것 같구나.

雖然仙境難重到 爲報斜陽旦莫催

그러나 선경에 다시 오기 어려워 알리나니 지는 해를 재촉 않네.

#32. 마당

절구질하는 어진이. 흥얼흥얼 노래한다. 선비의 시 읊는 소리와 어
진이의 노래 어우러진다. 동시 진행이다. 화면에 글씨와 절구공이 교
차된다.

어진이　높직 들엉 나직이 노앙 사이나 동동 맞아나지라 크게 찐들
　　날 하영(많이) 주멍 족게 찐들 날 조경(조금) 주랴.

#33 방

선비, 글씨를 쓴다.

異域或爲經歲客 挐峯驚見倚天寒

목소리　이역에서 혹은 해 넘긴 나그네 되어 놀라서 한라산 바라보니
　　천한을 의지했구나.

世間人事何常足 冠上塵埃且莫彈

목소리　세상사가 어찌 항상 족하랴 관 위의 먼지를 잠시라도 털지

마라.

#34 마당

어진이 도외낭기 절굿대에 굴목낭기 남방애에 이어 동동 소리도 좋
다. 사이나 골랑 오동동 찌라.

선비 문득 필을 놓고 무심하게 일하고 있는 어진이를 내다본다. 어
진이 일에 열중하여 스스로를 잊은 듯 노래 계속한다.

선비 (기침한다.) 물이나 한그릇 다오.

어진이 (놀라서 절구공이를 얼른 빼내었다가 다시 놓는다.)

선비 목이 마르구나. 물 한그릇 달라니까.

어진이 (얼른 달려가서 물을 대접에 떠다가 외면하고 내민다.)

선비 (받아 마신다.) 고맙구나.

어진이 (절구에서 곡물을 꺼내어 키에다 붓고 어른다.) (DIS)

#35 마당, 저녁

선비, 마당으로 향한 방문을 열고 앉았다. 어진이 소반을 갖다놓는
다. 저쪽 마당에는 노인이 초석 위에 그대로 그릇들을 벌여놓고 앉았
다. 선비의 밥은 쌀 섞인 조밥이다. 어진이와 노인 초석에 앉아 먹기
시작한다. 모밀 수제비다. 선비 그들을 힐끗 보고 나서 밥술을 뜬다.
갓을 쓴 차림. 머리를 든 채로 수저를 가져간다. 어진이와 노인 거리
낌없이 그릇을 손에 들고 맛있게 먹는다. 어진이와 노인의 소곤거리
는 소리.

노인 더 어시냐?

어진이 그것이 다우다. 풋보리 익을 때까지 모밀을 아껴사주.

노인 망종까지 어떵 기다리느뇨? 무릇이라도 캐어당 먹어야켜.

어진이 걱정 맙서. 쑥범벅 해주커매.

(선비는 그들의 주고받는 말을 넌지시 듣고서)

290

선비 너무 염려 말게. 며칠 있으면 새 달이라 내게로 양식이 올 터인
즉, 나누어 먹세.

노인 아니우다. 물 마성 배부르긴 다 혼가지주.

선비 내가 여기 온 지 벌써 오래되었거늘, 가만 보면 주인과 내 먹는
것이 한결같지 않군.

어진이 관곡은 따로 밥을 지섬수다.

선비 나는 이 집의 한식구가 아닌가. 아무리 반상의 구별이 있다고
하나 유배로 내려온 사람이 어찌 그럴 수가 있나. 다음부터는 밥이
되건 죽이 되건 함께 지어 먹도록 하세.

노인 (곰방대를 물고 앉았다가 혼잣말 비슷이 중얼거린다.) 노미 곡식은
죄경도 먹구정 안허우다. 지가 심는 것도 아닌디 어떵 먹어집니까.

선비 내가 공연히 자네 집에 와서 괴로움을 주는 것 같네. 한식구가
아니라면 어찌 한지붕 아래서 잠을 자겠는가.

노인 (곰방대를 턴다.) 나으리사 우리 식구가 아닙주. 높은 디서 내려
보낸 손님이우다. 나으리 먹을 양식은 관과에서 내린 거난 나영은
아무 상관도 어십주.
(선비 아무 말 없이 슬그머니 수저를 내려놓는다.) (FO)

#36 바닷가 (FI)

떼위가 한척 다가온다. 갓 쓴 자와 노 젓는 장정이 타고 있다. 바닷
가에서 떼위를 대던 노인 바라본다. 마당을 오가던 어진이도 돌담 밖
에 나가 바라본다. 두 사람 떼위를 대어놓고 오른다.

#37 같은 장소

장정 하르방, 현에서 나오랐수다. (노인 공손히 하정배를 드린다.)

아전 이디(여기) 사간원 정언 해난 어른 계셔?

노인 관가에서 명허영 소인 집에 묵으셤수다.

아전 허허, 이딴 디 사람이 살암시니. 풍편에 듣기는 했주마는 촘으로 별유천지로고. (DIS)

#38 노인의 집

아전 인사 올리고, 선비는 방문을 열고 내다본다.

아전 본현 서리 김 아무개 문안이오.

선비 그래, 현감께서도 무고하신가?

아전 예, 사또께서 나으리의 생신을 안 잊으셩 문안 올리라 허셨수다.

선비 가만있자…… 허어, 날짜가 벌써 그렇게 되었던가. 모레 아닌가. 하지만 적소의 죄인으로 생신이란 다 무엔가.

아전 사또께서는 언제라도 달려왕 함께 산천경개를 마주하여 박주라도 드시지 못허는 게 한이라 허셨수다.

선비 우리는 동문수학의 죽마고우이니 어찌 피를 나눈 형제와 다름 있겠는가. 나도 언제나 풀려서 함께 만나 밤을 지새며 정의를 나눌지 안타까운 마음일세.

아전 저어, 이것은 보양허시라고 산청과 용을 호꼼 가져왔습니다. 요딘 장기가 심하고 습기 많은 곳이라 큰 병이 들어 누우면 그만입주마씸. 용은 달여서 쓰시고 산청은 식전에 한술씩 드십서.

(아전 뒷전에 섰던 장정에게 눈짓한다. 장정 작은 함을 두 손으로 받들어 올린다.)

선비 매양 염치없이 양곡을 얻어먹는 터에, 이렇게 귀한 것까지 보내니 내가 몸둘 바를 모르겠네.

아전 무슨 불편은 어신가마씸?

선비 임금님의 선정이 천하에 미치고 있거늘 무슨 불편이 있을 수 있겠는가. (DIS)

#39 집 앞

아전과 장정을 따라나온 노인. 아전은 멀리 밭을 내다본다.

아전 밭이 여러 두락 됨구나게. 소출이 제법 이시켜.

노인 (말없이 바다 쪽만 내다보고 있다.)

아전 게난에 두 식구 살암서?

노인 예.

아전 아까 그 여자가 하르방 아낙이라?

노인 아니우다.

아전 경허문 딸이라?

노인 맞수다.

아전 (고개를 갸우뚱한다.) 거 참…… 모를 일이여.

장정 (그에게 바짝 붙어서서 뭐라고 속삭인다. 아전 픽 웃고 나서)

아전 본도가 육지영 달랑 상풍에 까다롭지 안허난 벨일도 많지. 하여튼 복도 하다. 겐디 이건 나 소임이난 묻는 소린디 호패는 가져서?

노인 엇수다.

아전 무시거? 호적에 들지 않았댄 헌 말이라?

장정 계해 난리 이후로 산협과 낙도로 해싸진 사람들이 하영(많이) 누락됭 이신 형편입주.

아전 그건 나도 알암서. 음, 하르방도 계해년 이후로 요디(여기) 들어와실테주. 대개 알리지도 안허영 마을이영 저자 떠난 놈덜은 난리 때 죄 지신 놈들이나 나라에 불만 품은 놈들이주. 호적이 누락됭 있댄 허난 것만으로도 국은을 등진 큰 죄여.

노인 내분 땅에 들어왕 나 손으로 일구었수다.

아전 요자기(요새) 대장을 새로 정리햄시난 다행이여. 난리 이후에 벽지로 숨은 자들도 몬딱덜(모두들) 입적시키랜 허는 하명 노렸져. 나라의 은혜를 찾이 새경 순박헌 백성이 되사주.

장정 하르방 집에 서월(서울) 어른 시난에(있으니) 너그럽게 봐줬시

난 경 압서.

아전 새 달에는 꼭 향청에 나왕 입적해부러. 본도의 별진상이영 사
재감 진상은 하간(여러가지) 해물이 만오천첩이고, 별공물론 희귀
해물이영 메역(미역)이 삼천이백여첩이여. 본현은 특히 전복이영
메역의 공물을 담당하고 이시난 해변에 사는 백성은 몬딱(모두) 메
역과 전복의 공물 부역을 져산다(져야 한다). 그 대신에 전곡의 조
세는 감면햄시메.

장정 바다에 혼천만천헌 게 해물이 아니우꽈?

노인 (묵묵히 외면하고 서 있다. 아전은 바닷가로 바삐 내려간다.) (FO)

#40 밭 (FI)

뙤약볕. 노인과 어진이 밭을 간다. 노인 숨을 헐떡이며 괭이질을
한다. 걸린다. 무수한 돌맹이. 어진이는 뒤를 따르며 호미로 돌을 파
서 밭 밖으로 던진다. 땀으로 흠뻑 젖은 얼굴. 노인 괭이를 내려꽂고
는 멈춘 채로 헐떡거린다. 어진이 땀을 씻으며,

어진이 아버지, 전뎌지쿠과(견딜 만합니까)? 호꼼 쉬어가멍 헙서게.

노인 모밀을 뿌려야는디 쉴 틈 이시냐게? 혼져(빨리) 갈아낭 바당
(바다)에 나가사주.

어진이 나도 메역 캐사쿠다(캐야 합니다).

노인 (밭고랑에 주저앉는다. 흐린 눈으로 어진이를 바라본다.) 그동
안…… 잘 살았저. 멍충이라, 나가 멍충이라. 여기까정 온 줄은 몰
랐저. 여긴 우리 땅인디.

어진이 물 호쏠(조금) 떠다줍네까?

노인 그동안 잘 살았주. 멍충이거치 살아남앙……

어진이 저펜드레…… 봅서.

(어진이의 시선 끝에 바닷가를 거니는 선비 보인다. 한가한 걸음걸이와
단정한 의관, 무엇인가 생각에 골똘한 듯)

노인 재앙 붙었저. 저놈의 도채비(도깨비).

어진이 우리가 해물을 잡아당 바치문 저딴 사름들이 먹을 거라예.

노인 (일어나 곡괭이를 다시 잡는다.) 또시 모르주, 이 섬보다 더 먼디 다른 땅 이실지. 도채비가 호나토 못 오는 섬이 이실지 모르주기.

어진이 (시선을 멀리 선비의 뒷모습에 준 채 혼자 중얼거린다.) 자리새끼 (작은 물고기)만이도 쓸디어신 사름! (DIS)

#41 노인의 집, 밤

노인과 어진이 나란히 누워 있다. 잠결에 헛소리하는 어진이. 노인도 고된 노역 끝이라 잠을 이루지 못하고 뒤척인다. 어진이의 신음. 건너방에서 들리는 선비의 글 읽는 낭랑한 소리. 노인 귀를 막는다. 글 읽는 소리 차츰 커져서 가득 찬다. 노인 귀를 막고 그 소리를 떨쳐버리듯 애쓴다. 참지 못해 벌떡 일어난다. 글 읽는 소리 집요하게 파고든다. 노인 방문을 열고 뛰쳐나간다. 밤하늘의 초롱초롱한 별들. 마당에 아무렇게나 던져진 낫을 집어든다. 하늘을 우러러본다. 그때 그의 뇌리에 가득 차는 사물소리. 우레와 같은 함성. 노인 낫을 쥐고 부르르 떤다. 선비의 방 앞으로 달려간다. 창호지에 어린 그의 그림자. 글 읽는 소리와 사물소리 엇갈린다. 노인 낫을 쳐들었다가 힘없이 방문 앞의 땅바닥에 꽂는다. 무릎을 꿇고 헐떡이는 노인.

선비 (글 읽기를 멈추고) 밖에 누가 있나?

노인 (고개를 처박고 헐떡인다.)

선비 (천천히 문을 연다. 그는 불빛에 드러난 노인의 모습과 꽂혀 있는 낫을 보자 깜짝 놀란다.) 웬일인가? 주인장 괜찮은가?

노인 (그제야 정신이 난 듯 엉거주춤 일어선다.)

선비 (조용하지만 위엄 있는 어조) 내게 무슨 포한이 있는가?

노인 (불타는 듯한 시선으로 노려보다가 노기가 차츰 사라진다.) 나으리 신디(나으리게) 무신 원한이사 이시쿠과? 천허게 사는 죄입주마씸.

선비 그게 무슨 말인가. 사민은 하늘이 내린 법도로 누구나 다 경중이 있을 수 없거늘.

노인 (우물쭈물 하정배를 드린다.) 밤도 짚어신디 주무십서.

선비 (돌아가려는 노인을 불러세운다.) 주인장, 잠깐 기다리게. (그는 급히 신을 꿰고 내려선다. 낫을 뽑아서 잠시 들여다본다.) (DIS)

#42 돌담 밖
해조음이 규칙적으로 들린다. 선비, 노인을 잠시 바라보다가,

선비 연유를…… 말하게.

노인 (하늘을 올려다본다.) 이제 나 나이 육십이 다 됐수다. 수만가지 말을 삼키고 씹으멍 살아신디 이제 또 무신 헐 말이 이시쿠과? 경 헌디…… 나으런 나라에 무신 죄를 지십디가?

선비 나는 말을 바로 하는 직임을 맡은 사람일세. 나라의 일과 임금의 잘못된 바를 지적하고 바로잡는 소임이지. 내가 맡은 일을 다하려다가 상감의 노여움을 사고 불충한 무리들의 모함에 빠져서 이리로 내쳐진 걸세.

노인 (나직하지만 힘있게) 계해년 난리엔헌거 들어봅디가?

선비 오래 전 일이라…… 학동 시절에 가친에게서 들은 적이 있네.

노인 탐학헌 관리를 내몰았젠 허연 수도어시(수없이) 죽여십주. 나도 가족을 잃었수다. 나으리는 임금신디 충신이 되젠 말로 죄를 얻었주만는, 우린 아멩허여도 못살아그네 임금을 등졌수다.

선비 (엄하게) 나라나 일가족이나 모두 근본이 있는 법. 나라를 등지는 백성이 되어서는 안되오.

노인 이딘(여긴) 나 땅이우다. 나가 들어왕 갈아엎고 곡식을 심었수다. 하늘을 우러르고 땅에 엎드령 십여년을 살아신디 무시 것허래 이디 옵디강?

선비 내 뜻이 아닐세.

노인 걱정어시 살아와신디 무사(왜) 옵디강? (선비의 옷깃을 두 손으로 움켜쥔다.) 나으리네 임금신디로 돌아가십서. (FO)

#43 바다 (FI)

떼위를 저어가는 노인. 그물을 던진다. 끌어올린다.

#44 바다, 저녁

그물을 던지려다가 이마에 손을 대고 바라보는 노인. 수평선에 희미하게 보이는 섬의 모양. 그물을 내려놓고 노를 젓기 시작한다. 노인의 동작이 차츰 활발해진다. 목소리만,

노인 도채비가 호나도 어신 섬. 도채비가 못 가는 섬.

#45 바다, 밤

거칠어진 파도. 노인 방향을 잡지 못하고 이리저리 젓다가 할 수 없이 배를 돌린다. (DIS)

#46 노인의 방, 밤

어진이 바느질하고 있으며 노인은 곰방대를 물고 있다.

노인 어진아.

어진이 예.

노인 성내 나가구정(나가고 싶다고) 허댄 고랐지?

어진이 예, 겐디(그런데) 이젠 마우다. 무서운 사람들 만나질 거 닮앙(같아서) 마우다.

노인 날 따랑 갈탸, 아니문 너 혼자 성내로 나강 살탸?

어진이 마우다, 안 가쿠다. 나 혼잔 못 살쿠다. 아부지 따랑 가쿠다.

노인 나야 얼마 남아시냐? 일도 못헐 거여.

어진이 나가 허문 뒙주게. 물질도 허고 밭도 나가 매문 되주.

노인 저착 먼 바당에 섬 호나 봐져라마는.

어진이 사람덜 하영(많이) 본생입니다마는, 가본 사람은 아무도 없 댄마씸.

노인 물길은 훤히 알아진다. 이틀쯤 저시문(저으면) 닿을 거여. 양식 을 가정 나가 먼저 다녀오져. 경행(그래서) 이 섬을 떠나게. 아무도 못 쫓이게. (DIS)

#47 선비의 방, 밤

책을 펴들고 앉은 선비. 뭐라고 중얼중얼 읽다가 책을 탁 덮고 고개 를 숙인다. 다시 책을 펴들다가 방바닥에 힘없이 던져버린다. (FO)

#48 바닷가 (FI)

어진이 뒤웅박을 띄우고 물속에 잠겨 있다. 한손에 미역 몇줄기 땄 다. 망시리에 담는다. 솟구쳤다가 잠수하는 어진이. 다시 나왔다가 높은 휘파람소리 들리고 나서 또 잠수하는 어진이. 숨이 차서 뒤웅박 에 매달려 쉬는 어진이. 하늘의 먹구름. 멀리서 들리는 천둥소리. 어 진이 불안하게 하늘을 올려다본다. (OL)

#49 바위, 비

거세게 쏟아지는 비. 어진이 물옷 위에다 그냥 갈옷 걸치고 물건을 챙긴다. 연방 하늘을 올려다본다. (OL)

#50 집, 밤

초가 위로 거세게 몰아치는 폭풍우.

#51 바닷가

아직 바람이 거세다. 혼자서 서성이는 어진이. 먼 바다를 바라본

다. (FO)

#52 **같은 장소** (FI)

　화창한 날씨. 고요하게 비어 있는 바다. 바위에 박힌 듯이 앉아 있는 어진이. (FO)

#53 **마당** (FI)

　선비는 방에서, 어진이는 부뚜막에 쪼그리고 앉아 밥을 먹는다. 선비는 여전히 단정하게 식사한다. 어진이 쑥범벅 하나를 집어넣고 우물거리다가 간신히 넘긴다. 그릇을 내려놓고 한숨쉬는 어진이. (DIS)

#54 **노인의 방, 밤**

　혼자서 누워 있는 어진이. 멀리서 들리는 파도소리. 옆으로 돌아누우며 얼굴을 감싼다.

#55 **선비의 방, 밤**

　우두커니 천장을 올려다보며 누워 있는 선비. (FO)

#56 **밭** (FI)

　노인과 함께 갈았던 밭에 파종하는 어진이. (OL)

#57 **같은 장소**

　밭밟기를 하는 어진이. 남태(땅 다지는 통나무로 만든 바퀴)를 끈다. 말이 없어 멜바를 걸어 사람이 끄는 것이다. 땡볕에 달아오른 땅의 열기로 어진이는 비틀거린다. 몇고랑 가지 못해서 쓰러진다. 다시 일어난다. 또 몇걸음 걷다가 쓰러진다. 그녀의 어깨를 당기는 손. 어진이 돌아본다. 선비가 서 있다. 한손에는 물허벅. 어진이 정신없이 마신다. 숨을 돌린다.

선비 어찌 이런 물건을 끄느냐?

어진이 바람허고 돌 때문이우다. 씨앗을 땅속에 눌러줘사 되어마씸.

선비 어디…… 내가 끌어보자.

어진이 안됩니다게. 나으린 못헙니다.

선비 너 같은 처자가 다 하는데 사내인 내가 못하겠느냐. 자, 어서
벗어라.

어진이 (멜바를 꼭 쥐고 어깨를 흔든다.) 나으리가 허영 됩네까? 나으
리사 높댄 허는 분이고, 이건 우리 곡식인디.

선비 그래 너희 땅인 줄 안다. 너 혼자 이렇게 고생하여 지어주는 밥
을 내가 편히 넘기겠느냐.

　(선비 억지로 어진이의 어깨에서 멜바를 벗겨낸다. 갓 쓰고 도포 입고 멜
바를 끄는 이상한 모습. 몇걸음 걷기 시작한다. 어진이보다는 훨씬 낫지만
비뚤비뚤 서툴게 보인다.)

#58 같은 장소

　찌그러져버린 갓, 아무렇게나 던져져 있다. 도포는 흙이 묻은 채
풀 위에 뭉쳐져 있다. 옆으로 지나는 선비의 걷어붙인 다리 보이고
그 아래의 맨발.

#59 같은 장소

　밭의 가운데서 헐떡이며 쉬고 있는 선비. 다시 일어선다. 비틀거린
다. 어진이 달려가서 함께 멜바를 잡아끈다. (OL)

#60 같은 장소

　나란히 두 줄의 멜바를 매어 남태를 끌고 가는 두 사람. 어진이 선
비를 올려다보며 활짝 웃는다. 땀과 흙먼지로 더러워진 선비 싱긋 웃

는다. (DIS)

#61 선비의 방, 저녁
가까스로 방문을 열어젖히고 밖에다 토해내는 선비. 방 문턱에 턱을 받치고 있다. 어진이 놀라서 달려온다. 거리낌없이 그를 뒤로부터 안아 일으켜 방에 누인다. 목침을 베어준다. (DIS)

#62 같은 곳, 밤
이불을 덮어쓰고 떨고 있는 선비. 옆에서 돌보는 어진이 그의 이마의 땀을 닦아준다.
선비 물…… 물.
어진이 (물그릇을 입에 대준다.) (DIS)

#63 같은 곳
선비에게 미음을 떠먹이는 어진이. 선비 받아 마신다.
어진이 간밤엔 소뭇 불덩입디다.
선비 고맙다. 더위를 먹은 모양이지.
어진이 하루걸이 닮수다.
　　(선비 가까스로 일어나 앉는다.)
어진이 아직 안되쿠다. 더 누웡 계십서. (FO)

#64 마당 (FI)
어진이 선비에게 소반을 들여준다. 그는 맨 상투에 상하의 바람이다. 어진이가 돌아서서 나가면, 선비 소반을 그대로 들고 마당의 초석으로 내려간다. 초석에서 일어나 앉는 어진이. 피하는 방향으로 소반을 들이댄다. (OL)

#65 같은 곳

두 사람 겸상하여 밥을 먹는다. 밥을 선비에게 덜어주는 어진이. 다시 되돌리는 선비. 밥그릇을 뒤로 빼는 어진이. 두 사람 웃는다. (FO)

#66 선비의 방, 밤

불빛이 훤한 창호지의 문. 카메라는 때에 따라서 방안과 놀이하는 손가락과 그들 표정 따위를 간간이 잡아준다. 그림자놀이를 하는 두 사람.

선비 그래서 어떻게 되었지?

어진이 경허당, 가난허당 보난 그 총각은 장개를 못 가십주마씸. 이 게 그 총각이우다예. (방문에 어리는 손가락의 그림자. 어진이의 이야 기는 그림자놀이로 진행된다.) 노 젓는 거우다. (노래) 물로야 뱅뱅 돌 아진 섬에 먹으나 굶으나 물질을 허여성 어이사 어이사 이추룩 노 저으멍 혼자 골았댄마씸(그랬대요). 이 괴기 잡으민 누게영 먹고 살 코? 경허난에(그러니까) 어디서산지 나영 먹고 살주, 허는 소리가 나램마씸게. 총각이 또시(다시) 누게영 먹고 살코? 허난 어디서 또 시 나영 먹고 살주, 허곡 게난에(그래서) 말이 들리는 쪽으로 배를 저엉 가신디예…… 이거 봅서, 이것이 구쟁기우다예?

선비 구쟁기가 뭐지?

어진이 (소라를 보여준다.) 이추룩 생긴 거어.

선비 응, 소라 말이지.

어진이 구쟁기가 말허는 게 하도 신기해신고라 집에 강 구워먹지 안 행, 물독에 놓아두었젠마씸. 겐디 아침에 총각이 일어나 보난하간 음식이 가득헌 밥상이 이신 거 아니우꽈? 누게가 초려신고? 허멍 먹언 일 다행 돌아오니 아, 또 차려정 이서랜마씸. 경행 다음날은 일도 설러두엉(걷어치우고) 누게가 밥을 짓어신고 곱앙(숨어서) 봐신디예 이거 봅서, 그 구쟁기가 금방 요추룩(요렇게) 고운 색시로 변해랜마씸게. 총각이 돌려나와십주. 우리 고치(같이) 삽시다. 허난 색시가 나는 용궁에 살아난 궁녀인디 용왕님신디 벌을 받앙 세상에 왔습네다. 당신허곡 인연이 있지만 두 달만 춤아줍서. 안 그러문 우린 헤어지게 될 거우다. 경골아도(그렇게 말해도) 총각은 하도 마음이 급해신고라 그만 영안아부러십주게.

선비 어진아. (그림자의 손을 잡으려고 한다.)

어진이 (선비의 손을 물리치고) 거 봅서, 이제 벌받읍네게. 구쟁기가 총각네 각시가 되영 물질르레 가신디, 한라산 뱀의 왕이 봐부렀댄마씸. 자, 이것이 뱀이우다예. 아이고, 징그러와! 뱀은 구쟁기 각시한티 고치 안 살민 잡아먹으켄(먹는다고) 골았댄(그랬대요). 각시는 비녀를 뽑아주멍 용서해주랜 골아봐도(말해봐도) 뱀이 덤비난 치마를 벗어주고 속바지도 벗어주고 속곳만 입고 울멍 도망치는 거 아니우꽈. 경해도 뱀이 끝까지 또라오는디예, 총각은 돌려나왕 뱀이영(뱀하고) 멫날 메칠을 싸와십주게. 경허당(그러다가) 뱀도 죽고 총각도 오꼿(그만) 죽어부렀댄마씸. 구쟁기 각시도 하도 슬펑 오꼿 죽어불곡. 총각은 죽엉 바위 되고 각신 죽엉 구쟁기 껍데기가 됐잰 햄수게. 자, 이게 바위고 이게 구쟁기우다예. 나 물질 나가문 맨날 봐집니다.

선비 어진아. (선비, 어진이의 두 손을 움켜잡는다. 방의 불 꺼진다.) (OL)

#67 같은 장소, 밤

선비와 어진이 벗은 어깨를 드러내고 나란히 누워 있다.

어진이 하르방은 우리 아방(아버지)이 아니라났수다(아니었어요).

선비 그런데 같이 살았느냐?

어진이 우리 식구는 난리 때 몬딱 불에 탕 죽었잰 허는디, 이젠 생각이 노시 안 남수다. 하르방이 그전에 호꼼(조금) 곧당(얘기하다) 맙디다.

선비 부녀지간이 아닌데 이렇게까지 자라도록 함께 살다니.

어진이 높으신 나리들이 알아집니까? 무사(왜) 나리들이 우릴 일로 (이리로) 보내지 안헙디까(않았어요)?

선비 그렇다, 나같이 썩은 선비가 어찌 세상사를 알겠느냐. (DIS)

#68 들길

물허벅에 물을 길어오는 어진이. 나무를 해서 줄에 매어 메고 오는 선비와 마주친다. 선비는 어진이의 허벅을 받아내려 하고 어진이는 선비의 나뭇짐을 받으려 하다가 어진이 넘어져서 물허벅 깨진다. 물 위에 앉아 어처구니없이 웃는 어진이. (DIS)

#69 바닷가

떼위에서 노 젓는 법을 가르쳐주는 어진이. 선비는 이미 예전 노인 의 모습과 똑같다. 맨 상투에 질끈 동인 띠, 갈중의, 맨발이다. 선비, 뒤뚱거리며 가는 떼위 신기해서 자꾸 젓는다. 어진이 장난스럽게 떼 민다. 선비 빠져서 허우적거린다. 어진이 달려들어 겨드랑이를 끼어 서 통나무에 걸쳐준다. (DIS)

#70 바다

익숙한 솜씨로 떼위를 저어나가는 선비. 그물을 펼쳐서 던진다. 당 긴다. 펄떡이며 뛰는 고기들. 선비 신이 나서 고기를 잡아 바구니에 던진다. (DIS)

#71 바닷가

물질하는 어진이. 몇번씩 솟구쳤다가 다시 들어간다. (DIS)

#72 바닷가, 저녁

노을을 뒤로 하고 귀가하는 두 사람. 어진이는 물옷 차림 그대로이고 선비는 그물과 바구니를 메었다. (DIS)

#73 밭

키가 넘게 자란 보리, 또는 다른 곡식. 두 사람 낫을 들고 서 있다. 선비는 웃통을 벗는다. 낫을 들어 곡식을 베기 시작한다. 어진이 수줍어하면서 망설이다가 채롱에서 흰 새치마를 꺼낸다. 그러고는 밭 사이로 들어가 보릿대를 겹쳐 넘기고 그 위에 조심스럽게 편다. 선비 어리둥절하여,

선비 뭐하는 거야?

어진이 (보릿대 위로 고개만 내밀고) 아이 참…… 세경님 만나레 가얍주게.

선비 세경님이 무어냐?

어진이 곡식 내려준 분마씸.

(바람에 불리는 보리 사이로 옷을 벗는 어진이가 간간이 보인다. 선비 다가선다. 어진이의 손 화면 안으로 들어와 그의 손을 꼭 잡아서 끈다. 화면에 가득 차는 이삭들. 흔들리는 보릿대. 카메라 멀리서 잡아주면 바람이 결을 이루며 스쳐 지나는 보리밭 가운데 생겨난 공간) (FO)

#74 마당 (FI)

틀을 놓고 앉아서 지직을 매는 선비. 짚을 끼우며 고드레 돌을 하나씩 넘겨간다.

#75 바닷가

숨을 크게 들여마시며 바다 바람의 냄새를 맡아보는 어진이. 물옷으로 갈아입는다. 날렵한 동작으로 물에 뛰어드는 어진이. (DIS)

#76 나루터

물을 방금 떠나는 떼위. 그 위에 네 사람이 타고 있다. 하나는 노 젓는 장정, 둘은 장교와 사령, 그리고 다른 한사람은 금부도사. 금부 도사는 철릭을 입고 머리에는 입식 달린 주립을 쓰고 있다. 장교는 환도를 차고, 사령은 육모 방망이를 들었다. 침통하고 긴장된 모습의 세 관리. (DIS)

#77 바닷가

떼위가 가까워지는 것을 보고 바위로 올라가 엎드려 숨는 어진이. 떼위가 대어지고 관리들 섬에 오른다. 그들은 집으로 향한다. 어진이 불안한 얼굴로 물옷을 갈아입는다.

#78 마당

관리들 들어선다. 지직을 매던 선비 어리둥절해진다.

금부도사 이 집에 귀양온 죄인이 있는가?

선비 그렇소. (두 손을 바지에 문지르며 일어난다.)

장교 어디 갔느냐…… 아니 이 양반이……

사령 그분이 맞수다. (장교와 사령 어처구니없다는 듯이 선비의 아래위 를 살피고는 서로 마주본다.)

금부도사 당신이 전 정언 이 생이오?

선비 지금은 이름없는 백성이오만.

금부도사 어명을 받잡고 왔으니 의관 정제하시오.

선비 어, 명……

금부도사 조정에 환국이 일어나 모든 것이 바뀌었소.

선비 조……정?

#79 길

집을 향하여 바삐 올라가는 어진이.

#80 마당

의관을 갖추고 초석 위에 꿇어앉은 선비. 금부도사 옆으로 비켜난다. 선비 북향 사배를 올린다. 어명을 기다린다. 금부도사 품에서 전지(傳旨)를 꺼내어 개봉한다.

금부도사 사헌부의 조칙에 의하여 그대에게 사사(賜死)를 명한다.

(카메라 급하게 잡아주면, 장교가 지켜보는 가운데 소반 위에 올려놓은 대접 속으로 비산을 타넣는 사령. 그 소반이 선비의 앞에 놓여진다. 금부도사 뭐라고 전지를 읽기 시작하는 것을 돌담 밖에서 엿보는 어진이. 선비 대접을 두 손으로 잡는다. 그러나 허공을 바라보며 잠깐 망설인다.)

금부도사 어서 시행하시오.

(선비 다시 물대접을 집어올린다. 그때에 어진이 뛰쳐들어온다. 어진이는 문 앞에다 물질 도구를 던져두고 한손에 해물 캐는 단도를 쥐었다.)

어진이 못 갑니다아.

(달려드는 어진이, 슬로우 모션. 어진이를 향하여 두 팔을 벌려 맞는 선비. 엎어진 대접. 「날랑 죽경」 민요 가사 없이 소리로만 한껏 높은 음으로 흘러나와 모든 소리를 뒤덮는다. 두 사람 껴안는다. 화면에 가득 찬 선비의 얼굴. 큰 충격에 움찔하면서 어진이의 어깨를 꽉 움켜쥔다. 눈을 감는다. 풀려나가는 손가락들. 환도를 뽑으려는 시늉으로 몇걸음 달려드는 장교, 금부도사가 손을 들어 제지한다. 빼앗기지 않겠다는 듯 선비의 머리를 안은 어진이. 사령이 백포를 들고 다가와 선비의 옆구리에 대었다가 뗀다. 백포에 묻은 선혈. 어진이의 볼에 소리 없는 눈물 줄기. 백포를 가지고 관리들 황급히 나간다. 어진이 선비의 머리를 쓰다듬는다.)

(DIS)

#81 바닷가

가사 없이 소리로만 민요 계속된다. 프레임 위쪽에 걸린 맨발의 다리. 허공에 달린 맨발 아래로 아득히 떠가는 관리들의 떼위. 두 다리 화면 위로 밀려올라가며 떼위 화면의 중간 부분에 이르러 정지된다.

〔세계의 문학 1981 봄〕

넋풀이

천둥 번개의 음향효과와 비바람 몰아치는 소리가 들려온다. 여자의 서글
픈 울음소리에 이어.

(노래) **젊은 넋의 노래**
　　　　음 사람들은 잊지 못하네
　　　　음 밝아오던 마지막 새벽하늘
　　　　음 우리들은 잊지 못하네
　　　　음 거리마다 울리던 그 목소리
　　　　젊은 넋은 애달프고 안타까워도
　　　　남과 북이 하나되듯 둘이서
　　　　하나되어 합쳐지소서.

윤상원 어머니　(대사 배경음악으로 처량한 대금소리가 들려온다.) 아이고
　　이놈아, 니가 천둥인지 지둥인지 크나큰 일에 죽었으니 이 에미는
　　누구를 믿고 살거나. (흐느낀다) 살아생전에 학교도 못 갈치고 그놈
　　의 공장에 나가 뼈빠지게 고생만 하다가 장개도 못 가고 죽었으니
　　그것이 이 에미의 피 맺힌 한이란 말이다. (한숨 섞인 흐느낌) 하지
　　만 니 혼자 죽은 것도 아니고 전생에 몹쓸 짓을 한 것도 아니니 이
　　에미는 슬프면서도 마음이 놓여. 오냐, 나는 하늘을 보아 하나도

부끄럽지 않고 잉, 먼저 가신 느그 아버지한테도 떳떳해야. 인자 느그 친구들이 한날 한시에 죽은 느그들 영혼을 째메준다고 함께 그 넋이 하나되어서 저그 무등산 너머로 훨훨 날라가거라. (대사 중에 계속 흐느낀다.)

(노래) 무등산 자장가
　　　　아가 아가 우리 아가
　　　　엄니 엄니 불러봐라
　　　　떡도 사서 물려주고
　　　　엿도 사서 물려주마

　　　　둥기 둥기 무등산아
　　　　날아가는 저 구름아
　　　　구름 밑에 신선인가
　　　　일어나서 걸어봐라

　　　　높은 데는 까치 울고
　　　　낮은 데는 제비 울고
　　　　산천초목 여전한데
　　　　너만 혼자 누웠느냐.

박기순 여동생 (전주곡 배경음악) 언니는 학교를 그만두셨어요. 학교에 다니기가 부끄러워서 못 견디겠다고 늘 그랬어요.

(노래) 회상
　　　　교문이 보이는 야산에 올라
　　　　실없는 웃음만 흘리는 마음

허황한 책장마다 거짓만 가득
어깨를 구부린 친구들 모습

모두들 떠나버린 교정에 서서
도서관 흐릿한 불빛을 보며
차디찬 돌담벽은 너무도 높아
사방은 캄캄한 어둠뿐이네.

윤상원 남동생 형님은 헛되게 죽은 게 아닙니다. 오늘도 저 공장의
기계 소리 가운데서 형님의 음성이 들리는 것만 같습니다.
박기순 여동생 우리 언니는 진달래꽃입니다.
윤상원 남동생 형님은 재 속에 불씨입니다.
박기순 여동생 삭막하고 캄캄한 이 도시를.
윤상원 남동생 언젠가는 환히 비쳐줄 것입니다.

　(노래) 에루아 에루얼싸
　　　　에루아 에루얼싸 앞에서 끌어주고
　　　　에루아 에루얼싸 뒤에서 밀어주고
　　　　에루아 에루얼싸
　　　　우리 모두 힘 합하여
　　　　에루아 에루얼싸
　　　　이 어둠을 밝혀보세
　　　　에루아 에루얼싸 에루아 에루얼싸
　　　　에루아 에루얼싸.

　굿거리 세 장단 (징소리 자지러지게) 울린다.
무당　어―허 어허 좋다. (굿거리 한 장단 울리고 시나위로 다섯 장단 정

도 울리다 사설) 어—허 가는구나. 훌쩍 떠나가는구나. 한도 많은
세상 모두 두고 넋만 가냐. 넋이야 넋이로다. (시나위 여덟 장단 계속
되다 사설) 쉬어가게 쉬어가게 먼지 같은 이 세상을 하직하고 떠나
갈 제 술렁이는 거품이며 흘러가는 잎이로다. 어—허. (시나위 다섯
장단 정도 계속되다 사설) 서러워라 서러워라. 하룻밤 울고 가는 두
견새가 네로구나. 아—하 넋이야 넋이로다. (무당 구음 없어지고 장
단 서서히 작아진다.)
(남자의 구음소리)

(시 낭송) 돌아오는구나 돌아오는구나
그대들의 꽃다운 혼, 못다한 사랑, 못다한 꿈을 안고
죽음을 넘어 생명의 노래로 정녕 그대들은 돌아오는구나 (북장단)
야학에서 강의하듯 공장에서 일하듯
어여쁘디어여쁜 그대들의 혼이 돌아오는구나 (북장단)
하나는 고향집 양지밭에 피어 있는
수수한 장다리꽃, 순결한 빛깔로 활활 타오르고
하나는 빛깔 고운 호랑나비, 그보다 더 어여쁜 노랑나비, 흰나비
두 날개 펴 춤추듯 맨살에 고운 혼으로 만나는구나 (북장단)
밟아도 밟아도 죽지 않는 풀빛으로 한알의 돌멩이로 살아나는구나
빛나는 고향땅에 아침으로 돌아오는구나
돌아와 우리들의 마음이 되는구나 (북장단)
그리움에 눈물 자욱한 이슬 머금고
물오르는 개버드나무 망울 끝 여린 봉오리 벙글어지는 봄의 아픔
속으로
노니는 듯 꾸짖는 듯 손목 잡고 정답게 흔드는 듯
이승에서 못 닿은 마음 이승에서 못다한 사랑
오늘은 영원 속에서 만나는구나 (북장단)

억겁의 죽음을 넘어 억겁의 삶 속으로 고요히 돌아오는 순결한 혼들이여

거친 들판에 한줄기 풀잎으로 완강한 참나무의 꿋꿋한 기상으로

죽음을 넘어 돌아오는 혼이여 머나먼 주소에서 찾아온 생명의 넋이여. (징소리)

(노래) 못 오시나
　　　산이 막혀 못 오시나
　　　물이 막혀 못 오시나
　　　산 막혀도 굽이굽이
　　　물 막혀도 철썩철썩
　　　수풀 덮인 무덤 열고 만나지노니
　　　넘쳐나는 물보라에 가슴 뛰노니
　　　산이 막혀 못 오시나
　　　물이 막혀 못 오시나
　　　지금부터 우리들이 세워가리라
　　　지금부터 우리들이 우리의 그리움
　　　기다림도 서글픔도
　　　작별하고 떠나가네.

윤상원　살아남은 분들이 너무 풀이 죽었어.
박기순　그래요. 우리 격려해주어요.

(노래) 격려가
　　　슬퍼하지 말아라 오늘부터는
　　　절망하지 말아라 오늘부터는
　　　세상에서 사라지는 것들은

아무것도 없단다
모양만이 다르게 변해 보일 뿐
슬퍼하지 말아라 먼 훗날에도
절망하지 말아라 먼 훗날에도
강물이 흘러가는 새 울던
아득한 옛날부터
하늘 아래 남아 있는
사람의 사람다움을.

윤상원·박기순 우리가 죽음을 이기고 합쳐지듯이, 남녘땅 북녘땅이
합쳐지소서.

(노래) 님을 위한 행진곡
사랑도 명예도 이름도 남김없이
한평생 나가자던 뜨거운 맹세
동지는 간데없고 깃발만 나부껴
새날이 올 때까지 흔들리지 말자
세월은 흘러가도 산천은 안다
깨어나서 외치는 끝없는 함성
앞서서 가나니 산 자여 따르라
앞서서 가나니 산 자여 따르라.

〔지하방송 '자유광주의 소리' 창설작품 테이프(황석영 구성) 1982. 5;
전라도 마당굿 대본집, 들불 1989〕

한씨연대기

때 해방 직후에서 1972년까지 **곳** 평양, 서울, 부산 **나오는 사람들** 한영덕
한영숙 한창빈 윤미경 할머니 한창빈 어머니 한혜자 서학준 원장 간호원
MP 심문관 강노인

무대

　프로시니엄 무대이든 소극장이든 상관없이 공간의 구조에 따라 세
트는 다양하게 바뀔 수 있다. 기본적으로는 덧마루와 건축용 목재를
이용한다. 객석에서 보아 왼쪽과 오른쪽에 높이 석자 정도, 폭 석자
정도로 덧마루를 연결하여 긴 무대를 만들고, 중앙은 양쪽에서 계단
식으로 내려와 일반가정의 마루와 같은 낮은 무대로 꾸민다. 이 중앙
의 낮은 부분 앞쪽은 마당 겸 광장으로 이용한다. 편의상 무대를 네
부분으로 나누어 왼쪽 높은 부분을 '왼쪽 무대', 오른쪽 높은 부분을
'오른쪽 무대', 중앙의 낮은 부분을 '중앙 무대', 앞부분을 '무대 전
면'이라 칭한다. 무대 전체에는 건축용 목재를 격자 또는 사선으로
엮어 철조망이나 감옥의 창살, 때로는 무너진 철교의 난간 등으로 상
징한다. 그리고 그 위에 열 개 정도의 낡은 갓등을 달아놓는다. 이 갓
등은 장면의 분위기를 위해서만이 아니라 장면 전환과정을 그대로
보여주는 데 기여한다. 한편 왼쪽 무대 하단엔 장면마다의 시대적 상
황을 쉽게 이해시키기 위해 차트를 만들어놓고 필요할 때마다 배우
들이 넘긴다. 남자배우 세 명을 차례로 배우1, 배우2, 배우3, 여자배
우 두　명을 차례로 배우4, 배우5로 표기한다.(연우무대의 공연에서는 다
섯 명의 배우가 여러 역을 맡아 그때그때 변신한다. 등장인물 뒤의 숫자는 배우의 번호
를 의미한다─편집자)

　객석의 불이 꺼지면 무대의 갓등만이 희미한 빛을 발하고 음악이 흘러나
온다. 해금소리가 커지면서 갓등이 완전히 꺼지면 무대 전면에 조명.

제1장　다큐멘터리 I

해설자2　제2차 세계대전이 한창이던 1943년 3월, 미국의 루스벨트
　　대통령과 영국의 이튼 외상이 워싱턴에서 회담을 갖고, 전쟁이 끝

난 뒤 일본 식민지의 복귀문제에 대해서 논의하던 중 루스벨트는 이 자리에서 처음으로 한국에 대한 강대국의 신탁통치 문제를 제기했습니다.

해설자4 (무대 전면 왼쪽으로 가면서) 이러한 제안은 그해 11월 카이로에서 발표한, 루스벨트·처칠·장개석의 이른바 카이로공동선언에서도 반영되었습니다.

해설자1 (왼쪽 무대 위로 올라가면서) 그리고 나서 1945년 2월 미국·영국·소련의 정상들은 이른바 얄타회담을 통하여 한국에 대한 강대국의 신탁통치 문제를 다시 한번 거론했습니다.

해설자5 (무대 전면 오른쪽으로 가면서) 흔히 한반도의 분단이 이 얄타회담에서 비롯된 것이라고 전해지고 있지만 사실은 남북분단에 관한 언급은 전혀 없었습니다.

해설자3 (오른쪽 무대 위로 올라가면서) 마침내 1945년 7월, 미·영·소 수뇌들의 포츠담회담에서도 한국은 적당한 시기에 독립이 되어야 한다는 카이로선언을 다시 한번 확인했을 뿐, 한반도에 관한 구체적인 문제는 거의 논의되지 않았습니다. 그런데 이 회담이 열리고 있던 어느날이었습니다.

(이때 가만히 서 있던 나머지 배우들이 움직이기 시작한다. 배우4·5는 대형 한국지도를 무대 전면 바닥에 깔고 퇴장하고, 배우1·2는 군 야전모를 쓴다. 배우2가 마샬 역을, 배우1이 참모 역을 맡는다. 참모의 손에는 기다란 몽둥이가 들려 있다. 배우2가 차트를 넘긴다 —— '1945년, 포츠담')

해설자3 미국 육군참모총장 마샬 대장이 그의 참모들과 함께 한반도 진공에 관한 문제를 상의하고 있었습니다. (퇴장)

마아샬2 이제 얼마 안 있으면 일본은 곧 항복할 거야. 그러면 소련과는 한반도에서 부딪치게 될 텐데 적당한 경계선이 필요하게 됐어.

참모1 예, 각하. 그래서 한국지도를 연구하고 있습니다.

마샬　(지도 위를 성큼성큼 걸어본다.) 흠, 몇발짝 안되는 나라로구만.

참모　하지만 앞으로는 태풍의 눈이 될 것입니다.

마샬　(대동강 입구를 밟으면서) 여기가 인천항이지?

참모　오, 노오. 이쪽입니다, 각하.

마샬　어쨌든 소련에게 일부를 넘겨주더라도 이 인천항과, 그리고 여기 부산항은 우리의 영향력 아래 있어야 할 거야.

참모　그래서 반쯤 가르는 게 어떨까 고려하고 있습니다, 각하.

마샬　어디 한번 선을 그어봐.

참모　(들고 있던 몽둥이로 38선을 내리친다.)

마샬　(몽둥이를 양발 사이에 놓고 남과 북을 비교해보며) 아무래도 우리가 손해 같은데…… 평양은 어디지?

참모　이곳입니다.

마샬　오, 예! 쑥 올라가는구만.

참모　하지만 소련 쪽에선 평양을 달라고 할 겁니다. 더구나, 소련은 금방 진주해 들어올 수 있는데, 우린 아무리 가까워도 오끼나와에서 출동해야 합니다. 현실적으로 우리가 불리합니다, 각하.

마샬　(인상을 쓰며) 자네 말이 맞아. 정말 골치 아픈 코리아……

대사가 끝나면 참모가 마샬의 모자를 받아 한쪽에 놓고 퇴장한다. 마샬은 다시 해설자가 되고 차트를 넘기면 ── '1945년 8월 15일'

해설자2　1945년 8월 14일 드디어 일제가 패망하자 미국은 마닐라에 있는 태평양지역 연합군 최고사령관 맥아더에게 38선 이남을 접수하라는 일반명령 제1호를 하달했습니다.

대사가 끝나자마자 미국 국가가 울려퍼진다. 오른쪽 무대에 검은 썬글라스를 쓰고 파이프 담배를 입에 문 맥아더 손을 흔들며 등장. 나머지 배우들은 태극기와 성조기를 흔들며 그를 환영한다.

맥아더3 (손을 흔들다가 제자리에 우뚝 서서) 조선인민에게 고함! 북위 38도선 이남의 조선영토와 조선인민에 대한 모든 통치권은 당분간 나 맥아더 사령관의 권한 아래서 시행한다. 조선인민은 본관 및 본관의 권한하에서 발표한 명령에 즉각 복종하여야 하며 점령군에 대한 모든 반항행위, 또는 공공안녕을 교란하는 행위자는 용서없이 엄벌에 처할 것이다. 그리고, 조선인으로서 포고명령을 위반하는 자는 최고 사형에까지 처할 것이다. 이 시간 이후 38선 이남에서는 영어를 공용어로 한다. (손을 흔들며 퇴장)

맥아더의 얘기가 끝나갈 즈음, 나머지 배우들은 태극기 든 손을 힘없이 떨어뜨리고 성조기를 바라본다. 미국 국가 끝나고, 배우5가 국기를 건네받아 무대 밖에 갖다놓고, 맥아더를 맡았던 배우3과 함께 등장하여 지도 위에 정렬한다. 배우1이 해설하는 동안 네 명의 배우들은 해설의 내용에 맞추어 적당한 동작과 마임을 한다.

해설자1 그로부터 삼년간에 걸친 미군정과 38이북의 사회주의체제! 건국준비위원회, 인민공화국, 좌우합작, 남북협상, 여운형, 박헌영, 김구, 이승만의 이합집산. 모스끄바 삼상회의, 미소공동위원회, 신탁통치 반대·찬성 데모! 좌익, 우익, 백색테러, 적색테러, 여운형의 암살, 김구의 암살, 박헌영의 월북, 그리고 혼자 남은 이승만!

해설이 끝나면 여자배우 두 명은 지도를 걸어 퇴장하고 배우2는 무대 전면 중앙에서 해설을 한다. 이때 배우1과 3은 무대 한쪽에 대기. 배우1이 차트를 넘긴다 —— '1950년 6월 25일'

해설자2 1950년 6월 25일 아침. 이날 미국 대통령 트루먼은 찌는 듯
한 워싱턴의 더위를 피해 자신의 고향인 미주리에서 휴가를 보내
고 있었고, 한국의 대통령 이승만은 비원 연못가에서 이른 아침부
터 낚시질을 하고 있었습니다. (해설을 마치고 바로 왼쪽 무대로 올라
가 배우1과 나란히 선다.)

해설자3 (차트 —— '중앙인민병원.' 무대 전면으로 걸어나오면서) 38선을
돌파한 지 불과 35일 만에, 대구·부산을 제외하고 남한 전역을 장
악한 인민군은, 낙동강 전선에서 한국군과 유엔군의 반격으로 수
세에 몰리기 시작했습니다.

(사이) 바로 이즈음, 평양에 있는 김일성대학 의학부 산부인과학
교수 한영덕은 (이때 의사 가운으로 갈아입은 배우1이 객석 쪽으로 돌
아서면 왼쪽 무대에 조명이 들어온다.) 38세의 동료 교수인 서학준과
함께 (가운을 입은 배우2가 돌아선다.) 대학 연구실 창가에 서서, 방
금 폭격을 마치고 돌아가는 미공군 B29편대를 바라다보고 있었습
니다. 9월 7일의 일이었습니다.

해설이 끝나자마자 싸이렌 소리, 해설자 황급히 퇴장하면 한영덕과 서학
준은 창가에 서서 전투기를 바라보고 있다.

제2장 중앙인민병원

소리4 의학부 교수들은 모두 강당으로 집합하시오. 경애하는 의사
동무 여러분! 지금 즉시 강당으로 집합하시오!

한영덕과 서학준, 무대 전면으로 내려오고, 왼팔에 붉은 완장을 두른 원장
3, 당원4, 당원5가 오른쪽 무대로 올라간다. 원장이 무대 중앙에 우뚝 서면
관객 모두는 강당에 집합한 의학부 교수들이 되는 셈이다.

당원4 동무들, 잘 들으시오! 지금 전선에선 용감한 애국인민 전
사들이 피를 흘리며 싸우고 있습니다. 남조선 해방이 바로 눈앞
에 있는 이 시기에, 대학교수라 해서 후방에 남아 편안히 있을
수만은 없게 되었소. 아녀자와 노인을 제외하고 16세부터 45세
까지의 모든 인민들이 전선으로 나가고 있는 판국에 의무군관은
절대적으로 부족한 실정이오. 자, 동무들! 모두 전선으로 나갑
시다!

원장3 나갑시다!

당원5 나갑시다!

당원4 이제 의무군관으로 입대할 의사동무 여러분들은 조국의 해방
을 위해 총매진하는 영웅적인 투사가 되어야 합니다. 북조선인민
공화국 만세!

원장 만세!!

당원5 만세!

당원4 남조선 해방 만세!

원장 만세!!

당원5 만세!

한영덕과 서학준도 덩달아 만세 부르듯 두 손을 쳐든다. 당원5는 그대로
서 있고 당원4는 무대 전면으로 내려온다.

당원4 한영덕 동무와 서학준 동무는 명단에서 빠졌습니다.

한영덕1 (나가는 당원 쪽을 향해) 우린 어데로 보낸답데까?

원장 (중앙 무대를 내려오면서) 보내지 않을 겁니다. 동무들은 평양에
그대로 남게 될 거요. (사이) 동무들의 성분을 검토하고 평소의 정
치투쟁 경력 등을 평가해본 결과, 동무들은 의무군관으로 애국전
선에 내보낼 자격이 없다는 결론이 내려졌소. 당에선 동무들의 교

수 자격을 박탈하고 노동전선으로 보내라고 했지만, 오랫동안 제국주의적 교육을 받아온 동무들의 정상을 참작해서, 동무들은 이곳 인민병원에 근무하라는 발령이 났소. 그중에서도, 보통병동이 아닌 특병동에 각별히 신경을 써야 할 거요. 아무쪼록 지난날을 거울삼아 더욱 분발해서 당에 충성해야 할 것입니다. 그럼 내일부터 당장 이곳에서 침식하면서 인민들에게 봉사할 각오를 단단히 하시오!

(원장이 객석 쪽으로 돌아서면 조명 암전. 암전되면 배우3이 차트를 넘긴다 —— '개성함락 며칠 뒤')

제3장 수술

무대 전면 우측, 즉 오른쪽 무대 아래에 수술대가 놓여 있고 한영덕과 간호원5가 수술준비를 하고 있다.

한영덕 1 복부파편상이구만.
간호원 5 수술을 해야갔지요?
한영덕 서둘러야 되갔어.
간호원 아무것도 없습네다. 약품도 기구도 없시요. 원장 허락 없이 아무것도 타내지 못합네다.
한영덕 기래도 살려내야디.
간호원 이 어린아인 수술규정에 위반되는데두요?
한영덕 이 아이도 인민이요. 어서 취사실에 가서 물을 끓이고 뭐든 약품을 좀 구해보구래!
간호원 예. (퇴장)

한영덕은 환자를 돌보고, 무대 왼편에서 서학준이 급히 들어온다. 가운 차림으로 외투를 들고 있다.

서학준2 영덕이. 너 또 여기 와 있구나. 정말 어드렇게 할라구 그러
네? 원장이레 발쎄 눈치챈 모양이야.

한영덕 금방 죽어가는 환자를 놔두고 모르는 체할 수야 없디 않네.
보통병동엔 수술할 의사가 없다는 걸 너두 잘 알디 않아? 마침 잘
왔다. 좀 거둘라우.

서학준 우린 특병동 담당 아니가?

한영덕 당원과 군인만이 사람이가? 난 당원이 아니라 의사야.

서학준 너 정신 똑바로 차리라우. 국군이레 금방 폐양으로 들이닥칠
모양이야.

한영덕 기래?

서학준 (가운을 벗고 외투로 갈아입으려 한다.) 기래서 나 빠져나갈라
구 기래. 우리 날래 강서 외갓집으로 피하자우.

한영덕 너, 정신나갔구나? 기런 생각 애쎄 버리라우. 지금 이 순간에
두 얼마나 많은 사람들이 죽어가고 있는지 니 눈으로 보면서두 하
는 소리네?

서학준 (옷을 갈아입다 말고) 니 목숨이나 챙길 줄 알라우. 보통병동
에 나다니는 건 당의 명령을 위반한 거이야. 여러 소리 말고 나랑
같이 가자우. (옷을 갈아입는다.)

한영덕 이놈의 세월에 너만 살갔다구 하는구나.

서학준 어데 나만 살갔다고 하네? 기러니까 같이 가자는 거지. 막판
에 가보라우. 갸들 누시깔에 뭐 보이는 거 있을 줄 아네? 자꾸만 북
쪽으로 끌려다니다 보면 영영 빠져나가지 못해야.

한영덕 난 여기 남갔다. 환자가 있는데 의사를 죽이기야 하갔네? 뭐
죄진 게 있어야디.

서학준 넌, 사람이 왜 기렇게 꽉 맥헨? 누군 죄지어서 빠져나가는 줄

아네? 괘난히 남아 있다가 처형당하면 우리만 손해 아니가?

한영덕 죽을 때까지 환자를 돌보는 거이 의사의 사명이야.

서학준 죽는 판에 사명이 무신 소용이가? 살아남아서 얼마든지 할 수 있는 일 아니가.

한영덕 이거 보라. 지금 당장 죽어가는 사람이 있어. 의술은 인술이야.

서학준 우선 우리가 살아야 인술도 베풀 수 있는 일 아니가? 내레, 국군이 들어오면 군의관으로 입대하갔다.

한영덕 설사 죽는 한이 있더라도 환자를 두고 떠날 수는 없어.

서학준 정말 고집이 쎄구나. 내가 없어지면, 넌 고초를 당할지도 몰라야. 속 썩히지 말고 같이 가자우.

한영덕 싫다는데도 기래?

서학준 에이, 모르갔다. 난 가갔어.

서학준이 퇴장하면 한영덕은 그가 나간 쪽을 걱정스럽게 바라본다. 그때 간호원이 급히 들어온다.

간호원5 선생님, 여기 붕대하고 가제, 그리고 옥도정기 한병을 간신히 구해왔시요.

한영덕 지혈겸자하고 마취제를 구할 수 없을까?

간호원 마취제 같은 건 벌써 동이 났시요. 살려만 낸다면 다행이디요. 죽는 것보다는 고통이 나을 거야요.

한영덕 어떻게 어린 것의 맨살을 쩰 수야 있나? 특병동 응급실에 가서 슬쩍 집어가지고 나오면 될 거인데…… (나가려 하자 간호원이 말린다.)

간호원 이렇게 원장동무의 지시에 어긋나는 일만 골라서 하다가 들키면……

한영덕 (할 수 없다는 듯) 알갔소. 날레 시작합시다.

　(두 사람이 수술에 몰두하는 동안 왼쪽 무대 위로 원장이 몰래 들어온다.)

한영덕 아이구, 많이도 곪았구만.

원장3 한동무! (수술하던 한영덕과 간호원 멈칫 놀란다.) 특병동에 위급한 환자를 놔두고 거기서 뭘 하는 거요?

한영덕 여기에 더 위급한 환자가 있습네다. 수술중이라 꼼짝할 수 없습네다.

원장 (화가 난 듯 다급히 수술대 쪽으로 다가가서 지시봉으로 환자를 가린 천을 들춰본다.) 까짓, 애들은 또 낳는 거요. 지금 특병동에는 경무원이 기총소사의 관통상을 입고 피를 흘리고 있는데 이따위 일에 시간을 낭비하깁네까?

한영덕 낭비가 아닙네다. 관통상은 압박붕대 처리만 해놓으면 몇시간이라도 견딜 수 있습네다.

원장 한동무! 고발하겠소.

한영덕 어둡습네다. 비켜주시구레.

　(원장, 뭔가 결심한 듯 황급히 퇴장)

한영덕 (핀셋으로 파편을 집어들고) 파편을 꺼냈소. 이 무쇠조각, 누구레 어디서 만들어내는 것인지…… (암전)

제4장　심문

몽둥이를 든 원장이 무대 중앙에 서고 한영덕은 무대 전면에 서 있다. 원장이 쿵 소리를 내면 조명 밝아진다.

원장3 한동무! 마지막으로 한번만 더 묻겠소. 서학준이 도망간 곳이 어딥네까?

한영덕1 모릅네다.

원장 절친한 친구 사이라면서 그것도 모른다는 건 말도 안되오. 아직 평양에 있습네까?

한영덕 모릅네다.

원장 물론 몰라야겠지. 그럼 서학준과 무엇을 공모했는지도 끝까지 말할 수 없다는 얘기지요?

한영덕 그런 적이 없습네다.

원장 좋소! (무대 전면 한영덕 쪽으로 내려온다.) 그런데 왜 특병동의 진료를 거부했습네까?

한영덕 거부한 거이 아닙네다. 다만 생명이 위급한 환자부터 치료하는 것이 의사의 사명입네다.

원장 한동무, 조국해방전쟁을 수행하는 데 있어서 개인적인 생각은 용납될 수 없습네다. 동무의 의무는 최선을 다해서 후방전력을 보존하는 유일한 목적에 봉사하는 것뿐이오.

한영덕 사회주의적 이상이 기렇다면 잘못된 것임에 틀림없습네다.

원장 (발을 쾅 구르며) 공산주의에서는 과오가 있을 수 없소! 집단적 신념 그 자체이기 때문에. 한동무, 일본에 가서 그처럼 자비로운 사상을 배워왔습네까?

한영덕 내 신념이외다. 의사가, 죽어가는 환자에게 의술을 베풀 때엔 무의미한 기술이 아니라 생명을 근거로 한 자유로운 사랑이어야 한다는 것이 변함없는 내 신념입네다.

원장 한동무, 당에서 동무의 기술이 쓰여져야 할 대상을 뚜렷한 목적 아래 제시했을 땐 동무의 기술은 이미 동무 혼자의 것이 아니라 당과 인민의 것이오. 그런데도 끝까지 고집을 부린다면 우리는 한동무야말로 감상적 부르주아임을 확인할 수밖에 없습네다.

한영덕 내 고집이 사회주의적 세계관에 위배된다면 난 천직을 버릴 수밖에 없습네다.

원장 동무는 어리석은 사람이야. 도망간 서학준이야 차라리 용기라도 있었지만 당의 합리적인 지시를 거부하면서까지 반역행위를 계속하겠다는 건 만용이요. 개인적인 만용!

한영덕 사랑 없는 의료행위를 계속한다는 건 내 자신에 대한 반역행위입네다. 그러니 나에게 차라리 석탄을 캐고 나사를 깎는 일이나 시켜주시구레.

원장 그 부분은 동무의 능력이 미치는 쪽도 아니고 오히려 국가적인 낭비입네다!

한영덕 나는 기술만을 가지고는 도저히 사회에 이바지할 수는 없습네다.

원장 한동무, 동무는 지금 스스로 인민의 적임을 증명하려고 노력하고 있소. (중앙 무대로 올라가서) 한동무! 우리는 동무의 숙달된 기술을 존중하고 있습네다. 하지만 그것보다 더 중요한 것은 혁명적인 당성입네다. 이제 동무의 효용성이 문제가 되기 시작했소. 한동무, 잘 가시오! (들고 있던 몽둥이를 떨어뜨리면 암전)

제5장 처형

앞장면의 암전과 동시에 육중한 철문이 열리는 소리. 다섯 명의 배우들, 머리 뒤에 손을 얹은 채 처형장소로 걸어간다.

소리 E 한영덕. 김일성대학 의학부 교수. 중앙인민병원 특병동 부장. 맞는가? (사이. 배우1이 돌아선다.) 북조선인민공화국 평양방어여단이 너희를 인수한다. 나오라! (사이) 분대 겨눠 총! 쏴!

요란한 총소리가 울려퍼지면 모든 배우들 소리없이 그러나 처참하게 쓰러진다. 조명 암전. 배우2가 차트를 넘긴다── '1950년 11월, 트루먼과 맥아더'

제6장 다큐멘터리 II

무대 전면에 조명이 들어오고 배우2가 해설을 시작한다. 이때 배우1
은 왼쪽 무대에, 배우3은 오른쪽 무대에 조용히 서 있다. 객석에 등을 돌
린 채.

해설자2 미8군의 공세에 밀려 평양에서 후퇴하던 인민군은 평소에
  사상이 의심스럽다고 간주된 사람들을 대량 검거한 후 서둘러 처
  형해버렸습니다. 그러나 그 와중에서도 한영덕을 포함한 몇사람이
  확인사살을 못한 인민군의 실수로 기적처럼 살아났습니다. 그것은
  정말 기적이었습니다. (사이) 1950년 11월. 미국의 트루먼과 맥아
  더! (퇴장)

트루먼1 (왼쪽 무대에 조명 들어오면 돌아서서) 도대체 대통령의 명령
  을 뭘로 아는 거요, 장군.

맥아더3 각하, 지금이야말로 한반도를 통일할 수 있는 절호의 찬스
  입니다.

트루먼 벌써 중공군이 개입했잖소. 그런데도 만주를 계속 폭격한다
  면 소련까지 참전할 거요. 우리로선 하루 빨리 전쟁을 끝내는 것이
  상책이오.

맥아더 투입된 중공군은 6만명이 채 못됩니다. 그까짓 오합지졸이야
  며칠이면 끝장낼 수 있습니다, 각하.

트루먼 그래도 더이상 전쟁을 확대하는 것은 위험한 일이오.

맥아더 중공군을 과대평가하지 마십시오, 각하.

트루먼 자만하지 말아요, 장군.

맥아더 각하, 이번 크리스마스는 집에 가서 보낼 수 있을 겁니다. 메
  리 크리스마스, 미스터 프레지던트!

트루먼이 불만스럽다는 듯 외면할 때 시끄러운 꽹과리 소리. 트루먼과 맥아더, 서로 쳐다보고 놀라서 황급히 퇴장한다. 조명 암전.

소리4 27만 중공 의용군의 이름으로 북조선을 탈환하라! (꽹과리 소리) 미제의 앞잡이 맥아더를 분쇄하라! (꽹과리 소리)

제7장 피난

희미한 조명이 무대 전체를 암울한 정적 속에 빠뜨린다. 다음에 이어지는 다섯 명의 대사는 시를 읊는 것처럼 잔잔하고 또 서정적이면서 슬프기도 하다. 배우들의 걸음걸이는 아주 느리다.

배우4 (무대 전면으로 걸어나오면서) 전쟁이 계속되는 동안 겨울은 재빨리 찾아왔고, 겨울이 깊어갈수록 우울하고 어두운 소식만이 들려오기 시작했다.

배우3 지친 사람들의 마음은 고향에 대해 느꼈던 환멸을 보상해줄 아무 곳이라도 막연히 그려보게 되었으며.

배우5 막상 모든 것이 되풀이될지도 모른다는 불안을 느끼자 보다 더 형편이 나은 쪽을 찾아 하나둘씩 집을 버리기 시작했다.

배우2 환경이 적합해질 때까지 물러갔다가 다시 돌아가는 것은 물론 생명의 뜻이었고.

배우1 따라서 집이든 고향이든 토지든, 아니 자기 자신까지도 적응하기 위해 버릴 수만 있다면 내팽개치고 싶었다.

모두 그러나 그들은 뒷날에 모두들 한결같이 얘기하기를, 길어도 한 달쯤이면 모든 게 끝나 되돌아갈 줄 알았지.

이어서 스산한 강바람 소리. 배우2를 제외한 나머지 배우들은 퇴장한다.

해설자2 (차트를 넘긴다── '1951년 1월 대동강가') 1951년 정월. 이른
바 1·4후퇴! (퇴장)

배우 1·3·4·5는 왼쪽 무대로 올라가는데 서로 손을 잡고 위태로운 다리 난
간을 건너는 것처럼 조용한 움직임이다. 그들의 대사 또한 바람에 실려 날아
가는 것처럼 아득하다. 피난장면이 끝날 때까지 바람소리와 구슬픈 음향.

할머니4 살얼음이 뽀얗게 끼었구나. (사이)
한창빈3 할마니, 빨리 가시자우요.
창빈 어머니5 오마니, 힘을 내시라우요.
할머니 (바닥에 쓰러지며) 아니다. 난 안 가갔어. 니 아버지 묘소를 두
고 나만 혼자 갈 수야 없디 않아? 늙은 것이 염치없이 살라구만 하
누나.
한영덕1 길쎄 쓸데없는 말씀 하지 마시래두요.
한창빈 아부님은 오마닐 맡으시구요, 전 할마닐 맡갔시요. 온 가족
이 꼭 부테잡고 건너가시자우요. (사이)
할머니 아니다, 난 안 가갔어.
한영덕 오마니 뜻이 저러시니 차라리 잘됐어. 나가서 굶어죽으면 뭘
하간? 살라구 가자는 거 아니가. (사이)
할머니 (한창빈과 며느리를 말리며) 아범 말 들으라우. (한영덕에게) 잘
댕겨오라.
한영덕 곧 댕겨오갔시요.
할머니 (한창빈과 며느리에게) 날래 쫓아가라우.
(중앙 무대 가운데서 한영덕과 그의 처, 그리고 한창빈 다시 만난다.)
한창빈 아바지!
창빈 어머니 여보!
한영덕 에미나이, 거 정말 말 안 듣네기래. 며칠 후면 돌아올 거인데

괘난히 나가 고생할 거야 없디 않갔어?

창빈 어머니   어캐 생짜로 헤어집네까?

한영덕   좋아. 난 안 가갔어. 페양으로 돌아가자우. (돌아가려 한다.)

창빈 어머니   그럼 저 사람들이 그냥 놔둘 것 같습네까?

한영덕   죽으면 나 혼자나 죽지 않간? (사이)

창빈 어머니   그럼, 창빈이나 데빌고 가시라우요.

한창빈   (아버지의 손을 잡으며) 아바지!

한영덕   (아내에게) 내복 갈아입기 전에 돌아올 거요.

한창빈   (혼자 남은 어머니에게) 오마니!

창빈 어머니   창빈아! (사이) 창빈아!

한창빈   오마니! (사이. 아버지에게) 에이, 못 가갔시요. 아바지 혼자 가시라우요. 전 오마니하고 남갔시요.

아버지와 헤어진 한창빈, 어머니에게 돌아간다. 이때 전체의 그림은, 왼쪽 무대 위에서 몸부림치는 할머니, 오른쪽 무대 위에서 손짓하는 한영덕, 그리고 중앙 무대에서 얼싸안은 한창빈과 그의 어머니——이런 식으로 펼쳐진다. 한창빈과 그의 어머니는 할머니를 부르며 왼쪽 무대로 올라간다. 드디어 양쪽에서 동시에 외쳐대는 애달픈 이별의 소리들.

할머니   애비야——

한창빈   아바지——

창빈 어머니   여보——

한영덕   오마니——

　(사이)

할머니   애비야——

한창빈   아바지——

창빈 어머니   여보——

한영덕 오마니—

사이. 이런 식으로 서너 번 반복되는 이별의 모습. 배우들 모두 일단 퇴장
했다가 다시 가족의 이름을 부르며 등장한다. 이때 배우2도 함께 들어온다.
그들은 무대 전면에 일렬로 늘어서서 조명이 밝아짐과 동시에 노래를 부른
다. 이 노래 장면은 앞부분의 슬픈 이별의 감정을 억누르는 효과를 내기 위
해 마치 거리의 악사들처럼 회화적으로 처리된다.

노래 (모두 같이) '가거라 삼팔선아.' (1·2절)

노래 끝날 즈음, 호루라기 소리 들리면 배우들 모두 황망히 도망가고 조명
암전. 배우2가 차트를 넘긴다── 'MID 조사실'

제8장 수사

소리 E (타자기 소리와 함께 어둠속에서)
정보보고서
수신: 미군 제2기지 한국군 파견대 조사반장
제목: 적성용의자에 관한 건
1. 입건 일시 및 장소
   1951년 11월 23일 15시 20분경. PO.W. 캠프 부근
2. 인적사항
   성명─한영덕, 생년월일─1911년 5월 18일생(당40세), 직업─의
   사, 본적─평안남도 평양시, 현주소─경상북도 대구시 덕산동.

조명 밝아지면 무대 전면에는 오른쪽부터 배우3·1·2가 일렬로 서 있다.
오른쪽 무대 위에는 MP완장을 두른 한국군(=심문관)과 미군장교가 트럼프

놀이를 하고 있다.

미군장교5 (정보보고서가 끝나자마자) OK, Let's go!

심문관4 이상 사실과 맞습니까?

한영덕1 예.

(한영덕과 다른 두 명의 배우들은 군대의 제식훈련, 각종 기합 등을 일사
불란하게 처리한다.)

심문관 1951년 11월 20일부터 23일 사이에 포로캠프 근처에서 배회
한 적이 있지요?

한영덕 예.

심문관 무슨 목적으로 캠프에 왔습니까?

한영덕 아들을 만나기 위해서였습니다. 평양 태생, 당년 18세, 한창
빈입니다.

심문관 포로명단을 조사했더니 그런 자는 없다는데, 누구에게서 언
제 그런 사실을 들었습니까?

한영덕 고향 사람이, 지난 10월 부산으로 오는 포로 수송열차에 그
애가 타고 있는 것을 먼데서 본 것 같다고 했습니다.

심문관 캠프지역에 민간인의 접근이 금지되어 있다는 걸 알고 있었
지요?

한영덕 예.

심문관 왜 근무자의 정지명령에 불응하고 도주했습니까?

한영덕 잡상인들이 달아나길래 저도 같이 섞여서 달아났습니다.

미군장교 Son of a bitch!

(세 명의 배우 엎드려뻗쳐 자세)

심문관 피의자는 언제 월남했습니까?

한영덕 51년 1월입니다.

심문관 속이지 마시오! (발을 구른다. 엎드려 있던 배우들은 옆으로 쓰러

진다. 이후 각종 기합) 피의자가 51년 1월에 월남했다면 어째서 아직도 인민복을 입고 있습니까?

한영덕 인민복은 마구 입기가 좋고 목에까지 단추가 달려 있어 추위를 막는 데 적합한 옷이었습니다.

신문관 의사가 옷이 없다니 말이 됩니까? 인민복을 입어야만 포로들과의 접선이 수월했던 것 아닙니까?

한영덕 아닙니다. 단지 버리기가 아까워 그냥 입어 왔을 뿐입니다.

미군장교 Oh, my gosh! Go on!

(세 명의 배우 낮은 포복으로 긴다.)

심문관 이남에 친척이 있습니까?

한영덕 예, 전쟁 전에 남하한 손아래 누이가 서울 어딘가에 살고 있다는 소식을 들었습니다.

심문관 피의자는 이북에서도 의업에 종사했습니까?

한영덕 예, 처음엔 대학에 있다가 인민병원에 1년간 근무했습니다.

심문관 대학이라면 소위 김일성대학 의학부를 말하는가요? 직책과 전공은?

한영덕 산부인과 교수였습니다.

심문관 인민병원에서의 직책은?

한영덕 특병동 담당의사였습니다.

심문관 특병동이란 무엇을 하는 곳인가요?

한영덕 군인과 준군인, 당원, 행정요원과 그들의 가족을 치료하는 병원이었습니다.

심문관 그렇다면 그것은 피의자가 공산주의자들로부터 절대적으로 신임을 받았다는 증거 같은데……?

한영덕 그때의 북한 상황을 모른다면 내 입장을 이해할 수가 없을 겁니다. 오히려 징집된 자들보다도 더 나쁜 환경 아래서 혹사당했으니까요.

심문관　믿을 수가 없소. 후방 근무가 전방 근무보다 더 위험하고 곤란하다는 것은 이해할 수가 없어요. 그것은 바로 적의 정수분자들과 접촉, 교류했다는 말이 아닙니까?

한영덕　(기합으로 기진맥진 상태이다.) 몇번을 얘기해야 합니까? 난 살기 위해 월남했을 뿐이오.

심문관　그래요? 좋습니다. 지금까지 진술한 내용은 모두 사실이지요?

한영덕　예.

(배우 세 명 모두 바닥에 엎드리거나 누워 쓰러져 있다.)

심문관　(카드놀이를 그만두고) 지금은 전쟁중이오. 이번 전쟁은 어느 편이 이길 거라고 생각합니까?

한영덕　………

심문관　전시에는 사람의 생명을 구하는 의술이야말로 커다란 효용가치를 가지고 있습니다. 살기 위해서 월남했다면 군의관으로 입대할 생각은 없습니까?

한영덕　전쟁을 돕는다는 명목으로 신분보장이나 바라고 싶지는 않습니다. (사이)

심문관　(미군장교 앞에 부동자세) 이상과 같이 심문했음. 아직은 공작 첩자 여부를 밝힐 수는 없으나 요시찰 인물로 추정되므로 민간경찰에 이첩함이 가하다고 사료됨. 조사반장, 대위 박, 윤, 구! (거수 경례를 한다. 미군장교가 담배를 입에 문다.)

미군장교　Come on!

미군장교에게 심문관이 라이터를 켜준다. 조명 암전되고 어둠속에서 담뱃불만 몇번 껌벅거린다. 이어 갓등이 희미하게 밝아지면 배우2를 제외한 나머지 퇴장.

제9장 낙태수술

해설자2 (무대 전면 중앙에서) 1951년 6월 소련의 제의를 미국이 받아들임으로써 시작된 휴전회담은 포로교환 문제를 놓고 오랫동안 지연되고 있었습니다. 한편, 대구경찰서에서 한달간 옥고를 치르고 나온 한영덕은, 수도육군병원에서 영관급 장교로 복무하는 서학준을 통해, 이남에 먼저 월남하여 살고 있던 누이동생 한영숙을 만날 수 있었습니다. 그녀의 집에 얹혀살면서 겨우 안정을 찾아가던 한영덕은 자기도 생활비를 벌어야 한다는 생각에서 무면허의사 박가와 함께 (무대 왼편을 가리키면 의사 가운을 입은 박가가 황급히 들어온다.) 내키지 않는 동업을 시작했습니다. (수술대를 박가와 함께 무대 전면 우측으로 옮기고 나서) 1952년 서울에서의 일이었습니다. (퇴장)

박가3 (한참 동안 환자를 매만지다가 흠칫 놀라 두리번거리며 한영덕을 부른다.) 한선배! 한선배님! 한선배님!

한영덕1 (무대 왼편에서 뛰어들어온다.) 무슨 일요?

박가 큰일났습니다. 유산입니다.

한영덕 몇개월이었소?

박가 오개월이었습니다. 애가 죽은 대로 나오긴 했는데 출혈이 그치질 않습니다.

한영덕 자궁천공을 일으켰거나 경관이 파열되어 내출혈을 일으킨 게 분명하오.

박가 제발 어떻게든 좀 도와주십시오, 선배님.

한영덕 나도 자신이 없어요. 정당한 사유가 있는 중절이라면 책임을 가지고 최선을 다해보겠지만, 만약 이런 만용으로 환자가 죽는다면 누구레 그 책임을 져야 되겠소?

박가 그럼 어떡합니까? 애당초 선배님을 모시기로 한 건 이런 불상사를 위해서가 아니었습니까?

한영덕 그러니까 박씨는 손대지 말라고 기렇게나 당부하지 않았소? (사이) 우선 수혈을 해놓구 환자레 가족을 부릅시다. 때에 따라선 자궁척출을 해야 될지도 모르니까……

박가 (놀라서) 제발 생존조치나 해주십시오. 환자가 죽으면 전 끝장 입니다, 선배님. (사이)

한영덕 휴, 이 짓도 더이상 못해먹갔구만. 날래 환자부터 옮깁시다.

(둘이서 수술대를 옮길 때 암전)

제10장 상봉

중앙 무대 쪽에 조명 들어오면 한영숙이 앉아 있다.

서학준 2 (무대 왼편에서 군복 차림으로 등장) 안녕하십네까?

한영숙 4 아이고, 학준이 오라바니, 어서 오시라요.

서학준 (곁에 앉으며) 고생이 많디?

한영숙 저야 고생될 게 뭐가 있습네까?

서학준 재봉일 해서 먹고 살 만하네?

한영숙 애들이 아직 어려서 견딜 만합네다.

서학준 영덕이도 이제 돈을 버니까니 보탬이 될 거이야.

한영숙 밑천 없다구 월급 몇푼 받는 거 용체돈이나 하문 다행이야 요.

서학준 그래도 한 일년 착실히 모으면 작은 병원 하나쯤은 채릴 수 있을 거이야.

한영숙 그런데 참, 오라바니랑 동업하는 거 박가라는 사람 말이야 요, 개구리 배도 째보지 못한 사람이라문서요?

서학준 다 그런 거지 뭐.

한영숙 그러니까 오라바니 면허증을 이용하려는 속셈……

(이때 허탈한 모습으로 한영덕이 무대 우측에서 등장)

서학준 오, 영덕이.

한영덕 1 웬일이네?

서학준 그냥 보고 싶어서 들렀다. 그런데 무슨 일이 있었네?

한영덕 (한영숙에게) 술 좀 가져오라우.

(돈을 주려는 서학준을 만류하고 한영숙은 퇴장)

한영덕 너 군의관 되더니 신수가 좋구나.

서학준 기래? 나야 뭐 워낙이 기렇잖네. 그건 그렇고 병원 일은 잘
돼가네?

한영덕 (한숨)

서학준 무슨 일인데 기래?

한영덕 거, 낙태수술 말이다, 더이상 못하갔어.

서학준 안하면 될 거 아니가?

한영덕 그게 가장 큰 돈줄인데 주인 되는 사람이 쉽게 포기하갔네?

서학준 기렇겠구만.

한영덕 그래서 내 오늘 병원 그만두었다.

한영숙 (술쟁반을 챙겨들고 들어와 앉자마자) 아니, 오라바니, 그게 정
말입네까?

한영덕 그래. 부산으로 내려가갔어. 그쪽으로 이력서를 보냈으니까
니 곧 회답이 올 거이야.

한영숙 오라바니, 또 이번에도 솔직히 죄다 쓴 거 아니야요? 네?

서학준 (의아해하며) 무슨 말이가?

한영숙 글쎄, 저번에 적십자병원에 취직한대면서 이력서를 썼댔는
데. (한영덕이 한영숙을 쳐다보며 말을 막는다. 사이)

서학준 와들 이래? 말해보라우.

한영숙 (한영덕의 눈치를 보고 나서) 이력서를 썼댔는데, 거기다가 폐

양, 김일성대학, 의학부, 이렇게 곧이곧대로 썼다가 퇴짜맞았지 뭐야요?

한영덕 기렇다고 거짓부리를 할 수야 없디 않아.

한영숙 당연하시구레. 그까짓 거 아무렇게나 쓰면 어디가 어드렇게 됩네까?

서학준 그러게나 말이다.

한영덕 요즘 세월에 이북사람치고 그 사람들 밑에서 일 안해본 사람 어디 있갔니?

서학준 이보라우. 기래도 불리한 사실을 괘난히 알릴 필요야 없디 않아? (한영숙에게) 안 그래?

한영숙 그러게나 말입네다.

　(한영덕, 말없이 술만 들이켠다.)

한영숙 전쟁이나 빨리 끝나야지, 원.

서학준 결국은 휴전이 될 거이야. 이젠 맘대로 내려올 수도 올라갈 수도 없어. (술을 마신다.)

한영숙 (술만 마시는 한영덕을 바라보고) 오라바니, 부산 가서 외롭고 쓸쓸하다고 맨날 술만 드실 텐데 기래가지고 몸이 견디겠어요?

　(사이)

서학준 (뭔가 생각난 듯) 이보라, 영덕이. 이번 기회에, 결혼하라우!

한영숙 그래요.

서학준 (한영숙에게) 너도 기렇게 생각하지?

한영숙 38선이 그대로 있는데 이북에 있는 오마니나 형님 생각은 (한영덕이 쳐다보자 조금 머쓱해진다.) 애쎄 잊어버리시라요.

서학준 언제까지 혼자 살 수는 없디 않아?

한영덕 기래서 넌 냉큼 새장가 들었구나?

서학준 어쩔 수 없었어야. 두고 온 처자한텐 미안한 일이디만……

한영숙 휴전이 되면 십년이 갈지 이십년이 갈지 누구레 알갔시요?

사내는 거저 아낙이 있어야 사람 구실을 한다구요.

서학준 너 혹시, 마음에 둔 여자레 없네?

(말없이 술만 마시는 한영덕)

한영숙 학준이 오라바니, 중이 제 머리 깎는 거 봤시요?

서학준 있으면 얘기하라우. 나하고 매씨하고 나서서 성사를 시킬 테니까니.

한영덕 다 부질없는 짓이다.

서학준 넌 와 기렇게만 생각하네? 통일이 될 거 같네?

한영숙 오라바니, 오마니나 형님도 다 이해하실 거야요.

서학준 이제 나이 마흔둘인데, 새출발해도 늦디 않아야.

한영숙 기러믄요, 기러믄요.

(한영덕이 무슨 말을 하려 하자 한영숙과 서학준은 그쪽으로 몸을 기울인다. 사이)

한영덕 (술을 마시고 나서 멈칫멈칫하다가 이윽고) 다방을 하는 여잔데, 사내아이가 하나 딸려 있더구나.

서학준 (무척 반가운 소식이라는 듯) 기래? 그거이 무신 문제가 되네? 사람만 좋으면 그만 아니가?

한영숙 오라바니, 그거이 정말입네까?

(한영숙과 서학준 크게 웃는다.)

한영덕 (겸연쩍은 듯) 야, 야, 술이나 한잔 받으라우.

서학준 기래, 기래, 나 오늘 정말 기분이 좋구나야.

한영숙 오라바니, 그 여자 한번 집으로 데려오시라요.

한영덕 그 애긴 나중에 하자우.

(사이)

서학준 기러고 보니까, 의전 댕길 때 생각이 나는구나. 우리 둘이, 술이 이만큼 취해가지고 대동강에서 미역을 감지 않았어? 응?

한영숙 아유, 오라바니들, 정말 개구장이였시요.

서학준   (한영숙의 손을 잡으며) 기래두 영숙이 넌 나를 좋아했디.

한영숙   아이구, 오해 마시라요.

   (한영덕과 서학준 같이 웃는다.)

서학준   내, 노래 하나 하갔어. 들어보라잉. (노래는 「선창」) 울려고 내가 왔었나……

한영숙   오라바니, 또 그 노래입네까?

서학준   웃으려고 왔던가……

한영숙   그래도 모처럼 만에 이 노랠 들으니까니 옛날 생각이 물씬 납네다.

   노랫소리 차츰 줄어들고 애잔한 음악이 점점 크게 들려온다. 조명 서서히 어두워지고 배우들 퇴장하면 「결혼행진곡」이 울려 퍼진다.

소리3   신랑 한영덕, 신부 윤미경.

   (행진곡에 맞추어 양복을 입은 한영덕은 무대 왼편에서, 한복을 입은 윤미경은 무대 우측에서 무대 전면으로 걸어나온다.)

소리4   오라바니! 모든 거 잊으시고 새출발하시라요!

소리3   영덕이! 축하하네. 행복하게 잘 살라우!

   (두 사람 나란히 서 있다가 조명 좀더 어두워지면 퇴장)

제11장 취체

   무대 전면에 조명 들어오면, 가죽잠바를 입고 서류철을 든 의료감시원이 두리번거리며 병원을 조사한다.

감시원2   흥, 꼴에 병원 하나는 번듯하게 차려놨군. 많이 해처먹었겠어. (발로 무대 한쪽을 톡톡 찬다.)

박가3 (무대 우측에서 뛰어나오며) 이것 보시요! 도대체 무슨 죄를 졌다고 남의 병원을 들쑤시고 그래요!

감시원 이 양반아, 무면허영업은 최하 5년 이하의 징역이야.

박가 아니, 무면허라니. 당신이 의료감시원이면 다요? 나도 면허증이 있는 사람이에요. (면허증을 내보인다.) 자, 똑똑히 보시오!

감시원 가짜 면허증? 돈이면 다 되는 줄 아는 모양이지? (면허증을 내던진다.)

박가 이거 당신네 과장 허가 아래서 나온 거야, 이 사람아.

감시원 흥, 당신이 알던 과장? 벌써 전출되어가고 없어.

박가 (더욱 당황하여) 글쎄, 난 전쟁 전에 이북에서 개업까지 하고 살던 사람이에요. 뭔가 착각하신 모양인데 나중에 관계처로 항의하겠소.

감시원 맘대로 하쇼. 면허등록대장엔 당신에 관한 사항이 없으니까. 당신 면허증은 유령번호를 달고 있다 이 말씀이야. 이번엔 혼 좀 날걸. 살맛날 거야.

박가 (망설이다가 돈을 꺼내어 세어본 뒤 재빨리 감시원에게 다가가서) 자, 자, 형씨, 저 좀 봅시다. 전쟁통에 다 알 만한 사람들끼리 이럴 거 없잖수?

감시원 이거 봐요. 괜히 얼렁뚱땅하지 마쇼.

박가 글쎄 안다구요. 당신네 심정을 모르는 게 아니라구. 우리 툭 까놓고 얘기합시다.

감시원 까긴 뭘 깐단 말이오?

박가 에헤, 정말 같은 동포끼리 매정하게 할 겁니까?

감시원 매정하긴 뭐가 매정하단 말요? 무면허영업을 말아야지.

박가 글쎄 그걸 누가 모릅니까? 우리 같은 사람들이 있으니까 형씨들도 먹고 살게 마련 아니오? 그리고 사귀다보면 서로 편리하게 주고받으며 지내는 거 아니겠소. (돈을 건네준다.) 우리 트고 지냅시다.

감시원 (돈이 얼마 되지 않은 듯) 감방생활 5년이면 짧은 세월이 아닐 텐데……

박가 (이미 겁먹은 표정은 아니다.) 에이, 무슨 말씀을. 나 하나 처넣어 봤자 형씨가 신통할 게 뭐 있소? (또 돈을 꺼내 반쯤은 호주머니에 담고서) 어려울 때 서로 도와가며 살아야지. (돈을 건네주고 악수를 청한다.)

감시원 이 양반 그러고 보니까 덩치보다 소심하구만. (나머지 돈마저 호주머니에서 꺼내간다.) 돈 많이 버슈.

박가 (퇴장하는 감시원을 향해 억지웃음을 웃으며 마지못해) 안녕히 가십시오. 안녕히 가십시오. 조심해서 가십시오.

감시원 또 봅시다. (퇴장)

박가 (드디어 분통이 터진 듯) 이런 니기미 씨― 지난번에 면허증 내면서 들어간 돈이 얼만데 한달도 못돼서 이 꼴이야 그래? (사이) 가만, 그러고 보니까 한영덕이 그 새끼가 그만둔 지 일주일도 안돼서 저치가 들이닥쳤단 말이야. 아무래도 한영덕이가 고발한 것 같은데…… 이 새끼, 지가 싫어서 그만뒀으면 됐지 고발할 건 또 뭐야? 이 자식이 밥 멕여준 은공도 모르고 말이야. 좋아, 학교 나온 녀석들이 잘 해처먹나, 못 나온 놈들이 잘 해처먹나 두고 보자. 나도 배알이 있는 놈이라 이 말이야!

바닥에 엎드려 뭔가를 쓰는 박가. 그와 동시에 스피커에서 음흉한 박가의 목소리가 흘러나온다. 조명은 서서히 암전.

제12장 투서

소리E 대한민국의 온건한 사상을 지닌 국민으로서 삼가 귀중한 정보사실을 알려드리는 바입니다. 현재 부산시립병원에서 의사로 근무하고 있는 한영덕은, 1948년 김일성대학 의학부 산부인과학 교수직에 취임한 뒤, 1950년부터는 당의 배려 아래 특별한 대우를 받으며 부역한 사실이 있습니다. (투서는 계속되고 어둠속에서 플래시를 비추며 등장하는 배우2·4·5. 그들의 모습은 희미한 윤곽뿐이다. 무대 바닥을 비추기도 하고 극장의 천장을 비추기도 한다. 누군가를 수색하고 있는 듯) 한영덕은 1950년 12월에 군사기밀 수집과 불평분자 포섭의 임무를 띠고 피난민으로 가장하여 남파되었으며, 1951년도엔 부산에서 미군 제2기지 군사정보대에 검거되었다가 대구경찰서로 넘겨진 사실이 있습니다. 한영덕은 선량한 국민으로 가장하기 위하여 이남에서 결혼까지 했으며, 일개월 전에는 평양의학전문학교 동창회를 구실로 모인 의사들을 포섭하는 데 성공했습니다. 그들은 제일병원을 근거지로 조직을 확대시키고 있습니다. 특히 한영덕은 북한방송을 계속 청취해왔으며, 지방출장이 잦고 직장을 여기저기 옮겨다니며 주거가 안정되어 있지 않은 것으로 추측컨대 이번에 부산으로 직장을 옮긴 것도 적의 첩자와 접선하려는 게 분명합니다. 1952년 5월. (플래시 불빛 꺼지고 배우들 퇴장)

제13장 다큐멘터리 III

앞장면이 끝나고 어둠속에서 배우2가 차트를 넘긴다—— '1952년 부산, 전시국회' 조명 들어오면 배우2는 무대 전면에 서 있다.

해설자2　1952년, 38선을 중심으로 크고 작은 전투가 계속되는 동안 부산에 있는 피난정부는 제2대 대통령선거를 치러야 했습니다. 1951년초 국민방위군 사건과 거창양민 학살사건 등으로 위신이 실추된 이승만 대통령은 대다수 국회의원들이 자신을 몰아내려고 하자, 국회에서의 간접선거 방식으로는 집권연장이 불가능하다고 판단, 이른바 5·26 정치파동을 야기시켜 대통령직선제를 골자로 하는 그 악명 높은 발췌개헌을 단행했던 것입니다. (사이) 1952년 부산, 전시국회!

객석에 불이 밝혀진다. 극장 안은 임시 국회의사당이고 관객들은 국회의원인 셈이다. 배우들은 국회의원, 때로는 정치선동자로 변한다.

배우2　만장하신 국회의원 여러분, 민주주의를 지키고 공산도당으로부터 조국을 수호하기 위해 다시 한번 이승만 박사를 대통령으로 추대합시다!

다른 배우들　(박수를 치며) 옳소, 옳소!

배우3　대통령은 국민의 손으로 직접 뽑읍시다. 간접선거로 대통령을 뽑는 것은 구시대의 유물이오!

다른 배우들　옳소, 옳소!

배우5　국회의원 여러분! 이번 전쟁에서 이기기 위하여 다시 한번 이승만 대통령을 우리들의 지도자로 선출합시다.

다른 배우들　옳소, 옳소!

배우4　직선제 개헌 실시하라!

다른 배우들　실시하라!

배우1　의원 여러분, 의원 여러분! 이승만의 장기집권을 막는 길은 내각책임제 개헌밖에 없습니다. 우리 국회의원의 대다수가 이승만을 반대하고 있는 이상, 우린 결코 직선제 개헌에 찬성해서는 안됩니다.

배우1이 얘기하는 동안, 배우2·3·4·5는 반대자에 대한 노골적인 불만을 표시하면서 정치깡패들로 변한다. 제각기 '땃벌떼' '민중자결단' '백골단' '이승만 만세' 등이 씌어진 어깨띠를 두른다.

배우1　못살겠다 갈아보자! (사이) 못살겠다……

깡패들　갈아봤자 더 못산다!

배우1　못살겠다 갈아보자!

깡패들　구관이 명관이다! 리승만! 리승만! 리승만! (무대를 한바퀴 돈다.)

깡패2　국회를 해산하고 직접선거로 대통령을 뽑읍시다!

깡패들　리승만, 리승만.

깡패3　여러분, 방금 계엄령이 선포되었습니다. 내각책임제 개헌을 추진하는 모든 국회의원들은 가차없이 체포해 들이겠소!

깡패들　리승만, 리승만.

깡패5　국회의장! 의원들을 빨리 부르시오. 직선제 개헌에 서명하게 하시오!

깡패들　리승만, 리승만.

깡패4　반대하는 놈들은 끌어내라.

깡패들　리승만, 리승만.

깡패4·5　도망간 국회의원에게 알린다. 지금 즉시 국회에 나오지 않으면 엄단하겠다.

배우4·5가 말하는 동안 배우2·3은 객석 쪽에 앉아 있는 배우1을 끌어내서 무대로 데려온다. 네 명의 깡패는 그를 포위하고 무대 깊숙이 밀고 들어간다. "리승만"을 외치며 밀고 들어가다 제자리에 서서 뒤로 돈다.

깡패2　리승만을 반대하는 놈들은 모두 빨갱이야.

깡패5　계속 반대하는 놈들은 나와!

깡패3　국회의원 여러분, 직선제 개헌에 찬성투표를 해!

깡패4　리―승―만―만세!

모두 리승만, 리승만, 리—승—만! (암전)

  암전되면 소리가 스피커로 나오고 배우2·4·5가 다시 플래시를 비추며 수색을 한다.

소리E 특히 한영덕은 북한방송을 계속 청취해왔으며 지방출장이 잦고 직장을 여기저기 옮겨다니며 주거가 안정되어 있지 않은 것으로 추측컨대, 이번 부산으로 작장을 옮긴 것도 적의 첩자와 접선하려는 게 분명합니다. 52년 5월.

배우2 (어둠속에 누워 있는 한영덕을 비추며) 한영덕, 포위됐으니 도망갈 생각은 마라.
한영덕1 누구요?
배우4 손들고 일어나. 벽에 붙어 섯.
한영덕 뭣 땜에 이러시오? 내레 무슨 죄를 졌다고 이럽네까?
배우2 이 빨갱이 새끼, 순순히 잡혀갈 거지. 즉결 총살을 당하고 싶어?
배우4 빨리 나와!
한영덕 어디로 가는 거요? 날 어디로 데려가는 거요?
배우2 평양으로 갔으면 좋겠나? 니가 가는 곳은 지옥이야. (플래시 불빛으로 한영덕의 등을 비춘 채 중앙 무대로 밀고 간다.)
한영덕 (플래시가 꺼짐과 동시에) 아악!

제14장 심문

  앞장면의 긴 비명소리가 들리면 배우3이 의자와 몽둥이, 마네킹을 무대 전면 좌측으로 가져가고 한영덕은 웃옷을 벗는다. 심문관은 무대 전면 우측에 서 있다. 조명 각각 세 군데로 스포트. 한영덕은 한쪽 팔목이 묶여 있다. 몽둥이를 들고 있는 배우3.

심문관2 다시 한번 묻겠는데 1952년 4월 23일 제일병원에 모여서 뭣들을 했나?

한영덕1 개업기념일이라……

심문관 이 자식이 이제 와서 또 딴소리야. (손가락으로 딱 소리를 내면 배우3이 마네킹을 고문한다.)

한영덕 (몹시 지쳐서) 개업기념일은 틀림없습니다. 우린 38선에 대해서 얘길 했을 뿐입니다.

심문관 그것만이 아니야. 여기 증인들 조서를 읽어줄까? 제일병원 원장 고동수가 진술한 거다. "피의자는 1952년 4월 23일 제일병원에서 현정부를 비판하고 미국을 위시한 우방연합국들을 비난하는 성질의 불법집회를 가진 적이 있는가? 네, 시인합니다."

한영덕 그건 사실이 아니외다.

심문관 어라, 이 새끼 봐라. 여태껏 조서에다 모든 피의사실을 인정해놓고 진술서에 서명날인을 않겠다는 건 말이 안되잖아. 안되겠어. (배우3에게) 좀더 만져줘.

배우3 (마네킹의 왼쪽 팔을 비튼다.)

한영덕 (고문으로 몸부림친다.)

심문관 자, 아까 읽어준 진술서에 서명날인을 하겠나?

한영덕 나는 진술서를 쓰지도 않았소.

심문관 니가 말한 걸 우리가 받아쓴 거 아냐?

한영덕 난 피난민일 따름이오.

심문관 그래 그래, 부산에서 아무도 안 만났다는 데까진 좋다. 북한 방송을 청취하고 현정부를 비난했지? 다 시인했잖아?

한영덕 난 살기 위해서 월남했습니다. (심문관의 신호로 배우3은 다시 미네킹을 짓누른다.)

심문관 넌 간첩이야, 간첩. 너따위 하나 죽여봤자 전시에 누가 알 성
싶어?

한영덕 난 피난민이요. 피난민……

심문관 입닥쳐, 이 자식아! 넌 이북노래를 불렀고 의사로서 모은 돈
을 대남공작금으로 사용했어. 사실이지?

한영덕 난, 난……

심문관 넌 빨갱이란 말이야!

한영덕 난 피난민이요.

심문관 이런 개자식. 내 교대하기 전에 서명을 하지 않으면 아주 씹
어먹어버릴 테다.

조명 서서히 암전되고 한영덕은 축 늘어진다. 배우1·2는 퇴장하고 배우3
이 차트를 넘긴다—— '서대문 형무소'

제15장 면회

무대 전면에 의자가 놓여 있고, 한영덕은 죄수복을 입었다.

소리3 158번 한영덕, 면회. 158번 한영덕, 면회.
(몹시 지치고 고통스러운 모습의 한영덕이 의자 쪽으로 걸어간다. 왼쪽
무대 단 위로 올라가는 한복 입은 한영숙)

한영숙4 오라바니!

한영덕1 (기겁을 하며 몸을 사린다.)

한영숙 오라바니, 저예요. 영숙이야요.

한영덕 (실성한 모습) 난 피난민이요.

한영숙 아이고 하나님, 오라바니가 무슨 죄를 졌다고 이 모양입네

까, 네?

한영덕 살기 위해서, 살기 위해서 월남했습니다. (바닥에 엎드려 벌벌 떤다.)

한영숙 나 영숙이야요, 오라바니, 정신차리시라요. 박가 이놈의 새끼, 무고죄로 고소하갔시요.

한영덕 난 피난민일 따름이요.

한영숙 그놈의 새깨 뼈를 갈아 한강물에다, 아니 그러면 한이 맺혀서 안되지, 이 다음에 우리 고향 대동강에 가져다가 훌훌 뿌리갔시요.

한영덕 난, 난 간첩이 아니요.

한영숙 우리가 누굴 믿고 남으로 남으로 내려왔갔시요. 무조건 빨갱이라고 몰아세우면 우린 누굴 믿고 어드메로 가서 살란 말이야요?

한영덕 난, 난……

한영숙 오라바니, 오라바니, 오라바니— (절규하며 쓰러져 운다. 한영덕은 계속 겁에 질려 있다.)

소리3 158번 한영덕, 면회. 158번 한영덕, 면회.

(군복을 입은 서학준이 들어선다.)

서학준2 영덕이, 나야. 학준이라고. (한영덕이 처음엔 서학준을 몰라본다. 서학준이 모자를 벗자 마침내 알아보고 서로 안는다. 서학준은 한영덕을 의자로 데려가 앉힌다.)

서학준 그래 건강은 어때?

한영덕 ………

서학준 여기 오기 전에 담당검사를 만났지. 이번 사건에 대해선 아마 기소를 하지 않을 모양이야. 말하자면 불기소처분이지. 아무래도 투서만 가지고는 증거가 될 수 없지 않아?

한영덕 ………

서학준 그런데 골치아픈 문제가 또 하나 생겼다. 전에 박가랑 동업

할 때 실수한 적이 있었네?

한영덕   (망연히 기침만)

서학준   수개월간 가두었던 자를 생판 그대로 내보낼 수는 없다는 거겠지.

한영덕   ·········

서학준   넌 지독히도 운이 없는 놈이야.

한영덕   (받은 기침)

서학준   미친개에 물린셈 치고 몸이나 회복하라우.

한영덕   ·········

서학준   참, 니 처가, 내일모레 해산할 모양이더라. 아들이었으면 좋 갔네. 아니면 딸이길 바라네, 응?

한영덕   (서서히 울기 시작한다. 서러움에 복받쳐 통곡한다.)

서학준   (한영덕을 얼싸안는다.) 그만 쉬라우. 나 또 오갔어. (돌아서서 나가며 모자를 움켜쥐고 분노를 삭인다.)

소리3   158번 한영덕, 면회! 158번 한영덕, 면회.

        (오른쪽 무대 위로 아기를 업고 나오는 윤미경)

윤미경5   여보.

한영덕   고생이 많구려.

윤미경   자주 못 와서 죄송해요. 애 때문에 쉽게 올 수가 있어야죠.

한영덕   어디 애 좀 봅시다레.

윤미경   (몸을 틀어 애를 보인다.) 딸이에요.

한영덕   (고개를 끄덕이고 나서) 내, 간밤에 이름을 지었소. 은혜 혜, 혜자, 한, 혜, 자.

윤미경   혜자? 한, 혜, 자? 예쁜 이름이군요. (한영덕이 갑자기 기침을 하자) 여보, 여보, 어디 아프세요?

한영덕   몸살이 난 모양이오.

윤미경   서학준씨 말로는 아무 일도 아니라고 그러시던데, 당신 언제

쯤 나오게 될까요?

한영덕 글쎄 나도 잘 모르겠소. (기침) 전쟁통이라 늦어질 수도 있고…… (기침) 이제 돌아가요, 난 괜찮으니까. (기침)

윤미경 저…… 오늘 아침 열시에 휴전이 됐어요. 휴전이요. 휴전이 됐어요.

(한영덕이 허탈한 나머지 무릎을 꿇고 쓰러진다.)

소리 E 피고 한영덕, 의료법 위반. 환자의 위탁이나 승낙 없이 낙태 중 치상시킨 죄에 해당하므로 징역 1년 자격정지 3년에 처한다.

(망치소리 땅, 땅, 땅. 조명 서서히 암전)

제16장 1972년 서울

모시적삼을 입은 한영덕이 오른쪽 무대 아래에서 허리를 굽힌 채 염을 하고 있다. 수술장면에서 사용했던 수술대와 환자용 마네킹이 그대로 이용된다. 허름한 옷차림의 강노인, 관을 들고 등장. 차트를 넘긴다── '1972년 서울.' 강노인은 망치를 관 위에 올려놓고 소주병을 관 옆에 둔다. 조용히 엎드려 잠을 청한다. 이때 여학생 교복을 입은 한혜자, 조심스럽게 걸어나와 한영덕을 바라보면서 오른쪽 무대 위로 올라간다.

한혜자5 (종이쪽지를 보며) 오늘 아침에 아버지가 돌아가셨다는 전보를 받았습니다. 난, 아버지에 대해 아는 게 별로 없습니다. 날마다 허리를 앓거나 날마다 폭음을 하던 술꾼이라는 기억뿐이에요. 아버지는 식구들과 말도 건네지 않고 항상 골이 난 사람처럼 보였어요. 술이 깨면 무슨 이상한 소리가 들린다면서 솜으로 두 귀를 꼭 틀어막고 지냈었죠. 나는 자라는 동안, 양친의 일가친척집에 거의 왕래를 하지 않고 살았습니다. 그 어느 쪽에서도 혈육의 대접을 기대할 수가 없었거든요. 내가 태어나서 지금까지 아버지가 의사 노릇을 했었다는 기억이 없습니다. 난 아버지가 의사인 줄도 몰랐으니까요.

한영덕 1 (염을 끝내고 흰 천을 씌우면서) 자, 이제 염은 끝났소. 이승에서 못다한 일, 저승에 가서라도 꼭 이루시오. (천천히 강노인이 엎드려 있는 관 쪽으로 걸어간다.)

강노인 3 (인기척에 잠을 깨며) 일은 다 끝났수?

한영덕 예.

강노인 내가 깜박 잠이 들었나보구만. (한영덕이 관 옆에 앉아 소주를 마신다.)

한혜자 어느날 아침에 아버지는 아무 얘기도 없이 집을 나가서 다시는 돌아오지 않았습니다. 우리 엄마 윤마담은 내가 열다섯살 때 여관업을 하던 홀아비 노인과 다시 재혼해버렸죠. 훨씬 뒤에 난 아버지의 소식을 들었습니다. 미션 계통의 어느 지방대학 기숙사에서 관리인 노릇을 하신다구요. 첫번째는 고모와 함께, 두번째는 나 혼자서 아버지를 만났습니다. 그러나 세번째 찾아갔을 때는 아버지가 거길 그만두고 떠나버린 다음이라 만날 수가 없었습니다.

강노인 (망치를 들며) 에구, 늙으면 죽어야지, 오래 살면 뭐하누. (관을 두드린다.) 에휴, 이제 이 관 짜는 노릇도 힘들어서 못해먹겠어.

한영덕 그럼 좀 쉬었다 하시구려. 술 한모금 마시갔수?

강노인 (싫다는 손짓을 해 보인 뒤) 또 술이야? 늙막에 무슨 꼴이야, 그래? 나야 워낙 팔자가 개팔자라서 이러구 산다지만, 한씨한테는 딸이 하나 있는 모양인데 이제 그만 집으로 들어가지 않구.

한영덕 여기가 내 집이외다. 내레 갈 곳이 없시요.

강노인 (쯧쯧 혀를 찬다.) 필시 무슨 사연이 있을 게야. 하기사 한씨가 우리 장의사에 처음 찾아왔을 때부텀 무슨 기막힌 사연이 있는 줄 알았지. (사이) 근데, 거, 한씨 염하는 솜씨를 보니까 보통 솜씨가 아니던데 전에도 시체를 다뤄본 적이 있수?

한영덕 (뭔가 얘기를 하려다 말고) 강노인은 집 짓던 목수가 어째 관을 짜게 되었수?

강노인 나야 뭐, 늙어서 쉬운 일을 찾다보니까 이렇게 되었지. 하지만 이 관으로 말할 것 같으면 죽은 사람의 집이니까 마찬가지예요.

한영덕 기왕이면 내 것도 하나 짜주시구려.

강노인 (어이가 없다는 듯) 거 무슨 소리! 나보다 젊은 양반이 못하는 소리가 없구만. 갈려면 이 늙은이가 먼저 가야지. (사이) 정말 한씨 염하는 솜씨가 내 맘에 꼭 들어요. 그러니까 내가 가거들랑 내 염을 해주고 나서 뒤따라올 생각을 해도 늦지 않아요.

한영덕 그러면 내 관은 누가 짜줍네까?

강노인 (한영덕을 물끄러미 바라보다가 아무 말 않고 관을 두드린다.)

한혜자 한영덕씨가 사망했다는 전보를 받고서도 울음이 나오지 않았습니다. 난 그가 살았던 시대를 새롭게 실감했기 때문이죠. 아버지 한영덕씨는 시대와 더불어 캄캄한 어둠속에 박제될 거예요. 저 정지된 폐허 가운데 들꽃과 잡초에 뒤덮여 쓰러진 녹슨 기관차처럼 그의 매장은 아직 끝나지 않았습니다. (퇴장)

술에 취한 한영덕, 관 앞에 쓰러져 잔다. 음악소리와 함께 망치소리 고조되면서 조명 서서히 암전된다.

〈연우무대 공연대본, 1985〉

새로운 출발을 기대하며

김석만

'황석영' 하면 떠오르는 이미지가 있다. 언제 어디에서나 큰 몸짓에 목청을 높여서 좌중을 압도하는 이야기꾼의 모습이다. 그의 이야기에는 주로 문학인·예술인들이 등장하는 동시대 인물담에서부터 당대의 논쟁거리에 대한 명쾌한 해석류와 그가 사랑하는 작품의 주인공들의 대하드라마가 담겨 있다. 이야기 잘하는 사람치고 글 잘 쓰는 사람은 드물다는데, 어쩌면 그렇게 재미있고 감동적이고 역동적인 글을 쓸 수 있을지 의심이 갈 정도로 그의 이야기 솜씨는 직접 들어보지 않고는 제대로 옮길 수 없다. 그래서 그에게 마음을 빼앗겼던 후배들은 탁월한 이야기꾼인 소설가에게 '구라형님'이라는 가장 친근한 별명을 헌정한 것이다.

그 이야기의 감동은 그가 늘 온몸으로 시대와 정면으로 맞붙어 살았던 경험에서 연유한다. 이 희곡전집은 그가 1970년대 중반부터 80년대 초반까지 해남과 광주에 머물며 한편으론『장길산』을 연재하고 또 한편으론 문화운동 초창기 활동의 묘판을 일구며 연극을 통해 관객에게 말하고자 했던 이야기의 흔적을 모은 것이다. 따라서 이 희곡집에 수록된 작품들은 시대의 증언이면서 어쩌면 『장길산』에 갇혀 지냈던 시절에 그를 숨쉬게 해주었던 삶의 여백이기도 하다.

　황석영이 벌였던 연극활동의 증인의 한사람으로서 필자는 감격스럽게도 이 책에 수록된 희곡 중에서 제일 먼저 공연된 「돼지꿈」과 마지막으로 공연된 「한씨연대기」의 연출을 맡은 바 있다. 작가의 연극활동의 증인적 입장에서 본다면 이 희곡집은 그가 서울을 떠나 남도의 현실을 끌어안고 살다가 다시 서울로 돌아왔던 시절의 삶의 행적을 일정 부분 담고 있다고 할 수 있다.

　「돼지꿈」은 1974년 봄, 서울대학교 문리대 연극회의 요청에 의하여 작가 스스로 소설을 희곡으로 각색한 작품이다. 1970년 조선일보 신춘문예에 당선된 이래 본격적으로 연극에 관여하게 된 건 「돼지꿈」 이후부터 일 것이다. 「한씨연대기」는 1985년 작가의 소설 작품을 작가가 직접 각색한 초연본을 토대로 연우무대에서 다시 각색하여 공연되었다. 나머지 작품들은 이른바 '전라도 마당굿'으로 불리는 일련의 문화운동의 성격을 띤 공연의 대본들로서 광주민중항쟁 전후에 공연되었다. 그러한 시기를 살펴보면 「돼지꿈」은 그를 공연예술의 세계로 안내한 본격적인 작품인 셈이며 「한씨연대기」는 광주항쟁을 겪으면서 그가 넘어야 할 분단의 벽을 절실하게 느끼게 만든 작품이 아니었나 싶다.

　「돼지꿈」이나 「한씨연대기」나 모두 소설집 『객지』에 수록된 작품을 원작으로 하고 있다. 그 소설들이 창작집으로 발표된 때는 1974년인데, 두 공연 사이에 10년의 세월이 흘렀고 그사이에 「돼지풀이」를 위시하여 「장산곶매」 「항파두리놀이」 등 마당극의 우수작으로 손꼽히는 공연들이 있었으며, 「넋풀이」 「나락놀이」 같은 삶과 실천의 장(場)으로서 문화운동 성격을 띤 공연들이 있었다. 그러나 무엇보다도 그 세월 사이에 『장길산』이 집필되었다. 「한씨연대기」를 마지막으로 길산의 신을 내림받은 작가는 훌훌 분단의 벽을 뛰어넘어 북을 다녀왔다. 이렇듯 이 전집에 실린 희곡들은 작가가 살았던 세월과 그와 함께 작업한 동시대인들의 생활과 함께 읽어내야 할 가치를 지니고 있다. 작가의 표현을 빌리면 "연극(문학)은 그 자체보다도 동시대 사람들의 생활과 함께 살아 존재하는 '글쓰기'의 존엄함"을 이 희곡집은 담고 있는 것이다.

여기에 수록된 12편의 희곡은 거의 공동창작의 형식을 빌리고 있다. 요즈음 한국연극계의 위기는 1960년대부터 활발하게 전개되었던 동인제(同人制) 극단과 공동체적 단체활동의 마감에서 비롯되었다는 지적이 나오고 있다. 예술창작의 이념을 공유하면서 더 나은 미래의 삶을 예술을 통해 구현하려 했던 연극계의 활동은 민중운동의 마감과 함께 막을 내린 듯하다. 황석영 희곡이 공동창작의 씨앗으로 전국에 걸쳐 활발하게 공연되던 시대는 그가 치열하게 남한의 현실을 끌어안고 보낸 세월과 일치한다. 그가 사랑했던 민중을 오늘날만큼 성장시켰던 에너지가 고스란히 배어 있는 한편 한편의 희곡들은, 말하자면 우리가 다시 되돌아가 앞으로 갈 길을 확인해야 할 이정표인지도 모른다.

희곡은 문학이되 공연으로 완성되어야 할, 지도와 같은 문학텍스트이다. 공동창작은 인류의 연극창작 체험을 지배하는 창조적 경험이다. 공동창작은 단순히 완성된 연습용 대본, 또는 좋은 희곡이 없어서 추구하는 행위가 아니다. 공동창작은 그야말로 연극의 가장 생명력 넘치는 창작행위이며 공동체 구성원의 창조적 발상과 에너지를 모으는 가장 적합한 집단행위인 동시에 우리 전통예술의 특징이라고 할 만한 민중적 전승력을 지닌 공동행위이다. 공동창작으로 출발한 작업은 공연으로 완성되며 이때에 남게 되는 희곡은 공연 채록본(採錄本)으로서 독특한 가치를 지닌다. 연습용 대본에 담긴 작가의 창작의 발상은 공연주체인 광대들의 집단창작 체험이 첨가되어 최종 공연본(公演本)으로 남게 된다. 이 작품집에 수록된 희곡은 공동창작의 과정을 거쳐서 관객에게 받아들여진 공연의 모든 요소를 담고 있는 셈이다.

사실 오늘날처럼 배우들이 인쇄된 대본을 받아서 연습하는 방법은 불과 사오십년밖에 되지 않았다. 전시대에는 인쇄술이 발달되지도 않았고 종이도 흔치 않았으며 오랜 세월 대부분의 배우들은 문맹이었을 것이다. 문자와 인쇄술이 보편화되지 않았던 시절에 배우들은 어떻게 연습을 했을까? 예를 들어 셰익스피어 시절에 배우들은 어떻게 연습을 했으며 공연을 만들어갔을까. 그 시절의 경험을 살펴본다면 공동창작의 과정을 이해하는 데 도움이 될 듯하다.

셰익스피어는 이미 짜여진 구조를 가진 이야기들을 기본 텍스트로 삼았다. 역사와 민담, 이야기책에서 재미있는 줄거리를 가진 에피소드를 발견했다. 또는 이미 다른 극단에서 공연한 작품의 내용을 마음대로 개작했을 것이다. 당시에 표절의 문제는 없었다고 한다. 누가 얼마나 더 잘, 재미있게 베끼느냐가 문제였지 저작권의 다툼은 없었다. 당시의 배우들은 이미 탁월한 연기술을 습득한 전문가들이었다. 춤, 말솜씨, 노래, 검술 등 기본기가 대단했다. 역할에 어울리는 의상도 없었고 조명도 없었다. 관객은 거칠어서 객석에서 싸우기도 하고 연기를 못하는 배우들을 객석으로 끌어내리기도 했다. 셰익스피어의 집단은 한팀이었다. 이들은 극장주와 주식을 반반씩 나누어 가진 제작 주체이기도 했다. 연습은 당연히 대본도 없이 출발한다. 셰익스피어는 극단의 배우들에게 역할을 나누어준다. 아니면 배우들로부터 배역을 끌어냈을지도 모른다.

셰익스피어는 배우들에게 연극의 줄거리를 설명하고 배역을 정한다. 배우들은 인물이 해야 할 일들을 정확하게 파악하고 말을 만들어 나간다. 아마 셰익스피어는 글을 읽고 쓸 줄 아는 조연출을 고용하여 연습을 기록했을 것이다. 연습이 끝나면 셰익스피어는 그 기록을 뛰어난 솜씨로 고쳐 다음날 배우들에게 좀더 정리된 내용을 전달했을 것이다. 연습이 거듭되면서 언어는 정교해지고 의미와 이미지는 풍부해진다. 공연이 임박했을 때면 배우들은 셰익스피어가 정리한 대사를 완벽하게 구사하게 된다. 드디어 막이 오르면 모든 연습 과정은 공연으로 완성된다. 공연에 공연을 거듭함에 따라 공연환경에 맞추어 내용은 부분수정을 거친다. 그러다가 셰익스피어가 죽고 난 후 그의 공연은 채록된 것처럼 희곡으로 정리되어 인쇄되었고 그것이 오늘날 우리에게 남아 있는 셰익스피어의 희곡들이다.

여기에 실린 희곡들에서 공동창작의 과정을 함께 읽어내어야 할 필요와 함께 문화운동에서 작가의 불씨 역할을 새삼 강조할 필요를 느낀다. 앞에서도 잠시 언급하였지만 황석영의 연극활동은 공동창작의 종자를 제공함으로써 극단이나 문화운동단체의 결성과 성장을 도왔다. 이 희곡집에 실린 작품들 중에 「돼지꿈」「장산곶매」「한씨연대기」는 연우무대와 관련이 있고(「돼지꿈」은 1980년대에 연우무대에서 재공연되었음) 「땅풀이」「항파두리놀이」는 제주도 문화패와, 「돼지풀이」를 포함한 다섯 편의 희곡은 호남지역 문화운동의 태동과 밀접한 관련이 있다. 도서출판 '들불'이 펴내고 놀이패 '신명'이 엮어낸 『전라도 마당굿 대본집』에는 이 희곡집에 수록된 「돼지풀이」「호랑이놀이」「안담살이 이야기」「넋풀이」「나락놀이」의 다섯 편이 실려 있다. 이것만을 보아도 문화운동에서의 황석영의 역할이 그 지역에서 얼마나 소중하였는지 알 수 있다.

「돼지풀이」는 농업축산정책의 파행과 모순에 의하여 초래한 돼지 값 폭락을 풍자한 마당극이다. 1979년 광주 YMCA 무진관에서 공연되어 마당극의 덕목 가운데 하나인 민중적 현장성을 탁월하게 성취한 작품으로 평가받았다. 이후 광주민중항쟁기에 혁혁한 투쟁활동을 펼친 극회 '광대'의 창립공연작이기도 하다. 이 작품의 공연성과 예술성이 인구에 회자되자 1983년 국립극장에서는 극단 '민예'의 「서울말뚝이」와 「돼지풀이」를 초청하여 지금의 해오름극장(당시 대극장)에서 특별초청공연을 가졌다. 「돼지풀이」가 당시 국립극장에 초청되어 공연된 것은 대단히 파격적인 일로서 이 공연의 예술적 성과만을 기대하던 당시 국립극장의 허규 원장은 「돼지풀이」의 민중성 때문에 이 공연을 주선한 임진택을 몹시 원망하였다고 한다.

「호랑이놀이」는 1981년 역시 '광대'에 의해 공연된 작품으로 해방 이후부터 1980년 5월항쟁까지의 현대정치사를 다루었다는 점에서 의미를 지니는 공연으로 평가된다. 신제국주의의 침탈과정과 이에 대항하는 민중의 투쟁을 코커국이란 나라의 침략과 만만국이란 나라의 민중들의 투쟁으로 설정해 연암 박지원의 「호질」의 구성을 활용하여 만든 작품이다. 이러한 공연은 후에 수많은 노래극이나 대중시위현장 공연의 전범이 되기도 하였다.

「안담살이 이야기」는 구한말 보성과 해남에서 활약한 의병장 안규홍의 이야기를 꾸민 마당극이다. 광주민중항쟁을 거치면서 조직이 흔들린 '광대'가 해체되고 극단 '신명'이 다시 태어나면서 창립공연작으로 만든 작품이다.

「나락놀이」는 유명한 신안군 암태도 소작쟁의를 극화한 작품인데 이는 목포지역 문화운동패 '민예'의 창립기념작으로 1981년에 공연되었다.

「넋풀이」는 4, 5면에 불과한 분량의 짧은 작품인데 노래굿 형식의 집단의례 대본이라 불릴 만한 텍스트이다. 이는 1979년 노동현장에서 안타깝게 숨져간 박기순과 광주 5월항쟁의 마지막 도청전투에서 숨진 윤상원의 영혼결혼식 대본이다. 여기에 그 유명한 김종률의 노래들이 발표된다.

「한씨연대기」는 원래 극회 '광대'가 제2회 공연으로 준비하다가 1980년 5월 18일을 맞아 연습을 중단한 작품이다. 작가가 직접 각색한 이 희곡은 그후 몇년 동안 잠을 자다가 1984년 연우무대가 다시 공연하기에 이른다. 당시 제8회 대한민국연극제에 공식출품된 이 공연은 연우무대가 바로 전에 공연한 「나의 살던 고향은」이 심의대본과 공연내용이 다르다는 이유로 극단이 활동정지 6개월 처분을 받는 바람에 이루어지지 않았다. 연우무대는 이듬해 새로운 시각으로 이 작품을 각색하여 공연에 올렸고 분단문제를 현실의 문제로 절실하게 다루었다는 평가를 받았다. 연우무대는 이 공연의 흥행 성공에 힘입어 소극장을 만들게 되어 80년대 후반의 활발한 활동의 거점을 확보하게 되었다.

앞에서 간단히 살펴본 것처럼 작가 황석영의 몫은 공연대본을 제공한 희곡작가의 몫을 넘어 후배 예술가들의 작업을 독려하고 활동의 지주가 되었던 몫까지도 평가받아 마땅하다. 공연의 민족적 형식과 예술적 성과를 담지하지 못한 공연은 가치없는 공연이라며 후배들을 독려하고 채찍질한 선배로서의 열정과 염원은 공연을 본 관객에게 고스란히 전달되고도 남았다. 이 희곡집의 출간이 그러한 과거의 흔적을 정리한 것으로 그치지 않고 작가의 다음 공연예술활동을 중간점검하고 앞으로 전개될 활동의 예고편이 되기를 바라는 마음이 간절하다.

「돼지꿈」의 희곡을 의뢰하고 원고를 받으러 당시 청석골로 불리던 수유리의 작가 집을 찾았을 때의 기억이 새롭다. 아이들의 우유값을 벌기 위하여 밤새워 글을 썼다던 작가의 허심탄회한 창작동기가 충격적으로 신선하게 들렸다. 당시 모두 대학생들이던 극회 회원들과 상의하여 극회 총예산 이만원 중에서 작품료로 오천원을 드렸던 기억이 남는다. 아마 당시에 대학극회에서 지출할 수 있는 금액으로서는 적지 않았을망정, 아무튼 이러한 사소한 이야기를 기억 속에서 끄집어내면서 진정으로 그 수고에 대한 고마움을 전하고 싶다.

황석영 선배와의 본격적인 만남은 민청학련 사건으로 김지하 선배가 잠적하면서 이른바 문화운동 첫세대에 해당하는 홍세화, 김민기, 임진택, 채희완, 이상우, 장만철, 박우섭, 박인배, 필자 등에게 자신의 빈자리를 앞으로 황아무개가 맡을 것이니 알아서 잘 모시라고 한 부탁이 있고 나서부터이니 다시 그 시절로 되돌아가보고 싶은 마음이 간절하다.

「돼지꿈」의 연습과 공연에 이른바 창비파의 방문과 격려는 후배들의 정신적 열정의 토대가 되기도 하였다. 글로만 뵙던 선배, 선생님들이 20대 초반의 풋내기들에게 현실의 아픔을 딛고 살아가는 열정과 낭만을 불러넣어준 것은 당시 암담한 사회분위기에서 자신을 지켜내는 절대적인 자양분이 되었다.

황석영은 항상 세 번 웃는다. 그의 이야기 보따리는 팔도의 재담과 약장수와 만담과 창작촌극이 다 들어 있다. 황석영전집에 꼭 포함되고도 남을 만한 그의 '웃기는 이야기'는 임진택의 재담을 능가한다. 아들의 자연시험지를 들고 나와 읽다가 망신당하는 국회의원 선거유세에서 시작하여 명동깡패 씨리즈와 '미워도 다시 한번' 씨리즈 등의 한국영화 패러디, 인천상륙작전의 실감나는 전투 묘사 속에서 벌어지는 병사들의 대화는 고전에 속하는 재담들이다. 황석영은 이러한 레퍼토리로 좌중을 웃긴다. 좌중의 웃음이 정리될 즈음, 이미 발설한 이야기의 핵심부분을 요약하여 되새기게 해주고 또 웃긴다. 그리고 좌중이 즐거워하는 모습을 보고 혼자 크게 웃는다. 그래서 그의 이야기를 들으면 세 번 웃게 되어 있다.

그가 인사동이나 광화문의 선술집에서 재담보따리를 한번 열기 시작하면 술청은 모두 정지동작으로 웃음이 나오는 대목까지 기다리게 되어 있다. 술과 안주를 나르러 오던 주모는 쟁반을 들고 그 자리에 서서 이야기를 듣고 있고, 옆좌석에서 술을 마시던 손님들은 술잔을 든 채 고개를 돌리고 재담을 듣고 있으며, 신발을 신고 나가려던 손님은 신을 신다 말고, 돈을 계산하고 나가려던 손님은 지갑을 넣으려고 뒷주머니에 손을 댄 채 뒤를 돌아보고 서 있고, 술집에 들어오려던 손님은 영문을 모른 채 목을 길게 빼고 술청 안을 들여다보고 서 있게 마련이다.

이렇게 질좋은 웃음을 만들어내던 작가가 북한방문으로 망명과 감옥살이로 십년간 '사회봉사'를 마치고 다시 우리 곁에 돌아왔다. 연산재(然山齋)에서 있는 모습 그대로 살고 있는 작가는 그 십년 동안 남쪽에만 살았던 우리와 다른 기억과 할말을 품고 있을 것이다. 그 기억과 말들은 언젠가는 소설로만 아니라 또다른 공동창작의 형태로 광대들에게 영감을 줄 것을 의심치 않는다. 남북의 문화와 예술이 의식성이 담긴 민족적 예술교류로 만나야 할 이즈음에 작가가 앞으로 풀어놓을 종자보따리 속에 무엇이 담겨 있을지 궁금하다.

金錫滿 / 연출가, 한국예술종합학교 연극원 교수

황석영 연보

1943년   12월 14일 만주 장춘(長春)에서 출생.

1945년   해방과 함께 모친의 고향인 평양 외가로 나옴.

1947년   월남하여 영등포에 정착.

1950년   영등포국민학교에 입학했으나 6·25전쟁 발발로 피란지를
          전전함.

1956년   경복중학교 입학.

1959년   경복고등학교 입학. 경복중고교 교지 『학원(學苑)』에 수
          필「나의 하루」, 시「구름」 등을 발표함. 청소년 잡지 『학
          원(學園)』의 학원문학상에 단편소설「팔자령(八字嶺)」이
          당선.

1960년   경복중고교 교지 『학원』에 단편「의식」「부활 이전」 발표
          함. 당시 국회의사당이던 부민관 앞과 시청 앞에서 4·19
          를 맞음. 함께 있던 안종길군이 경찰의 총탄에 희생됨. 그
          의 유고시집「봄 · 밤 · 별」을 친구들과 함께 편집 발간.

1961년   전국고교문예 현상공모에「출옥일」 당선.

1962년   봄에 경복고를 자퇴하고 가출하여 남도지방을 방랑하다
          그해 10월에 돌아옴. 11월 단편「입석 부근」으로 『사상계

(思想界)』신인문학상 수상.

1964년　　한일회담 반대시위에 참가. 영등포경찰서 유치장에서 만
　　　　　난 제2한강교 건설노동자와 남도로 내려감. 신탄진 연초
　　　　　공장 공사장에서 일용노동. 그후 청주 진주 마산 등지를
　　　　　떠돌며 여러가지 일을 하다가 칠북의 장춘사(長春寺)에
　　　　　서 입산. 동래 범어사를 거쳐 금강원에서 행자 노릇을 하
　　　　　다가 모친과 상봉하여 상경함.

1966년　　해병대에 입대하여 이듬해 청룡부대 제2진으로 베트남전
　　　　　참전.

1969년　　5월 군에서 제대함.

1970년　　조선일보 신춘문예에 단편 「탑」이 당선. 「돌아온 사람」
　　　　　발표.

1971년　　단편 「가화(假花)」 「줄자」, 중편 「객지(客地)」 발표.

1972년　　단편 「아우를 위하여」 「낙타누깔」 「밀살」 「기념사진」 「이
　　　　　웃 사람」, 중편 「한씨연대기」 발표.

1973년　　구로공단 연합노조준비위를 구성하여 공장 취업. 단편
　　　　　「잡초」 「삼포 가는 길」 「야근」 「북망, 멀고도 고적한 곳」
　　　　　「섬섬옥수」, 중편 「돼지꿈」, 르뽀 「구로공단의 노동실태」
　　　　　를 발표함.

1974년　　단편 「장사의 꿈」, 사북탄광에 대한 르뽀 「벽지의 하늘」,
　　　　　공단 여성근로자의 삶을 취재한 「잃어버린 순이」 발표. 4
　　　　　월에 첫 창작집 『객지』(창작과비평사) 발간. 7월부터 이후
　　　　　1984년 7월까지 10년 동안 한국일보에 대하소설 『장길
　　　　　산』 연재. 군사정권의 유신체제에 대한 저항운동 치열해
　　　　　짐. '자유실천문인협의회' 창설과 현장문화운동 조직위

에 참여.

1975년   단편「가객」, 희곡「산국(山菊)」발표. 소설집『북망, 멀
        고도 고적한 곳』(동서문화원), 소설선『삼포 가는 길』(삼중당)
        발간.「심판의 집」서울신문에 연재.

1976년   단편「몰개월의 새」「한등」「철길」, 르뽀「장돌림」발표.
        가을에 전남 해남으로 이주.

1977년   단편「종노(種奴)」발표.『무기의 그늘』의 기초가 된「난
        장(亂場)」을 11월부터 다음해 7월까지『한국문학』에 연
        재.『심판의 집』(열화당) 발간. 해남에서 '사랑방 농민학
        교' 시작. 호남을 중심으로 한 현장문화운동 시작.

1978년   소설집『가객(歌客)』(백제) 발간. 문화패 '광대' 창설. '민
        중문화연구소' 설립. 광주로 이주.

1979년   위 연구소를 확대개편한 '현대문화연구소'의 선전 · 야
        학 · 양서조합 등의 문화운동 부문에 참여. 계엄법 위반으
        로 검거되었으나 기소유예 처분됨.

1980년   광주항쟁 일어남. 조직에 함께 참여했던 젊은 동료들 수
        십여명 사상.

1981년   그동안 현장에서 썼던 희곡들을 정리하여 희곡집『장산
        곶매』(심설당) 발간. 소설선『돼지꿈』(민음사) 발간. 시나리
        오「날랑 죽겅 펄에 묻엉」발표. '광주사태 수사당국'의
        권유로 제주도로 이주. 제주에서 문화패 '수눌음'과 소극
        장 창립. 4·3항쟁 연구모임인 '제주문제연구소'에 참여.

1982년   광주로 돌아와 '자유광주의 소리' 시작.「님을 위한 행진
        곡」이 담긴 첫번째 지하 녹음테이프「넋풀이」제작 배포.

1983년   광주항쟁의 진상을 알리기 위한 문화기획팀 '일과 놀이'

에 참가. 산문「일과 삶의 조건 ── 문학에 뜻을 둔 아우에게」발표. 1월부터 이듬해 3월까지『월간조선』에「무기의 그늘」1부 연재.

1984년   대하소설『장길산』(현암사) 전10권으로 완간. '민중문화운동협의회' 창설, 공동대표 역임.

1985년   광주항쟁기록『죽음을 넘어, 시대의 어둠을 넘어』(풀빛) 지하출판됨. 산문집『객지에서 고향으로』(형성사) 발간. 서부독일 베를린에서 열린 '제3세계 문화제'에 아시아 대표로 참가함. 유럽, 미국, 일본에서 '통일굿' 공연. 미국에서 문화패 '비나리' 창립. 일본에서 문화패 '한우리'와 '우리문화연구소' 창립.

1986년   10월부터 이듬해 8월까지 중앙일보에「백두산」연재. 6월 항쟁의 시국변화로 중단.

1987년   단편「골짜기」발표. 소설선『골짜기』(인동)『아우를 위하여』(심지) 발간. 9월부터 이듬해 3월까지『월간조선』에「무기의 그늘」2부 연재.

1988년   단편「열애」, 산문「항쟁 이후의 문학」(『창작과비평』) 발표. 장편소설『무기의 그늘』(형성사) 발간. 9월부터 이듬해 2월까지『신동아』에「평야(平野)」연재. '한국민족예술인총연합' 창립.

1989년   소설선『열애』(나남) 발간. 3월 북한의 '조선문학예술총동맹' 초청으로 방북. 이후 귀국하지 못하고 독일예술원 초청작가로 1991년 11월까지 베를린 체류. 북한방문기「사람이 살고 있었네」를『신동아』와『창작과비평』에 분재.『무기의 그늘』로 만해문학상 수상. 베를린 장벽 무너짐.

1990년   2월부터 7월까지 한겨레신문에 「흐르지 않는 강」 연재. 8
          월에 평양에서 열린 제1차 범민족대회에 참가하면서 연
          재 중단. 남·북·해외 동포가 망라된 '조국통일범민족연
          합' 창립에 주도적으로 참여, 대변인 역임. 소련과 동구
          사회주의권의 붕괴를 목격함.
1991년   베를린 '남·북·해외 3자회담'에 참가. 회의에 의해 '공
          동사무국' 창설을 위하여 뉴욕으로 이주할 것이 결정됨.
          11월 미국 롱아일랜드 대학 문화예술 프로그램에 초청받
          아 미국 체류. 이후 귀국할 때까지 뉴욕 체류.
1992년   뉴욕에서 아시아인 1.5세, 2세들과 함께 '동아시아문화연
          구소' 창립. 부정기간행물 『어머니 대나무』 발간.
1993년   4월에 귀국하여 방북사건으로 징역 7년형을 선고받음.
          『사람이 살고 있었네』(황석영석방공동대책위) 발간.
1998년   3월 석방.
1999년   1월부터 2000년 2월까지 동아일보에 장편소설 『오래된
          정원』 연재.
2000년   5월 『오래된 정원』(창작과비평사) 출간. 『오래된 정원』으로
          단재상, 이산문학상 수상.